LA FAILLE

DU MÊME AUTEUR

ROMANS
La Chambre des morts, Pocket, 2006
La Forêt des ombres, Pocket, 2007
Train d'enfer pour ange rouge, Pocket, 2007
Deuils de miel, Pocket, 2008
La Mémoire fantôme, Pocket, 2008
L'Anneau de Moebius, Pocket, 2009
Fractures, Pocket, 2010
Le Syndrome E, Fleuve Éditions, 2010 ; Pocket, 2011
GATACA, Fleuve Éditions, 2011 ; Pocket, 2012
Vertige, Fleuve Éditions, 2011 ; Pocket, 2012
Atomka, Fleuve Éditions, 2012 ; Pocket, 2013
Puzzle, Fleuve Éditions, 2013 ; Pocket, 2014
Angor, Fleuve Éditions, 2014 ; Pocket, 2015
Pandemia, Fleuve Éditions, 2015 ; Pocket, 2016
REVƎЯ, Fleuve Éditions, 2016 ; Pocket, 2017
Sharko, Fleuve Éditions, 2017 ; Pocket, 2018
Le Manuscrit inachevé, Fleuve Éditions, 2018 ; Pocket, 2019
Luca, Fleuve Éditions, 2019 ; Pocket, 2020
Il était deux fois, Fleuve Éditions, 2020 ; Pocket, 2021
1991, Fleuve Éditions, 2021 ; Pocket, 2022
Labyrinthes, Fleuve Éditions, 2022 ; Pocket, 2023

NOUVELLES
Au-delà de l'horizon et autres nouvelles, Pocket, 2020

ESSAI
Le plaisir de la peur, coll. « Secrets d'écriture », Le Robert/Fleuve Éditions, 2022

JEUNESSE
La Brigade des cauchemars, vol. 1-6, avec Yomgui Dumont, Jungle, 2017-2022

FRANCK THILLIEZ

LA FAILLE

fleuvenoir

ISBN : 978-2-265-15556-5

Dépôt légal : mai 2023

À toutes les mamans…

« Un mourant, qui comptait plus de cent ans
de vie,
Se plaignait à la Mort que précipitamment
Elle le contraignait de partir tout à l'heure,
Sans qu'il eût fait son testament,
Sans l'avertir au moins. »

« La Mort et le mourant »,
Jean de La Fontaine

« Elle dort mon amour !
Puisse son sommeil être profond aussi bien
qu'éternel !
Que les vers du tombeau rampent douce-
ment autour d'elle ! »

« La dormeuse », Edgar Allan Poe

« L'homme était-il donc à la fois si puissant, si vertueux et magnifique, et, d'autre part, si vicieux et si bas ? »

Frankenstein ou le Prométhée moderne,
Mary Shelley

1

C'était un de ces dimanches soir d'automne, de ceux qui décrochaient les dernières feuilles des arbres, où la plupart des gens restaient cloîtrés chez eux, dans la douceur enveloppante de leur foyer, à regarder la télé, coucher leurs enfants ou lire un bon livre près de la cheminée. Audra Spick et Nicolas Bellanger, eux, planquaient, tous feux éteints, sur un chemin de terre enfoncé dans la campagne gorgée des récentes pluies glacées de novembre.

De cet emplacement, les deux flics de la Brigade criminelle avaient une vue dégagée sur la seule route permettant d'accéder à cette partie du bois de Vaugien, s'étalant de part et d'autre de la frontière entre les Yvelines et l'Essonne. Un peu plus loin, une voie perpendiculaire à cette communale se perdait entre les arbres pour mener à un recoin invisible où il était possible de garer un véhicule à l'abri des regards. C'était cet endroit précis qui intéressait les policiers.

Nicolas roula en boule l'emballage aluminium de son sandwich, le fourra dans le vide-poches déjà encombré et considéra sa compagne, qui s'arc-boutait comme elle pouvait, les bras tendus au-dessus d'elle jusqu'à toucher le plafond. À cinq mois de grossesse, elle supportait de moins en moins l'immobilité qu'imposaient ces planques.

— Ça fait un moment que tu ne devrais plus quitter les bureaux, Audra. Le stress, tout ça, ce n'est pas bon pour le bébé.

Audra se relâcha, repositionna son pull en laine sur son ventre arrondi et rabattit contre elle les pans de son blouson à col mouton avant de se recroqueviller. Avec le moteur à l'arrêt, le froid régnait dans l'habitacle. Nicolas remettait le contact de temps en temps, mais ça ne suffisait pas à la réchauffer durablement.

— On papote, on écoute du Nick Cave et on s'enfile des parts de flan coco de chez Paul. Je ne vois pas où est le stress.

Nicolas adorait ses fossettes quand elle lui souriait. Dans ces moments-là, une lumière de cinéma semblait glisser sur son visage. Elle savait y faire pour l'amadouer, mais il en toucherait quand même un mot à Sharko. Il était quasiment 22 heures, et Audra aurait dû être tranquillement installée sur leur canapé, pas ici, au milieu de nulle part, à espérer qu'un monstre de la pire espèce vienne assouvir ses sinistres fantasmes.

Le corps d'une femme avait été découvert par hasard cinq jours plus tôt, à quelques dizaines de mètres du renfoncement qu'ils surveillaient, grâce au chien d'un chasseur. L'animal avait dévié de sa trajectoire et entrepris de gratter le sol en poussant des gémissements. Un bras nu avait alors été déterré. Dans la panique, son maître avait composé le 17, étincelle qui avait mis en branle la machine judiciaire.

Vu la nature du crime – mutilations au niveau de l'abdomen, actes de torture, brûlures électriques –, le 36 avait immédiatement été saisi, même si la scène se situait en dehors de sa juridiction : avec la multiplication des affaires sordides ces derniers mois, on exigeait la crème de la police sur cette affaire. Les diverses analyses pratiquées, sur place et en laboratoire, avaient révélé que la victime, tuée entre quatre et sept jours auparavant selon le légiste, avait été déterrée puis enterrée plusieurs fois. Sous l'éclairage de la lampe Polilight de l'Identité judiciaire, des traces de liquide séminal étaient apparues sur le corps, sur l'avant comme sur l'arrière, mais aussi aux abords, ce qui signifiait que l'individu revenait sur les lieux, exhumait le cadavre et se masturbait au-dessus de lui. Un prédateur qui peinait à abandonner sa proie sans vie.

Les recherches ADN n'avaient rien donné. On ignorait qui était cette femme dont on estimait l'âge à une cinquantaine d'années. Quand on l'avait trouvée, le spectacle n'avait pas été joli à voir. Un télégramme en onze points, qui décrivait le cadavre et détaillait les circonstances de la découverte, avait été envoyé par l'état-major du 36 à toutes les forces de l'ordre de France. Un crime en pleine nature impliquait une disparition inquiétante à un autre endroit. Grâce au télégramme, on pouvait faire des recoupements entre des affaires. Mais il n'y avait eu jusqu'à présent aucun retour.

On n'en savait guère plus sur le bourreau, hormis que son profil coïncidait avec celui d'un tueur nécrophile. Un malade qui cumulait des perversions bien gratinées. Les flics avaient fouillé dans les fichiers à l'aide de critères précis, examiné les sorties récentes des hôpitaux psychiatriques et des prisons de la région – pour commencer. Des coups dans l'eau pour le moment. C'était le genre d'enquêtes capable de s'éterniser, sauf si, comme le pensait Franck Sharko, le criminel revenait pour satisfaire ses pulsions.

Beaucoup de choses au conditionnel, donc, mais depuis quelques nuits, les coéquipiers du groupe Sharko se relayaient pendant des heures interminables dans une voiture banalisée, en espérant que le loup mette le nez hors de sa tanière. Sharko lui-même se coltinait des planques ; le commandant de police restait proche de ses hommes.

Nicolas fixa l'orée noire du bois.

— Je te préviens, je ferai tout pour qu'il ne soit pas flic. Pas envie qu'il vive ça.

— Il ou elle fera ce que bon lui semble. Mes parents se sont toujours opposés à mes choix, ils ont voulu diriger ma vie, et regarde, maintenant…

Audra soupira avec amertume. Deux mois plus tôt, elle avait annoncé sa grossesse à ses parents, seule – Nicolas n'avait jamais été le bienvenu chez eux, à Nice –, et la rencontre s'était mal passée. Son père, antiflics invétéré, lui avait régurgité l'éternel laïus sur le danger de leur métier, affirmant que les policiers n'étaient pas faits pour avoir une progéniture, que ces trucs-là finissaient forcément mal. Quant à sa mère, elle s'était rangée du côté de son époux, comme toujours. Depuis, ils ne s'étaient plus donné de nouvelles et la jeune femme se demandait même si elle partagerait avec eux la naissance de son bébé, tant la rupture paraissait définitive. Elle était pourtant leur enfant unique.

— Audra…

Elle tourna la tête dans la direction que lui indiquait Nicolas. Sur leur gauche, à une centaine de mètres, des phares… Un véhicule venait d'arriver. Il roulait au ralenti.

— Me dis pas que Sharko avait raison. Ça serait trop beau.

Nicolas n'y voyait pas grand-chose, mais il lui sembla qu'il s'agissait d'une camionnette. Il retint son souffle quand elle passa devant leur voiture, à trente mètres seulement. Manque de chance, elle continua son chemin devant l'endroit sous surveillance. Le lieutenant frappa son volant d'un coup sec.

— Et merde !

Audra l'observa avec un sourire en coin, puis augmenta le son de l'autoradio. Voix de baryton de Nick Cave, mêlée au timbre envoûtant de sa compagne de l'époque, PJ Harvey. De quoi foutre le bourdon, mais c'était sa chanson préférée. « Henry Lee », la terrible histoire de deux amants séparés par la mort...

Soudain, les phares réapparurent, dans l'autre sens. Même rythme lent. Audra coupa la musique sur-le-champ. Nicolas se raidit. L'individu opérait visiblement un tour de reconnaissance. Un type méfiant et aux aguets. Le véhicule s'orienta vers le renfoncement et fut englouti par les frondaisons.

L'excitation grimpa aussitôt, et le lieutenant de police éprouva une forme de jouissance que seules ces situations procuraient : celle du chasseur face à son gibier. D'un geste vif, il s'empara de l'appareil photo posé sur le tableau de bord.

— C'est lui ! Préviens Sharko ! Dès que je t'envoie l'immat, tu la lui balances.

— Fais attention à toi.

— Promis.

Nicolas s'élança dans la nuit, la fermeture Éclair de son blouson en cuir remontée jusqu'au cou. La demi-lune surgissait par intermittence entre les gros nuages noirs, nimbant les reliefs d'un contour argenté. Au bout du chemin, il traversa la route, foula le bitume sur une dizaine de mètres et bifurqua à son tour. Il perçut alors un claquement de portière, distingua le faisceau blanc d'une lampe qui creusait les ténèbres et dévoilait les branches agitées par le vent. Le sol gras rendait les semelles lourdes, néanmoins il évitait que les feuilles ne craquent sous ses pas.

Le lieutenant s'approcha doucement de la camionnette. Il s'agissait d'un banal utilitaire flanqué d'un logo, sur la porte arrière : « UCB Élec. Installation, dépannage, électricité générale ». Des cartons collés à l'intérieur obstruaient les vitres. Le tueur avait peut-être kidnappé sa proie avec ce véhicule-là, spécialement aménagé. Armé de son portable, Nicolas photographia la plaque d'immatriculation et le logo, en ayant pris soin de désactiver le flash. Il transféra sans tarder les clichés bruts à Audra, qui allait les renvoyer à Sharko en expliquant clairement la situation. On saurait très vite à quel genre d'énergumène on avait affaire.

Les ordres étaient clairs : n'intervenir sous aucun prétexte. Or, Nicolas n'avait pas envie de faire foirer la procédure ni de mettre sa vie en danger. Au fond de lui, sa paternité brûlait déjà d'une flamme ardente et avait modéré son impétuosité. Comme Sharko, il vieillissait, lui aussi, et n'avait plus tout à fait la fougue de ses jeunes années dans la police. Cependant, acter le flagrant délit permettrait de dresser un dossier béton. Face aux preuves de sa présence sur la scène de crime, le salopard n'aurait aucune échappatoire.

Il se glissa le long des troncs, en direction de la faible lueur qui venait de se stabiliser. Le monstre avait dû poser sa lampe au sol afin de creuser. Nicolas ralentit sa course, marcha comme sur des œufs et se dissimula derrière un arbre, suffisamment loin pour ne pas être repéré. Ses yeux ne parvenaient pas à percer la nuit, mais l'objectif 300 mm et le capteur très haute sensibilité de son appareil reflex feraient le travail. Il se positionna, appuya à un rythme régulier sur le déclencheur. La silhouette agrandie par les lentilles paraissait massive, trapue – un ogre jailli d'un conte horrifique. Nicolas imaginait la souffrance de la victime face à une telle corpulence. Comment un être humain pouvait-il prendre du plaisir dans de telles circonstances ? Malgré toutes ces années à se confronter aux affaires les plus sordides, l'incompréhension de Nicolas demeurait la même. Mais les pervers du genre de celui qu'il traquait existaient, il fallait se faire une raison. Et ils étaient plus nombreux qu'on ne le pensait.

Bellanger ne manqua pas le moment où les coups de pelle cessèrent. Ni celui où ne s'élevèrent plus que des halètements bestiaux rompant le silence nocturne. Ni, enfin, celui où l'animal comprit que l'objet de ses fantasmes s'était volatilisé. Aussitôt, le faisceau de la lampe balaya l'espace tel l'œil inquisiteur d'un phare. L'homme scrutait les alentours, les doigts crispés autour de sa pelle. Nicolas se mit à plat ventre. En principe, à cette distance, il était impossible qu'on le détecte. Il vit le faisceau s'agiter au-dessus de lui, se dit que le nécrophile agissait par simple réflexe : il ne pouvait soupçonner sa présence.

Puis, tout à coup, la lumière s'éteignit. La main noire de la forêt se resserra sur le policier, qui arrêta de respirer. Des craquements résonnèrent, suivis de bruits de pas, de plus en plus rapides. L'homme s'était mis à courir en direction de son véhicule. Nicolas se retint pour ne pas le pourchasser et le braquer avec son Sig, mais il fallait le laisser filer, pour l'instant. Ce taré allait rentrer chez lui et cogiter…

Quelques minutes plus tard, la camionnette opéra une vive marche arrière et gagna la route dans un crissement de pneus. Bellanger se précipita à l'orée du bois pour distinguer les deux feux arrière rouges, jusqu'à ce qu'ils disparaissent totalement après le virage. Le tueur ne le savait pas encore, mais il était fait. Le rouleau compresseur du 36 venait de se mettre en route.

Ce n'était plus qu'une question d'heures.

2

D'après le Système d'immatriculation des véhicules, l'utilitaire appartenait à un certain Bertrand Fermont, domicilié à Massy, à vingt kilomètres environ de l'endroit où le corps avait été déterré. L'individu était inconnu du TAJ, le fichier du traitement des antécédents judiciaires, et échappait ainsi aux radars de la justice.

Une rapide recherche Internet sur la société UCB Élec renvoyait à son unique gérant, ce Bertrand Fermont, et à la même adresse. D'après son profil LinkedIn, l'homme affichait la quarantaine et avait créé sa société neuf ans plus tôt. Son statut Facebook, visible de tous, indiquait « célibataire ». Et ses photos – la plupart du temps des selfies mal cadrés devant des paysages banals de campagne – montraient un type aux sourcils broussailleux, aux yeux ronds et noirs un peu trop rapprochés, et à la bouche si fine et droite qu'elle faisait penser à une suture.

Franck Sharko avait arrêté ses investigations à ce stade. Avec les clichés pris par Nicolas, c'était suffisant pour ordonner une mise en garde à vue immédiate. Le suspect serait auditionné, et probablement placé en détention provisoire par un juge d'instruction dans la foulée.

Trois heures après l'alerte lancée par Audra, le chef de groupe s'était donc mis en route, accompagné de sa femme et subordonnée Lucie, ainsi que de Pascal

Robillard, leur procédurier. Les gars de la BRI s'étaient mobilisés en urgence sur le braquage d'un fourgon blindé en début de soirée. Une grosse affaire avec explosifs et prise d'otages qui allait les occuper un bout de temps. Or, Sharko avait refusé de laisser au tueur l'occasion de se retourner, voire, dans un accès de colère, de s'en prendre à une autre victime.

Puisque la mort estimée de la femme retrouvée dans le bois remontait à moins de seize jours, son équipe menait une enquête de flagrance, ce qui étendait ses droits et lui permettait, par exemple, de débarquer de nuit chez un suspect, sans en référer à qui que ce soit. Autrement dit, ils avaient le champ libre pour frapper quand ils le souhaitaient.

Un silence absolu régnait dans l'habitacle. Les flics angoissaient, comme avant chaque intervention, mais c'était un stress nécessaire. Ils s'apprêtaient à stopper un individu qui s'était *a priori* rendu coupable d'un crime punissable de la plus lourde peine. Un homme dangereux, sans doute instable et sous pression après sa découverte dans la forêt. Même avec trente ans d'expérience dans la Crim, Sharko ressentait toujours, dans ces moments, l'excitation des premiers jours. La fatigue du métier était réelle, mais la hargne, elle, était intacte.

Nicolas et Audra les attendaient à cent mètres de leur cible, une maison coincée entre le boulevard de la Grande-Ceinture et l'enchevêtrement de rails de la gare de Massy. L'habitation se perdait dans une végétation anarchique qui débordait des clôtures et témoignait d'un manque évident d'entretien. Une lumière pâle brillait à l'étage, filtrant entre les lattes des volets fermés. Plus loin, au bout de la rue, on devinait le toit des entrepôts d'une usine de production de béton. Fermont vivait dans un décor de fin du monde, un environnement nappé, à cette heure, de la brume orange des lampadaires grâce à laquelle on distinguait, le long des bâtiments industriels, les arêtes luisantes des wagons de marchandises.

Sharko gara son véhicule derrière celui de Nicolas. Tous sauf Audra rajustèrent leur gilet pare-balles, vérifièrent leur chargeur quinze coups et le bon fonctionnement de leur lampe. Pascal Robillard, une bestiole de quatre-vingt-dix kilos de muscles, avait également embarqué le bélier portatif. Le chef de groupe ordonna à Audra de rester au chaud dans la voiture. Les interventions, c'était fini pour elle – son commandant ne voulait prendre aucun risque et appliquait strictement les règles. Elle acquiesça puis agrippa Nicolas par le col de son blouson et plongea ses yeux gris dans les siens.

— T'as intérêt à revenir en un seul morceau, sinon je te botte les fesses. Et ça vaut pour vous tous, lança-t-elle ensuite en se tournant vers les autres.

Lucie hocha la tête, l'air grave. L'instant d'après, tous traversaient la route et remontaient le trottoir. Audra les vit s'engouffrer entre les buissons, avant que le paysage ne se fige. La scène se jouerait dans les cinq minutes, mais l'attente durerait des siècles. Elle posa les mains sur son ventre et rassura son bébé : ils maîtrisaient la situation, tout allait bien se passer.

Les policiers enjambèrent une barrière, progressèrent au ralenti entre les hautes herbes et les ronces, jusqu'à gagner le pignon droit de la maison, que l'éclairage public n'atteignait pas. Sharko désigna la camionnette garée sous un carport encombré de matériel et de vieux appareils électriques. L'absence d'autres véhicules corroborait leurs recherches sur les réseaux. À l'évidence, Fermont vivait seul. Pour autant, il ne s'agissait pas de frapper à la porte la bouche en cœur : l'individu était sous tension et, se sentant pris au piège, pouvait avoir n'importe quel type de réaction. En faisant le tour de l'habitation, le commandant de police repéra une fenêtre à l'arrière, mais là aussi, les volets étaient fermés.

— Il n'y a pas d'autre issue, murmura-t-il lorsqu'il rejoignit les autres. On entre par là. Une fois à l'intérieur, je grimpe avec Nicolas. Lucie et Pascal, vous vous occupez du bas. On tape proprement, sans coup de feu si possible.

Avec Lucie, ils se regardèrent et, d'un battement de paupières, se souhaitèrent bonne chance. C'était le moment. Robillard en première ligne, Sharko à sa droite. Nicolas et Lucie, en retrait d'un pas. Gorges serrées, respirations courtes, l'adrénaline affluait dans leurs veines. Flingue et lampe en main, chacun connaissait exactement son rôle. Dix secondes plus tard, la serrure avait volé en éclats, et les flics se déversaient dans la maison en hurlant des sommations.

Sharko se rua dans le hall, puis dans l'escalier. L'étage. Un étroit couloir, des portes ouvertes. Bellanger et lui progressèrent, leur pistolet braqué devant eux, jusqu'à jaillir dans la chambre d'où provenait l'unique lumière. Vide. Nicolas partit à rebours, tandis que Franck s'avança vers l'halogène. Celui-ci était relié à un minuteur. Un simulateur de présence qui s'allumait et s'éteignait à des horaires programmés. Un moyen pour Fermont de faire croire au voisinage qu'il veillait chez lui la nuit, alors qu'il traquait ses victimes.

Le commandant n'eut pas le temps de cogiter. Il entendit les voix de ses collègues qui annonçaient « Clair en bas ! », et celle de Nicolas qui l'appelait, depuis le débarras du fond. Franck le rejoignit et découvrit une pièce sans fenêtre, insalubre, dans laquelle régnait une forte odeur d'urine. Un anneau relié à une chaîne était incrusté dans le mur. Du matériel électrique, des câbles, des pinces, des menottes s'y entassaient. Fermont avait plaqué des matelas contre les cloisons pour insonoriser la salle. Une salle de torture.

— Le fils de pute…

— Sa camionnette est là, on a fouillé toute la baraque. Il est où, bordel ?

Ils s'apprêtaient à redescendre quand, soudain, ils perçurent des cris lointains. Ils venaient du dehors. Des cris de femme.

Nicolas se rua dans l'escalier, fouetté une deuxième fois par le jet brûlant de l'adrénaline. Son cœur s'emballa pendant qu'un mauvais pressentiment le traversait. Il ne remarqua pas Sharko dans son dos, il ne vit ni Lucie ni Pascal se précipiter lorsqu'il surgit le premier hors de la maison. Sous le carport, la portière arrière de l'utilitaire était ouverte. La barrière donnant sur le trottoir aussi. Il comprit instantanément : depuis son retour, Fermont, hyper-vigilant, n'était jamais sorti de son véhicule. Il avait flairé le piège.

Les hurlements venaient de cesser et, dans le silence insupportable qui s'installa, chaque lettre du prénom « Audra » jaillit de la gorge de Nicolas comme des cailloux tranchants. Quand il atteignit la route, l'image qui l'accompagnerait sans doute jusqu'à la fin de sa vie – sa chienne de vie –, se grava cette nuit-là, une sordide nuit d'automne 2021, au plus profond de son esprit. Audra, étalée au sol telle une poupée de chiffon…

Trente secondes plus tard, alors que l'ombre noire de Fermont s'éloignait déjà au milieu de la rue, il tomba à genoux près de l'amour de sa vie. Elle gisait inconsciente, le visage tourné vers le ciel, presque apaisé. Peut-être avait-elle tenté de barrer le chemin à Fermont. Ou qu'il s'était jeté sur elle avec l'intention de l'embarquer ou de la tuer, et qu'elle s'était défendue. Nicolas caressa les épais cheveux de jais d'Audra. Lucie, arrivée à ses côtés, constata que la poitrine se soulevait à un rythme régulier. Elle chercha des traces de sang, en vain.

— Dis-moi qu'elle… est vivante…

Les mots entrecoupés étaient ceux de Sharko, penché au-dessus d'eux. Sa femme acquiesça.

— Elle respire. On n'a pas entendu de coup de feu. Apparemment, pas de plaie ouverte par arme blanche non plus. J'appelle les secours !

Robillard arrivait tout juste. Fermont, lui, au même moment, s'engageait sous une barrière de sécurité en direction de l'usine de béton. Sharko savait qu'il n'avait plus 20 ans, mais il préférait crever d'un infarctus sur le macadam plutôt que de laisser cette ordure s'en tirer. D'un geste, il se débarrassa de son blouson, de son gilet pare-balles qui pesait une tonne et s'élança à toutes jambes, se répétant qu'Audra allait s'en sortir.

Parce qu'un des leurs ne pouvait pas mourir.

On ne touchait pas à sa famille.

3

Au loin, un chien aboya. Bruits sourds suivis du sinistre crissement métallique d'un train. À l'entrée de l'usine, Franck se faufila sous une barrière antivoiture, dépassa une guérite vide et distingua une flotte de camions-toupies, alignés devant d'impressionnantes montagnes de cailloux concassés. Fermont finissait de gravir l'une d'entre elles. Il jeta un œil derrière lui avant de basculer sur l'autre versant et de disparaître.

La poitrine déjà en feu, Sharko décida de contourner l'obstacle par la gauche. Cent mètres de plus à parcourir, mais faire un détour serait plus rapide que d'escalader. Il se concentra pour rendre son effort aussi efficace que possible, aspirant de grandes goulées d'air frais, puis soufflant vite et fort. Après ce qui lui parut une éternité, il s'engagea en direction d'un nombre incalculable de containers : le seul endroit où Fermont avait pu se réfugier, vu l'immense étendue sans vie alentour, éclairée par des veilleuses.

Il se sentait minuscule entre ces bâtiments de tôle qui, empilés, semblaient crever le ciel. Des couloirs obscurs partaient en tous sens. Sharko bifurqua, tomba dans un cul-de-sac, rebroussa chemin. Deux minutes plus tard, il stoppa net sa course, les mains plaquées sur ses genoux, avec l'impression d'avoir une lance enfoncée dans la poitrine. Il allait *vraiment* clamser ici.

Lorsqu'il se redressa, il esquiva de justesse la barre de fer qui manqua de lui heurter la tempe. Fermont la lui envoya alors dans les jambes avec un grognement et reprit sa fuite. Le choc au niveau de ses tibias fit hurler Sharko, mais un flux glacé lui donna la hargne de continuer. Ses semelles crantées accrochèrent le bitume, et il ne lâcha rien, gardant le dos noir du criminel en ligne de mire.

Une fois sorti du labyrinthe de containers, l'homme atteignit un grillage par-dessus lequel il sauta, se rapprochant des rails. Franck se jeta à son tour sur la clôture, l'imita du mieux qu'il put et chuta comme un poids mort de l'autre côté, emporté par son élan. Puis il se releva avant de se laisser avaler par la pente et le roulement des gravillons qui l'entraînaient vers le bas. Toute l'adrénaline qui se déversait dans ses artères anesthésiait la douleur. Pour l'instant.

— Arrête… Fermont… T'iras nulle part…

Le fugitif était désormais à la peine tandis qu'il longeait la voie de chemin de fer en se tordant les chevilles sur le ballast. La végétation se resserra autour d'eux, un lasso de ronces et d'arbustes nus qui n'offrait plus, pour unique point de fuite, que le trait étroit des rails. Et ce trait formait une courbe quelques mètres plus loin. Pourtant, Franck n'essaya même pas de braquer son arme, tant son corps tout entier tremblait.

Soudain, un crépitement électrique se fit entendre, comme dans un ciel d'orage. Une vibration tout juste perceptible qui déplaçait subtilement l'air. Le nécrophile dut la ressentir, lui aussi, parce qu'il planta ses deux pieds dans la caillasse, s'immobilisa et se tourna vers son poursuivant. Il n'avait pas le visage d'un tueur sanguinaire, d'un type capable de violer et de mutiler, mais celui d'un quidam en détresse, d'une bête traquée qui transpirait la peur. Franck se figea également, inspira un grand coup et le mit en joue.

— Fais pas le con, Fermont.

Le silence se troublait. Un grondement s'amplifiait. Celui d'une masse de milliers de tonnes qui fendait cette nuit en apparence semblable à toutes les autres. Derrière Fermont, au-delà de la courbe, un halo de lumière apparut. L'homme reculait au fur et à mesure que Franck avançait.

— J'irai pas en taule. Jamais…

Les phares ronds surgirent finalement trop vite. Sharko se jeta sur le côté, le tueur pivota au contraire vers le train et plaqua les mains sur son crâne. Le bruit que provoqua le corps percuté fit frissonner le flic. Le genre de bruit qui s'incrustait au plus profond de vous, à tout jamais.

Les freins émirent un sifflement aigu, ce qui n'empêcha pas les wagons de marchandises de continuer leur lancée. Avec l'inertie, ils ne s'arrêteraient qu'à des kilomètres de là, emportant dans leur sillage le puzzle sanglant de ce qu'avait été un jour Bertrand Fermont.

Franck demeura là, enfoncé dans les herbes, abasourdi. Quatre heures plus tôt, il était chez lui, auprès de ses enfants. Désormais, il se retrouvait avec un suspect en pièces détachées et un membre de son équipe gravement blessé.

4

L'hôpital du Kremlin-Bicêtre n'était pas le plus proche de Massy-Palaiseau, mais il faisait partie des six établissements de l'AP-HP qui assuraient la Grande Garde de neurochirurgie. Étant donné l'absence de plaies corporelles et la présence de sang sur le cuir chevelu, le médecin du SAMU qui les avait rejoints avait émis l'hypothèse d'un choc très violent capable de provoquer un trauma crânien ou une hémorragie cérébrale. En revanche, il avait préféré s'abstenir de formuler le moindre diagnostic concernant le bébé.

Durant le trajet jusqu'aux urgences, Audra n'avait en tout cas pas repris connaissance, ce qui était alarmant. Une fois là-bas, elle avait été étendue sur un brancard, aussitôt englouti par l'un de ces interminables couloirs trop blancs et trop rectilignes. Il était 3 heures du matin. Lucie et Nicolas le savaient, ils s'apprêtaient à vivre de très longues heures d'angoisse.

Dès qu'il le put, Sharko vint aux nouvelles. Robillard et lui avaient dû rester sur place, près des rails, le temps qu'un autre groupe de la Crim débarque. Il y avait eu mort d'homme dans le cadre d'une opération qui avait mal tourné, ce qui impliquait une enquête dans l'enquête. L'IGPN allait être saisie pour déterminer les circonstances exactes du décès de Fermont et, si besoin, prendre les mesures qui s'imposeraient.

Lucie s'isola lorsque son téléphone vibra. Elle relata ce qu'elle savait à Franck, c'est-à-dire pas grand-chose : Audra avait été emmenée au bloc de neurochirurgie après avoir passé un scanner. L'équipe de gynécologie et l'obstétricien de garde avaient été sollicités, au cas où l'intervention aurait nécessité une extraction d'urgence du fœtus – qui serait fatale au petit être. « Il faut tout faire pour qu'ils s'en sortent, elle et le bébé. » C'était la seule phrase que Sharko avait réussi à prononcer. Puis il avait raccroché.

La lieutenant de police se massa les paupières, histoire de chasser les images infernales qui s'y dessinaient. C'était le genre de moment que tous les flics redoutaient, et il se déroulait, là, maintenant, au sein de leur groupe si soudé. Audra était devenue une amie, une présence féminine qui faisait du bien au milieu de toute cette testostérone. Quant à Nicolas, il était comme un frère pour Lucie. Il l'avait accueillie, formée lors de ses premiers jours au 36, elle, la petite bleue débarquée du Nord. Depuis, il avait eu son lot de souffrances, assez pour plusieurs vies. Le destin ne pouvait pas s'acharner ainsi, pas encore…

Elle le rejoignit d'un pas traînant. Il avait enfin trouvé le courage de prévenir par téléphone les parents d'Audra. La lumière crue des néons ciselait son visage en arêtes tranchantes – tel un Picasso torturé.

— J'aurais jamais dû l'écouter et la laisser m'accompagner. Jamais…

Nicolas s'effondra sur une chaise, son masque chirurgical baissé sous le menton, les doigts sur les ailes de son nez. Lucie s'assit à ses côtés.

— Elle ne tenait pas en place derrière un bureau, tu le sais très bien. Elle a insisté. Ce n'est pas ta faute.

Ni celle de personne. Ça aurait pu arriver à n'importe lequel d'entre nous.

— Mais ça lui est arrivé à elle.

Lucie se tut, car les mots ne suffiraient pas à atténuer sa peine. Parce que en vérité, il n'y avait plus une journée où chacun d'entre eux partait bosser sans se dire qu'il pourrait ne pas rentrer. Les risques du métier, comme on dit. Elle ne savait pas exactement quand les choses avaient changé, mais elles avaient changé. La violence sourde qui imprégnait leur quotidien remontait peut-être aux attentats de 2015-2016. Ou à l'épisode des Gilets jaunes.

Nicolas buvait café sur café à la machine. Il avait cru vivre le pire jour de sa vie quand Camille, sa compagne, avait été assassinée des années plus tôt. Des monstres la lui avaient arrachée et avaient mis sa mort en scène de la façon la plus abominable qui soit. Mais il y a toujours pire que le pire.

Le jour pointait déjà par la fenêtre, un soleil blanc et froid, lorsque, enfin, un homme en tenue bleue vint à leur rencontre. Nicolas haïssait ces masques qui empêchaient de lire les expressions des visages. Le premier détail qu'il remarqua fut le filet de sang, sorte de queue de comète, sur le bas de sa blouse. Le neurochirurgien avait juste desserré sa calotte, dévoilant de courts cheveux blonds. Ses traits étaient tirés, ses yeux rougis de fatigue. On devinait encore, autour, la trace des optiques de précision qui lui avaient servi à opérer.

— Je vais essayer de vous expliquer le plus simplement possible la situation, lâcha le spécialiste d'une voix étouffée par le polypropylène de son masque. Une équipe a immédiatement pris en charge Mme Spick à son arrivée aux urgences et l'a emmenée passer un scanner. Il a révélé une très importante hémorragie intracérébrale causée par un choc violent, c'est-à-dire une fuite de sang à l'intérieur même du cerveau. Le problème, dans ce cas de figure, c'est que l'accumulation de sang comprime la matière cérébrale…

Il parlait sans émotion particulière, relatait juste des faits et gardait cette distance froide qu'imposait son métier. Dehors, les sirènes hurlèrent de nouveau. Les hôpitaux étaient ainsi : submergés d'arrivées… et trop souvent sans sortie à la fin.

— Il fallait ouvrir. On a fait une fenêtre dans le crâne pour évacuer le sang. Il y en avait beaucoup, la pression intracrânienne était très forte…

— Dites-nous que vous avez pu la sauver, docteur.

— On a fait le nécessaire pour arrêter l'hémorragie, mais une partie du cerveau et du cervelet avaient déjà subi des dommages encore difficiles à estimer. Et désormais, nous sommes face à une autre complication. Un œdème intracérébral s'est formé. Il gonfle rapidement… Trop.

Il avait pris du temps pour prononcer ce dernier mot. *Trop*. Quatre lettres qui changeaient tout. Lucie sentait que Nicolas était sur le point de flancher. Il était livide.

— Vous allez devoir réopérer ? demanda-t-elle. C'est ça que vous êtes en train de nous dire ?

— Malheureusement, c'est inopérable. L'œdème n'est pas aussi localisé qu'une hémorragie. Il est généré par une accumulation d'eau à l'intérieur des cellules du cerveau, ce qui entraîne une augmentation du volume cérébral partout à la fois dans un os qui, vous le savez, n'est pas extensible. On a administré des substances à Mme Spick dans le but de diminuer la pression intracrânienne, mais il n'y a pour le moment aucune amélioration, l'œdème continue à se développer malgré tout.

On a peut-être affaire à ce qu'on appelle une hypertension intracrânienne réfractaire.

Nicolas eut à cet instant une pensée incongrue. Il se dit que le médecin était trop jeune pour savoir ce qu'il racontait. Que personne ne devenait neurochirurgien sans avoir une couronne de cheveux gris ou des rides profondes sur le visage. C'était un cauchemar.

— Le bébé... balbutia-t-il.

— Je préfère laisser s'exprimer l'obstétricien qui va se charger des examens, mais le fœtus est en vie. Son cœur bat régulièrement, le placenta est intact et bien en place...

Lucie glissa sa main dans le dos de son collègue en lui adressant un pâle sourire. C'était un infime coin de ciel bleu au cœur d'un orage.

— Je ne veux pas vous donner de fausse joie, ce ne serait pas honnête, précisa le spécialiste en fixant Lucie. C'est, honnêtement, mal engagé. Les quarante-huit prochaines heures vont être décisives. Mme Spick est maintenant en réa neurochirurgicale, plongée dans un coma artificiel pour solliciter le moins possible son cerveau. Un médecin réanimateur et son équipe ont pris le relais et s'occupent d'elle. Ses fonctions vitales vont être en surveillance constante et, croyez-moi, ils vont faire tout ce qui est en leur pouvoir pour la sauver, ainsi que votre bébé.

— On peut la voir ? osa Lucie.

Le chirurgien entrebâilla la porte battante derrière lui, déjà prêt à repartir.

— Non, désolé, il est trop tôt pour ça... Écoutez, quarante-huit heures, c'est long. Vous devriez rentrer chez vous vous reposer. S'il se passait quoi que ce soit, vous en seriez immédiatement informés.

Nicolas secoua la tête.

— Hors de question. Je reste.

Le spécialiste montra sa compréhension d'un mouvement de menton, leur adressa un dernier regard empreint d'un soupçon de compassion cette fois, et disparut. Malgré la présence de Lucie, Nicolas se sentait au bord de l'abîme, sur le point de basculer. Il aurait aimé parler encore, en savoir davantage sur ce qui s'était passé, sur ce qui les attendait. Trop d'inconnues demeuraient. Il retourna s'asseoir sur sa chaise.

— Je ne veux pas qu'ils meurent. S'il existe un putain de bon Dieu sur cette Terre, pitié, faites qu'ils s'en sortent. Tous les deux.

5

— C'est terrible… Et les médecins ne peuvent pas se tromper ? Je veux dire, son cerveau ne peut pas s'arrêter de gonfler d'un coup ?

Le commissaire Maxime Jecko était appuyé contre un mur de son bureau, au sixième étage du 36, rue du Bastion. Il lissait sa cravate noire – trop large, trop moche –, un tic que Sharko connaissait par cœur, et qui se manifestait chaque fois que le chef de la Crim avait de graves décisions à prendre.

— Non. Ça fait maintenant seize heures qu'Audra a été admise, et leur diagnostic est alarmant. J'ai entendu la façon dont ils parlaient. Les mots qu'ils employaient. D'ordinaire, ils entretiennent une espèce de flou, mais là… Je crois qu'ils préparent Nicolas au pire.

— Quelle merde !

Jecko alla se servir un café dans sa Thermos. Il en proposa un à Sharko, qui saturait : plus de caféine que de sang circulait probablement dans ses veines.

— J'ai cru comprendre que ton audition avec les gars de l'IGPN s'était mal passée.

— Sans surprise. Je n'avais pas repris mon souffle qu'ils me tombaient déjà dessus. Je ne suis même pas passé chez moi pour me rafraîchir, je n'ai pas vu mes gosses…

— Ça aurait été vite réglé si le conducteur du train avait vu quelque chose. Mais visiblement, ce con-là ne regarde pas devant lui. Tu vas me dire ce qu'ils foutent dans leur cabine, bordel ?

Le chef s'installa dans son fauteuil – assise relevée au maximum pour se donner de la hauteur, mais ses pieds touchaient à peine le sol. Du menton, il invita son subordonné à faire de même.

— À mon avis, on va avoir les bœufs-carottes sur le dos une bonne semaine, le temps qu'ils prouvent le suicide et qu'ils s'assurent que ta responsabilité n'est pas engagée dans ce qui est arrivé à Audra. Mais putain, Sharko, une femme enceinte de cinq mois n'avait rien à faire là-bas.

— Elle n'était pas sur le dispositif, elle est restée dans la voiture.

— Peut-être, mais c'était pas sa place. En tout cas, j'imagine que tu sais ce que ce genre d'enquête implique…

— Me fais pas ce coup-là.

Jecko secoua la tête avec son faux air navré que Sharko détestait. Bon flic, piètre comédien.

— J'ai les poings liés, ça vient d'au-dessus. Les politiques entrent en campagne, et s'il y a bien un point sur lequel ils s'accordent, c'est sur leur volonté de pouvoir se targuer d'une police irréprochable. Je te fais pas un dessin, les sujets autour de la sécurité sont brûlants, pas mal de regards sont tournés vers nous. Un suspect mort sous un train, une des nôtres sur le carreau… Et encore, on a du bol de ne pas avoir la presse dans les pattes. Le substitut a fait des bonds quand il a appris la nouvelle. Ce sont les risques du métier, tu me diras, mais les risques, aujourd'hui, on n'a plus le droit de les prendre, sinon, ça finit sur les réseaux sociaux, et c'est l'enfer.

Jecko aspira sans finesse son café. Il grimaça.

— C'est froid, bordel. Même ces fichues Thermos, c'est plus ce que c'était. *Made in China*, à tous les coups.

Il reposa sa tasse d'un geste dédaigneux.

— Enfin, bref, ce n'est rien de méchant, Franck. Toi et moi, on se connaît depuis suffisamment longtemps pour que tu comprennes que ce n'est pas contre ta pomme. Profites-en pour passer du temps avec tes gosses, emmène-les en balade, j'en sais rien, moi, tu trouveras bien une occupation. On laisse tout ça se tasser, les bœufs-carottes font leur rapport au carré, et je te réintègre à la seconde où c'est terminé.

— Tout ça va se tasser ? Je te rappelle qu'Audra est branchée à des machines, entre la vie et la mort ! Sans compter qu'on ignore encore qui est la femme qu'on a déterrée dans les bois. Je refuse qu'elle reste la victime anonyme d'un boucher tellement lâche qu'il a préféré se jeter sous un train. Permets-moi au moins de lui rendre son identité. Il faut que je fasse quelque chose, sinon je vais ruminer à la maison et revivre en boucle la soirée d'hier.

Jecko ne sembla pas impressionné par la masse qui venait de se pencher au-dessus du bureau pour le fixer au fond des yeux.

— Toi et tes besoins de vérité… Je suis désolé, mais tu vas devoir mettre ces lubies de côté. De toute façon, t'inquiète pas, Mortier fera très bien le job.

— Mortier… Pas lui, de grâce.

— Sérieusement, tu deviens vraiment ce genre de vieux con qui crache sur tout ce qui est plus jeune que soi ? Ça va faire du monde.

— Jeune, vieux, ce n'est pas le problème. Mortier est un branleur de première.

— Pas grave. Une fois que tu seras sorti d'ici, tu vas lui fournir les éléments du dossier, il reprend temporairement le bébé. Tu le récupéreras à ton retour. En attendant, je bascule Lucie dans son groupe pour qu'ils ne repartent pas de zéro. Pascal va rejoindre celui de Josselin, il leur manque un procédurier pour leurs histoires de trafics d'êtres humains. Quant à Nicolas, je doute fort qu'il soit opérationnel dans les jours à venir…

Un bon petit soldat à la botte des politiques, voilà ce qu'était Jecko. Sharko comprit qu'il n'y avait rien à négocier. Son chef ne revenait jamais sur ses décisions, question de principe. Le commandant de police se redressa en poussant sa chaise vers l'arrière. Dans l'élan, celle-ci se renversa.

— Ne crois pas que ça m'amuse, trancha son supérieur. Quoi que tu en penses, c'est sur moi que les ennuis retombent, à la fin.

Franck ramassa sa chaise. La voix sèche de Jecko résonna dans son dos quand il posa sa main sur la poignée de la porte.

— T'oublies rien ?

— Si vous voulez mon flingue, toi ou les branquignols au-dessus de toi, vous n'aurez qu'à vous déplacer pour le récupérer. J'ai trente ans de boutique, putain…

Sur ces mots, il alla s'enfermer dans son bureau. Son équipe venait d'exploser, comme ça, en un claquement de doigts. Hier, ils étaient six. Aujourd'hui, il était seul. On lui demandait de rentrer chez lui comme un môme viré de son collège. Pour se calmer, il versa de la nourriture dans son aquarium. Une dizaine de guppys et de platys évoluaient entre un décor d'épave et des plantes vertes en plastique. Cette suspension, c'était aussi devoir accepter de les abandonner…

Dix minutes plus tard, Mathis Mortier arrivait avec la satisfaction d'un vautour se repaissant d'une charogne. Sharko ne l'aimait pas, et ce n'était pas à cause de sa jeunesse, comme le prétendait Jecko. À 32 ans, ce type aux allures de surfeur avait obtenu le poste qu'il occupait parce qu'il était le fils d'un col blanc qui côtoyait les hautes sphères politiques. Les ordres, c'était son truc. Le terrain et l'empathie, beaucoup moins. Franck lui transmit à contrecœur les dossiers papier qui contenaient tous les procès-verbaux de l'affaire Fermont.

— Retrouve-moi l'identité de la victime. C'est tout ce que je te demande.

— Si tu veux bien, je vais procéder à ma manière. D'autant que ça ne me fait pas vraiment marrer de rattraper tes conneries. Il y a deux de mes gars qui sont encore en train de ramasser des morceaux de Fermont éparpillés sur plusieurs centaines de mètres.

— Ça te rappellera les puzzles que tu devais encore faire il n'y a pas si longtemps.

Mortier dégaina un sourire coincé.

— Épargne-moi tes vannes à deux balles. Et la prochaine fois, avec tout le respect que je te dois, évite de jouer les cow-boys. On connaît tous tes états de service. T'avais rien à prouver, ni à nous ni à toi-même.

Il sortit avec le dossier. De nouveau seul, Sharko se plaqua les mains sur le visage, les yeux fermés. Il revit Audra couchée par terre – sa bouche un peu ouverte, sa tête inclinée et cette sainte paix sur ses traits –, Fermont disparaître en un clignement de paupières au passage du train, comme une illusion d'optique. Et ce bruit d'os broyés…

Il était presque 21 heures lorsqu'il décrocha son blouson du portemanteau. Il retira son Sig Sauer de son holster et le rangea dans son armoire blindée. Malgré la fatigue, il comptait relayer Lucie à l'hôpital, auprès de Nicolas. Au moment d'éteindre son ordinateur, cependant, il constata qu'un mail était arrivé au milieu de l'après-midi.

Objet : Rapprochement(s) effectué(s) dans le FNAEG

Ce dernier lui était adressé par le technicien chargé d'interroger le Fichier national automatisé des empreintes génétiques. Le rapport était attaché en pièce jointe. Sharko se pencha vers l'écran. Le message concernait une requête particulière qu'il avait faite après que l'analyse ADN standard de la victime, basée sur ses tissus biologiques, n'avait rien donné.

Lors de l'autopsie, le médecin légiste avait remarqué que la femme déterrée dans les bois souffrait de perte osseuse, sans doute de l'ostéoporose, et qu'elle avait subi une greffe du col du fémur gauche. L'os provenait donc d'un autre individu, et pas forcément mort – des cols du fémur, comme d'autres os, étaient souvent récupérés par les hôpitaux, suite à des poses de prothèses par exemple. Sharko avait alors suivi son intuition en demandant à un expert de prélever de l'ADN dans cette partie étrangère, et d'en tirer un profil afin qu'il puisse ensuite communiquer celui-ci au technicien du FNAEG. Identifier le donneur permettrait dans un second temps de trouver le receveur en passant par l'organisme qui s'était occupé de gérer ce don. Sharko avait tenté sa chance, conscient de la faible probabilité pour que le fichier automatisé révèle quelque chose, et pourtant…

Monsieur/Madame SHARKO FRANCK / OFFICIER DE POLICE JUDICIAIRE, BRIGADE CRIMINELLE DE PARIS,

J'ai l'honneur de vous informer que le Fichier national automatisé des empreintes génétiques a rapproché le profil génétique d'une trace non identifiée que vous nous avez transmis (côte I), dont le numéro de gestion correspond à 512271875111, avec celui de l'individu (côte II) dont le numéro de gestion correspond à 114983482111 et dont l'identité est EMMA DOTTY, née le 22 novembre 1975 à PARIS, de DOTTY VICTOR et de ROUSSELLE MARIE.

Ce résultat constitue un rapprochement et n'a pas valeur d'identification.

Le chef du service central d'identité judiciaire

Sharko n'en revenait pas. Ça avait matché. Le donneur de col du fémur s'appelait Emma Dotty. Le flic consulta aussitôt la pièce jointe. Elle précisait tout un tas d'informations, mais ce qui intéressait Franck, c'était le numéro de procédure ayant impliqué le fichage au FNAEG de cette Emma Dotty : 2021/31894.

Dans la foulée, il lança l'interface du TAJ, y entra ces chiffres et obtint les détails du délit. Ça s'était passé en mai dernier. La propriétaire du col du fémur avait été inculpée dans le cadre de l'article 311-4 du code de procédure pénale : vol ou tentative de vol. Une primo-délinquante. L'affaire avait été gérée par un certain Colin Manille, de la brigade de gendarmerie d'Évreux. Il n'y avait pas de photo de Dotty, et l'emplacement où l'officier aurait dû décrire en style télégraphique la nature des faits reprochés était vide – un officier qui à l'évidence n'avait pas pris le temps de faire les choses en bonne et due forme. En revanche, il était mentionné que l'enquête avait abouti à une remise en liberté avec injonction thérapeutique : Emma Dotty avait eu pour obligation de consulter un psychologue sur une durée de trois mois. Pourquoi ? Qu'avait-elle cherché à voler ?

Franck divaguait, il devait se concentrer sur leur victime anonyme. Il récupéra l'adresse de l'interpellée au moment des faits, qui remontaient donc à environ six mois : la mystérieuse Emma Dotty vivait dans le 11e arrondissement de Paris. Il imprima ensuite tous ces éléments, plia les feuilles et les fourra dans une poche de son blouson. Enfin, il s'assura que son mail s'affichait comme « non lu » et ferma sa messagerie, puis il sortit sans oublier de verrouiller son bureau.

Bertrand Fermont était mort, mais les investigations pour offrir un nom à sa malheureuse victime ne faisaient que commencer. Et, en attendant de reprendre les rênes de son groupe, Sharko ne comptait pas se tourner les pouces.

6

Sharko émergea le lendemain, en milieu de matinée, dans un grognement : Janus, son épagneul, lui léchait la joue avec générosité. Il laissa le chien grimper sur le lit et se bagarra avec lui quelques minutes. L'animal adorait ces duels, mais sans doute moins que son maître, qui finit par lui coincer la gueule dans le creux de son coude. Sharko 1, Janus 0.

Un peu plus tôt, il s'était enfin couché après être resté à l'hôpital presque toute la nuit, dans une pièce aveugle proche de l'infirmerie que du personnel soignant avait libérée pour Nicolas. Audra était repartie pour d'interminables examens, entre l'obstétrique et les scanners ultra-perfectionnés de la neurologie. Les médecins ne se prononçaient plus, ils disaient juste d'attendre. Toujours attendre… Ça faisait déjà plus de trente heures qu'elle avait été admise. Pourquoi les laissaient-ils mijoter ainsi ? Entretenaient-ils encore un infime espoir ? Ou, au contraire, offraient-ils simplement un répit à Nicolas, sachant qu'elle était condamnée ?

Franck versa des croquettes dans le bol de Janus et se fit couler un café serré. De vifs souvenirs remontèrent à la surface, notamment celui de sa première rencontre avec Audra, en 2017. Un petit bout de femme, fringuée à la manière d'une commerciale, dont on aurait pu croire qu'elle serait tombée dans les pommes à la vue du sang.

Mais elle était en réalité une guerrière, une ancienne du service de la traite des êtres humains qui avait également affronté les attentats de Nice de l'intérieur. Une survivante que plus grand-chose n'effrayait.

Gorgée bruyante d'arabica, flambée dans la gorge. La tasse vide de Lucie reposait au milieu de la table. Elle n'avait pas beaucoup dormi, elle non plus. Savoir Audra suspendue entre deux mondes l'avait anéantie. La vie continuait pourtant et, ce matin, elle avait emmené les jumeaux à l'école avant d'aller au 36. Franck les récupérerait en fin d'après-midi, ce qui lui laissait le champ libre pour mettre à exécution son programme.

Il termina son petit déjeuner express, pensif, face à la fenêtre qui donnait sur leur modeste jardin, à Sceaux, au sud de Paris. Nicolas ne lui avait rien reproché quant aux événements dramatiques de cette nuit-là. Après tout, il n'y avait personne à blâmer. Chacun d'entre eux avait voulu coincer Fermont comme ils l'avaient si souvent fait, emportés dans une spirale d'excitation. Mais Franck savait, au fond de lui, qu'une pointe d'orgueil l'avait poussé à agir au plus vite alors qu'il aurait peut-être dû attendre le retour des groupes d'intervention pour assurer l'opération, ou se garer encore plus loin de chez Fermont. Peut-être bien, oui… Mais les regrets ne changeaient rien au passé. Ce qui était fait était fait.

Fatigué de ruminer, Sharko prit la route sous une fine pluie oblique et désagréable d'automne – une saison qu'il détestait. Il mit ensuite environ une heure pour atteindre le 11e, et quinze minutes de plus pour trouver une place de stationnement du côté de la rue Saint-Maur. Après quoi il s'engagea à pied dans un passage pavé protégé par une lourde porte cochère qui demeurait ouverte la journée. Des ateliers d'artistes, des verrières, de bas immeubles aux balcons fleuris bordaient un espace étriqué et verdoyant. Le genre de lieu qu'on ne soupçonnait pas en plein Paris, isolé du fracas ambiant.

Un peu plus loin, il se retrouva face à une bâtisse qui, avec sa longueur et son architecture, ressemblait à un hangar défraîchi. Il était pourtant au bon numéro. Il sonna, sans succès. Après avoir frappé à plusieurs reprises au battant de bois vieillot, il tourna la poignée, au cas où. Nouvel échec. Il décida donc de se renseigner auprès des occupants de l'immeuble voisin, qui abritait différentes sociétés de production, mais ne rencontra que des employés qui ignoraient qui habitait juste à côté.

Il était cependant hors de question de repartir bredouille. Il devait parler coûte que coûte à cette Emma Dotty. Il revint alors vers le bâtiment et remarqua que les volets n'étaient pas totalement fermés. Ils avaient été, semblait-il, volontairement entrebâillés, comme pour laisser pénétrer la lumière. Franck glissa sa main par-dessous et palpa le loquet qu'il souleva d'un geste sec. La fenêtre, derrière, était elle aussi entrouverte par le même système. Étonnant, vu la météo...

Le flic eut un drôle de pressentiment, de ceux difficiles à expliquer, mais qui l'avaient souvent guidé durant toutes ses années d'enquête. Et il n'aimait pas ça. Il jeta un dernier coup d'œil alentour – le passage était toujours désert –, avant de se hisser dans l'encadrement et de basculer à l'intérieur.

— Il y a quelqu'un ?

Il venait d'atterrir dans un décor industriel aux murs de brique rouge dont le plafond, six mètres plus haut, était composé de plaques de verre et de poutrelles métalliques auxquelles pendaient des bâches grises. La pluie crépitait sur le toit, et il ne faisait franchement pas chaud.

Une odeur douce, pareille à du miel, vint lui caresser les narines au fil de sa progression. Il écarta un rideau et eut un mouvement de recul lorsqu'il se retrouva face à un buste. Le moulage, d'une beauté dérangeante, montrait les organes d'un homme du sternum au cou : un poumon en place, l'autre disséqué, le cœur, le système veineux. La partie supérieure, intacte, affichait un visage serein, stoïque, comme sur certaines statues grecques. Sharko toucha, renifla. Selon toute vraisemblance, un objet fabriqué en cire.

Il s'avança au milieu d'une foule muette de visages, de bustes, de pièces d'anatomie plantés sur des pics d'ébène, eux-mêmes maintenus par des piédestaux en bronze. Sharko songea à ces dessins qu'on voyait dans les livres médicaux, ou ces œuvres morbides exposées sous verre dans les musées de sciences. À chaque bâche qu'il poussait, sa gorge se serrait davantage. Il avait la tenace impression que ces dizaines d'yeux, enfoncés dans des faciès livides et immobiles, allaient l'engloutir.

Il se rendit dans une autre pièce, inspecta rapidement la bibliothèque – ouvrages de grands peintres, des beaux livres pour l'essentiel, quelques classiques de la littérature… Plus loin, il se retrouva dans un atelier d'artiste, avec ses tubes de gouache, ses pinceaux, ses récipients de cire colorée, ses outils qui servaient à tailler, gratter, découper. Là, il faisait plus sombre à cause de l'absence de vitres, alors il appuya sur l'interrupteur.

Embrasement de photons. Ébloui, il s'approcha d'une large table sur laquelle reposaient deux caisses en bois hautes d'à peine vingt centimètres et dépourvues de couvercle. Le flic n'avait jamais vu une chose pareille. Les caisses abritaient des scènes miniatures où le moindre élément, le moindre personnage démontrait une précision de construction et un sens du détail incroyables. Emma Dotty avait dû s'acharner des centaines d'heures pour arriver à un tel résultat, et il lui sembla que ces ensembles étaient non pas des maquettes, mais des espèces de mini-pièces de théâtre destinées à être accrochées aux murs d'un musée.

La première boîte donnait à voir un homme squelettique, couché sur une planche en bois dans une cellule, ou plutôt une alcôve en pierre trouée d'une fenêtre en forme de trèfle. Un drap recouvrait la partie basse de son corps, et ses mains osseuses étaient jointes sur le tissu froissé. Ses cheveux et sa barbe étaient d'un blanc immaculé. Quant à sa cage thoracique qu'un fin voile de peau habillait, ses frêles épaules et sa face creusée, elles ne laissaient aucun doute : l'homme représenté était raide mort. Il l'effleura d'un doigt prudent, observa les moulages, les objets. Là encore, de la cire, ainsi que du bois, de la pierre, du latex… Une véritable œuvre d'art.

La seconde boîte n'était que ténèbres. Le décor reproduisait une grotte sinistre, chaotique, aux parois tapissées d'une matière flasque, sanguinolente. Au fond, sur le sol, des montagnes de minuscules ossements humains, des crânes renversés et des corps meurtris, enchevêtrés, aux bouches hurlantes, avalés, agressés, assaillis par des démons répugnants. Sur une corniche, en hauteur, siégeait la Mort, squelette aux larges ailes noires déployées. Les deux cavités béantes de sa tête décharnée fixaient avec gourmandise une femme nue suspendue à l'horizontale par des câbles au-dessus du tapis de cadavres agonisants. Comme en lévitation. Ses longs cheveux noirs flottaient dans le vide. D'autres démons ailés guettaient, autour, accrochés à la pierre des parois, tels des charognards prêts à la dévorer. Sharko songea aussitôt à une représentation abominable de l'enfer.

Sur la table de l'atelier, la présence de pinceaux extrêmement fins, de lunettes grossissantes et d'instruments proches de ceux utilisés en chirurgie laissait penser que

Dotty travaillait encore sur ces décors. Elle peaufinait, sans doute, les derniers détails. Franck les bombarda de photos avec son portable. La complexité de ces mises en scène témoignait d'un caractère obsessionnel, ou *a minima* jusqu'au-boutiste. Peut-être existait-il un lien entre ça et l'injonction thérapeutique dont Dotty avait fait l'objet. En tout cas, cette inconnue l'intriguait de plus en plus.

Les pièces étaient en enfilade, il gagna la suivante, bien plus classique. Il repéra la porte en bois de l'entrée. En face, une cuisine simple, fonctionnelle, propre. Ustensiles rangés, vaisselle faite. Le réfrigérateur débordait de nourriture, mais le bac à légumes avait noirci à cause de la pourriture. Les produits frais – yaourts bio, lait écrémé – étaient périmés depuis des semaines.

Il s'orienta vers la pile de courrier posée sur l'îlot central. Une vingtaine d'enveloppes encore intactes. Franck s'attarda sur une carte de visite, mêlée au paquet. Dessus se détachait une écriture manuscrite : « J'ai essayé de te téléphoner, messagerie direct. Rappelle-moi. *Memento mori.* » Elle appartenait à un certain Armand Oppenheimer, « directeur du musée des Moulages de l'hôpital Saint-Louis ».

Cet homme pourrait sans doute le renseigner. Le policier photographia également la carte, la remit en place et rejoignit la partie hangar. Il y avait remarqué, un peu plus tôt, un escalier métallique en colimaçon qui menait à une mezzanine. Là-haut, il découvrit une chambre sans fioritures, entourée d'une rambarde en acier qui offrait une vue plongeante sur les moulages : un spectacle à faire cauchemarder même éveillé. Au-dessus du lit, un christ sur sa croix. Et, dans un coin, un bureau qui, visiblement, avait été rangé. Rien ne traînait. Pas même un ordinateur.

Franck se planta là, immobile, en pleine réflexion. À l'évidence, Emma Dotty jouait les abonnés absents depuis un bout de temps – peut-être l'été, vu l'entrebâillement des fenêtres. Pour le moment, elle seule pouvait pourtant mener à l'identité de la victime de Fermont. Il fallait la retrouver. Mais comment ? Sans les outils informatiques de la police et sans son équipe, les recherches allaient être compliquées.

Soudain, il perçut des bruits, en bas.

Quelqu'un entrait.

7

Sharko descendit les marches deux par deux, la gorge serrée, et regagna vite l'atelier. Une lumière s'était allumée dans la cuisine, une ombre glissait par terre, à la lisière de la pièce. Quand elle s'approcha plus encore du seuil de la porte, le flic aperçut finalement la silhouette inoffensive d'une femme âgée, qui se baladait avec un arrosoir. Ravalant sa salive et son stress, il prit le parti d'y aller franco : il brandit devant lui sa carte tricolore – avec laquelle il se déplaçait toujours – et surgit dans le dos de l'inconnue aux courts cheveux blancs.

— Police. Qui êtes-vous ?

La femme poussa un hurlement en se retournant. Dans le mouvement, son arrosoir vola au sol. Elle plaqua une main sur son cœur en découvrant le visage fermé de son vis-à-vis et eut à peine le temps de voir la carte que Sharko rempochait déjà.

— Bon Dieu, vous m'avez fait peur ! Comment vous êtes entré ? Qu'est-ce… Qu'est-ce qui se passe ? Il est arrivé quelque chose à Emma, c'est ça ?

— Qui êtes-vous ?

— Clélia Jouillard, la voisine d'en face… Je…

La petite vieille devait avoir dans les 80 ans, et Franck ne voulait pas être responsable d'une mort par crise cardiaque. Il la laissa reprendre ses esprits – ce qui demanda plusieurs minutes.

— C'est moi qui ramasse le courrier et arrose les plantes quand Emma est absente, précisa-t-elle alors.

Sharko lui expliqua qu'il devait parler à Mme Dotty dans le cadre d'une enquête policière à propos de laquelle il resta flou. La femme se pencha, récupéra son arrosoir et le posa sur l'îlot central. Il était en train de gagner sa confiance.

— J'ignore où elle se trouve. Emma s'en va régulièrement durant de longues périodes. Elle voyage beaucoup. Je crois qu'elle mène des recherches et écrit des articles, mais je n'ai jamais su de quel genre exactement. Des trucs poussés et médicaux, en tout cas.

— Vous avez un moyen de la joindre ?

— J'ai son numéro de portable. Ça doit maintenant faire trois mois qu'elle est partie. J'ai su qu'elle n'était plus là à cause des volets, alors j'ai fait comme d'habitude, je me suis occupée de ses affaires. J'ai quand même appelé pour savoir si tout allait bien, et si elle comptait revenir bientôt, parce que je vais rendre visite à mes enfants et petits-enfants dans une semaine. Ils vivent au Québec et ça fait plus d'un an et demi que je ne les ai pas vus à cause du virus. Mais elle ne décroche pas, je tombe sur son répondeur. Pour tout vous dire, je commence à m'inquiéter.

Sharko nota le numéro de téléphone.

— Elle s'absente souvent sans prévenir ?

— Oui, surtout les dernières fois. Mais elle m'envoyait un SMS le lendemain pour me dire quand elle prévoyait de rentrer. Là, rien.

Franck l'emmena jusqu'aux bustes, dans la pièce mitoyenne.

— Toutes ces choses… Qu'est-ce que c'est ?

— Son travail. Emma est céroplasticienne…

— C'est-à-dire ?

— Elle reproduit l'anatomie humaine avec de la cire, dans la plus pure tradition, pour les écoles de médecine, les musées spécialisés, ce genre d'institutions. Vous avez dû voir à quel point elle est douée. Et puis il faut l'écouter parler de tout ça, elle est passionnée ! Je ne vous cache pas que ces silhouettes sont pour moi aussi effrayantes qu'impressionnantes.

Sharko posa d'autres questions d'usage. Clélia fouilla dans la galerie de son portable et lui montra une photo d'Emma. Brune, épaisse comme une feuille de palmier, les cheveux attachés en queue-de-cheval. Il reconnut d'emblée la femme nue, suspendue et entourée par les démons dans le mini-théâtre.

— Vous savez ce que représentent les boîtes dans l'atelier ?

— Non, mais c'est à ça qu'elle occupait son temps, récemment. C'est… très glauque.

Elle croisa les bras dans un frisson, visiblement perturbée. Sharko lui demanda de lui transférer le portrait de sa voisine, ce qu'elle fit sur-le-champ. Puis il orienta la discussion sur le col du fémur, en vain. Clélia ignorait si la céroplasticienne avait subi une quelconque opération chirurgicale au niveau de la hanche.

— Une dernière chose. Est-ce qu'elle vous semblait en danger ? Ou inquiète ?

— Vous me faites peur, souffla la vieille dame alors que ses rides se creusaient un peu plus encore. Vous m'interrogez sur la santé d'Emma, et maintenant vous me parlez d'un danger. Quel genre d'enquête vous menez, exactement ? C'est grave, c'est ça ?

Ayant l'intuition qu'il ne tirerait plus rien de cet échange, Sharko remercia la femme et sortit par la porte, cette fois. Sans laisser de carte. Sans se retourner. Il bifurqua à l'entrée du passage et s'échappa comme un voleur dans le dédale des rues parisiennes, bien conscient qu'une telle intrusion au domicile d'Emma Dotty aurait pu lui causer de sérieux ennuis. Quand il retrouva le flux des passants, il se sentit plus rassuré, mais portait toujours le poids de son étrange visite. L'atmosphère sinistre du loft, ces moulages anatomiques, cette boîte pleine de démons dans laquelle la céroplasticienne s'était représentée… Il regagna sa voiture, assailli par ce curieux sentiment que ses investigations ne concernaient plus l'identité de la victime de Fermont, mais la disparition d'Emma Dotty.

8

Memento mori. « Souviens-toi que tu vas mourir. » Face à l'écran d'ordinateur, les yeux de Sharko brillaient dans le clair-obscur de son salon. La locution latine, écrite sur la carte de visite dénichée chez Dotty, offrait une vision de la condition humaine destinée à rappeler que la gloire, le succès, la jeunesse et toutes les actions que nous entreprenions se heurtaient tôt ou tard à un brutal couperet qui finissait toujours par tomber : la mort.

Suite à ses recherches, Franck avait appris que cette pensée avait engendré de nombreuses productions artistiques. De site en site, il observa ainsi les vanités, les multiples représentations de la Faucheuse, les danses macabres, les natures mortes, les architectures funéraires… Une forme d'art parallèle, sombre, qui témoignait du fait que l'homme cherchait à percer ce mystère immémorial. Qu'y avait-il une fois le dernier souffle rendu ? Que devenait l'âme quand le cœur s'arrêtait de battre ? L'enfer et le paradis existaient-ils ?

Sharko ne bougeait plus, concentré sur les deux orbites creuses d'une tête de mort qui semblaient lire en lui, encadrée par une fleur dans un vase et un sablier. Le tableau, de Philippe de Champaigne, s'intitulait *Vanitas*. Une réflexion de plus sur le caractère fragile et éphémère de la vie. Cette image puissante, glaçante, le renvoya à la triste réalité et à Audra. Le sablier avait-il commencé à s'égrener pour sa coéquipière ? Est-ce que le grand squelette blanc l'emporterait une fois l'ultime grain de sable écoulé ? *Qui décide de ça ?* se demanda-t-il.

Il se recula dans son fauteuil et se frotta le coin des yeux. Récolta une larme – une perle précieuse et rare que personne d'autre que lui ne verrait jamais. Audra aurait pu être sa fille. Une fleur épanouie, engagée, brillante, qui s'apprêtait à donner la vie. Et, bon Dieu, beaucoup trop jeune pour passer l'arme à gauche.

Le cœur gros, il se rendit auprès de ses jumeaux, qui dormaient d'un sommeil paisible. Neuf ans, déjà. Franck essayait de les préserver de la violence du monde, de les protéger, avec la force ardente d'un père. Mais qui le protégeait, lui ? Que deviendraient ses fils, si un jour ils découvraient leur père ou leur mère branché à des machines sur un lit d'hôpital ? Il observa leur innocence encore un instant, puis il sortit de la chambre et referma la porte. Cette pensée d'un noir insondable le rendait malade.

Quand, plus tard, Lucie arriva, il vit de quelle façon elle abandonna son blouson sur une chaise, et ce geste las qu'elle déroula en tendant une main vers le chien venu chercher sa caresse. Aussitôt, il comprit que les réponses ne viendraient pas ce soir. À peine deux jours depuis le drame, et ils étaient déjà moralement à plat.

— Rien ? l'interrogea-t-il.

— Rien…

Minuit approchait. Elle alla boire un verre d'eau qui lui parut bien fade, resta immobile face à la fenêtre qui donnait sur un ciel sans étoiles, quelques secondes, et revint vers lui. Là, elle l'entoura de ses bras et se serra contre lui, par-derrière, enfouissant son nez dans l'épaule solide et rassurante qu'il lui offrait.

— C'est tellement dur.

— Je sais... N'oublie pas qu'Audra est une battante, elle n'a jamais rien lâché. Elle ne laissera pas tomber Nicolas, ni le bébé.

Lucie aurait aimé le croire, mais même ceux qui luttaient comme des diables finissaient par partir. Et les prières, les bonnes paroles de chacun n'y changeaient rien. On essayait juste de se convaincre que tout irait mieux.

— L'IGPN t'a auditionnée ? s'enquit-il en lui attrapant les mains.

— Oui, et je n'ai fait que relater la stricte vérité.

Ensemble, ils se turent, plantés là, sans bouger, assaillis par les images de cette fameuse nuit où tout avait basculé. Puis Lucie, qui remarqua l'image affichée sur l'écran de l'ordinateur, observa à son tour le tableau évocateur du peintre français. Il dégageait une sinistre beauté. Les orbites de ce crâne étaient deux gouffres qui vous aspiraient et vous invitaient à songer à ce qu'il y avait au-delà de la mort : le néant.

— Je vais avoir besoin de ton aide, Lucie.

— Quel genre d'aide ?

— D'abord, comment ça se passe avec Mortier ?

— On fait aller. Je me dis que c'est juste pour quelques jours. En revanche, c'est sûr que je ne pourrais pas bosser avec un type comme lui sur le long terme. Il n'est pas méchant mais... il y a un truc qui cloche.

— Et t'as nourri mes poissons ?

Elle acquiesça. Sharko et ses fixettes...

— L'enquête, vous en êtes où ? demanda-t-il finalement.

L'épagneul revenait à la charge. Lucie s'accroupit et lui accorda les câlins qu'il attendait. Parfois, elle enviait ces bêtes qui n'avaient d'autre dessein que d'offrir de l'amour.

— On priorise sur Fermont. Jecko veut qu'on prouve sa culpabilité à cent pour cent, et comme il est mort, c'est plutôt difficile de le faire parler… Bornage de son portable, ADN, activité informatique, on épluche tout. L'IJ se concentre sur son camion et la salle de torture. On doit aussi s'assurer qu'il n'y a pas eu d'autres victimes. Entre ça et l'hosto… les journées vont être longues.

En réponse à ce résumé, Franck lui tendit les feuilles du profil ADN qu'il avait jusque-là gardées au fond de la poche de son blouson. Lucie fronça les sourcils quand elle en découvrit le contenu. Cette histoire de col du fémur lui était complètement sortie de la tête.

— Oui, ça a matché, confirma-t-il devant son étonnement. La donneuse s'appelle Emma Dotty. J'ai récupéré son adresse et je suis allé faire un tour chez elle aujourd'hui…

— Tu déconnes ?

Sans se démonter, et brandissant les photos prises avec son portable, il lui raconta son intrusion – sans casse – chez Emma Dotty. L'ambiance mortifère qui régnait dans le loft. Sa rencontre avec la voisine. Lucie n'en croyait pas ses oreilles.

— Il faut que tu m'aides à retrouver cette femme.

— Rien que ça ? Et tu m'expliques comment ?

— Demain, tu vas contacter le technicien du FNAEG pour lui demander s'il a obtenu un retour au sujet du profil du col du fémur. Il te répondra qu'il m'a déjà envoyé les résultats, tu prétendras que je n'ai pas pu les lire, vu la situation, et qu'il faudrait qu'il te les renvoie. Ensuite, tu les transféreras à Mortier, puis tu insisteras pour t'occuper de la partie Dotty. Puisque le dossier ne l'intéresse pas, Mortier ne devrait pas te mettre de bâtons dans les roues.

Lucie n'avait pas la force d'entrer en conflit avec son mari. De toute manière, elle ne se faisait pas d'illusions : en attendant son retour au 36, il n'allait certainement pas se planter sur un canapé à faire des mots croisés. Même s'il s'était calmé après la naissance de leurs jumeaux, le Sharko de jadis avait toujours transgressé les règles, d'une façon ou d'une autre. Et le cap de la soixantaine n'y changeait rien.

— Emma Dotty s'est absentée sans prévenir et ne donne plus de nouvelles depuis trois mois, continua-t-il. Il y a des signaux dans l'air, qui font que… que je ne le sens pas.

— Tu penses qu'il lui est arrivé quelque chose ?

— Tout ce que je sais, c'est qu'on a découvert un de ses os dans le corps d'une autre et qu'on doit remonter cette piste. Dès demain, quand Mortier sera informé pour le FNAEG, tu lances des requêtes. Téléphone portable, comptes en banque, Internet. Tu retrouves son médecin traitant et tu te rencardes sur cette histoire de col du fémur. Si vous vous rendez sur place à plusieurs, tu t'occupes de la voisine : elle vous permettra d'entrer chez Dotty. Tu dois lui parler en premier et l'interroger pour couvrir ma venue. Un autre truc : Dotty est fichée au FNAEG pour vol ou tentative de vol, mais il n'y a pas de détails dans le TAJ. Je veux savoir précisément ce qui s'est passé.

Lucie avait l'impression d'être au bureau, en plein brief d'équipe, sauf que cette fois Franck lui refilait du boulot pour quatre. Il voulait tout contrôler, plus que jamais.

— Si je fais la moitié de ce que tu me demandes, estime-toi heureux. Et toi, là-dedans ?

Il lui montra la photo de la carte de visite.

— Je garde une longueur d'avance.

9

Une nuit avait encore passé, un douloureux tunnel dont Nicolas ne voyait pas le bout. Deux gars de l'IGPN s'étaient pointés, la veille, pour lui poser des questions sur leur intervention, le soir où sa vie avait basculé. Une audition improvisée dans un coin de l'hôpital. Pour une fois, ils avaient été compréhensifs et avaient fait preuve de compassion. On était assez loin de l'image de charognards qu'on se faisait d'eux. Nicolas avait raconté la vérité, expliqué qu'Audra avait voulu planquer avec lui malgré ses réticences, qu'il l'avait ensuite emmenée jusque chez Fermont. Que toute cette histoire n'était qu'un malheureux et terrible drame. Que la seule personne à blâmer, c'était lui.

Ses coéquipiers se relayaient autant que possible à ses côtés et leur présence lui procurait un peu de réconfort. Ils lui avaient également apporté des affaires de rechange. Les infirmières et les aides-soignantes lui avaient, quant à elles, donné de quoi se laver dans la pièce où il tuait le temps. Depuis qu'il était là, il n'avait fermé les yeux que par intermittence, sans cesse réveillé par les couinements sur le linoléum ou les claquements de porte. Les derniers mots d'Audra tournaient en boucle dans sa tête. « T'as intérêt à revenir en un seul morceau, sinon je te botte les fesses. » C'était lui qui lui botterait les fesses, oui ! Et ils en riraient quand tout irait mieux. Nichés au creux de leur péniche, sur le port Van Gogh, ils finiraient enroulés dans les draps, à discuter de l'avenir avec le bébé.

Nicolas se surprit à parler au mur aveugle face à lui et, ce matin-là, prit soudain conscience de sa solitude, de la fragilité de la vie. De toutes les vies. Un jour, on pouvait tout avoir. Et le lendemain, se retrouver nu. La grande loterie de l'existence… L'horloge affichait 6 heures, mais il aurait pu être midi ou minuit que ça n'aurait rien changé : la lumière, ici, était partout artificielle et agressive. Le monde extérieur, l'actualité, la météo, plus rien n'existait. Les hôpitaux étaient des failles spatio-temporelles, des gouffres qui emportaient et recrachaient des corps au gré de la roue du destin.

Après s'être fait violence pour se lever, Nicolas se rendit à la machine à café d'un pas traînant. Les parents d'Audra, venus de Nice, attendaient sur des chaises en plastique, eux aussi perdus entre deux mondes. Au-dessus de son masque, la mère lui lança un regard de pierre quand elle le vit. Tailleur strict, coupe courte, elle assumait ses cheveux argentés. Un petit côté Christine Lagarde. Même froideur clinique, même allure. Le père, lui, ne broncha pas mais, contrairement à elle, planta ses yeux de faucon sur celui qu'il n'avait jamais considéré comme son gendre. C'était un homme de forte stature, aux pommettes hautes, qui avait fait fortune dans l'immobilier – on parlait là d'un patrimoine d'une dizaine de millions d'euros.

La rencontre s'était mal passée la veille, à leur arrivée à l'hôpital : pas de serrage de main, pas de mots de soutien, mais des reproches à Nicolas, évidemment responsable de leur malheur. Oui, tout ça, c'était sa faute. *Leur* faute à tous, et ils ne s'en sortiraient pas comme ça. Personne n'avait pu leur raconter les circonstances exactes du drame ayant entraîné l'hospitalisation de leur fille.

Un coup sur la tête ? Une chute après un face-à-face avec le criminel ? Ils n'auraient sans doute jamais leurs réponses. En attendant, le policier se contenta de prendre sa boisson et retourna dans son espace. Il n'évoluait pas dans les mêmes sphères que ces gens-là, et cette tension palpable entre eux le blessait au plus profond de sa chair.

« Parfois, on sent les choses juste avant qu'elles ne se produisent, surtout lorsqu'il s'agit de choses qui vont changer de façon irrémédiable le cours de nos vies, lui avait un jour expliqué son père. Comme la brise, à peine perceptible, qui annonce l'arrivée de l'orage. » Ce vent-là, Nicolas le perçut quelques secondes avant que le médecin réanimateur qui s'occupait d'Audra ne se manifeste enfin, après trois nuits. Il sut immédiatement que c'était un vent glacial et mauvais.

— Venez, s'il vous plaît.

L'homme – le docteur Martin Corneille – maintint la porte le temps que Nicolas enfile son masque et sorte. Ils rejoignirent ensuite Christian et Josée Spick, debout tous les deux. Le médecin était un quinquagénaire au teint de papier de riz sous les néons. Sans doute lessivé, comme tous les soignants, par les vagues interminables de la pandémie qui sévissait.

— Je sais que l'attente a été longue, mais je voulais pouvoir revenir vers vous avec des réponses claires…

Il inspira aussi profondément que s'il se préparait pour une apnée, et à la façon dont il recracha l'air, le cœur de Nicolas chavira définitivement.

— Malgré tous nos efforts, nous n'avons pas été en mesure de contenir l'œdème cérébral. Les nombreux examens que nous avons réalisés nous ont montré que l'ensemble du cerveau avait, très tôt, subi des dégâts irréversibles. Le gonflement a de surcroît comprimé une partie du tronc cérébral, le faisceau de tissus nerveux situé à la base de l'encéphale et qui gère les fonctions végétatives telles que la respiration, les battements cardiaques, les sécrétions glandulaires, la digestion… Compte tenu de tous ces éléments, notre pronostic concernant Mme Spick est très défavorable.

Josée Spick, d'ordinaire très discrète et effacée, prit la parole, tandis que ses yeux s'emplissaient de larmes.

— Qu'est-ce que ça veut dire, docteur, s'il vous plaît ?

— Madame… Je suis désolé, son cerveau est inactif. Il n'y a plus de réponses verbales ni motrices. Les réactions aux stimuli extérieurs, y compris douloureux, sont inexistantes. Le réflexe photomoteur normalement provoqué par le tronc cérébral également. En d'autres termes, ses pupilles ne se rétractent plus sous l'effet d'une lumière intense. L'examen par tomographie, qui nous permet en quelque sorte de lire dans le cerveau, démontre une absence totale de signaux dans les zones liées aux manifestations conscientes. Votre fille n'a plus aucune conscience du monde qui l'entoure. Vous avez, je pense, entendu parler de Vincent Lambert…

Elle acquiesça à peine. Le médecin poursuivit :

— Lui, il ouvrait les yeux, on observait des mouvements oculaires, il contractait les muscles de la face. Il était dans un état dit végétatif chronique. Dans le cas de votre fille, on est à un stade encore supérieur. À la vue de ses résultats, de nos connaissances, de notre expérience, il n'y a malheureusement aucune chance que votre fille retrouve ses facultés un jour. Ses fonctions vitales ne sont maintenues que par des machines.

Alors que la mère attrapait la main de son mari et la serrait jusqu'à ce qu'elle blanchisse, un enfant éclata de rire en sortant de l'ascenseur, non loin. Des infirmières circulaient dans le couloir en discutant, étrangères à la tragédie qui était en train de se vivre. Nicolas percevait chaque vibration comme si les sons se décomposaient à l'infini. Il n'était plus là. Au fond de lui, un feu l'empêchait de sombrer, là, tout de suite. Un réflexe de survie. Mais il savait que ce n'était qu'une question de temps. Qu'il tomberait, sous peu, sans plus pouvoir se relever.

— Elle est morte, c'est ça ? réussit-il à articuler.

— Je me rends compte que ce n'est pas facile à appréhender. Elle est pour tout dire aussi proche de la mort qu'on puisse l'être, au stade du coma le plus avancé, le plus profond sur l'échelle de Glasgow, sans rémission possible, j'en suis navré.

— Mais... elle n'est donc pas tout à fait morte, n'est-ce pas ? Même si... vous dites que son cerveau l'est. Elle, elle est vivante. Là, maintenant, à l'heure où vous me parlez, elle est vivante.

— Son corps est vivant au sens biologique du terme, simplement parce que la technologie a pris le relais. Mais si nous la débranchons, aujourd'hui, demain, dans une semaine, elle ne respirera plus, son cœur s'arrêtera dans les minutes qui suivront.

Josée Spick poussa un gémissement d'animal blessé. Son mari lui passa un bras protecteur autour des épaules. Il se pinçait les lèvres pour ne pas pleurer. Nicolas n'arrivait pas à croire que tout cela puisse être vrai. Il était en plein cauchemar éveillé...

— Et le bébé... ?

Nicolas déployait ses dernières forces pour se raccrocher à la moindre lueur d'espoir. Le médecin acquiesça doucement. Il scruta les visages qui lui faisaient face, semblant prêt à peser chacun de ses mots.

— J'allais y venir... Nous sommes confrontés à une situation très compliquée, et tout à l'heure, si vous le désirez, un psychologue de l'hôpital vous accordera du temps pour répondre à toutes vos interrogations. Interrogations qui sont bien normales à ce stade. En attendant, je vais essayer d'être le plus transparent possible.

Il fixa plus particulièrement le père d'Audra.

— D'ordinaire, pour les patients cérébrolésés dont l'état est analogue à celui de Mme Spick, nous aurions discuté avec vous, les parents, de la possibilité d'un don d'organes. Nous…

— Hors de question, trancha Christian Spick. Vous n'avez pas honte, de nous parler de la charcuter alors que… qu'elle n'est même pas morte ? Bon sang, peut-être que pour vous elle n'est déjà plus rien, mais elle est…

— Laissez-moi terminer, le coupa à son tour le médecin. S'il vous plaît.

Il n'y avait rien d'agressif dans sa voix. Christian Spick finit par retrouver un semblant de calme et hocha la tête.

— Aujourd'hui, on ne maintient plus en vie, coûte que coûte, quelqu'un dont le pronostic à long terme n'offre aucun espoir. Même dans le cas d'un refus de don, j'aurais, d'un commun accord avec un confrère parce que la loi l'exige, déclenché ce que nous appelons une LAT, une « limitation ou arrêt des traitements ». Pour être très clair, on débranche les machines. Mais il y a le fœtus qui pose problème…

— « Pose problème » ?!

— L'obstétricien a établi que, malgré le choc subi par la mère, il n'y a pas eu de rupture dans la circulation utérine. Le fœtus paraît parfaitement viable. Or, sur le plan physiologique, la mort du cerveau de la mère n'interfère pas avec l'évolution du fœtus.

Nicolas était déboussolé, il n'y comprenait plus rien. Quand il essuya ses yeux humides, le médecin lui demanda de s'asseoir, tant ses doigts tremblaient. Les parents d'Audra l'imitèrent, eux aussi fébriles, laissant un siège vide entre eux et le policier.

— Il est impossible d'extraire le fœtus tout de suite, poursuivit leur interlocuteur, il n'est pas viable. Un grand prématuré naît entre la vingt-huitième et la trente-deuxième semaine d'aménorrhée. Et même à ce stade, les risques de complications néonatales sont encore très élevés. Le fœtus dont nous parlons est, lui, à seulement vingt-quatre semaines. Si on veut lui donner toutes ses chances, il faudrait maintenir artificiellement sa mère en vie pendant près de deux mois pour être au-delà de la grande prématurité.

Tout s'enchaînait trop vite pour Nicolas. On évoquait une naissance, une prématurité, alors qu'Audra était là, quelque part, reliée à des machines...

— Il existe chaque année de très rares cas à travers le monde où l'on procède de cette façon, dans certaines conditions, et selon les lois en vigueur dans les pays concernés. Mais c'est un processus très lourd, qui demande beaucoup de moyens techniques, et qui est très contraignant pour les équipes soignantes qui doivent être présentes H24. Sans compter que tenter de mener à son terme un bébé qui ne connaîtra pas sa mère est psychologiquement très dur. Il faut aussi avoir en tête que, à tout moment, l'état de Mme Spick peut se dégrader, que le cœur peut cesser de battre sans prévenir, que le fœtus peut en souffrir, que chaque jour est un nouveau combat...

Nicolas n'arrivait pas à visualiser les choses. Un enfant sortant du ventre d'une mère médicalement considérée comme morte. Une scène qui défiait l'entendement, tout comme les lois de la nature. Une scène qui défiait la mort elle-même.

— Voilà pourquoi je vais réunir le comité d'éthique de l'hôpital. J'ai besoin de mettre en place une procédure collégiale pour faire face à cette situation atypique,

que nous n'avons jamais rencontrée ici. Je sais que c'est compliqué, très compliqué, pour vous, les parents, pour vous, le compagnon et futur papa, mais je vais avoir une décision à prendre. Une décision qui s'appuiera sur l'avis dudit comité et qui prendra également en compte votre position là-dessus.

— De quelle décision parlez-vous ? lâcha Christian Spick en se relevant.

— Il s'agira de trancher entre deux options : arrête-t-on les soins, comme nous y autorise la loi, ou tente-t-on, par tous les moyens, de mener la grossesse aussi loin que possible avec, je vous le répète, toutes les difficultés techniques et psychologiques que cela implique. Nous allons devoir, très précisément, évaluer les bénéfices et les risques pour chaque cas de figure.

Un bénéfice. Un risque. Voilà à quoi se résumait la vie d'Audra, désormais. Les traits de son père exprimèrent une incommensurable angoisse. Il fit trois pas, puis revint vers le médecin.

— Je veux voir ma fille.

— Moi aussi, je veux la voir, réclama Nicolas en se redressant à son tour.

Le docteur Corneille fit disparaître ses mains dans les poches de sa blouse.

— Très bien, mais, s'il vous plaît, une personne à la fois. Il est indispensable de respecter les restrictions sanitaires.

— On est ses parents, merde !

— Je sais, et j'en suis désolé. Mais ce n'est certainement pas dans un service de réanimation où on s'occupe de patients entre la vie et la mort que je vais déroger à la règle.

Toutes ces procédures manquaient cruellement d'humanité. Ce fichu Covid créait des situations où des malades mouraient seuls, où des gens ne pouvaient même plus enterrer leurs proches dans des conditions convenables. Et Audra, maintenant… Christian Spick fit signe à sa femme qu'il y allait d'abord. Nicolas ne chercha pas à s'interposer, il n'en avait pas la force, mais il interpella le médecin avant qu'il ne s'éloigne :

— Docteur… Le bébé… Vous savez si c'est une fille ou un garçon ?

— Oui. C'est un garçon.

Quand les deux hommes disparurent derrière la porte battante, Nicolas s'isola dans un renfoncement près de l'ascenseur. Un garçon. C'était un garçon. Ç'aurait dû être le plus beau jour de sa vie.

Il explosa en sanglots.

10

Plus d'espoir pour Audra, coma irréversible.
Il est question de la débrancher. Je n'en sais pas plus.
C'est un véritable cauchemar…

— Monsieur ?

Franck releva les yeux de son téléphone. La femme qui l'avait accueilli à l'entrée du musée des Moulages de l'hôpital Saint-Louis se tenait devant lui, avec la raideur d'un héron. Il ne l'avait pas vue ni entendue revenir. Il rempocha son portable alors qu'une grosse boule lui obstruait la gorge.

— M. Oppenheimer vous attend à l'étage.

En ce début d'après-midi, le pas lourd et lent, Sharko s'engagea sur le tapis rouge de l'escalier, cerné des portraits austères de dizaines d'illustres médecins. En chemin, il relut chaque mot du SMS de Lucie. Coma irréversible. Audra s'apprêtait à les quitter. Pour toujours. Nicolas allait revivre le calvaire qu'il avait enduré à la disparition de Camille. En pire. En dix fois pire. Parce que le sort s'acharnait, et que la spirale infernale recommençait. Parce qu'il ne verrait pas son enfant naître. Le flic sentit alors le ver de la haine lui ronger les entrailles. Il aurait dû pousser lui-même cette ordure de Fermont sur les rails. À présent, il était impuissant. Inutile. Quoi qu'il fasse, il ne pourrait jamais ramener Audra. Jamais.

Il pénétra presque à reculons dans la vaste salle tout en boiseries où environ cinq mille pièces de moulage en cire s'exhibaient dans des vitrines. Des visages tordus de souffrance, en proie à des affections de la peau plus abominables les unes que les autres, le fixaient. Acné, eczéma, lupus, psoriasis... Une galerie des horreurs si réaliste que Sharko avait l'impression d'être face à de vrais êtres humains. Les bouches déformées hurlaient. Les yeux alourdis de kystes, de pustules et de bubons en tout genre exprimaient la terreur à l'état pur.

— Il s'agit de la plus importante collection de cires dermatologiques du monde, classée à l'inventaire des Monuments historiques depuis 1992, expliqua Armand Oppenheimer en venant à sa rencontre. Ce que vous pouvez voir aujourd'hui est une vue d'ensemble des ravages causés par des maladies de peau d'une époque où on ne savait pas les guérir. Ces moulages, pour la plupart, ont été réalisés sur des sujets vivants...

Franck avait imaginé un gardien du Temple poussiéreux, mais l'homme face à lui affichait un look hipster, gâché en partie par le masque chirurgical noir posé au mieux sur une barbe de la même couleur, quoique mouchetée de gris. Ils se saluèrent d'un mouvement de tête.

— Mme Blondel m'a signalé que vous étiez de la police, c'est bien ça ?

— Je recherche activement Emma Dotty, car elle détient des informations qui pourraient nous aiguiller dans le cadre d'une enquête criminelle, embraya Sharko sans prendre la peine de répondre. C'est ainsi que j'ai découvert votre carte de visite chez elle. Elle avait été mise avec le courrier par une voisine selon qui, par ailleurs, Emma Dotty ne serait pas retournée à son domicile depuis plusieurs semaines. Peut-être auriez-vous des éléments susceptibles de nous aider à la retrouver.

— En effet, j'ai glissé une de mes cartes sous sa porte il y a environ un mois. J'avais l'impression qu'Emma ne recevait plus mes messages, je tombais directement sur sa boîte vocale quand je lui téléphonais. Je me suis dit qu'elle avait perdu son portable. Ça lui est déjà arrivé.

— Cette locution latine, « *Memento mori* », que vous y avez écrite… ?

— Une habitude qui vient de la fac. On a fait nos premières années de médecine ensemble à Paris-Descartes. C'était un salut entre nous, et un moyen de nous rappeler qu'il faut profiter de la vie autant que possible, parce que notre heure peut sonner n'importe quand. La mort ne prévient jamais avant de s'inviter.

Le texto de Lucie en tête, Franck n'en menait pas large, mais refusait de laisser l'émotion le submerger. Il enchaîna immédiatement :

— Quelle est la nature de vos relations ?

— Amicales et professionnelles. On a gardé le contact après nos études. Et je travaille avec elle. Elle restaure certains moulages du musée qui ont été détériorés à cause de grosses infiltrations d'eau que nous avons eues suite à des intempéries, l'année dernière. Elle en crée aussi de temps en temps, afin d'enrichir notre collection. Les céroplasticiens sont une espèce en voie de disparition, vous savez. Un métier qui demande à la fois des connaissances médicales pointues, et une véritable fibre artistique. Emma a un talent inégalé…

Sur ces mots, son interlocuteur l'entraîna vers une vitrine, un peu plus loin.

— Elle a par exemple réalisé cette pièce-ci, absolument remarquable. Une dysplasie ectodermique anhidrotique.

Sharko comprenait que ce lieu étaient interdit aux moins de 12 ans. Un vrai décor de film de Wes Craven. Il recentra la discussion sur la raison de sa venue.

— Sa voisine m'a dit qu'elle se déplaçait beaucoup. Vous n'avez aucune idée de l'endroit où elle pourrait se trouver actuellement ?

À cet instant, un groupe de quatre visiteurs arriva – parce que des gens payaient pour voir un tel spectacle, plutôt que de s'offrir une bonne partie de bowling. Armand Oppenheimer fit alors signe à Sharko de le suivre. Ils redescendirent et s'enfoncèrent dans d'autres couloirs que ceux empruntés plus tôt par le policier.

— Non, je ne sais pas, répondit le directeur en chemin. Elle a mis de côté toutes ses commandes pour se consacrer à ses recherches. Elle s'était attaquée, depuis des mois, à un sujet intimement lié à son histoire personnelle.

— Quel genre de sujet ?

Le masque se gonfla devant la barbe lorsqu'il souffla.

— La mort.

11

« La mort » … Les mots résonnèrent aux oreilles de Sharko, pareils à un caillou rebondissant sur les parois d'un puits pendant sa chute. Perturbé, il s'excusa auprès de son interlocuteur et fit un détour par les toilettes. Face au miroir, il se passa de l'eau sur le visage et se regarda avec gravité. L'envie de foutre le camp d'ici, de rentrer, était forte, mais il devait tenir bon. Il rejoignit Armand Oppenheimer pour poursuivre l'entretien.

— Et c'est quoi, l'histoire personnelle d'Emma Dotty ?

— Ses parents possédaient une petite fabrique de cercueils, en Auvergne. Un secteur qui ne connaît pas la crise…. À la fac, elle nous avait montré des photos d'elle, à 4 ou 5 ans, en train de jouer dans l'un d'eux, ou d'y ranger ses affaires d'école. Elle s'est toujours souvenue d'avoir pensé, étant enfant, que les cadavres n'étaient pas effrayants, qu'ils étaient juste immobiles et froids…

Sharko voyait sans mal le genre d'ambiance dans laquelle la gamine avait grandi. Le père qui taillait le bois dans l'atelier, la mère qui décorait les intérieurs des cercueils et, au milieu de tout ça, la fillette qui vivait sa vie. Le directeur ouvrit une série de portes. Le long des murs, toujours ces bustes austères de médecins, ces visages hautains qui les regardaient de haut.

— Cette mort si familière, elle l'a heurtée de plein fouet quand son père et sa mère sont décédés dans un accident de voiture. Choc frontal sur une départementale. Emma n'en parle quasiment jamais, je crois que ce drame lui a valu un paquet de séances chez le psy dans sa jeunesse. Elle avait 9 ans et était assise à l'arrière du véhicule quand c'est arrivé. Elle s'en est sortie sans la moindre séquelle. En revanche, elle a toujours affirmé qu'elle avait vu la mort en face ce jour-là. Vraiment vue, je veux dire.

— Comment ça, « vraiment vue » ? Avec une faucille et des habits noirs ?

— Vous ne devriez pas plaisanter avec ce genre de sujet.

— Je n'ai pas le cœur à plaisanter, vous savez.

Ils entrèrent finalement dans une petite pièce où s'entassaient une multitude d'objets étranges, dont certains semblaient dater du Moyen Âge. Au fond trônaient un bureau ainsi qu'une vaste bibliothèque alourdie d'ouvrages aux dimensions impressionnantes et aux couvertures précieuses. Des grimoires, des traités de médecine…

— Ce n'est pas pour rien qu'elle a choisi ce cursus par la suite. Il n'y avait pas meilleur qu'elle en anatomie. Elle passait des heures dans les salles de dissection. Elle fouillait dans les chairs, explorait les organes, à la recherche de ce qui n'a jamais cessé de fasciner : qu'est-ce qui insuffle la vie ? Et comment s'interrompt-elle, lorsque la mort surgit ?

Il fourragea dans une armoire et en sortit un hors-série du magazine *Sciences et Religion*, qu'il ouvrit.

— Voilà le type de dossiers très documentés qu'elle écrivait et qui pouvaient lui demander des semaines de travail. Celui-ci concerne les christs anatomiques, qui la passionnaient. Vous n'en avez probablement jamais entendu parler…

— Tout juste.

— Il n'y en a que très peu en Europe. Emma s'est rendue dans les musées les plus lointains pour les référencer. Elle est scientifique, mais aussi très croyante, du genre à se rendre à la messe chaque dimanche. L'âme, le paradis, l'enfer et compagnie, c'est son truc.

Sharko se souvint du crucifix au-dessus de son lit : Dotty avait offert son cœur à Dieu. Le directeur feuilleta le périodique. Des photos montraient les représentations connues du Christ, sur la Croix, avec ses plaies habituelles, mais sur l'une des images se trouvait une petite fenêtre de papier au niveau de son ventre que l'on pouvait ouvrir ou fermer, dévoilant ainsi ses organes internes.

— On sait peu de choses sur ces figurines en cire qui datent de la Renaissance et ramènent le Christ au rang de mortel. De vrais objets à scandale dans une période où s'opposaient les médecins réputés et les représentants de la chrétienté, qui considéraient que les anatomistes, avec leurs dissections et leurs expériences sur les corps, transcendaient le sacré et saccageaient la Création divine.

— Donc, Emma travaillait autour de la mort. Dans le but de produire un document fouillé comme celui-ci, j'imagine ?

— Ça a commencé, je dirais, au début de l'année. Je crois que la période morbide du Covid y a été pour quelque chose et l'a convaincue de se lancer. En même temps, on n'a jamais autant vu la mort dans notre société occidentale actuelle. Elle surgit dès qu'on allume la télé. Notre culture la médiatise à outrance, mais dès l'instant où elle entre dans notre cercle intime, on fait tout pour l'éviter, l'oublier au plus vite. Enfin bref, Emma a sans doute jugé que c'était le bon moment pour s'attaquer au sujet.

Oppenheimer désigna le crâne d'un squelette d'enseignement qui trônait devant la bibliothèque.

— Ce qui a toujours intéressé Emma, c'est de comprendre les liens entre la chair et l'esprit. Comment l'âme apparaît-elle ? Comment interagit-elle avec les organes ? La conscience meurt-elle avec l'enveloppe charnelle, ou cette dernière n'est-elle qu'un réceptacle ? Et aussi, qu'est-ce qu'il y a, après ?

Sharko, attentif, parcourut les photos de son portable, puis en montra l'écran à son vis-à-vis.

— Visiblement, elle travaillait là-dessus... expliqua-t-il. Il y avait encore son matériel à proximité.

Le directeur du musée jeta un œil aux images.

— Des dioramas ! Je n'étais pas au courant.

— Des dioramas ?

— Des scènes miniatures, si vous voulez, modélisées en volume, censées reproduire le plus fidèlement possible une réalité. On en recense beaucoup de ce type dans ce qu'on appelle l'art macabre.

— Ces œuvres vous parlent ?

— Non. Mais c'est très étrange... Il faut que je vous montre quelque chose. Attendez deux secondes.

Oppenheimer fouilla dans le tiroir de son bureau. Pendant ce temps, Sharko fixa le squelette qui lui souriait de son air goguenard, mâchoires écartelées.

— Savez-vous ce qu'est un transi ? demanda le directeur en en extirpant un paquet de clichés.

— Non, mais dites-moi.

— En art funéraire, un transi est un genre de sculptures particulier apparu dans le sillage de la peste noire et de la famine, au Moyen Âge, à une époque où la mort rôdait à chaque coin de rue. Dans le fond, ces sculptures ne sont rien d'autre qu'une représentation macabre d'un défunt. Une représentation hyper-réaliste et organique, où la putréfaction et les vers remplacent les beaux visages au teint frais.

Le regard grave, il tendit des photos à Sharko.

— Emma me les a données il y a un bout de temps, vers la fin du printemps. Elle souhaitait avoir mon avis là-dessus… Je ne l'ai plus jamais vue ni eue au téléphone ensuite, confia-t-il en secouant la tête de dépit. Elle ne paraissait pas en forme, cette fois-là. Elle était perturbée. Peut-être que j'aurais dû m'inquiéter davantage de son silence. J'ai été tellement accaparé, ces derniers temps, à essayer de garder le musée à flot malgré les restrictions…

Franck observa les clichés. Ils montraient un corps squelettique allongé sur une planche. Seule une fine couche de peau recouvrait ses os, et ses yeux étaient comme voilés.

— C'est donc ça, un transi ?

— Sauf que lui est vivant…

— Vivant ?

— Troublant, n'est-ce pas ? On dirait que la mort est déjà à l'œuvre… Comment peut-on être aussi maigre ? Et la blancheur de ses cheveux, de sa barbe… Il semblerait en tout cas qu'Emma se soit inspirée de cet homme dans l'un de ses deux dioramas.

Le détail n'avait pas non plus échappé à Sharko.

— Qui est-ce ? demanda-t-il.

— Je n'en sais rien. Emma refusait de m'expliquer, elle préférait attendre d'avoir des réponses, dont j'ignore malheureusement la teneur… Mais regardez, sur le diorama que vous m'avez montré, la verrière dans le mur, en arrière-plan. Ce trèfle, c'est un trilobe, un ornement très répandu dans les édifices religieux. Il symbolise la Trinité dans le christianisme. L'individu en question se trouve peut-être dans une église ou une abbaye encore en activité.

Sharko buta sur d'autres prises de vues qui représentaient le dos de l'homme. Celui-ci était marqué de cinq traînées rougeâtres, longues de plusieurs centimètres, entre les reins, qui faisaient penser aux doigts d'une main. Comme si quelqu'un l'avait tatoué au fer rouge.

— Elle voulait savoir si j'avais déjà vu une chose pareille. Une maladie de peau, une allergie qui auraient pu provoquer ce genre de stigmates très particuliers. J'ai mené quelques investigations. La seule pathologie qui pourrait s'en approcher est la dermatophytose de la peau glabre, une mycose. Mais c'est peu commun à cet endroit du corps. Et aucune de mes recherches ne m'a mené vers ce type de motif qui, cela ne vous aura pas échappé, fait clairement penser à une main.

— D'après vous, de quoi s'agit-il, alors ?

— Je l'ignore.

Franck hocha la tête et rempila les photos.

— Je peux les garder ?

— C'est que…

— Merci, le coupa Sharko en les glissant dans sa poche, faisant fi des réticences du directeur. Le second diorama, celui où Emma s'est représentée suspendue, avec la mort et les diables tout autour d'elle… Aucune idée de ce que ça signifie ?

— La mort, les démons… ça ressemble bien sûr à l'image qu'on pourrait avoir de l'enfer, au sens biblique du terme. À part ça, je ne vois pas.

Le Christ, le trilobe, la Bible, les stigmates… Ça commençait à faire beaucoup. Le flic indiqua la fin de l'entretien et Armand Oppenheimer le raccompagna jusqu'à l'accueil.

— Si vous avez des nouvelles, surtout, vous me le faites savoir, d'accord ? Votre visite et ce que vous m'avez montré m'inquiètent. J'espère qu'il ne lui est rien arrivé de grave.

— J'espère aussi. Une dernière chose. Tout à l'heure, vous m'avez raconté qu'Emma avait *vraiment* vu la mort en face lorsqu'elle était enfant. C'est le *vraiment* qui m'interpelle, et votre réaction quand j'ai parlé de Faucheuse. Qu'est-ce que vous avez voulu dire par là ?

Oppenheimer mit du temps à répondre. Le sujet paraissait le mettre mal à l'aise.

— J'ai eu l'occasion de consulter des photos de l'accident de ses parents, j'ai observé l'état de la voiture. J'ai également lu les rapports qu'Emma avait en sa possession. Ce jour-là, elle n'avait même pas sa ceinture, elle l'avait détachée pour jouer sur les sièges arrière. Si ça n'avait pas été le cas, en plus d'avoir les jambes broyées, elle aurait reçu en pleine face la barre métallique qui a traversé le pare-brise, arraché la moitié de la figure de sa mère et s'est logée là où elle aurait dû être assise. Elle aurait dû mourir. Mille fois mourir.

Il frissonna et croisa les bras sur sa poitrine, comme pour réchauffer son cœur glacé.

— Elle a été épargnée. Ce soir-là, la mort, quel que soit son visage, s'est emparée de ceux qu'elle aimait le plus au monde de la pire des façons. En revanche, elle n'a pas réussi à l'emporter, elle. Et ce que je souhaite, c'est qu'elle ne soit pas venue récupérer son dû près de quarante ans plus tard…

12

Tout s'était enchaîné depuis que Lucie avait transféré à Mathis Mortier le rapprochement effectué dans le FNAEG. Elle l'avait convaincu sans mal de la laisser s'occuper de cette partie des investigations consistant à interroger Emma Dotty pour retracer l'historique de son col du fémur, et ainsi identifier la victime du nécrophile. Sharko avait raison, son chef temporaire se fichait bien de savoir ce qu'elle faisait de son temps et n'avait qu'une envie : rendre cette enquête dépourvue d'intérêt à son propriétaire.

Cet obstacle franchi, elle avait ensuite agi dans les règles : avec l'autorisation du magistrat chargé du dossier, elle s'était pointée à l'adresse présumée de Dotty, avait constaté son absence, fait ouvrir sa porte par la vieille voisine et un autre témoin – ainsi que l'exigeait la procédure – et avait, à son retour au 36, dressé un rapide topo de ses prétendues découvertes, indiquant notamment que la jeune femme n'avait plus donné de nouvelles depuis trois mois et était injoignable.

Pour être dans les clous, Mortier avait donc avisé le substitut et confié à Lucie la mission de retrouver cette Emma Dotty afin qu'ils puissent donner un nom au corps déterré dans les bois. L'aval du magistrat permettait d'utiliser tous les moyens nécessaires – perquisition au domicile, saisie d'éléments tels les ordinateurs, les clés USB, les répertoires téléphoniques – pour mettre la main sur la céroplasticienne.

La lieutenant avait ainsi le champ libre, comme l'avait souhaité Sharko. Elle avait lancé différentes requêtes auprès des administrations et des opérateurs avant d'interroger le TAJ. Dans la foulée, elle avait appelé Colin Manille, le gendarme d'Évreux à l'origine de l'enregistrement dans le fichier des infractions. Ce dernier, préférant ne pas divulguer d'informations par téléphone, avait en revanche accepté de la recevoir dans l'après-midi.

Sans même déjeuner, Lucie s'était mise en route pour Évreux et avait profité du trajet pour tenter, de nouveau, de contacter Nicolas, inquiète par le silence qu'il leur imposait depuis le matin. Il lui avait répondu, cette fois, pour annoncer d'une voix brisée qu'Audra ne reviendrait plus, qu'elle était considérée comme morte, et qu'une décision devait être prise pour la débrancher ou pas, parce qu'il y avait le fœtus. Il s'était mis à sangloter, bouleversant, et, incapable de prononcer le moindre mot, avait raccroché. Lucie, elle, avait dû se garer sur la bande d'arrêt d'urgence de l'autoroute pour vomir. Puis, la boule au ventre, elle avait envoyé un SMS à Franck pour lui annoncer la sinistre nouvelle. À ce moment-là, elle aurait voulu se réfugier sous sa couette et pleurer à s'en crever le cœur. Serrer ses enfants, son mari, leur dire qu'elle les aimait. Mais elle s'était trouvée là, à des kilomètres de chez elle, à encore et toujours chercher des victimes, des criminels, interroger des gens, remuer la merde de leurs vies. C'était son destin de flic. Un job qui, souvent, mettait ses émotions à rude épreuve, mais qu'elle avait choisi.

Colin Manille était un vieux gendarme voûté qui sentait la naphtaline et dont le nez couperosé suggérait un goût prononcé pour les repas bien arrosés. D'un premier abord sympathique, il l'accueillit dans son bureau avec un sourire de politesse que Lucie lui rendit avec peine. Il fallait à tout prix qu'elle retrouve sa concentration le temps de cette entrevue. Son confrère lui demandait d'exposer la raison exacte de sa visite, alors elle s'exécuta.

— Vous pensez qu'il lui est arrivé quelque chose de grave ? demanda-t-il quand elle eut terminé.

— Trop tôt pour l'affirmer. Mais on essaie de comprendre qui elle était. Et je crois que vous disposez d'éléments qui pourraient nous aider.

Il se dirigea vers une cafetière. Peu inspirante, vu la couleur noirâtre incrustée sur le plastique du bec verseur.

— J'ai ressorti le dossier. Une drôle d'histoire, pour tout vous dire. Un café ?

— Ça ira, merci.

Il se servit un mug plein et s'installa face à elle. Son bureau débordait de souvenirs, de médailles, de babioles. Des dossards de marathon ornaient les murs. Colin Manille avait sans doute été, à une autre époque, un grand sportif.

— Ça s'est passé un matin à l'Institut médico-légal d'Évreux, en mai dernier. Un médecin légiste, qui avait été sollicité suite à la découverte d'un corps dans un canal et comptait se préparer tranquillement à l'autopsie, a remarqué qu'une fenêtre avait été fracturée sur le côté du bâtiment. Il est quand même entré, imaginant qu'il n'y avait plus personne, et est tombé nez à nez avec Emma Dotty dans un couloir. Elle a alors tenté de prendre la fuite, mais le légiste l'a retenue, sans violence, jusqu'à ce qu'on débarque.

— Qu'est-ce qu'elle faisait là ?

— Elle prenait les dépouilles en photo. Enfin, on le présume.

Le cerveau de Lucie carburait à plein régime. Un os dans le cadavre des bois avait mené à Dotty. Cette dernière s'était volatilisée mais, auparavant, s'était introduite dans une morgue de façon illégale. Existait-il un lien avec sa disparition ?

— Vous le présumez ? répéta-t-elle.

— Elle était munie d'un appareil photo reflex, mais on n'a jamais retrouvé la carte mémoire. En attendant notre arrivée, elle avait réussi à convaincre le légiste de la laisser aller aux toilettes. C'est sans doute là qu'elle s'en est débarrassée. De ce fait, on n'a pas pu l'inculper pour vol d'images ni pour atteinte à l'intégrité des cadavres. Mais une chose est sûre : elle avait parcouru les différentes salles, soulevé les draps, ouvert les tiroirs où reposaient les corps…

Dans son mug, il trempa un spéculos qu'il croqua avec gourmandise. L'hygiène implacable des marathons semblait désormais à des années-lumière.

— Pendant la garde à vue, poursuivit-il, elle a avoué avoir des pulsions morbides. Le genre de trucs qui la poussaient à aller dans les cimetières, la nuit, pour y observer les tombes. Histoire de renifler la mort, vous voyez le délire. Elle racontait avoir voulu essayer une morgue. Observer de vraies dépouilles.

Il termina son biscuit. But une gorgée de café.

— On a fait une perquise chez elle. Vous avez dû voir tous ces moulages en cire…

— En effet.

— C'était glauque, mais il n'y avait là rien d'illégal. Elle a écopé d'une peine de six mois avec sursis et d'une obligation de soins psy, auxquels elle s'est pliée, à ma connaissance.

Lucie jeta un œil au dossier que Colin Manille avait exhumé à son intention. Des dizaines de pages de procédures. Une soupe indigeste qui ne lui indiquerait pas comment retrouver Dotty. Elle releva les yeux vers le gendarme.

— Pourquoi précisément l'IML d'Évreux ? On est à cent kilomètres de Paris.

— Vous pensez bien qu'on lui a posé la question. Elle a dit qu'elle l'avait repéré grâce à Internet. La plupart des IML sont intégrés dans des structures hospitalières, donc difficiles d'accès. Celui-là est un bâtiment indépendant et isolé. Aucun système de sécurité. La mort est rarement un objet de convoitise. Cette Emma Dotty avait réponse à tout, lieutenant. J'ai le souvenir d'une femme sûre d'elle, d'une grande intelligence, ce qui était d'autant plus surprenant. Mais vous le savez, en matière de criminalité, il n'y a pas de règles…

Lucie réfléchit, sceptique. La voisine lui avait expliqué que Dotty était une céroplasticienne reconnue, qu'elle excellait en anatomie et fréquentait les écoles de médecine.

— Vu son métier, elle avait déjà dû croiser des cadavres à de multiples reprises, jugea-t-elle. Si elle souhaitait en voir, pourquoi n'a-t-elle pas simplement demandé à une de ses connaissances de lui ouvrir les portes d'une morgue, ou celles d'une de ces salles où s'exercent les étudiants ? Pourquoi risquer une effraction ?

— Je n'en sais rien.

À cet instant, elle remarqua une crispation sur le visage du gendarme.

— Il y a un truc que vous ne m'avez pas dit ?

— Je vous ai tout dit. C'est une affaire classée, sans grand intérêt…

Lucie n'était pas dupe, mais elle estima qu'elle ne tirerait plus rien de cet entretien. Elle s'assura donc que le gendarme lui ferait parvenir les éléments du dossier en cas de besoin, se leva et le remercia. Au moment où elle s'apprêtait à franchir le seuil de la pièce, sa voix résonna dans son dos.

— Attendez…

Lucie se retourna. Manille était debout, les mains à plat sur son bureau, l'air ennuyé.

— Refermez derrière vous, s'il vous plaît…

Sans un mot, elle obtempéra. Son confrère se dirigea vers une armoire métallique.

— Écoutez, ça m'embêterait de vous laisser repartir sans vous montrer quelque chose. Je ne sais pas si mon histoire pourra vous aider, mais… c'est un rapprochement que j'ai fait bien plus tard, en mettant de l'ordre dans mes papiers. Un cas étrange. Vraiment étrange…

13

Colin Manille tira une autre chemise, très mince, d'une armoire, et la posa devant lui.

— La victime, dans l'affaire dont je vais vous parler, se prénommait Nathalie Charlier, 55 ans. Elle vivait dans une maison de campagne à une dizaine de kilomètres d'ici. Elle a été découverte morte par sa fille, en bas de son escalier, la nuque rompue. Sa tête formait un angle droit par rapport au reste du corps…

Il lui montra une photo d'identité de la femme, alors qu'elle était encore en vie. Courts cheveux bouclés, visage carré, une lueur dure au fond des yeux. Lucie se demanda pourquoi il ne lui proposait pas des clichés du cadavre tel qu'il le décrivait. D'ordinaire, entre collègues, c'était la procédure.

— Elle habitait seule, expliqua-t-il. Il n'y a pas eu d'effraction ni la moindre trace de violence. On a mené une enquête de voisinage, analysé ses appels, interrogé des proches. Rien de suspect. L'autopsie est également allée dans le sens d'un accident. Un bête accident. À croire que ça devait finir par lui arriver…

Lucie fronça les sourcils.

— Pourquoi dites-vous ça ?

Il fouilla, cette fois, dans le tiroir fermé à clé de son bureau.

— Ce que je vais partager avec vous ne fait partie d'aucun dossier. Ce sont, disons, des recherches personnelles.

Il ouvrit une pochette et lui tendit un article découpé dans un journal. « Éboulement mortel à proximité de Fontaine-le-Puits », titrait-il.

— Ce drame est survenu il y a quatre ans. C'était l'été, en Savoie. Nathalie Charlier était en séminaire avec des collègues – elle travaillait dans le marketing. Leur directeur avait loué un minivan pour une journée d'excursion. Sur la route qui les menait à la station de Val Thorens, des rochers se sont décrochés d'un pan de montagne. C'était un endroit bien connu pour ses chutes de pierres, d'ailleurs indiquées par de nombreux panneaux d'avertissement. L'un de ces blocs de plusieurs tonnes a heurté le véhicule de plein fouet et l'a projeté vers la pente. Il a alors basculé par-dessus le parapet et a dégringolé d'une dizaine de mètres avant de frapper des sapins qui l'ont stoppé net. Ils étaient huit à bord, sept ont été tués sur le coup. Une seule a survécu, avec des séquelles légères…

— Nathalie Charlier.

— Elle a réchappé à tous les chocs successifs. Comme dans les films catastrophes, sauf que là, ça n'était pas un film.

Lucie consulta d'autres documents qu'il lui présenta. Les énormes rochers sur la route… Le parapet défoncé… Le vide juste derrière… Une probabilité d'en sortir vivant proche de zéro.

— D'après sa fille, Nathalie Charlier ne s'est jamais remise de ce drame, continua le gendarme. Elle n'arrêtait pas de dire qu'elle aurait dû partir avec ses collègues. Certains auraient remercié le Ciel chaque jour d'être encore là, mais elle, elle portait ça comme une croix.

Le syndrome du survivant, songea Lucie. Son interlocuteur garda un temps le silence, comme s'il hésitait à poursuivre ses explications. Puis il se lança :

— Et on la découvre, un matin, la nuque fracassée au bas d'un escalier qu'elle a descendu des milliers de fois, avec cette tête retournée à la façon d'une chouette. Comme si…

Lucie plongea ses yeux dans les siens. Elle se rappela à ce moment-là la locution latine que lui avait montrée Sharko sur la carte de visite. *Memento mori*. « Souviens-toi que tu vas mourir. »

— Comme si c'était dans l'ordre des choses, souffla-t-elle. Être rattrapé par la mort…

Colin Manille se frotta avec vigueur le dessus de sa main droite.

— Regardez. J'en ai les poils qui se dressent. Pourtant, je ne crois pas à ces trucs-là, moi.

— Pourquoi vous me parlez d'elle, adjudant ? Quel est le rapport avec Emma Dotty ?

— Il y a deux éléments. Le premier, c'est que la dépouille de Nathalie Charlier était à la morgue, au frais, quand Emma Dotty est entrée par effraction. L'accident s'était produit trois jours plus tôt, Charlier était en attente d'autopsie. Un cadavre parmi tant d'autres, me direz-vous, mais… Bon Dieu, ce que je vais vous montrer à présent, c'est la chose la plus étrange que j'ai vue de toute ma vie.

Il récupéra des clichés, qu'il observa, visiblement perturbé, avant de les étaler devant Lucie. Ce qu'elle découvrit alors lui provoqua un frisson. Le visage de Nathalie Charlier avait été photographié en gros plan. Ses yeux grands ouverts, emplis d'effroi, semblaient fixer un point particulier. Sa bouche se tordait vers la gauche, comme si elle poussait un dernier hurlement. Un plan plus large révélait le corps à l'envers le long des marches, pieds en haut, tête en bas sur le carrelage. Son bras droit était tendu, ses doigts crispés, prêts à agripper la rambarde. Et cet angle impossible au niveau de la nuque… Lucie comprenait le malaise de son confrère. Ces clichés fichaient les jetons. Manille ne la lâchait pas du regard, l'air grave.

— Vous avez déjà vu une telle chose, vous ?

— En effet, c'est… terrifiant. C'est dû à la rigidité cadavérique ?

— Vous savez bien que non. D'ordinaire, la rigidité met plusieurs heures à s'installer, elle n'est pas immédiate, si bien que les traits des cadavres sont normalement plutôt détendus…

Il disait vrai. Les morts affichaient, la plupart du temps, des expressions paisibles, tels de tranquilles dormeurs, ce qui contrastait parfois terriblement avec la façon tragique dont ils avaient quitté le monde des vivants.

— J'ai cherché à comprendre. Les légistes que j'ai interrogés n'ont pas vraiment su me répondre. Certains pensent qu'il s'agirait de ce qu'on appelle des spasmes cadavériques, ou rigidité instantanée : parfois, le décès est si brutal et violent que le corps et le visage se figent dans la position exacte qu'ils présentaient une fraction de seconde avant la fin. L'un des légistes m'a dit qu'il avait déjà vu ce phénomène, une fois, chez un suicidé. C'est aussi arrivé sur les champs de bataille. Pourtant…

Il secoua la tête.

— Regardez cet effroi… Comment la science pourrait expliquer un phénomène pareil ? C'est à se demander si… Enfin, je ne devrais pas dire ça, ce n'est pas rationnel, mais… c'est comme si la mort était finalement venue récupérer son dû. Et que Nathalie Charlier l'avait vue en face…

14

L'obscurité régnait lorsque Lucie longea le quai du port de plaisance Van Gogh, à Asnières. Le vent soufflait par courtes bourrasques, saturé d'humidité et chargé des odeurs du fleuve. Elle passa devant les balançoires qui bougeaient toutes seules, les tables en bois prévues pour pique-niquer, tous ces endroits où Nicolas n'irait jamais avec son enfant. Les péniches brillaient dans la nuit, leurs cabines éclairées de lampions ou de guirlandes d'ampoules multicolores. Des familles vivaient là, libres de partir où et quand elles le souhaitaient. C'était d'ailleurs ce puissant sentiment de liberté qui avait poussé Nicolas Bellanger à investir dans une vieille Freycinet des années soixante-dix. Dans ce grand bateau, il s'était immédiatement senti bien et heureux. Au cœur de ce nid douillet, il avait rêvé de fonder un foyer.

Lucie s'aventura sur les passerelles flottantes, gagna le pont et descendit dans le salon d'ordinaire si chaleureux, tout en boiseries, et qui, ce soir-là, lui parut glacial. Franck se terrait dans un fauteuil, un verre à la main. Une bouteille de whisky vide gisait près d'une des chambres du fond, d'où provenait une respiration lourde et régulière. La porte d'à côté, légèrement entrebâillée, laissait apparaître un lit à barreaux surmonté d'un mobile fait de petits animaux joyeux. Lucie se souvenait qu'Audra lui avait demandé des conseils pour la décoration. Nicolas voulait à tout prix mettre du lambris dans la chambre du bébé, une idée qu'elle avait trouvée démodée. Si bien que les matériaux déjà achetés étaient empilés là, dans un coin.

Elle posa un sac sur la table, une pochette à élastiques et vint embrasser son mari avec tendresse.

— J'ai rapporté des fruits, des yogourts et deux, trois boîtes de conserve.

— Il a sifflé la moitié de la bouteille. J'ai dû l'aider à se coucher, il ne tenait plus debout. Je vais veiller toute la nuit, au cas où. T'expliqueras aux jumeaux que… que j'ai du travail. Que je les verrai demain. Et tu remercieras Jaya. On a de la chance d'avoir une nounou si souple.

— Je le ferai.

Franck fixa son verre, l'agita pour faire danser le liquide ambré. Ses enfants lui manquaient. Après un long silence, il releva des yeux rougis.

— Je suis allé voir Audra, confia-t-il d'une voix presque inaudible. Elle est toujours aussi belle. Hormis les pansements autour de son crâne, elle est intacte. Tellement intacte qu'on dirait qu'elle dort. Ce n'est pas ça, la mort…

Lucie tira sans bruit une chaise, et s'installa à ses côtés. Audra était partout. Dans les cadres accrochés aux murs, dans la couleur des fleurs, dans les parfums de miel et de menthe qui planaient encore dans la pièce.

— La mort ne peut pas être aussi belle, souffla-t-il. Elle pue. Elle a le visage des chairs en putréfaction, des noyés gonflés qu'on sort de l'eau après des semaines d'immersion. La mort, tu le sais, ce sont les corps raides et froids des salles d'autopsie. Pas ça. Son corps vit, il donne la vie. Comment il peut donner la vie, s'il est mort ? Je n'y comprends plus rien.

Il en avait déjà vu, des morts, en quarante ans de carrière. Des femmes portant encore leurs bijoux et qui devenaient la proie des vers, des hommes jadis solides rongés par la pourriture jusque dans leurs os. Toujours laids, immondes. Il observa par la fenêtre, face à lui. Des pétales de lumière dansaient à la surface du fleuve. Une invitation au voyage, à la flânerie. Lucie n'interrompit pas le silence tout de suite. Le drame que vivait Nicolas la ramenait à ses propres souffrances. Notamment à la perte de ses jumelles dans des conditions effroyables, dix ans plus tôt. À son envie de mourir. Elle n'arrêtait pas d'y penser depuis ce fameux soir où la vie d'Audra avait basculé.

— Qu'est-ce qui va se passer, maintenant ? demanda-t-elle.

— Ils vont statuer sur les deux possibilités qui se présentent : débrancher, ou tenter de poursuivre la grossesse. Avec tout ce que ça implique. Nicolas est convoqué après-demain pour… faire part de son souhait. Sachant qu'il n'est pas décisionnaire. Son avis n'est qu'un élément à prendre en considération dans une chaîne bien plus complexe.

Lucie trouvait la situation abominable. Comment un homme dont l'existence venait de se briser pouvait-il faire un tel choix en si peu de temps ? Comment pouvait-il accepter de dire adieu à celle qu'il aimait, et qui portait son enfant de surcroît ?

— Ils ne veulent pas que ça traîne, continua Sharko comme s'il avait lu dans ses pensées. C'est très encadré, sans compter que tout ce qui touche à l'acharnement thérapeutique est susceptible de provoquer un embrasement. La campagne présidentielle a commencé et, à mon avis, avec ces mouvements anti-tout qui ont leurs oreilles partout, ils veulent éviter que des questions sensibles ne soient remises sur la table.

— Ils pourraient… débrancher Audra malgré la présence du fœtus ? C'est légal de faire une chose pareille ?

— J'ai demandé. La loi dit que le fœtus n'est pas un sujet de droit. Il n'est pas assimilé à un être humain. S'il fallait lui donner un statut, ce serait l'équivalent d'un rein greffé, *dixit* le médecin.

— Un rein greffé ? C'est à vomir.

— C'est la réalité… Le fœtus fait partie du corps de la mère, au même titre qu'un organe qu'on aurait introduit en elle. S'ils arrêtent les machines, il y aura mort fœtale *in utero*. Ce n'est même pas un fœticide sur le plan juridique puisqu'il n'y a pas d'action directe sur le fœtus. Le corps médical serait donc parfaitement couvert.

Sur ces mots, il se tut et attrapa son verre. Lucie le lui prit des mains. Après une journée pareille, c'était elle qui en avait besoin. Un fœtus comparé à un simple rein… Jamais elle n'avait entendu une telle aberration. Ils burent, chacun leur tour, de longues gorgées silencieuses.

— Qu'est-ce que Nicolas veut faire ? s'enquit enfin Lucie.

— Je n'en sais rien. Je n'en sais rien du tout. Et je suis incapable de lui donner le moindre avis. Pour dire quoi, franchement ? D'élever un môme, seul, sans mère ? Tu le vois faire ça aujourd'hui ? Alors quoi, il faudrait que je lui conseille d'accepter de débrancher Audra, et par conséquent de tuer son bébé ? C'est une situation impossible. Il n'y a pas de solution.

Lucie fixa un instant le liquide doré.

— Pourtant, toi comme moi, on sait ce que pensait Audra de tout ça, dit-elle. On discutait de temps en temps des risques de notre métier et elle a toujours dit que, si un jour ça devait lui arriver, elle préférait partir.

Pas de machines, pas d'acharnement, pas d'apitoiement. Elle n'aurait pas supporté d'être un légume. Tu crois que… qu'on devrait en parler ?

— En parler ? À qui ?

— Aux médecins.

— On n'a pas à intervenir là-dedans. Et ce que je sais, moi, c'est qu'elle souhaitait cet enfant plus que tout.

Il se leva subitement et enfila son blouson, histoire de mettre un terme à cette conversation qui semblait l'excéder, à présent. Puis il entraîna Lucie sur le ponton. Penchés par-dessus la rambarde, ils contemplèrent les lumières d'Asnières. Sur le pont, en face, les phares des voitures. Partout, la vie continuait.

— J'ai reçu un appel en *off* de Jecko, lâcha Franck. Selon toute vraisemblance, les gars de l'IGPN vont retenir la thèse du suicide en ce qui concerne Fermont, même sans le témoignage du conducteur du train. Ils ont pu récupérer les vidéos des caméras de surveillance installées à l'entrée et le long des entrepôts de l'usine de béton. Les images corroborent ce que je leur ai raconté : je poursuivais un homme dangereux qui avait agressé l'une des nôtres dans le but de le neutraliser. Ma responsabilité sur ce qui est arrivé à Audra ne devrait pas être engagée.

— C'est au moins une bonne nouvelle… Et tu réintégrerais quand ?

— D'ici à quelques jours. Début de semaine prochaine, sans doute. Mais en attendant, je ne veux pas qu'on perde de temps. T'as pu te rencarder sur le fichage au TAJ de Dotty ?

Lucie alla récupérer sa pochette à élastiques et lui relata les découvertes de Colin Manille : l'introduction dans l'IML d'Évreux de Dotty pour prendre des photos d'un côté, la chute dans son escalier de Nathalie Charlier et son histoire de l'autre. Elle lui tendit ensuite des photocopies couleur du visage pétrifié de celle-ci. Et Franck observa les clichés avec le même effroi qui avait saisi Lucie dans l'après-midi.

— Comment le visage a-t-il pu se figer de la sorte ?

— L'explication scientifique, c'est le spasme cadavérique, un phénomène qui maintiendrait l'ensemble du corps dans la position exacte où il se trouvait juste avant une mort particulièrement violente. Un truc rare. La vraie question, finalement, ce n'est pas comment, mais pourquoi... Pourquoi une telle terreur dans ses yeux ?

— C'est elle que Dotty est venue voir à la morgue, dit-il avec conviction.

— C'est aussi ce que pense le gendarme. Comment t'en es si sûr, toi ?

— Le directeur du musée des Moulages que j'ai rencontré connaît Dotty depuis la fac. Il m'a confié qu'elle avait, elle aussi, survécu à un terrible accident qui a coûté la vie à ses deux parents. Qu'elle avait échappé par miracle à la mort. Comme cette femme. Il ne peut pas s'agir d'une coïncidence.

Lucie marqua sa stupéfaction. Visiblement, Dotty n'avait pas tout raconté à l'adjudant.

— Admettons. Mais pourquoi pénétrer illégalement dans une morgue pour photographier un visage ?

— Ça, je n'en sais rien. Elle se documentait sur la mort depuis un bout de temps. Un sujet qui la perturbait, apparemment. À ce propos, moi aussi, j'ai des photos à te montrer...

Aussitôt, Franck lui tendit les clichés sur lesquels apparaissait l'homme squelettique à la barbe blanche. À son tour, il lui raconta la teneur de son entretien avec Armand Oppenheimer.

— On dirait vraiment une main, constata Lucie en contemplant la marque dans le dos. Une main de feu…

— On voit tous la même chose. J'ai l'impression que ses recherches l'ont menée à des découvertes étranges, sérieuses, qui lui ont peut-être coûté la vie.

Il regarda de nouveau le visage tordu de Charlier. Une image lui traversa l'esprit : le masque effroyable du tueur dans le film *Scream*. Il y avait des similitudes dans l'expression. Il chassa cependant cette vision de sa tête et se reconcentra sur le concret.

— Tu mettras bien au carré dans un PV ton entretien avec le gendarme. N'oublie pas d'évoquer cette histoire de visage, tout de même, qu'on en garde une trace. Il faut aussi que tu convoques le directeur du musée des Moulages de l'hôpital Saint-Louis et qu'on prenne sa déposition. Dès mon retour, j'ai besoin d'avoir des billes auprès des magistrats s'il faut ouvrir une enquête pour disparition inquiétante en la personne d'Emma Dotty.

La rumeur de la ville les enveloppait. L'eau clapotait avec mollesse contre la péniche. Franck avait froid, mais un froid intérieur, qui lui gelait les veines.

— Je veux démêler ce bordel. On doit savoir à partir de quand exactement Emma Dotty n'a plus donné signe de vie. T'as lancé des requêtes auprès des opérateurs ? Banque ? Internet ? Médecin traitant ?

— Tout est en route.

— Dès que tu as des réponses, tu me rapportes les copies.

Lucie serra les lèvres, silencieuse.

— Ça pose un problème ? questionna Sharko.

— Oui, quand même. Tu pénètres illégalement chez des gens, tu récupères des éléments d'enquête, tu me demandes de sortir des infos. Tu abuses de ta fonction de flic pour faire parler des témoins. T'es *off*, Franck.

Tu ne peux pas patienter le temps d'être réintégré, franchement ? On n'est pas à quelques jours près.

— Si, on est à quelques jours près, justement. Parce qu'il y a un ou des salopards, à l'heure où je te parle, qui sont sans doute responsables de la disparition d'une pauvre femme, voire de sa mort, et qui sont tranquillement en liberté. Ces *quelques jours près* coûtent la vie à des gens.

Franck détacha, non sans froideur, ses mains de la rambarde, et pivota vers l'escalier.

— Tu devrais rentrer, maintenant. Les enfants t'attendent. On se voit demain.

Et, sans plus lui adresser un mot, il retourna en enfer.

15

La salle de réunion dans laquelle Nicolas pénétra était à l'image de l'hôpital. Blanche, froide, impersonnelle, munie d'une large fenêtre rectangulaire qui donnait sur un parking bondé. Le ciel gris et uniforme apportait un triste éclairage sans nuances, ternissant le teint des visages masqués qui se tournèrent vers lui : des gueules de porte de prison. Celles du médecin réanimateur, des parents d'Audra et d'un type d'une quarantaine d'années qui portait des lunettes à monture carrée et un costume de pingouin aux lignes impeccables. L'homme le scruta de haut en bas. Nicolas n'avait même pas pensé à la manière dont il devait se fringuer. En mode automatique, il avait enfilé son jean, ses baskets, un pull qui traînait et son blouson en cuir.

Le docteur Corneille désigna une chaise, à l'extrémité de la grande table, à l'opposé de l'endroit où il se tenait lui-même. Les Spick et le type siégeaient quant à eux sur le côté droit. Niveau distanciation sociale, ils ne pouvaient pas être plus éloignés les uns des autres.

— Je suis maître Frédéric Rioval, se présenta l'inconnu. Avocat au barreau de Paris.

Nicolas fixa le médecin, puis le père d'Audra.

— Un avocat ? En quoi ce qui arrive à Audra le concerne ?

— Je suis spécialisé dans le domaine de la santé, expliqua l'intéressé. Ne vous inquiétez pas, c'est une démarche normale dans ce genre de circonstances. Puisqu'il est question de leur fille, Mme et M. Spick ont besoin de conseils et d'informations. Je suis là pour ça.

Nicolas se retint de répliquer qu'il n'y avait rien de normal. Que jamais il ne lui serait venu à l'idée, à lui, ne serait-ce que de penser à l'ombre d'un avocat. Quels conseils ce pingouin allait-il pouvoir donner dans une situation qui relevait de l'intimité d'une famille ?

S'efforçant de garder son calme, Nicolas s'assit sans ôter son blouson, se contentant d'en baisser la fermeture. Martin Corneille attendit d'avoir l'attention de tous avant de commencer à parler.

— Pardonnez-moi d'être aussi factuel, mais je me dois, en introduction, de vous rappeler la situation. Mme Audra Spick, enceinte de vingt-deux semaines – soit vingt-quatre semaines d'aménorrhée –, a été admise à l'hôpital lundi 8 novembre à 3 heures du matin pour une hémorragie intracérébrale causée par un choc violent dans l'exercice de ses fonctions. Un œdème a ensuite conduit au tableau clinique suivant : destruction du parenchyme cérébral avec un coma irréversible Glasgow 4 et troubles neurovégétatifs sévères. Ce bilan a été dressé par une équipe multidisciplinaire composée d'un neurologue, d'un obstétricien et d'un médecin légiste, extérieur au service, qui tous ont attesté de l'atteinte cérébrale irréversible chez la mère et de la bonne viabilité du fœtus, qui semble indemne. Est-ce que tout est clair pour chacun d'entre vous ?

La mère déchirait un mouchoir en papier, incapable de contenir sa nervosité et son chagrin. Le père demeurait impassible, comme à son habitude. Nicolas, lui, acquiesça lorsque le docteur Corneille lui adressa un regard.

— Très bien. Selon les informations que vous nous avez transmises, Mme Audra Spick n'a pas émis de directives anticipées écrites, ni désigné, toujours par écrit, de personne de confiance susceptible de prendre des décisions pour elle. Cela implique qu'il revient à l'équipe médicale de statuer, équipe que je représente. Pour information, qu'il y ait grossesse ou pas, le coma irréversible peut relever, en accord avec la loi Leonetti, de l'arrêt des thérapeutiques actives, c'est-à-dire conduire à l'extubation et la sédation terminale.

Il parlait aussi lentement que possible, pour être certain de la clarté de ses propos. Chacun de ses mots soufflait une flèche empoisonnée qui se plantait dans le cœur de Nicolas.

— Il est également de mon devoir de vous demander si Mme Audra Spick aurait exprimé, oralement, un souhait si elle venait à se retrouver dans ce genre de situation. C'est un élément qui n'aurait pas la force de la directive écrite, mais dont nous pourrions tenir compte.

Il fixa les parents, qui secouèrent la tête. Nicolas fit de même. Personne ne vit ses doigts qui s'étaient crispés sur son pantalon.

— D'accord. L'objectif de notre rencontre, aujourd'hui, est de récolter votre avis concernant la poursuite des traitements, poursuite qui serait réalisée dans le seul et unique but de mener la grossesse aussi loin que possible. Si cette option était retenue, immédiatement après la naissance, l'arrêt des soins serait enclenché. Pour être, encore une fois, clair avec vous, ce que vous formulerez dans cette salle aura un poids dans la balance, mais la décision finale, que je prendrai lundi suite à ma collégiale avec le comité d'éthique, pourra être en désaccord avec votre volonté.

— Autrement dit, notre opinion n'aura pas beaucoup d'importance, intervint sèchement Christian Spick.

Martin Corneille affichait un calme à toute épreuve. Dans un service où les patients oscillaient entre la vie et la mort, il devait être, en permanence, confronté à l'agressivité des gens.

— Nous déclenchons des actions médicales qui ont toutes des avantages et des inconvénients. La bonne action, estimons-nous, est celle qui apportera davantage de bénéfices que les autres, et pas uniquement d'un point de vue scientifique. Dans de telles situations, la morale, l'éthique, l'écoute des volontés de chacun entrent en jeu, et ces dernières sont susceptibles d'orienter le choix définitif, si tant est qu'elles soient communes. Par exemple, un des avantages qu'impliquerait le choix de faire naître l'enfant, ce serait d'être en accord avec la disposition naturelle des soignants à préserver toute forme de vie, quelle qu'elle soit. En revanche, un désavantage serait que, malgré nos efforts, il existe des risques que la suite de la grossesse se passe mal, pour tout un tas de raisons que nous ne maîtrisons pas. Tout cela est très complexe, j'en ai conscience, mais c'est pour cela que la voix de chacun est capitale. Et il est temps que vous la fassiez entendre.

Nicolas sentait son cœur battre fort. Il s'agissait de la décision la plus grave, la plus importante de toute son existence. Il goba une grande goulée d'air, comme pour retarder, encore un instant, les mots qui allaient glisser sur ses lèvres, ces mots réfléchis, mûris, alors qu'il tenait encore, voilà quelques heures à peine, la main fragile et inerte d'Audra. Il se tourna vers ses beaux-parents.

— Audra croquait la vie à pleines dents, vraiment, et quoi que vous en pensiez, elle aimait son métier. Oui, elle l'aimait profondément. C'était… C'est une vraie battante, toujours entreprenante, très lucide, aussi. J'ai 44 ans, Audra en a 37, il était temps de… de songer à fonder un foyer. On désirait avoir un enfant. Un petit gars ou une petite fille qui viendrait mettre un peu de couleur dans notre quotidien. Au fil des semaines, c'est devenu notre priorité, presque une obsession. Puis Audra est tombée enceinte. Ça a été l'un des plus beaux jours de ma vie.

Ses yeux brillèrent. Il se perdit dans ses souvenirs. Il rentrait du 36 quand Audra lui avait annoncé la nouvelle dans la cuisine de la péniche, test de grossesse à l'appui. Il se rappelait chaque détail : le sourire plein de lumière d'Audra, ses larmes à lui, les casseroles qu'ils avaient renversées quand il l'avait serrée dans ses bras. Lorsque son esprit réintégra la salle, la triste réalité le submergea, puissante vague déferlant sur ses rêves.

— Cet enfant, on devait le voir grandir à deux. On était supposés vieillir à ses côtés et lui offrir tout ce dont il aurait besoin. C'était le projet d'un couple, pas d'une personne seule. Pas d'un flic qui ne serait…

Il marqua un arrêt. L'avocat griffonnait avec discrétion sur une feuille. Stoppa son geste en prenant conscience du silence soudain. Nicolas comprit qu'il devait faire attention à ses paroles, que ses propres mots pourraient se retourner contre lui. Définitivement, tout ça ne rimait à rien. Il adressa un regard froid au type, lut un soupçon de compassion dans celui de la mère, puis revint vers le médecin.

— Même si le projet commun n'existe plus aujourd'hui, je souhaiterais que vous fassiez tout votre possible pour faire naître mon bébé.

Martin Corneille se contenta d'un discret signe de la tête et, comme il portait un masque, Nicolas ne put savoir s'il approuvait son choix ou s'il en prenait simplement acte. La décision finale allait revenir à cet homme. Il ordonnerait, ou non, d'arrêter le respirateur. Que pensait-il ? Avait-il déjà une idée préconçue sur la suite des événements ? Sans rien laisser transparaître, le spécialiste se concentra ensuite sur les parents.

— Et vous, quelle serait votre volonté ?

Avant de répondre, Christian Spick jeta un œil vers son avocat, qui acquiesça.

— Notre fille est partie. Ma femme et moi refusons l'acharnement thérapeutique et voudrions enterrer Audra dans la dignité, dans la ville où elle est née, à Nice. En ce sens, nous demandons un... un arrêt des soins au plus vite.

Nicolas eut l'impression qu'un gouffre venait de s'ouvrir sous ses pieds, alors que la voix du pingouin qui les accompagnait parvenait à peine à ses oreilles.

— Pour être très précis, M. et Mme Spick ne désirent pas dissocier le sort du fœtus de celui de sa mère.

— Comment osez-vous ? cracha le flic en abaissant son masque d'un geste rageur.

— Comment on ose ? répliqua Christian Spick du tac au tac. Et c'est vous qui dites ça ? Vous qui nous avez appelés en pleine nuit pour nous annoncer que notre fille était à l'hôpital, mourante, parce que vous l'aviez emmenée là où une femme enceinte n'aurait jamais dû être ?

Soudain, le père se leva et écrasa son poing sur la table.

— Je vais vous dire, moi. Vous avez volé la vie de notre fille et, comme si ce n'était pas suffisant, vous voudriez maintenant que notre souffrance dure encore de longues semaines. Cet enfant que vous souhaitez à tout prix voir naître est dans le ventre d'une mère qui ne lui parlera jamais, une mère dont le cœur s'arrêtera de battre à l'instant où on débranchera les machines. Il n'y a rien d'autre que la détresse et la mort en perspective.

Nicolas secoua la tête.

— Au contraire, il y a la vie. Ce bébé sera tout ce qui restera d'Audra. Un morceau d'elle.

— Quelle vie ? Celle d'un fœtus qui a toutes les chances de souffrir avant sa naissance, qui viendra probablement au monde avec un handicap, des troubles neurologiques ? Qui grandira avec un traumatisme psychologique parce qu'il n'aura jamais de mère ? Dites-lui, docteur !

— S'il vous plaît, monsieur Spick… tempéra le médecin.

— De toute façon, notre avocat a été clair, conclut Christian Spick, insensible à cette tentative d'apaisement. On ne veut pas d'obstination déraisonnable. Je refuse catégoriquement qu'on fasse de ma fille une sorte de… d'incubateur.

C'en était trop. Nicolas s'éjecta de sa chaise et se précipita vers lui. L'avocat se dressa sur son passage.

— Calmez-vous.

— Vous êtes un assassin ! s'écria le flic en brandissant un index menaçant. Et vous aussi, madame Spick ! Audra est votre seul enfant ! Bon sang, comment pouvez-vous laisser faire une chose pareille ?

Celle-ci soutenait désormais son regard, dure comme son mari.

— C'est notre choix. Vous devriez le respecter.

— Le respecter ?

Ces gens n'avaient-ils donc pas de cœur ? Nicolas chassa d'un geste sec la main que l'avocat avait posée sur son torse pour le tenir à distance et retourna à sa place. Une fois le silence revenu, le docteur Corneille se leva à son tour. Il rassembla ses feuilles, signifiant par là que la réunion était terminée.

— Je suis désolé que vos souhaits ne soient pas orientés dans la même direction. Ça ne m'aide pas, mais je les entends et les comprends. Monsieur Bellanger, je désirerais que vous rencontriez un psychologue de l'hôpital avant lundi…

— Un psy ? Pour quoi faire ? Ce sont eux, qui devraient consulter !

— Vous avez besoin de parler avec quelqu'un. De rechercher quel serait l'intérêt supérieur de faire naître cet enfant.

— C'est quoi, ce charabia, encore ?

— Vous pourriez lui expliquer, par exemple, comment vous géreriez la présence d'un nourrisson malgré un métier qui, on le sait, est très contraignant. Vous l'avez dit vous-même, votre projet commun n'existe plus, et nous sommes bien loin de ce que vous aviez imaginé. Vous devez avoir pleinement conscience des conséquences que cette arrivée engendrerait dans votre vie.

Nicolas n'avait pas encore réfléchi à tout ça. Comment l'aurait-il pu, au milieu de cet enfer qu'il traversait ? Pour le moment, il voulait juste sauver son fils, coûte que coûte. Sans cet espoir auquel se raccrocher, à quoi bon vivre ? Il hocha la tête, comprenant que le parcours du combattant débutait à peine.

— Bien, fit le médecin. De mon côté, je vous ferai part de ma décision lundi soir. Si vous changez d'avis, signalez-le-moi dès que possible. On est vendredi, il nous reste peu de temps.

Christian Spick enfila son imperméable avec des mouvements nerveux. Son avocat lui colla au train. Avant de sortir, le père fusilla Nicolas du regard. Il ne s'agissait pas de colère, mais d'une véritable haine.

— Vous avez tué ma fille, cracha-t-il.

— Et vous, vous ne tuerez pas mon enfant.

16

Sharko avait attendu que tout le monde soit couché pour s'installer à la table du salon avec la pile de photocopies sorties du 36 par Lucie au cours de la journée. Il avait besoin de calme pour continuer à explorer le dédale de données informatiques qui l'attendaient. Sa tête bourdonnait encore des dernières nouvelles au sujet d'Audra, de l'enfant que Nicolas voulait voir naître, du refus des parents de maintenir leur fille branchée. L'un des pires scénarios qui soient. Celui qui était chargé de trancher portait une sacrée responsabilité sur les épaules.

Franck poussa un soupir et se concentra tant bien que mal sur l'enquête. Lucie avait pu discuter avec le médecin traitant de Dotty la veille. À sa connaissance, sa patiente n'avait jamais subi d'acte chirurgical qui aurait pu expliquer la présence de son col du fémur dans un autre corps. La question se posait donc de savoir si la greffe avait été réalisée de son vivant. Dans le cas contraire, cela signifiait que l'os provenait, en toute logique, d'un don à la science. La procédure était alors de dépouiller les cadavres « volontaires » de leurs os, organes, peau, pour les introduire dans le circuit des greffes. Mais là aussi, problème : il n'existait pas d'acte de décès au nom d'Emma Dotty. Si elle était morte, l'Administration l'ignorait.

Sharko détestait cette sensation de se heurter à un mur. Ne pas comprendre ne faisait qu'attiser sa volonté de creuser davantage. Depuis l'après-midi, grâce à cette paperasse, il disposait de billes pour avancer. À commencer par les fadettes transmises par l'opérateur téléphonique de Dotty. La demande avait été faite sur une fenêtre qui s'étalait de janvier à aujourd'hui. Des milliers de lignes qui, pour chacune d'entre elles, indiquaient s'il s'agissait d'un SMS, d'un appel entrant ou sortant, le numéro de l'interlocuteur, ainsi que la date et la durée de la conversation.

Ce qui l'intéressait dans un premier temps, c'était la dernière communication émise par Emma. Sharko avait stabiloté la ligne concernée. Celle-ci remontait au 10 août 2021. Sur une feuille, il avait noté le numéro de portable joint ce jour-là. Il avait remarqué que ce même numéro réapparaissait les semaines d'après, en tant qu'appelant, pour une activité d'une dizaine de secondes : l'interlocuteur avait dû laisser des messages sur le répondeur.

Le 10 août 2021, soit trois mois plus tôt environ. Ça concordait avec les témoignages d'Oppenheimer et de la voisine. Trois mois… Entre-temps, elle était sans doute morte. Son col du fémur avait été prélevé et transféré dans le corps d'une autre femme. La greffe avait *a priori* eu lieu aux alentours de septembre – pas plus tard, d'après le légiste, à en juger par la consolidation osseuse. Trop vaste encore pour espérer identifier l'endroit où avait eu lieu l'opération chirurgicale. Il devait en effet y en avoir des centaines tous les jours, aux quatre coins de la France.

Franck poursuivit ses investigations entamées dans la journée. Dotty ne semblait pas être une adepte de la technologie. Peu de coups de téléphone depuis le début de l'année, courts pour la plupart. Était-ce dans ses habitudes, ou le sujet sur lequel elle travaillait l'accaparait-il à un point tel qu'elle avait négligé tout le reste ? Franck angoissait face à la masse d'informations, de recoupements possibles, d'hypothèses qui naissaient sous ses yeux. Les fadettes étaient un outil formidable, mais il était impossible, seul sans moyens ni ressources, de s'y retrouver dans ce maelström de chiffres. Or, tant qu'une enquête sur la disparition de Dotty ne serait pas ouverte, Mortier refuserait, même si Lucie insistait, de solliciter des techniciens spécialisés.

Le flic n'avait qu'une hâte : être réintégré pour prendre l'affaire en main. En attendant, il fallait se débrouiller à l'ancienne, avec de la jugeote. Il s'intéressa aux autres documents. Dotty avait souscrit un abonnement Internet, mais le fournisseur d'accès n'avait pas encore transmis les adresses des sites auxquels elle s'était connectée *via* l'adresse IP reliée à sa box. La réponse pouvait mettre quelques jours comme des semaines à arriver, selon la bonne volonté de l'interlocuteur.

Heureusement, la banque avait été plus réactive. Franck disposait, là aussi, des relevés du compte courant d'Emma depuis janvier, ainsi que des éléments précis concernant toutes ses dépenses par carte. Il constata des mouvements bancaires jusqu'à aujourd'hui, mais il s'agissait de prélèvements automatiques – assurances, impôts… Sharko ne mit pas longtemps à repérer le dernier enregistrement qui témoignait d'une action humaine : un retrait de trois cents euros dans un distributeur automatique du 11e, le 7 août. Ensuite, plus rien.

Il alla se servir un verre d'eau avant de remonter le temps, ligne par ligne. Assez vite, il remarqua que, chaque mois à compter de mai, aux alentours du 5, elle avait retiré huit cents euros, toujours au même DAB du 11ᵉ. Une somme anormale comparée au reste de ses dépenses. Il le nota sur sa feuille, puis poursuivit les investigations. La voisine avait signalé que Dotty voyageait beaucoup, mais il ne trouva aucune trace d'achat de billets de train, ni de billets d'avion. La faute au Covid, sans doute. En revanche, il observa pas mal de paiements à des stations-service. Puisqu'il n'y avait pas trace de location, ça signifiait qu'Emma possédait une voiture. Sharko écrivit : « Où est sa voiture ? » Après quoi, un détail l'interpella : entre début avril et mi-juillet, Emma Dotty avait réalisé cinq paiements dans la station-service de l'Intermarché Super d'Auxonne, toujours autour de 13 heures. Auxonne… Une ville dont le flic n'avait jamais entendu parler. Il tapa le nom sur sa tablette. Il s'agissait d'un bled situé en Côte-d'Or, entre Dijon et Besançon. La carte s'afficha. Juste la campagne, les premiers reliefs des montagnes du Jura, sans rien alentour.

Sharko sentit le sel de l'excitation sur ses lèvres : peut-être un fil à tirer. Il chercha d'autres sources de dépenses dans ce coin-là de la France, mais ne dénicha rien de particulier. De même, il vérifia s'il existait une corrélation avec des coups de fil. Que dalle. *Et merde !* Ç'aurait été trop beau. *A priori*, il n'était question que de brefs allers-retours en Côte-d'Or, puisque des opérations bancaires dans le 11ᵉ – alimentation, carte de métro… – précédaient ou succédaient de quelques jours. Il considéra alors d'autres pistes pendant deux nouvelles heures, mais finit par abandonner. Ses yeux lui piquaient, il n'y voyait plus rien. Un regard vers l'horloge lui indiqua qu'il était déjà 1 heure.

Une fois glissé sous sa couette, néanmoins, il ne parvint pas à s'endormir. Son cerveau bouillonnait. Ces déplacements de Dotty à presque quatre cents kilomètres de Paris l'obnubilaient. Qu'est-ce qui avait pu attirer la céroplasticienne là-bas ? Alors qu'il attendait un sommeil qui ne venait pas, il pensa tour à tour au visage d'effroi de Nathalie Charlier, à l'histoire des accidents, à ces photos que Dotty avait montrées à Oppenheimer, notamment cette plaie en forme de main dans le dos de l'homme squelettique. Un transi, représenté dans un diorama qu'elle n'avait pas eu le temps d'achever, semblait-il… Franck entendit soudain un petit signal retentir au fond de son crâne. Il se redressa et demeura immobile, assis dans le lit, pendant un certain temps. Puis il retourna à pas de souris dans le salon et ralluma sa tablette.

Lumière agressive en plein dans les rétines. 2 h 56. Il était définitivement en train de flinguer sa nuit. Dans le moteur de recherche, il tapa « Auxonne, église, monastère, abbaye ». Son cœur s'emballa lorsque s'affichèrent les résultats. Il existait une abbaye, l'abbaye d'Acey, à une vingtaine de kilomètres d'Auxonne, encore active et occupée par une communauté de moines cisterciens.

Aussitôt, il étudia les images : l'imposante église abbatiale, les jardins où les religieux cultivaient leurs légumes, le cloître austère aux murs recouverts de lourdes pierres beiges, le tout dans un environnement isolé entre prés et forêts. Sur la façade des bâtiments, il reconnut les ouvertures en forme de trèfle et en fut persuadé : c'était là qu'Emma Dotty s'était rendue. Là qu'elle avait pris ses photos de l'homme squelettique.

Mais qui était-il ? Et pourquoi intéressait-il tant la céroplasticienne ?

La tête farcie d'interrogations, le flic éteignit son écran et alla se réfugier sous les couvertures. Il avait, cette fois, une sérieuse piste à suivre.

17

Sharko avait tenu à déjeuner en famille avant de prendre la route. On était samedi, les jumeaux n'avaient pas école et voulaient visiter le zoo de Vincennes dans l'après-midi. Lucie allait s'y coller. Franck embrassa tendrement ses enfants, puis son épouse. Celle-ci ne lui reprocha pas ce qui ressemblait à une fuite. Pas difficile de comprendre qu'il faisait tout pour s'éloigner de l'ambiance mortifère qui régnait à Paris en s'accrochant à ses obsessions. De toute façon, quoi qu'elle dise, elle ne le ferait pas changer d'avis.

Il arriva à Auxonne aux alentours de 17 heures – une heure et demie plus tard que prévu, à cause de bouchons sur l'A4. Il avait embarqué des vêtements, au cas où il n'aurait pas le courage de faire le trajet en sens inverse de nuit. Une question qu'il ne se serait pas posée autrefois, mais avec sa carcasse vieillissante…

Après une halte à la pompe de l'Intermarché où, profitant de faire le plein, il montra une photo d'Emma au guichetier, qui ne la reconnut pas, Franck prit la direction de Bresilley, un bled à cheval entre les départements du Jura et de la Haute-Saône. Une poignée de maisons et un cimetière s'y battaient en duel. Les paysages s'étiraient, les couleurs automnales se déversaient sur les terres brunes, pareilles à une coulée d'or. Les derniers kilomètres se firent à travers les champs, le long d'une rivière qui portait le charmant nom d'Ognon. Plus loin, sur l'horizon, s'étendait une forêt dont la lisière s'assombrissait au fur et à mesure que le soleil basculait vers l'autre hémisphère. Sharko passa devant un gîte composé de coquets chalets individuels. Il tenait là son probable point de chute pour la nuit.

D'un coup, les édifices religieux lui apparurent, semblant jaillir d'un autre siècle. L'église abbatiale le frappa en premier, monumentale, si puissamment ancrée au sol qu'elle donnait l'impression d'être un élément minéral né aux origines du monde. Même s'il était subjugué, Sharko ne croyait plus en Dieu. Ses convictions s'étaient envolées des années plus tôt, quand les filles de Lucie avaient été enlevées et retrouvées mortes, assassinées par le pire des monstres. Leur couple à peine formé avait alors volé en éclats, mais Sharko s'était battu de toutes ses forces pour garder une place dans le cœur de Lucie. Et il avait gagné. Mais quel dieu pouvait arracher de tels êtres innocents à leur mère ? Quel dieu allait cueillir aujourd'hui une femme enceinte qui avait passé une partie de sa trop courte vie à tenter d'endiguer la violence ? Sharko voyait trop de crasse, chaque jour, pour entrer dans une église et réciter des prières. Si Dieu existait, alors il manquait de temps pour veiller sur toutes les âmes.

N'empêche qu'il frissonna quand, tel un souffle invisible, des chants s'élevèrent dans l'obscurité. Des voix pures, à la fois fortes et douces, graves et cristallines. Elles portaient tant que, avec des conditions météo favorables, on les aurait sûrement entendues jusqu'au village le plus proche. Sans connaître grand-chose aux ordres religieux, Franck savait juste que la vie des moines, quelle que fût leur congrégation, était faite de labeur et de prières. D'après ses maigres recherches, les occupants des lieux gagnaient leur pitance grâce à l'agriculture, à la récolte de miscanthus – une espèce de roseau –, et grâce à l'usine d'électrolyse qu'il avait d'ailleurs aperçue sur l'aile ouest de l'abbaye. L'entreprise, dont l'activité était d'enrober des pièces métalliques d'un revêtement grâce au courant électrique, avait été créée par la communauté dans les années trente, afin de générer les ressources nécessaires pour faire face aux travaux de construction ou d'entretien des bâtiments religieux.

Il sonna à l'imposante porte en bois. Il fallut plusieurs minutes avant qu'elle ne s'entrebâille et qu'une silhouette ne s'y dessine. Une face de lune. Les verres de ses lunettes, épais, faisaient de ses yeux deux grandes soucoupes. Et il était vêtu de l'habit traditionnel, robe blanche et scapulaire noir, avec une ceinture en cuir.

— Oui ?

— Je suis commandant de police. J'aimerais parler au... responsable de cet endroit.

L'homme perdit *illico* son sourire et le scruta, méfiant.

— Je vais voir si l'abbé François peut vous recevoir. Entrez...

Franck s'exécuta, et le moine referma derrière lui puis l'abandonna dans un vestibule austère orné d'une simple croix. Un froid mordant le saisit, et le policier eut l'impression que la température n'était pas la seule responsable du frisson qui le parcourut. En même temps, il se rendit compte que les chants s'étaient tus. Des portes claquaient et, quelque part, des pas résonnaient. Sharko imaginait les moines marcher sous les voûtes, en silence et par deux, les yeux à demi cachés sous leur capuche.

L'attente s'éternisa avant qu'un autre homme ne se présente. Plus âgé que le premier, plus grand aussi. Son épaisse barbe poivre et sel, ses sourcils broussailleux et ses lunettes à monture ronde lui donnaient un air de bibliothécaire.

— Je suis le père François. Il est tard pour une visite. Nous allions passer à table. Montrez-moi votre carte, s'il vous plaît.

Le ton était sec : on ne perturbait pas l'ordre de sa congrégation sans motif valable. Franck n'eut donc pas le choix et lui tendit sa carte tricolore, que son interlocuteur scruta avec attention.

— Vous ne devriez pas être deux ?

— Pourquoi deux ?

— Que voulez-vous ?

Franck lui montra une photo d'Emma sur son téléphone.

— Je recherche activement cette jeune femme.

Aussitôt, un éclat scintilla dans le regard bleu acier de l'ecclésiastique. Aucun doute, il l'avait reconnue. Dans le même temps, ses traits se décontractèrent. Comme si la raison de cette intrusion lui enlevait un poids de la poitrine.

— Elle est venue ici, en effet. Votre carte indique que vous travaillez à la police criminelle de Paris. Vous avez fait beaucoup de route. Il lui est arrivé quelque chose de grave ?

— C'est ce que je tente de savoir. Elle n'a plus donné signe de vie depuis le mois d'août, et j'ai découvert que, avant ça, elle vous avait selon toute vraisemblance rendu visite à plusieurs reprises. J'aimerais savoir pourquoi.

Le moine médita les propos de Sharko, puis poussa le lourd battant derrière lui.

— Marchons un peu, si vous le voulez bien. Cela vous réchauffera, vous semblez transi de froid. Vous comptez repartir vers la capitale ce soir ?

— J'ai vu une sorte de gîte à deux kilomètres à peine, si besoin.

— Des cabanes au bord de la forêt. C'est là qu'Emma passait systématiquement la nuit. Vous n'aurez pas de mal à y trouver une chambre. Il n'y a pas foule en cette saison.

Ils empruntèrent des couloirs sombres où chaque son était amplifié. Par une ouverture, Sharko aperçut le réfectoire, flanqué d'une longue table sur laquelle un religieux installait des assiettes en silence. Pour rien au monde il n'aurait vécu dans un tel endroit, mais il pouvait comprendre cette quête d'une vie simple et spirituelle, loin du fracas du monde.

— Je me souviens bien de ce moment où, comme vous, Emma a frappé à la porte pour la première fois. C'était début avril. Une femme profondément croyante. Nous avons eu d'emblée une discussion passionnée sur l'âme, sur la survivance de l'esprit au corps lorsque sonne la dernière heure. Emma m'a fait part d'une très belle image pour représenter ses convictions, une image qui m'est restée en tête et que j'aime partager, depuis, avec les oreilles attentives…

— Je vous écoute, mon père.

— Elle racontait que les forces du vent se matérialisent sur l'eau sous forme d'ondes, mais qu'elles ne dépendent pas de l'eau pour exister. C'est juste que, sans la surface liquide, on ne les voit pas. Selon elle, c'est la même chose pour l'âme : le cerveau lui permet de s'exprimer, mais quand le cerveau n'est plus, l'âme est toujours là, pareille au vent. Et elle attend son jugement. L'enfer, le paradis, vous voyez…

Aussitôt, le souvenir d'Audra branchée aux machines revint à Sharko. Il voyait son visage reposé, ses paupières closes, comme si elle dormait. Où était son âme ?

Le policier avait beau être rationnel, il ne pouvait nier que certains phénomènes demeuraient inexplicables. Le spiritisme, les esprits, les communications avec les défunts…

— Pourquoi est-elle venue vous voir ? demanda-t-il.

— Elle souhaitait rencontrer David Nébrasa.

— Qui est-il ?

— David Nébrasa était un artiste contemporain, athée au dernier degré, totalement fasciné par la mort. Elle était son obsession. Dans le passé, il a beaucoup fait parler de lui avec ses collections de photographies très particulières. Bébés mort-nés, têtes d'animaux décapités… Il y a même eu cette série glaçante sur des cadavres qu'il mettait en scène dans des classes d'école, comme des élèves attentifs à un cours macabre. Il faisait cela à l'étranger, pour des raisons de législation.

Les deux hommes avaient atteint un cloître orné de vitraux, par lesquels seules filtraient les ténèbres à cette heure. Le père François glissa ses mains dans les manches de sa robe. Ses traits exprimaient douceur et dureté à la fois.

— Il s'attaquait aussi, par ses actes obscènes et blasphématoires, à la religion, poursuivit-il. Un moyen de heurter les consciences, de signifier, par la violence de l'art, que la mort est la fin brutale, irrévocable et instantanée de la vie. Quels que soient l'âge, l'espèce ou l'époque, que l'on soit croyant ou pas, elle nous saute à la figure et nous touche tous de la même façon…

C'est alors qu'ils croisèrent un moine qui marchait à contresens et murmurait entre ses lèvres. Le frère ne releva même pas la tête à leur passage.

— Il est allé de plus en plus loin dans sa quête, toujours prêt aux expériences les plus extrêmes, dans le seul but de côtoyer la mort de près. Certaines vidéos sont encore sur son site, filmées bien avant son arrivée parmi nous. On le voit par exemple s'ouvrir les veines et se vider de son sang, allongé, les bras en croix, sur un grand drap blanc. Une « performance », comme ils appellent ça. Et il y a un public pour ces folies.

Il tourna son visage de pierre vers Sharko.

— L'art a toujours eu une mission civilisatrice. Susciter la réflexion, instruire, y compris sur les sujets les plus délicats. Prenez Rembrandt, Géricault, et même Léonard de Vinci, tous ont représenté, à un moment ou un autre, leur vision de la mort. Mais aujourd'hui, on est dans l'outrance, l'exhibition, la surenchère. On marque les esprits avec la violence.

— Vous prêchez un convaincu.

— Les œuvres de ces gens ne dialoguent qu'avec la part obscure de chaque individu. David était dans ce courant-là. Au summum de la provocation et du triomphe de l'immonde. Mais on ne joue pas avec la mort.

Franck observa une statue de la vierge, puis bifurqua vite dans les pas de l'abbé.

— Vous parlez de David au passé. Serait-il allé trop loin dans ses performances ?

— Aucunement, mon fils. David Nébrasa est aujourd'hui ici, parmi nous.

18

Le religieux avait ralenti le pas. Sa voix grave résonnait sous les arches plusieurs fois centenaires, réceptacles de milliers de prières. Sharko ne croyait pas en la mémoire de la pierre, mais ce lieu dégageait une force qui imposait le respect.

— L'hiver dernier, un homme d'une cinquantaine d'années a débarqué à l'abbaye en pleine nuit. Il neigeait très fort, je me rappelle. Nous n'avons jamais su comment il était arrivé jusqu'à nous. Il était terrorisé, les vêtements pleins de boue. De toute ma vie, je n'avais jamais lu une telle peur dans le regard de quelqu'un…

L'obscurité régnait partout, désormais. Les yeux ne voyaient plus, mais l'ouïe n'en était que plus aiguisée. Sharko percevait des murmures de roche, des écoulements d'eau, des bruissements de vent. Comme si le lieu était vivant.

— Cet homme, c'était David Nébrasa, expliqua l'ecclésiastique. Il nous a suppliés de le garder avec nous, ici. Il ne tenait plus debout. Quand on lui a proposé d'aller se reposer, il a dormi plus de vingt-quatre heures d'affilée.

Le moine semblait perturbé par ce qu'il racontait, son timbre était moins assuré. Il entama un nouveau tour de cloître.

— Qu'est-ce qui s'était passé ? demanda Franck.

— David prétendait être poursuivi et attaqué par des démons, et ce depuis des semaines. Lui qui blasphémait dès qu'il ouvrait la bouche disait que, dans la maison de Dieu, il pourrait leur échapper et être en sécurité.

— Par démons, vous entendez des gens qui lui voulaient du mal ?

— Pas des gens. Des... entités malignes, celles qui sont de l'autre côté...

Sharko fronça les sourcils. Jusqu'à présent, son interlocuteur lui avait semblé avoir les pieds sur terre. Le policier espérait qu'il n'allait pas basculer dans un délire mystique.

— Je ne suis pas sûr de bien comprendre.

— Des êtres malins attendent les âmes damnées aux frontières de la mort et les empêchent de monter au Ciel. David disait que certains, suite à une de ses expériences, avaient réussi à revenir avec lui dans le monde des vivants. Et qu'ils s'acharnaient désormais sur lui pour le ramener en enfer.

De la pure science-fiction. Franck songea au diorama d'Emma. Ces monstres accrochés aux parois rocheuses de la grotte. Le temps d'un flash, il imagina une horde de diables à la queue fourchue s'engouffrant dans un passage de lumière pour quitter le royaume des morts et pénétrer celui des vivants. Il secoua la tête. Il avait vu trop de films d'horreur, et le père François n'était pas là pour le rassurer.

— Je sais ce que vous pensez, continua celui-ci comme s'il avait lu en lui. Mais vous n'étiez pas là, ce soir-là. Il n'a pas plongé ses yeux pleins de terreur dans les vôtres. Et puis il nous a également montré son dos. Je n'avais jamais vu une chose pareille. Il y avait des déchirures, des marques de coups, des morsures étranges et profondes, identiques à celles d'un animal. Quant à ses cheveux, sa barbe et ses sourcils, ils avaient subitement commencé à blanchir. Un blanc de craie…

Soupir, silence. Faire appel à ces souvenirs semblait pénible pour l'abbé. Sa voix, pourtant, s'éleva de nouveau, se propageant telle une vibration dans tout le cloître.

— David a parlé de ces attaques de démons sur son site Internet. S'il existe toujours, vous y trouverez quelques images de son corps. Des bleus, des rougeurs… Et encore, ce n'était que le début, très loin du degré atteint le soir où il a fui son domicile pour se réfugier ici.

Soudain, l'ecclésiastique s'arrêta de marcher et fixa Sharko. Son visage, dans la pénombre, était presque inquiétant.

— J'ai pensé faire un signalement à la police, mais j'avais la conviction que l'histoire aurait mal fini. Alors, nous l'avons recueilli dans nos murs en attendant que les choses se tassent. Et ce qui ne devait durer que quelques jours se poursuit encore aujourd'hui. David est là. Il fait partie des nôtres. Enfin, d'une certaine façon…

— C'est-à-dire ?

— David est perturbé. La peur des démons est toujours présente, recroquevillée au fond de lui. Parfois, elle jaillit et le rend fou. Dans ces moments-là, il n'y a que la musique classique qui l'apaise. Il a réclamé, peu de temps après son arrivée, le *Boléro* de Ravel. Il le passe en boucle dans ses écouteurs quand ça va mal. Comme si ce morceau, spécifiquement, chassait le Malin.

Franck ne voyait, pour l'instant, aucun fil conducteur, aucune rationalité dans tout ça. Juste des images, pêle-mêle : le visage hurlant de Nathalie Charlier en bas de son escalier, le diorama figurant Emma Dotty suspendue au-dessus des cadavres, le corps d'Audra sur le bitume à proximité de la maison du nécrophile…

La mort partout, avec ses différentes facettes. Il revint à lui dans le cloître glacé. Il sentait le souffle du moine sur son visage.

— Donc, Emma est venue voir Nébrasa. Pourquoi ?

— Elle avait fait des recherches sur lui et avait vu les photos sur son site. Elle voulait à tout prix le rencontrer et discuter avec lui de ces entités qui l'agressaient. J'ignore comment elle l'a retrouvé, quelqu'un devait savoir qu'il avait décidé de se terrer chez nous. Elle était en tout cas vraiment impatiente de s'entretenir avec David, mais…

— Mais ?

— Écoutez, commandant. David ne parle plus à personne, pas même à nous, sauf à de très rares occasions qui se comptent sur les doigts d'une main. Il refuse qu'on le touche et vit reclus dans une chambre sommaire. Emma a fait preuve d'un acharnement incroyable. C'est la raison pour laquelle vous avez constaté tous ces allers-retours : elle n'a pas abandonné. Elle frappait à la porte de l'abbaye, je la laissais rejoindre David, elle restait parfois cinq minutes, parfois une demi-heure. Je ne sais pas s'il se confiait à elle. En revanche, à un moment, il y a eu des lettres.

Sharko eut un frémissement.

— Des lettres ?

— Des courriers que David lui écrivait. C'est moi qui les postais à Auxonne. Chaque fois qu'il lui en envoyait une, on voyait réapparaître Emma une ou deux semaines plus tard…

Des lettres. Sharko n'avait rien remarqué lors de son incursion chez la jeune femme.

— Vous savez à quand remonte la dernière ?

— Je dirais début octobre…

Après sa disparition. Cette lettre avait donc des chances de se trouver sur la table de cuisine, avec les autres enveloppes auxquelles il n'avait jeté qu'un rapide coup d'œil. Qu'avait bien pu raconter Nébrasa dans sa correspondance, poussant Emma Dotty à multiplier ainsi ses visites ? En attendant de creuser la question, Franck sortit son portable et afficha la photo du premier diorama.

— C'est David, n'est-ce pas ?

Le moine trappiste rajusta ses lunettes et acquiesça.

— C'est impressionnant. C'est Emma qui a fait ça ?

— Elle était sur le point de le terminer… Quand je l'ai découvert dans son atelier, j'ai cru que l'homme représenté était mort.

— David est squelettique, en effet. Entre ça, son teint très particulier et cette blancheur capillaire dont je vous ai parlé, votre confusion ne me surprend pas. On ignore d'ailleurs ce qui a pu causer une telle canitie. Il ne consomme, par jour, que cinq aliments en quantité minimale, toujours les mêmes qu'il ingurgite à la même heure. Il compte ses pas dans sa chambre et rythme sa respiration. Aujourd'hui, il suffirait d'un souffle pour le briser. Il se tient en équilibre, plus que jamais, sur l'infime filin qui sépare la vie de la mort.

Sur ces paroles, l'abbé reprit sa marche.

— Je veux le voir, dit Sharko. Je veux voir Nébrasa.

L'homme secoua la tête.

— Ça ne sert à rien. Il ne décrochera pas un mot. Je vous le garantis.

— Essayez, s'il vous plaît. Montrez-lui ce diorama, insista Franck en lui tendant son téléphone. Dites-lui qu'Emma est probablement morte et que j'aimerais comprendre ce qui s'est passé. Qu'il peut m'aider à retrouver le coupable.

— Morte, vous dites ?

— On le pense, oui, même si nous n'avons pas de preuves pour le moment.

Une profonde tristesse s'empara de l'ecclésiastique. Celui-ci hésita encore quelques secondes, et lui prit l'appareil des mains.

— Attendez-moi ici.

Franck demeura seul dans l'aile où siégeait Notre-Dame. Il s'approcha, et un frisson fila entre ses omoplates. La statue semblait le fixer avec un air de reproche, la tête inclinée paraissait le blâmer de ne croire en rien. Après cette entrevue, il avait finalement encore plus de questions sans réponse qu'à son arrivée. Dans quel guêpier Emma Dotty avait-elle fichu les pieds ? Qui Nébrasa fuyait-il réellement ? Autant d'interrogations auxquelles le retour de l'abbé mit un terme. Ce dernier lui rendit son portable, le visage fermé.

— Je suis désolé… J'ai fait comme vous m'avez dit. Ça n'a pas fonctionné.

— Il n'a même pas réagi ?

— Non, rien du tout. Je pense qu'il est temps que je vous raccompagne.

Les deux hommes se jaugèrent avec la rudesse de joueurs de rugby avant la mêlée. Le ton de l'abbé ne prêtait pas à confusion : pas de négociation possible. Sharko était piégé. Il ne disposait d'aucun moyen de pression. Insister, c'était prendre le risque d'éveiller les soupçons. Or, un coup de fil au 36, et on lui tomberait dessus. Sans espoir, il laissa néanmoins son numéro de téléphone sur une page qu'il arracha de son carnet.

— Au cas où Nébrasa changerait d'avis, appelez-moi. À n'importe quelle heure.

Le père François saisit le morceau de papier qu'il glissa aussitôt dans sa manche. Une fois à l'entrée, il se dressa, tel un totem, dans l'embrasure de la porte.

— Faites bonne route. J'espère que vous résoudrez votre enquête et comprendrez ce qui est arrivé à Emma.

— Une dernière question, si vous me permettez. Ces démons, ils existent, selon vous ? Ils seraient vraiment en mesure d'interagir avec notre monde ?

— Mon fils... Dieu a précipité les anges qui ont péché dans un abîme dont ils ne peuvent sortir. Ils seront enchaînés en enfer tant que la foi des hommes sera suffisamment forte. C'est la foi qui nous préserve du Mal. Si vous perdez toute croyance, toute conviction, les abîmes se fragilisent, puis disparaissent. Ils libèrent alors les démons, et les ténèbres, elles, vous ensevelissent.

L'ecclésiastique se signa et referma derrière lui. Sharko put malgré tout entendre sa voix se répandre dans le vent.

— Que Dieu vous protège, mon fils.

19

— Viens toucher. Sa main est toute chaude…

Lucie se tenait à la porte de la chambre d'Audra, accompagnée d'une infirmière. Nicolas aurait dû sortir pour qu'elle puisse entrer, mais la soignante fit une exception – pas plus de dix minutes.

La flic s'approcha en silence, une boule dans la gorge. Un tube s'engouffrait dans la bouche d'Audra, reliant ses poumons à un ventilateur qui respirait pour elle, si bien que sa poitrine se gonflait et se relâchait distinctement sous les draps. Deux poches suspendues au-dessus de son lit alimentaient quant à elles son corps. Et tous ces écrans, ces machines, ces médicaments qu'on introduisait dans ses artères pour réguler ses taux de potassium, de sodium, pour prévenir les régurgitations gastriques, la constipation… Tenter de reproduire au plus près l'incroyable et ô combien complexe chimie du corps humain, voilà quel était le défi. Insuffler, par la science, la vie dans les veines d'une morte.

— Tu as vu comme ses traits sont détendus ? lâcha Nicolas. Elle est si belle… Elle a encore le visage de celle que j'ai rencontrée et dont je suis tombé amoureux dans la seconde. C'était à l'IML… C'est là que je l'ai vue la première fois. Aux côtés des macchabées. Vachement romantique, tu ne trouves pas ?

Sans parler, Lucie s'installa près du lit et souleva avec délicatesse la main immobile de son amie, en effet toute chaude et d'un rose printanier. Elle s'était promis de ne pas pleurer, mais, déjà, le combat intérieur faisait rage.

— Tu connais une des définitions actuelles de la mort en France ? murmura Nicolas. C'est un décret de 1996 qui l'a établie. « La mort est la disparition définitive de la personne humaine, étant entendu que ce qui sépare les vivants des morts est l'activité ou non du cerveau. » Le cerveau d'Audra ne montre désormais plus aucune activité. Ils appellent ça une boîte vide, au scanner. C'est ce qu'ils voient sur leurs écrans, du vide…

Il inspira fort, histoire d'empêcher ses émotions à fleur de peau de remonter.

— C'est qu'une putain de définition scientifique, qui en plus varie d'un pays à l'autre. Quelques lignes qui décident si quelqu'un vit encore ou pas. En France, pour être déclaré mort, il faut que le cerveau et le tronc cérébral intégral soient inactifs. Or, le tronc cérébral d'Audra fonctionne encore un peu. Son cerveau est mort, mais pas ses poumons, pas son cœur, pas ses glandes… Tu ne trouves pas ça curieux, toi, que chaque pays ait ses propres règles en la matière ? Il y a bien un truc qui cloche, non ?

La flic réfléchissait. Ça lui semblait tellement curieux, en effet. Toutes ces machines et la technologie transformaient notre manière d'appréhender le sujet. D'autant qu'aujourd'hui, peu de gens mouraient encore de vieillesse tranquillement dans leur lit. Elle observa Nicolas en coin. Il continuait à parler. Sa voix tremblotait, et ses yeux avaient l'éclat jaunâtre de ceux qui avaient la gueule de bois.

— Eux, les soignants, ils disent qu'elle n'est plus avec nous, Lucie. Ils entrent, règlent leurs appareils comme s'ils s'occupaient d'un mannequin en plastique, puis ils ressortent, complètement blasés. En même temps, je les comprends. Cette saleté de Covid a eu raison d'eux. Mais moi, je suis sûr que ma femme est encore là. Tant que son cœur fonctionne, même assisté, ce n'est pas la fin. Regarde les pulsations, là, sur l'écran. La vigueur de son cœur tout jeune. Quarante-sept battements par minute, une vraie machine de guerre.

— Audra était imbattable à la course à pied. Elle nous rétamait tous…

Il sourit.

— C'est vrai. Même moi, je ne peux pas rivaliser. Tout à l'heure, une infirmière lui a coupé les ongles. Ils poussent. Ses cheveux aussi. Ça me fait penser au printemps, à toute la nature qui reprend vie. La vie, dans le fond, ce n'est pas ce qui résiste à la mort ? Ils n'ont pas le droit de la tuer. Ce serait dégueulasse. Je suis convaincu qu'elle lutte. Que son corps lutte. Et… Attends…

Il souleva le drap et plaqua sa joue contre le ventre arrondi d'Audra. L'expression d'un bonheur intense illumina soudain son visage. Il s'écarta.

— Fais comme moi. Il bouge. Il bouge, Lucie. Il agite ses petites mains, ou ses petits pieds. Je suis sûr qu'il ressent ma présence, qu'il entend ma voix. Et ils voudraient lui faire du mal ? Quels monstres sont-ils ? C'est moi, mon fiston, c'est papa.

Lucie secoua la tête. Elle regrettait d'être venue. C'était trop dur pour elle d'être ici. Ce que vivait Nicolas lui renvoyait en plein visage d'insupportables images. Les corps sans vie de ses filles, méconnaissables, étalés sur des tables en acier. Le vide abyssal qui, du jour au lendemain, s'était installé dans son existence détruite. Ses envies de mourir. Elle avait mis des années à enterrer ces visions abominables, et Sharko l'y avait aidée. Mais aujourd'hui, elles ressurgissaient.

— Je suis désolée, je ne peux pas…

Il lui adressa un regard étrange, presque chargé d'incompréhension. Puis, comme si elle n'était plus là, il baissa les yeux vers le lit et se perdit dans ses pensées, ce qui la mit encore plus mal à l'aise.

— Comment ça s'est passé, avec le psychologue ? demanda-t-elle enfin.

— Ce connard, tu veux dire ? Mal.

Il se leva et se dirigea vers la fenêtre, sur laquelle il appuya son front en lorgnant dehors, les mains dans les poches de son jean.

— Il savait des choses. Sur moi. Sur mon passé.

— Quel genre de choses ?

— Mes histoires de drogue.

— Il te l'a signifié ouvertement ?

— Non, mais il était au courant, c'est certain. Il a beaucoup trop insisté sur les stupéfiants, les questions de dépendance.

Lucie remit le drap en place, gênée par cette intimité qu'Audra n'avait pas choisie. Après quoi elle se leva à son tour.

— Peut-être qu'il aborde ces sujets avec tous ceux qui traversent des situations difficiles et qui seraient susceptibles de… se laisser aller. Il ne pouvait pas avoir ces informations. Hormis les flics, personne ne les a.

— Ce n'est pas à toi que je vais apprendre que je n'ai pas que des amis dans notre « grande famille ». Les Spick sont pleins aux as, leur avocat a dû graisser quelques pattes pour que des gens parlent. C'est aussi simple que ça.

Lucie ne savait pas quoi penser. Ces hypothèses paraissaient folles et pouvaient passer pour de la paranoïa.

D'un autre côté, elle ne doutait pas de la capacité de nuisance de certains de leurs collègues. La guerre entre services existait toujours, et il s'agissait d'un bon moyen d'anéantir Nicolas, par simple jalousie ou pour régler de vieux différends. Quant aux candidats, ils ne manquaient pas. Nul n'ignorait que le lieutenant, après la disparition de Camille, avait été accro à la coke.

— Ce maudit psy a osé me demander si je possédais des preuves indiquant qu'Audra souhaitait que son enfant « naisse et vive », dans le cas où elle ne serait plus là pour décider elle-même. Qui se poserait ce genre de questions, bordel ? Et comment veux-tu prouver une chose pareille ? J'ai évoqué le lit qu'on avait déjà acheté, la petite chambre qu'on avait commencé à préparer, mais j'ai eu la sensation que ça n'entrait pas en ligne de compte, qu'ils montaient un dossier à charge contre moi et qu'ils allaient tout faire pour me priver de mon fils. Je suis sûr que tout est déjà décidé. On ne va pas s'embêter pendant deux mois avec une morte alors qu'il faut libérer des lits, faire de la place parce que l'hôpital est plein à craquer à cause de cette saloperie de Covid. La voilà, la vérité.

— Nicolas, ce n'est pas…

— Je le vois à leurs yeux, je te dis.

Soudain, la porte se rouvrit. D'un mouvement de tête, Lucie signala à l'infirmière qu'elle sortait. Mais Nicolas lui attrapa le poignet pour éviter qu'elle ne parte.

— Elle arrive ! envoya-t-il sèchement à l'intention de la jeune femme. Encore une minute, une petite minute. On a bien droit à un peu d'intimité, merde !

La soignante échangea un regard avec Lucie, qui acquiesça et s'éclipsa dans le couloir, laissant le battant entrouvert. Nicolas relâcha alors sa prise, s'approcha d'Audra dont il prit de nouveau la main, qu'il caressa avec une tendresse émouvante.

— J'ai une requête, Lucie. On en a discuté avec Audra, tu penses bien qu'elle est d'accord. On voudrait que Franck et toi, vous soyez parrain et marraine de notre enfant. Ça nous ferait, à tous les deux, extrêmement plaisir…

Cette fois, Lucie ne put empêcher les larmes de monter. C'était complètement insensé. Elle n'arrivait pas à imaginer que l'enfant puisse naître puis grandir sans Audra. Elle mit la demande incongrue de Nicolas sur le compte de la fatigue, du désespoir, et essuya le coin de ses yeux du dos de la main.

— Excuse-moi. C'est que… C'est tellement inattendu.

— Je comprends. Parles-en avec Franck, d'accord ?

Lucie hocha la tête. Puis elle le serra contre lui et sortit, se retenant de toutes ses forces pour ne pas éclater en sanglots.

20

Ils n'étaient que deux clients au gîte des Tourets : Sharko et un jeune type chargé comme une mule, qui faisait un tour de France à vélo. Le restaurant du bâtiment principal était fermé depuis fin octobre, mais le réceptionniste proposait des snacks à réchauffer soi-même. Franck avait ainsi embarqué trois parts de pizza quatre fromages ainsi qu'une bière et s'était réfugié dans son chalet, à l'orée des bois. Une vaste chambre, une salle de bains avec douche et un petit coin cuisine, un espace plutôt chaleureux.

Alors qu'il dînait seul face à lui-même, il en profita pour appeler sa femme, qui venait de rentrer de l'hôpital. Elle était encore toute retournée par sa visite, et ce qu'elle lui raconta le chamboula, lui aussi. La demande de Nicolas était vide de sens dans un moment pareil. D'après Lucie, Bellanger parlait d'Audra au présent, comme s'il n'acceptait pas la situation. Le fait de choisir un parrain et une marraine était peut-être un moyen pour lui de conjurer le sort, de se convaincre que le bébé allait vivre. Si la décision des médecins s'avérait être celle du débranchement, la chute de leur collègue et ami serait vertigineuse.

Quand Franck raccrocha, son regard se perdit dans la nuit à travers la baie vitrée. Un sentier éclairé par des lampes à énergie solaire invitait à la promenade. Il enfila son blouson et sortit faire un tour. Il avait besoin de respirer. D'ordinaire, il aurait détesté être ici, loin de sa famille. Mais ce soir-là, il se dit qu'il n'aurait pas pu être mieux ailleurs. La nature, le calme, et aucun compte à rendre à personne. Ce que ça faisait du bien…

Il progressa dans la végétation silencieuse où, de temps à autre, résonnait un craquement. La forêt, autour de lui, vibrait. Les luminaires dévoilaient des oasis de fougères, d'épines, de feuilles rousses. Il traversa un petit pont en bois d'à peine un mètre au-dessus d'un ruisseau ridicule, et se replongea dans ses réflexions. Il pensa notamment à l'abbaye, au père François, à Nébrasa. Il avait jeté un coup d'œil aux photos publiées par l'ancien artiste sur son site avant de se réfugier dans la maison de Dieu, à la description qu'il avait faite des démons qui le pourchassaient, dont quelques-uns ressemblaient à ceux représentés dans le diorama d'Emma Dotty. Il devait absolument trouver le moyen de comprendre le type de relation que l'homme-squelette avait entretenu avec elle. Qu'avait-il confié à la céroplasticienne pour qu'elle se déplace à plusieurs reprises jusqu'ici ? Y avait-il un lien avec sa disparition ?

Plus loin, au niveau d'une barrière qui marquait le bout du chemin, il consulta son portable – ouf, il y avait un peu de réseau – et récupéra le numéro de la voisine, grâce à la photo qu'elle lui avait transférée. Dans la foulée, il lança un appel en remontant le col de son manteau : les températures s'effondraient, l'humidité désormais installée le prenait à la gorge.

— Madame Jouillard ? Pardon de vous importuner à cette heure, je suis le policier à la recherche d'Emma. J'étais chez elle lorsque vous êtes entrée…

— Je me rappelle, bien sûr. J'ai failli mourir de peur.

— J'aurais besoin que vous fassiez quelque chose pour moi. Que vous alliez vérifier, dans la pile de courrier sur la table, s'il n'y a pas des enveloppes en provenance d'une ville qui s'appelle Auxonne, en Côte-d'Or. Vous ne trouverez peut-être pas ces informations, mais il y aura un cachet de la poste, indiquant le numéro à cinq chiffres, 23044.

— C'est qu'il est tard, et puis je suis en robe de chambre…

— S'il vous plaît. C'est très important. Du courrier avec le numéro 23044.

— D'accord… capitula la vieille dame. Je vous recontacte d'ici cinq minutes.

Satisfait, Franck fit demi-tour pour rejoindre son chalet. Un nouveau craquement s'éleva dans la nuit, si fort que le flic s'immobilisa. Il ignorait quel genre de bestioles peuplaient les alentours, mais ce n'était certainement pas un petit écureuil. Un chevreuil ? Un sanglier ? Il scruta les ténèbres. Finit par trouver sa frayeur stupide. S'il existait un gros animal dans cette forêt qui devait terrifier les autres, c'était lui. Décidément, cette histoire de diables lui tapait sur le système…

À cet instant, la sonnerie de son téléphone retentit et lui arracha un sursaut.

— J'ai tout regardé, annonça son interlocutrice. Il n'y a rien du tout.

— Vous êtes certaine ? Le dernier courrier date de début octobre. Si Emma était absente, c'est forcément vous qui l'avez ramassé.

— Absolument certaine.

Sharko la salua et raccrocha, frustré. Qu'est-ce qui clochait ? L'abbé avait-il pu se tromper ? La lettre avait-elle été envoyée bien avant, du temps où Emma donnait encore des signes de vie ? Elle l'aurait alors lue et rangée quelque part. Non… Le moine avait parlé d'octobre sans la moindre hésitation. Donc soit le courrier s'était paumé, soit quelqu'un l'avait embarqué. Ou alors…

Une idée venait de lui traverser l'esprit. Il n'eut pas le temps de creuser : de nouveau, son portable se manifesta. Un numéro non enregistré.

— Commandant Sharko ? Abbé François à l'appareil.

— Mon père, vous tombez bien. Je pensais justement à vous. Est-ce que vous vous souvenez de l'adresse à laquelle vous envoyiez les lettres de Nébrasa ? Est-ce que c'était dans le 11e arrondissement de Paris ?

— Non, ce n'était pas à Paris, c'était à Vanves. Je vous communiquerai l'adresse exacte si vous en avez besoin, je l'ai notée dans un carnet.

Bingo ! Emma se protégeait ou se méfiait. Elle n'avait pas révélé sa véritable adresse à Nébrasa et disposait donc visiblement d'un autre pied-à-terre, un endroit qu'elle louait peut-être et qui justifierait les retraits de huit cents euros en liquide qu'elle faisait depuis le mois de mai.

— Vous êtes au gîte des Tourets, commandant ?

La voix du moine était devenue grave. Franck inclina la tête.

— Oui.

— Je préfère vous en informer : David est introuvable.

— Comment ça, « introuvable » ?

— Eh bien, il n'est plus dans sa chambre. On a fait le tour des bâtiments. On scrute désormais les jardins, la cour et les environs. On pense qu'il est sorti. Un des tiroirs de la cuisine était grand ouvert. Un couteau aurait disparu d'après le frère responsable du repas.

Sharko ralentit sa marche. Le stress venait de grimper d'un cran.

— Il lui est déjà arrivé de réagir de cette façon ?

— Jamais.

— Vous avez prévenu la gendarmerie ?

— Pas encore. On aimerait résoudre ce... problème nous-mêmes.

— Je vois. Continuez à chercher, et si vous n'avez pas de nouvelles dans une heure, appelez-les.

— Très bien. Mais je voulais aussi vous dire... David sait que vous résidez au gîte.

— Comment l'a-t-il appris ?

— Il me l'a demandé lorsque je lui ai apporté son repas, après votre départ. Je suis désolé, j'ai été naïf, mais c'était dans le fil de notre conversation. Pour une fois qu'il parlait... Je n'aurais pas dû et...

— Merci de m'avoir prévenu.

Le flic raccrocha vite et s'immobilisa, la gorge serrée. Il était persuadé qu'on l'observait.

21

La nuit rampait partout, au-delà des lampes solaires. Un noir d'encre qui coulait sous l'impénétrable voûte que formait la forêt. Sharko, au milieu de celle-ci, se retrouvait totalement vulnérable. Grâce aux éclairages, on pouvait le voir, tandis que lui était aveugle. Il voulut saisir son arme, par réflexe, puis se souvint qu'elle était enfermée dans l'armoire blindée de son bureau, à des centaines de bornes d'ici.

Avançant pas à pas, l'ouïe à l'affût, il essaya de capter chaque frémissement. C'était à lui que Nébrasa en voulait, sans aucun doute possible. L'homme s'était échappé de l'abbaye et avait rejoint le gîte à pied. Ce n'était certainement pas pour taper la discute avec lui. Loin, très loin, les lumières du chalet pulsaient à travers les branchages telles d'infimes étoiles. Sharko ne pensait pas s'être autant enfoncé dans la végétation.

Lorsqu'il franchit le pont, il perçut un feulement discret. Le souffle d'une lame. La douleur arriva d'un coup, au niveau du mollet, pareille à une piqûre de taon. Franck eut tout juste le temps de voir la déchirure sur son jean qu'une silhouette jaillit des herbes, en contrebas. Le couteau fendit l'air au ras des planches. Nébrasa visait les jambes et frappait dans tous les sens. Dans un geste de recul, Sharko alla s'écraser contre la rambarde qui céda, l'entraînant dans sa chute. Son tibia heurta violemment le coin d'une latte. À peine avait-il atterri dans les fourrés que le squelette se lança sur lui, l'arme brandie, le capuchon de sa robe rabattu sur la tête.

— Démon !

Le flic réagit alors à l'instinct. Il dévia le geste de son assaillant d'un mouvement de bras, de sorte que la lame se planta dans le sol à trois centimètres de sa joue gauche. Après quoi il donna un grand coup avec son front, droit devant lui. Un os craqua, mais Nébrasa précipitait déjà ses mains vers sa proie. Sharko, au moins deux fois plus lourd, envoya son poing de toutes ses forces dans sa direction. Il toucha la tempe de son adversaire et le propulsa contre un pilier du pont. Deux secondes plus tard, il se jetait sur lui, l'immobilisant de tout son poids. Le nez de son agresseur était de travers, façon Picasso. Le sang pissait. Ses mains décharnées s'ouvraient grand devant sa figure. La terreur l'habitait.

— M'emmène pas ! Lâche-moi !

Dans son habit de moine, l'homme faisait peur à voir. Sa barbe, ses cheveux blancs ressortaient dans la clarté lunaire. Sharko le laissa se débattre et s'épuiser – avec l'impression de peser sur un phasme. Quand l'autre arrêta enfin de gesticuler, le flic relâcha la pression. Il lança un bref coup d'œil vers sa jambe. Le mollet, ça allait, mais la blessure au tibia l'inquiétait davantage. Elle le lancinait méchamment.

— Tu vas m'écouter, Nébrasa. Je ne suis pas un de ces diables qui te poursuit, je ne suis pas venu te chercher pour t'emmener je ne sais où.

L'homme se tordit de nouveau dans tous les sens, il déployait l'énergie impressionnante des fous. Vu son état, Franck se demanda où il puisait ses ultimes forces.

— Je suis un flic, bordel ! Un flic, t'entends ? Je n'ai rien à voir avec tes démons.

Il rapprocha son visage comme pour le lui prouver.

— Emma Dotty a disparu. Elle est probablement morte et t'es une des dernières personnes à l'avoir vue en vie. Maintenant, t'as deux solutions. Ou tu me parles, ou je te désosse.

Subitement, le regard de Nébrasa devint fixe. La faible lumière devait jouer, mais jamais Franck n'avait vu des yeux aussi profondément enfoncés dans leurs orbites.

— Alors elle l'a fait, murmura-t-il. Elle est passée de l'autre côté. Seigneur…

Ses lèvres se mirent ensuite à susurrer des propos incompréhensibles. Franck eut l'impression qu'il récitait une prière.

— Ou, de l'autre côté ?

N'obtenant pas de réponse, il supposa :

— Du côté des morts, c'est ça ?

La corde censée maintenir le scapulaire au niveau de la taille s'était défaite dans la bataille, et le flic devina les côtes saillantes qui se soulevaient sous la fine couche de peau. Nébrasa ressemblait à un spectre. Il essayait, *a priori*, de retrouver une respiration régulière, muré dans son silence.

— Est-ce que ça veut dire qu'elle est morte ? insista Franck. Elle s'est suicidée ? On l'a tuée ?

Nébrasa détourna la tête, scruta les ténèbres.

— Elle n'aurait pas dû, elle n'aurait jamais dû. Faut pas aller là-bas… Faut pas tenter l'expérience.

Ses yeux se plantèrent dans ceux de Sharko.

— Même si vous en revenez, ils vous harcèlent, ils vous font mal, jusqu'à ce que vous repartiez avec eux. Pour leur échapper, vous devez vous cacher dans la maison de Dieu. C'est la seule possibilité. Et prier. Prier sans cesse. Parce que, dès que vous arrêtez, ils vous tombent dessus.

Il tendit une main implorante.

— Laissez-moi rejoindre l'abbaye… S'il vous plaît.

— Le père François m'a révélé que tu avais failli mourir, continua le flic sans prêter attention à sa requête. Est-ce que c'est de ce genre d'expériences que tu parles ?

Les mots de Sharko semblaient désormais glisser sur Nébrasa comme de l'eau. Son regard était vide. Il n'écoutait plus, soudain immobile, perdu dans son monde. Sans le murmure qui émanait de ses lèvres, on aurait pu penser que toute forme de vie l'avait quitté. Franck se redressa en grimaçant, fouina dans les herbes et ramassa le couteau. L'autre en profita pour rouler sur le côté, se hissa en s'appuyant au pont, le dos voûté à la façon d'un vieillard. Nu sous son habit de moine débraillé, il avait l'air d'un personnage échappé d'un tableau de Jérôme Bosch.

Il fixa un temps le flic et, quand il comprit qu'il pouvait partir, s'éloigna, dégingandé, dans la végétation. Avant la première rangée d'arbres encore éclairée par les lampes, il se retourna, appuyé contre un tronc. Il haletait.

— Je n'ai pas failli mourir. J'ai été mort.

Franck le laissa se traîner vers l'obscurité et s'y enfoncer. Avait-il d'autres choix ? Avertir les forces de l'ordre reviendrait à attirer l'attention sur lui. Les gendarmes le feraient déposer, on lui demanderait la raison de sa présence ici. L'affaire remonterait à coup sûr aux oreilles du 36. Il rappela en revanche le père François dans la foulée pour lui indiquer qu'ils pouvaient récupérer leur dément dans la forêt, aux alentours du gîte. Vu son épuisement, il n'irait pas bien loin et ne ferait plus de mal à grand monde.

De son côté, il regagna son chalet en boitillant, referma à clé derrière lui et enleva son jean en poussant un grognement. Le mollet n'avait été qu'effleuré, mais il y avait bien une petite entaille qui saignait au niveau du tibia. Franck se constitua un pansement de fortune avec des mouchoirs en papier qu'il comprima comme il put autour de la plaie. Puis il s'effondra sur le lit.

L'heure d'après, il recevait un court SMS du père François. Ils avaient ramassé Nébrasa le long de la route, couché dans l'herbe. Le moine ne lui posa aucune question sur l'état dans lequel il l'avait découvert, signant ainsi une sorte de pacte du silence. Un autre SMS arriva quelques secondes plus tard avec l'adresse de Dotty, à Vanves. Un moyen, peut-être, de le remercier de leur avoir « rendu » leur protégé sans faire de difficultés.

Le flic ne bougea plus, allongé les bras en croix, avec son tibia qui pulsait. Il baissa les paupières, épuisé. Nébrasa n'était pas seulement à moitié fou, il avait tenté une expérience et vu quelque chose. Quelque chose qui l'avait terrorisé au point de transformer l'artiste morbide et athée en chrétien convaincu, cloîtré depuis des mois au fond d'une abbaye.

Sharko ne croyait pas au diable.

Mais ce n'était pas pour ça que le diable n'existait pas.

22

Un message laconique de Jecko cueillit Sharko au réveil. Deux malheureuses lignes qui indiquaient qu'il réintégrait ses fonctions dès le lendemain matin. L'enquête menée par l'IGPN était classée. Aucune mention concernant la mort de Fermont ou l'agression d'Audra ne serait faite dans ses états de service.

Franck se sentit seulement à demi soulagé. Peut-être que, au fond, il aurait dû payer pour ce qui était arrivé à sa collègue. Il était son supérieur, or un supérieur devait veiller à la sécurité de son équipe. L'absence de notification au dossier signifiait purement et simplement que, à leurs yeux, Audra ne valait pas grand-chose. En réalité, le seul point positif, c'était qu'il allait enfin pouvoir agir dans les règles, retrouver une partie de son groupe et disposer de ressources… Pourtant, il comptait encore optimiser un peu ce temps passé loin du bureau.

Il se gara à Vanves juste après midi. Il avait enfilé son jean de rechange et s'était débarrassé de l'autre dans une poubelle, après avoir renouvelé ses pansements. La plaie commençait à cicatriser et ressemblait déjà à une blessure bête qu'on pouvait se faire en heurtant violemment le cadre d'un lit. C'est ce qu'il expliquerait à Lucie, en tout cas. Évidemment, il n'avait pas fermé l'œil, ou si peu. Le visage de momie et les derniers mots de Nébrasa l'avaient hanté toute la nuit. « Je n'ai pas failli mourir. J'ai été mort. » Sharko ignorait ce qu'il avait voulu dire par là, mais il avait ressenti, comme rarement dans sa vie, une forme d'angoisse au fond du ventre, pas rassuré dans l'obscurité de sa chambre.

L'adresse fournie par l'abbé le mena devant un immeuble de brique jaune, dans une rue tranquille à l'écart du centre-ville. La porte du hall n'était pas verrouillée. Le flic aurait pu différer sa visite pour respecter le cadre d'une procédure stricte, mais il était sur sa lancée. Il repéra donc la boîte aux lettres portant l'étiquette 31B et l'ouvrit sans forcer – une tirette qu'on pouvait basculer avec une simple carte de crédit. Trois enveloppes attendaient à l'intérieur. Les deux premières n'étaient pas cachetées et contenaient des rappels de loyer à régler – avec, dessus, le numéro de portable de la propriétaire. L'autre portait le code ROC 23044, et le cachet datait du 9 octobre. Il décolla le rabat avec délicatesse et en tira une feuille. L'écriture était tremblotante, penchée, le papier blanc et légèrement chiffonné.

Vous ne venez plus me voir. Je présume que vous avez déniché la Faille et que vous n'en êtes pas sortie indemne. Peut-être que les démons ont été trop forts, qu'ils vous ont empêchée de revenir parmi nous. Je vous avais avertie de leur puissance. Néanmoins, si vous êtes encore de ce côté-ci et que vous lisez ces mots, ne les combattez pas seule. Rejoignez-moi. Ensemble, nous serons plus forts contre eux. Que Dieu vous apporte son aide…

La Faille… Instantanément, Sharko revit le diorama où Emma était suspendue au-dessus des diables, dans la grotte. S'agissait-il d'un lieu ? D'une illusion jaillie de l'esprit d'un fou ? D'une de ces expériences mystiques qu'on vivait en ingurgitant des substances illicites, genre LSD ? Dubitatif, Franck photographia le courrier et remit tout en place dans la boîte aux lettres, ni vu ni connu.

Pour accéder aux étages, il appuya ensuite sur les boutons de l'Interphone au hasard, jusqu'à entendre le grésillement espéré. Au troisième, il tourna la poignée de porte de l'appartement *a priori* loué par Emma. Fermé, évidemment. Vu la médiocrité de l'huisserie, ça n'avait pas l'air d'être une serrure à trois points, mais il ne se voyait quand même pas défoncer le chambranle. Il préféra appeler la propriétaire.

Une heure plus tard, elle débarquait, surtout parce qu'elle s'inquiétait pour ses finances : sa locataire n'avait pas réglé ses derniers loyers. Sharko lui fit comprendre qu'il était à sa recherche et en profita pour glisser quelques questions qui ne lui apprirent, au final, que des banalités. Il s'agissait d'une jeune femme discrète qui habitait le T2 depuis mai. Lorsqu'il demanda à entrer seul, son interlocutrice lui confia sans protester un double de la clé à remettre dans la boîte aux lettres quand il aurait terminé. Et comme elle insistait pour ses histoires d'impayés, il lui signifia qu'on la recontacterait dans les prochains jours pour venir déposer au Bastion.

Dès qu'il eut le champ libre, il enfila des gants et pénétra dans l'appartement. Un coin salon-cuisine propre, fonctionnel, où rien ne traînait. Dotty n'avait semble-t-il pas investi les lieux, par ailleurs déjà meublés. Pas de souvenirs personnels, pas de décoration. Il ouvrit les placards, les inspecta à la va-vite, puis s'orienta vers la salle de bains où il dénicha une trousse de toilette qui renfermait, en gros, le strict nécessaire pour quelques nuits.

Au bout du couloir, il bifurqua dans l'unique chambre. Un bureau avait été installé dans un angle, à droite du lit. Une table, une chaise, un ordinateur portable. Là, un large panneau en liège débordait de photos et le sol était jonché de piles de journaux et de magazines. Il y en avait plusieurs centaines. L'endroit, à l'évidence, où Dotty avait mené une partie de ses recherches.

Franck essaya d'abord d'accéder au contenu de l'ordinateur, mais un mot de passe l'en empêcha. Il fouilla dans les tiroirs : les enveloppes en provenance de l'abbaye étaient là. Il s'empara de la première et constata avec aigreur qu'elle était vide. Comme la deuxième. Ses yeux se portèrent alors sur les cendres au fond de la corbeille. Il y plongea les doigts. Du papier brûlé. Dotty s'était débarrassée des lettres…

— Et merde !

Par acquit de conscience, il vérifia quand même toutes les enveloppes. La dernière – qui d'après le cachet de la poste datait de la toute fin juillet – contenait encore une feuille. Peut-être la chance lui sourirait-elle, finalement. Il la déplia. Dessus, il n'y avait qu'un mot, écrit en grand et en travers : « PAZUZU ». Sharko n'y comprenait rien. Nébrasa avait pris la peine d'envoyer un courrier pour simplement noter ça. Pourquoi ? Et qu'est-ce que ça signifiait ?

Il observa les photos sur le mur. De vieux clichés en noir et blanc montraient des gros plans de cadavres, sans l'ombre d'un doute sur un champ de bataille. Des soldats empêtrés dans la boue, pétrifiés dans les positions les plus étranges. L'un n'avait qu'un œil ouvert pendant que sa bouche, béante, tombait sur le côté gauche. Un autre se tenait debout contre la paroi d'une tranchée, une main appuyée sur un sac, la seconde serrant son fusil, un trou au milieu du front. Une légende indiquait : « La Mort dans les tranchées de la Première Guerre mondiale. »

Ensuite, une série très différente : des jeunes Africains, enchevêtrés dans des barbelés telles des poupées de chiffon, le dos criblé de balles. Des silhouettes d'ébène sèches et luisantes de sang. Encore des visages, toujours la même signature d'effroi et ces corps comme en arrêt sur image. Des yeux exorbités, pleins de terreur, des bouches hurlantes, des doigts crispés sur le métal acéré qui labourait les chairs. « La Mort au travail lors du génocide rwandais, 1994. »

Il y avait d'autres massacres, d'autres catastrophes, de toutes les époques, en tous lieux, y compris dans les immenses terrains vagues brésiliens où s'alignaient, par milliers, les victimes du Covid. Et toujours la Mort, avec ce M majuscule. La mort personnifiée.

Dotty avait zoomé sur le regard de certaines victimes, puis les avait imprimés et disposés les uns à côté des autres. On distinguait le même éclat dans les pupilles inertes. Comme si elles avaient toutes vu la même chose en quittant ce monde. Franck imagina alors une imposante silhouette noire enroulée dans une cape, si grande qu'elle atteignait les nuages. Une figure responsable des guerres, des épidémies, balayant les vies comme les blés, à généreux coups de faucille. Il pensa aux dix plaies d'Égypte, au Déluge, à l'Arche de Noé…

Tout cela ne pouvait être qu'un amas de conneries. Un délire mystique. Pourtant, ces visages effrayés, ces existences fauchées par milliers, étaient bien réels. Sur l'un des clichés épinglés à l'écart, il reconnut Nathalie Charlier, la femme qui s'était rompu la nuque au bas de son escalier. Le corps, couché sur une table en acier, avait été photographié sous tous les angles. Ainsi, Emma

Dotty ne s'était pas débarrassée de sa carte mémoire lors de son interception à l'IML. Elle avait réussi à la planquer sur elle. Mais comment la céroplasticienne avait-elle pu savoir que Nathalie Charlier avait été, visiblement, frappée par la même vision de terreur que les Tutsis ou les soldats des tranchées, juste avant de donner son dernier souffle ?

En quête de réponses, Franck s'intéressa aux articles de journaux posés sur le bureau. L'un d'entre eux était précisément en lien avec Nathalie Charlier. « Éboulement mortel à proximité de Fontaine-le-Puits. »

[...] Le minivan, heurté par les rochers, et qui avait dévalé la pente sur plus de trente mètres en dessouchant des arbres au passage, aurait pu terminer sa course bien plus bas dans le ravin si une rangée de gros épicéas n'avaient pas fait barrage. Le parapet littéralement déchiré a pu témoigner de la violence du choc. Quand les secours sont arrivés sur place, ils n'avaient que peu d'espoir de retrouver des personnes en vie. Grégoire Joly, le chef des pompiers qui est intervenu ce jour-là, vingt-trois ans d'expérience, l'a lui-même admis : « C'était impossible qu'il y ait des survivants à un tel accident. Il a fallu descendre harnachés tant le terrain était compliqué. Il y avait du verre et des morceaux de métal partout. J'ai été le premier à entrer dans le van, par une ouverture sur le toit... La scène la plus éprouvante de toute ma vie. » Grégoire Joly explique cela avec une vive émotion dans la voix. Les corps, le silence... Puis ce moment incroyable : « Je m'apprêtais à ressortir quand j'ai entendu un appel. Au départ, j'ai cru qu'il s'agissait d'une collègue, mais ça venait des sièges du fond. J'y suis retourné, et c'est là que j'ai vu cette femme. Elle était coincée sous la banquette, comprimée entre les sièges. L'espace était à peine suffisant pour y passer une main. C'était incroyable. On a apporté le matériel de décarcération, on a mis plus de deux heures à l'extraire de là à cause du terrain. Elle n'avait que des blessures superficielles. Je n'avais jamais vu quelqu'un avoir une telle chance dans toute ma carrière. Parce que, vraiment, il aurait suffi qu'un siège, que la banquette ou que la paroi latérale aient été écrasés d'un centimètre de plus pour la tuer. C'était un véritable miracle, je n'ai pas d'autres mots. »

Franck imaginait sans mal l'horreur face à laquelle les secours s'étaient trouvés, et en même temps la joie mesurée d'avoir débusqué une survivante. Il s'intéressa aux autres articles de la pile. « Eure-et-Loir : une bonne étoile lui évite le pire. » Un train avait percuté une voiture bloquée sur la voie à plus de soixante-dix kilomètres-heure. Le véhicule avait été éjecté sur le côté et avait heurté un pylône. Pourtant, le conducteur n'avait pas eu une égratignure. Il en était sorti, hagard, et avait marché sans but sur une centaine de mètres avant de se rendre compte de la situation.

« Lyon : tragique incendie d'un immeuble. Dix-huit victimes. L'unique rescapé témoigne. » Sharko enchaîna ainsi les lectures : des drames terribles et, chaque fois, l'histoire improbable d'une personne passée à deux doigts de la mort. Des récits à glacer le sang que la céroplasticienne avait sans doute cherchés partout dans les journaux et les magazines couvrant le sol. Dans chacun, il était question d'individus qui avaient réchappé, d'une façon ou d'une autre, à un sombre destin.

Perturbé par ces récits, le flic porta une plus grande attention au dernier papier, parce que Emma Dotty y avait entouré un nom, « Lavoisier », et avait noté à côté une adresse à Créteil. L'article datait d'il y a cinq ans. Alexis Lavoisier, 20 ans à l'époque, était assis dans une cabine de téléphérique en Italie quand l'un des câbles s'était rompu sur le parcours. Une chute de plus de quarante-cinq mètres. Pourtant, on avait découvert le jeune homme en vie, avec un simple poignet cassé, au milieu de onze corps qui avaient été pulvérisés. L'encart titrait : « Le miraculé du lac Majeur ». *Une putain de fichue bonne étoile*, songea Sharko.

Selon toute vraisemblance, Dotty avait réussi à mettre la main sur l'adresse de cet Alexis Lavoisier et était probablement allée le voir. De la même manière qu'elle avait essayé de retrouver Nathalie Charlier. Et peut-être tous les autres. Le flic prit des dizaines de photos de la pièce, du panneau en liège sur lequel les clichés se superposaient, des articles, et quitta les lieux, laissant tout en ordre. Il connaissait déjà sa prochaine destination : Créteil…

Avant de reprendre la route, cependant, il appela Lucie et lui résuma la situation. Puis sollicita son aide.

— Il y a un ordinateur portable à récupérer au plus vite, ainsi qu'un courrier dans la boîte aux lettres et un autre dans le tiroir du bureau.

— Bon Dieu, Franck… Et comment je justifie tout ça auprès de Mortier ?

— Tu ne justifies rien auprès de Mortier. J'ai reçu un message de Jecko. Demain matin, je réintègre. Je pense que Mortier a aussi été averti et qu'il est bien content que ça se termine. Bref, j'ai vraiment besoin que tu ailles chercher cet ordinateur et ces lettres *illico*. Je signerai le PV plus tard, c'est pas un problème. Ensuite, tu contactes Julien Sidroux, du service informatique, sur le numéro perso que je vais t'envoyer juste après. C'est un bon. Le mec n'a pas de vie et il va se jeter sur l'ordi comme un morpion, même un dimanche.

— Tu m'emmerdes, Franck. Tu ne peux pas attendre demain, bon sang ?

— Non, je ne peux pas. Et tant que je t'emmerde, c'est que je suis en vie.

23

Un homme d'une cinquantaine d'années, vêtu d'un caleçon et d'un tee-shirt *Jaws* au requin à moitié effacé, ouvrit à Sharko. Cheveux en pétard, pieds nus dans des sandales à l'effigie de *Star Wars*, il semblait émerger d'une nébuleuse lointaine.

— Je souhaiterais parler à Alexis Lavoisier.

L'individu observa un léger mouvement de recul quand Franck lui montra sa carte. Il se cala ensuite dans l'embrasure, formant une sorte de rempart. La maison individuelle où il habitait se situait dans un environnement agréable, entouré de nature.

— Mon fils est mort. Qu'est-ce que vous voulez ?

Un autre rescapé, un autre mort. Peut-être un hasard, il ne fallait pas s'emballer. Le policier essaya d'être le plus clair possible, sans pour autant se montrer trop brusque, pour éviter que l'homme ne lui claque la porte au nez.

— Je suis sincèrement navré. En fait, mon enquête ne concerne pas Alexis directement, mais une femme qui a disparu dans des circonstances inquiétantes et que je recherche. J'ai trouvé un article de journal chez elle. Un article qui raconte l'accident du lac Majeur. Dessus, elle avait noté votre adresse. Elle s'appelle Emma Dotty.

— Elle est venue ici, en effet. C'est moi qui l'ai accueillie.

— On peut en discuter à l'intérieur ?

L'homme sembla hésiter, puis finit par laisser entrer Sharko.

— Désolé pour le foutoir, je ne m'attendais pas à recevoir de la visite.

L'endroit sentait le renfermé. Le vieux rhum aussi. Les volets roulants à moitié baissés plongeaient chacune des pièces dans une pénombre dérangeante et poussiéreuse. L'homme vivait seul, se négligeait, avec pour seule compagnie la télé qui fonctionnait en sourdine. Pas besoin d'un dessin : le décès de son gamin avait fait exploser le cocon familial.

— Un café ?

— Je veux bien, merci.

Pendant que son hôte rejoignait la cuisine d'un pas traînant, le flic balaya le salon du regard. Des photos d'Alexis partout. Un garçon au beau teint hâlé dont le sourire avait dû en faire craquer plus d'une. *Mort*, se répéta Franck. L'air lui parut soudain glacial. Lavoisier revint avec deux tasses, éteignit la télé, désigna un fauteuil et s'installa en face.

— Vous êtes quoi ? Une espèce de privé ? On est dimanche, vous débarquez seul…

— Je suis commandant à la Brigade criminelle. On n'a pas vraiment d'horaires.

— Je vois… Donc quand vous dites « disparue dans des circonstances inquiétantes », c'est que ça craint, hein ?

— *A priori*, oui. Emma Dotty ne donne plus signe de vie depuis plusieurs semaines.

— Merde…

Il eut l'air réellement désolé.

— Parlez-moi de sa visite. À quand elle remonte ?

Le quinquagénaire ajouta une belle rasade de rhum dans son café, d'un geste précis, millimétré. Sharko préféra décliner.

— Janvier ou février dernier. Je me souviens d'un froid épouvantable dehors. Comme vous, elle voulait rencontrer Alexis. Et comme vous, elle ignorait qu'il était décédé à l'été 2019. Elle s'est sentie gênée. Elle s'est excusée et s'apprêtait à repartir, mais… je lui ai proposé d'entrer. J'avais besoin de discuter avec quelqu'un. Ma femme venait de me quitter, vous comprenez ?

Sharko acquiesça. Il sortit son carnet pour prendre des notes.

— Elle s'est assise à votre place et elle m'a demandé un thé brûlant, tellement elle était frigorifiée. Je n'en avais pas, alors elle a bu de l'eau chaude avec du sucre et un zeste de citron. J'ai le souvenir d'une femme posée, calme. Elle m'a fait rire parce qu'elle avait ces gants avec un fil en laine qui passe dans les manches pour éviter de les perdre. Vous savez, comme les gamins à l'école primaire…

Franck suivait depuis des jours les traces d'Emma Dotty, mais il se rendit compte qu'il ne connaissait rien d'elle, de ses goûts. Jamais il n'avait entendu le son de sa voix ni l'éclat de son rire. Il n'avait aucune idée de qui elle était, si elle était plutôt joyeuse ou renfermée. Elle était une victime parmi tant d'autres qu'il s'acharnait à retrouver, et il ne savait même plus très bien pour quelle raison.

— Pourquoi voulait-elle voir Alexis ?

— Elle m'a dit qu'elle menait des recherches pour écrire un gros dossier autour de tout ce qui concernait la mort. Drôle de sujet, surtout en ces temps où on ne parle que de ça…

Gorgée de rhum-café, histoire de se donner du courage.

— Elle s'intéressait aux miraculés dans le genre de mon fils. Ceux qui, de manière inexplicable, avaient survécu à de terribles drames. Elle voulait savoir comment ces survivants avaient perçu l'instant fatidique, s'ils avaient vu des choses à ce moment-là, alors qu'ils étaient si proches de la mort… S'ils avaient eu des visions, des trucs dans ce goût-là. Elle en avait déjà interrogé un ou deux, je crois…

Dotty aurait donc entamé son travail aux alentours du début de l'année, ce qui correspondrait avec ce qu'avait dit le directeur du musée des Moulages. Rien d'explosif ou d'inquiétant. Juste une collecte de témoignages. Peut-être une façon d'exorciser ses propres obsessions, de répondre à des questions qu'elle-même se posait depuis toute petite.

Lavoisier faisait courir son index sur le rebord de sa tasse, les yeux dans le vide. Sharko sentait que cet homme avait encore des confidences à lui faire, mais qu'il fallait l'aider un peu.

— Vous avez donc parlé d'Alexis avec elle…

Son interlocuteur termina son breuvage cul sec et se versa cette fois une rasade d'alcool pur. Maintenant que les présentations étaient faites…

— Je me souviendrai jusqu'à mon dernier souffle du moment où j'ai appris la mort de mon fils. Chaque détail est gravé en moi comme si ça venait de se passer… C'était un jeudi de juillet, le temps était splendide, de ceux qui vous donnent envie de tout plaquer et d'aller à la mer. J'étais au bureau, à cinq kilomètres d'ici, je planchais sur un programme informatique de gestion de commandes. Le téléphone a sonné, il était 17 h 22. Je vois encore ces putains de chiffres alors que je ne suis même plus capable de retenir une date de naissance. Ma porte était entrouverte et, avant de répondre, je suis allé la fermer. Je ne faisais jamais ça d'habitude. Je ne sais pas pourquoi je l'ai fait ce jour-là. Peut-être que j'avais compris que c'était grave…

Il se leva et fit signe à Sharko de le suivre. Ils avancèrent dans un couloir encombré de cartons remplis de babioles. Vu la poussière, ils devaient être là depuis des lustres.

— C'est… C'est mon ex-femme qui m'a appelé. C'est elle qui a découvert le corps en rentrant de son travail. Elle hurlait et pleurait en même temps. C'était…

Il n'acheva pas sa phrase, pris par une émotion encore vive. Après quelques secondes, lui et Sharko sortirent de la maison par l'arrière, sur une terrasse carrelée. Un tapis de feuilles dissimulait le gazon.

— Sur la route, je me disais que ce n'était pas possible. Qu'elle s'était forcément trompée, que ce ne devait être qu'une blessure. Avec ce qui s'était passé en Italie, mon fils ne pouvait pas mourir, vous voyez ? Il était comme protégé.

Des cyprès entouraient le jardin au milieu duquel se dressait une paire d'arbres fruitiers. Dans un coin gisaient des palettes de tuiles encore emballées.

— Alexis était couvreur. Il était en congé, mais il venait chez nous tous les jours pour refaire la toiture. Les tuiles côté nord étaient effritées, on avait des infiltrations.

Sharko suivit du regard la direction qu'il lui indiquait. Sept ou huit mètres au-dessus, on voyait sans difficulté la partie rénovée, mais on devinait également que le chantier n'avait pas été terminé : d'anciennes tuiles, plus sombres et vertes de mousse, côtoyaient les nouvelles. Puis l'homme désigna le sol.

— Alexis a été retrouvé ici, au bord de la terrasse, près de son échelle renversée.

— Un accident… dit Franck après un silence.

Lavoisier demeurait immobile, les épaules voûtées. On aurait dit qu'il portait tout le poids du monde sur le dos.

— Un accident… répéta le quinquagénaire. Un bête accident comme il en arrive tant. C'est ce à quoi les policiers ont conclu. L'échelle a glissé sur le carrelage. Ça a basculé… Alexis aurait dû bloquer les pieds, mais il ne l'a pas fait. La sécurité fait pourtant partie des bases de son métier, mais malheureusement il n'était pas toujours à cheval sur toutes les mesures. Lui aussi, il croyait en sa bonne étoile. Quand on réchappe à une chute de presque cinquante mètres, il n'y a plus grand-chose qui vous effraie.

— Vous n'avez pas l'air convaincu par les résultats de l'enquête, je me trompe ?

L'homme ramassa des branchages, qu'il balança au milieu des feuilles. Franck observa les alentours, les accès au jardin par l'arrière, en se faufilant entre les cyprès. Déjà son esprit échafaudait une hypothèse folle qui, seconde après seconde, se renforçait.

— Si, si, bien sûr, que c'était un accident. Il est tombé. Mais… C'est dur de vous expliquer ça, putain…

— Prenez votre temps.

Lavoisier était bouleversé. Il plaqua ses doigts tremblants sur ses lèvres. Ses yeux rougirent. Il avala finalement sa salive avec l'impression qu'il s'agissait de plâtre et se lança :

— C'est le visage. Je l'ai vu quand je suis arrivé avant les secours. Il était tourné vers le ciel. C'était celui de mon enfant, et en même temps… c'était le visage le plus effroyable que j'aie jamais vu de ma vie. Alexis avait les yeux grands ouverts comme s'ils avaient croisé le diable en personne. Sa bouche hurlait. Elle était tordue et elle hurlait…

24

Franck rentra avant Lucie, ce dimanche en fin de journée. Il remercia Jaya d'avoir encore assuré, et lui donna une rallonge sur son salaire. Ça faisait un moment maintenant qu'elle s'occupait des garçons, et Sharko redoutait le jour où, pour une raison ou une autre, elle déciderait de partir, car il était certain qu'ils ne retrouveraient pas une telle nounou. Aussi disponible et dévouée.

Histoire de se changer les idées, il passa ensuite du temps avec ses enfants. Jules et Adrien le sollicitaient beaucoup pour aller au parc, faire des parties de console ou jouer au foot dans le jardin. Leur appétit de vie, leurs insatiables demandes d'activités ramenaient toujours Franck à ce qu'il était : un vieux père de 60 ans qui aurait pu être leur grand-père.

Bon sang, il n'avait pas vu le temps filer, surtout ces dernières années. Hier, les jumeaux étaient encore bébés. Aujourd'hui, ils approchaient des 10 ans. Demain, ils quitteraient la maison pour vivre leur vie. Pourquoi s'acharnait-il à exercer un métier qui mettait leur bel équilibre en péril ? Est-ce que tout ça en valait encore le coup ? *Bien sûr. Pour les victimes. Pour leurs familles…* La petite voix le lui répétait sans cesse, chaque fois qu'il doutait.

Lucie arriva peu avant vingt heures. Fatiguée. Elle s'efforça malgré tout de faire un point à Franck : PV de perquisition postdaté au lendemain, lettres mises sous scellés, ordinateur portable de Dotty saisi et déposé en main propre à l'expert en informatique. Lorsqu'elle lui demanda à son tour comment son dimanche s'était déroulé, il la laissa mijoter jusqu'à ce que les enfants soient couchés. Là, il ferma les portes du couloir, augmenta le son de la télé – il arrivait aux garçons d'essayer d'écouter leurs conversations – et alla s'installer à la table du salon avec toute la paperasse collectée depuis le début de l'enquête. À cet instant, Lucie remarqua ses difficultés à se déplacer.

— Tu boites ?

— Un méchant coin de lit, en plein dans le tibia. La chambre était minuscule, je me le suis pris en sortant de la salle de bains. Je te garantis que je me suis roulé par terre pendant au moins dix minutes.

Lucie grimaça, pleine de compassion. Impatient de commencer, Franck lui tendit quelques-unes de ses photos imprimées de son téléphone.

— Journée fructueuse. Accroche-toi, parce que ce que je vais te raconter vaut son pesant de cacahuètes.

— Je vais essayer. Il doit me rester deux, trois neurones qui fonctionnent encore.

Franck pointa le cliché qu'elle tenait.

— J'imagine que t'as reconnu Nathalie Charlier, la seule survivante à un éboulement survenu en 2017. Retrouvée morte au bas de son escalier en mai 2021, les traits figés dans une expression de terreur…

Lucie éprouva de nouveau un malaise face à ce visage, du genre de celui que le visiteur de musée ressent face à Méduse, la Gorgone à la chevelure faite de serpents qui transformait en pierre quiconque la regardait. Sharko, lui, continua sur sa lancée.

— Ici, c'est Alexis Lavoisier, miraculé d'une chute de téléphérique en 2016. Le drame a eu lieu en Italie. Onze victimes, il est le seul rescapé. Sa mère le découvre mort au bas de son échelle alors qu'il réparait la toiture de ses parents, trois ans plus tard, en juillet 2019. Même masque d'horreur que Charlier…

Lucie éteignit la télé qui lui tapait sur les nerfs avant de se reconcentrer sur les propos de Franck, qui poursuivait sa démonstration.

— Dans l'après-midi, j'ai eu un peu de temps pour faire des recherches sur quelques-uns des autres articles de cet acabit présents sur le bureau de Dotty. L'un d'eux, par exemple, concerne un certain Richard Fanucci, 48 ans. En 2015, il a réchappé à une explosion due à des produits chimiques, dans l'est de la France. Il était sur site avec neuf de ses collègues. Tous morts, sauf lui. J'ai ensuite retrouvé sa trace sur Facebook. Je te le donne en mille : des messages indiquent, sans autre précision, qu'il est décédé dans un « tragique accident » en septembre 2020…

Lucie n'était pas sûre de bien comprendre où il voulait en venir. Ou plutôt si, elle voyait, mais espérait de tout cœur se tromper.

— T'es en train de me dire…

— … qu'il y a un tueur en série qui sévit dans l'ombre depuis minimum deux ans et qu'il s'en est pris à au moins trois personnes. Il s'attaque à des miraculés, à des personnes qui n'ont selon toute vraisemblance aucun lien entre elles, si ce n'est leur histoire personnelle. Et il fait passer ses meurtres pour des coups du sort.

Lucie mit quelques secondes à assimiler l'information. Rapidement, un élément la perturba.

— Et les visages ? Comment il fait ?

— Je ne vois qu'une solution : il reste sur place plusieurs heures pour maintenir la bouche et les yeux de ses proies ouverts, jusqu'à ce que la rigidité cadavérique s'installe et fige son chef-d'œuvre.

Lucie se recula sur sa chaise, stupéfaite.

— Bon sang… Tu te rends compte de ce que t'es en train de dire, là ?

— S'il prend tant de risques, c'est parce que ça a un sens très fort pour lui. On a tous eu la même réaction devant ces corps qui exprimaient l'effroi absolu, on a eu l'impression que ces victimes avaient vu la mort en face. Peut-être qu'il se considère comme une sorte de messager, ou de justicier.

Lucie observa son homme. Il brillait, dans son regard, un éclat qu'elle connaissait par cœur. Le requin était ferré et ne lâcherait pas l'hameçon. Et elle, elle serait entraînée dans son sillage.

— Tu crois que le tueur s'en est pris à Emma Dotty aussi ?

— Elle correspond au profil, en tout cas. Miraculée, elle aussi. Ce que je ne saisis pas, c'est pourquoi on n'a pas retrouvé son cadavre, puisque le tueur semble les mettre en scène. Il aurait très bien pu entrer chez elle et la faire tomber de sa mezzanine, par exemple. C'était suffisamment haut pour qu'elle décède sur le coup. Mais le vrai truc perturbant, c'est la raison pour laquelle on aurait découvert l'un de ses os dans le corps d'une autre femme. Je ne comprends pas ce qui a pu se passer exactement… Quoi qu'il en soit, ce qui est certain, c'est qu'elle était sur les traces de cet assassin.

Il feuilleta son carnet. C'était l'un des moments de l'enquête qu'il appréciait le plus. Celui où on commençait à entrevoir de l'ordre dans le chaos.

— Je résume sa trajectoire. Fin d'année dernière, début 2021, elle entame un travail sur son sujet autour de la mort. L'un de ses axes, ce sont les gens qui, comme elle, ont réchappé de la façon la plus incroyable qui soit à la grande Faucheuse. Une expérience qui doit te transformer en profondeur. Dotty voulait probablement savoir comment les autres avaient vécu la leur. Elle se met à consulter des magazines de faits divers, des journaux, et dégote des cas qui l'intéressent. Elle remonte jusqu'à certains d'entre eux, part à leur rencontre au fil des semaines. Quand elle veut interroger Alexis Lavoisier, l'un des premiers de sa liste, elle apprend qu'il est mort. C'est le père qui lui révèle les circonstances du décès et qui lui parle de cette vision qui le hante encore aujourd'hui : cette terreur imprimée sur les traits de son fils. Il m'a assuré qu'Emma avait été complètement surprise. Elle n'était au courant de rien…

— Tout serait donc parti d'Alexis Lavoisier.

— Je crois. Dotty essaie tout d'abord de trouver une explication à cette histoire. Elle fait des recherches, peut-être qu'elle tombe sur des articles traitant des spasmes cadavériques. Les soldats dans les tranchées, les victimes de génocides emportées avec brutalité… Elle tente de trouver une explication logique à la mort du jeune Lavoisier en puisant dans des faits historiques.

Sharko se leva, continua à dérouler les derniers mois de la céroplasticienne en déambulant dans le salon.

— Du temps passe… On est en mai. On peut supposer que Dotty s'est entretenue avec d'autres survivants, et que ses investigations ont fini par la conduire vers la seule rescapée d'un dramatique éboulis en montagne.

— Nathalie Charlier…

— Oui. Elle déniche son adresse, se rend sur place. Elle apprend alors que Charlier vient de mourir. Une chute, comme pour Alexis Lavoisier. La coïncidence commence à la questionner. Ce n'est peut-être pas un hasard. Dotty veut à tout prix en avoir le cœur net, voir de ses propres yeux le visage de la défunte. Le corps est à la morgue, en attente de son autopsie. Alors…

— … elle y pénètre illégalement.

— Exactement. Elle se fait prendre, mais elle a désormais une certitude : des miraculés meurent en ayant vu la mort en face… Elle tient un sujet brûlant, irréel. Imagine l'état dans lequel cette femme profondément croyante se trouve. Car je ne suis pas certain qu'elle ait le réflexe, comme nous, de penser à un tueur en série.

— Elle voit sans doute là-dedans quelque chose de moins rationnel que les actes d'un criminel.

— Vraisemblablement. Elle s'enfonce dans sa quête. Elle s'isole de plus en plus et s'engage sur une voie dont, pour le moment, nous ignorons où elle la mène. En parallèle, elle s'intéresse à Nébrasa. Elle veut qu'il lui parle de ces démons qui le harcèlent. Début avril, un mois avant son intrusion à la morgue, elle essaie d'entrer en contact avec lui à l'abbaye, mais c'est compliqué, car Nébrasa s'est coupé du monde. Elle insiste, multiplie les allers-retours. Au fil du temps, une correspondance se met en place. Elle va le voir, il lui répond par des lettres.

— Elle suit donc deux axes en parallèle, bien distincts, avec néanmoins des points communs : la rencontre avec la mort et l'irrationnel… Les entités malignes d'un côté, les miraculés qui meurent dans d'étranges circonstances de l'autre…

— C'est ça. J'imagine que tu as vu le courrier dans sa boîte aux lettres. Le dernier que Nébrasa lui a envoyé et qu'elle n'a pas pu ouvrir. Cette histoire de Faille…

— En effet. C'est quoi, à ton avis ?

— Impossible de savoir pour l'instant. Et il y a aussi ce mot sur lequel était écrit « Pazuzu », dans son tiroir. J'ai jeté un œil sur Internet. Pazuzu est en quelque sorte le roi des démons. Il dirige les vents mauvais, peut provoquer des guerres, des catastrophes et propager des épidémies…

— Ce qui fait écho aux photos affichées sur son panneau en liège.

— C'est ce que j'ai également pensé. Pazuzu est entre l'homme et l'animal. Crocs acérés, griffes énormes, yeux globuleux… Pas beau à voir. Je ne saisis pas ce qu'il vient faire au milieu de tout ça, mais ça confirme qu'Emma était sur une piste irrationnelle. Mais nous, on sait que tout ça n'existe pas, hein, Lucie ?

— Oui, oui. Ça n'existe pas. Évidemment.

Franck connaissait bien ce regard légèrement fuyant : elle n'était pas convaincue par ses propres mots.

— Notre tueur est bien concret, ce n'est pas un sac d'os avec une faux, ou un démon ailé venu directement de l'enfer. Notre homme s'est renseigné sur ses victimes. Il doit y avoir une phase de repérages, puis d'observation méticuleuse qui lui permet de passer à l'acte avec la certitude de ne pas se faire prendre. Il ne laisse pas de traces, ne cherche pas la lumière. Pourtant, les tueurs en série, en général, veulent qu'on parle d'eux, de leur œuvre. Pas lui. Il s'arrange pour que ses crimes aient l'air d'accidents. Rien de sexuel, rien de pervers, pas de mutilations. Des morts propres, sans bavure. Il n'y a que ces visages…

— Il ne tue pas pour tuer. Il croit en ce qu'il fait.

Franck étudia encore les photos, en pleine réflexion.

— Demain, dès que j'aurai récupéré le dossier, je me pointe chez le juge avec tous les éléments dont on dispose officiellement. Je fais ouvrir une enquête sur la disparition de Dotty, je lance une perquise en bonne et due forme de ses logements et on communique sur cet assassin qui agit dans l'ombre depuis bien trop longtemps.

— Ça fait beaucoup pour un type qui était censé être en congé forcé.

Franck attrapa la main de sa femme, un léger sourire aux lèvres.

— C'est surtout parce que t'as assuré. On a gagné un temps précieux grâce à toi.

— Ouais… T'as quand même une sacrée chance de retomber sur tes pattes.

— Un requin retombe toujours sur ses pattes.

Lucie leva les yeux au ciel puis l'embrassa brièvement.

— J'ai l'impression de retrouver le flic teigneux que j'ai connu il y a des années et, franchement, je ne sais pas si c'est une bonne chose, parce que ce flic-là est une tête brûlée qui a tendance à oublier qu'il a une famille…

25

Sharko courut toute la journée du lundi, partagé entre le Palais de justice et le Bastion. Après lui avoir exposé des éléments concrets, il avait obtenu l'aval du substitut du procureur concernant l'ouverture d'une enquête pour disparition inquiétante sur la personne d'Emma Dotty. Un juge avec lequel Sharko avait l'habitude de bosser allait diligenter l'instruction.

Il donna par ailleurs de nombreux coups de fil, discuta succinctement avec Mortier qui lui mit le dossier entre les mains – bon débarras –, et s'entretint avec son chef. Puisque Jecko n'était pas né de la dernière pluie, Franck lui confia qu'il n'avait pas lâché l'affaire depuis son domicile et lui relata ses trouvailles en arrondissant, autant que possible, les angles. Au terme de son laïus, pourtant, Jecko avait des yeux comme des boules de billard. Il alla vérifier que sa porte était bien fermée et revint vers son commandant.

— Tu te rends compte de ce que t'es en train de me raconter, là, bordel de merde ? T'es complètement malade.

— Rien ne déborde, tout est carré.

— Aussi carré qu'un cercle, tu veux dire !

Jecko et ses images à deux balles… Sharko resta calme, dans la mesure de ses moyens.

— Les personnes que j'ai vues en dehors des procédures ont été entendues ou vont l'être ces jours-ci. Pascal Robillard est déjà prévenu, il va retranscrire noir sur blanc les perquises aux domiciles de Dotty et établir tous les papiers qui vont bien. Changer une date à droite, à gauche. C'est mon procédurier, on se connaît depuis plus de quinze ans. Il en a vu d'autres…

Sharko suivait son chef du regard. Le buffle allait gratter du sabot sur le sol, à présent.

— Emma Dotty était sur un truc énorme, qui lui a probablement coûté la vie, continua Franck. Son col du fémur se retrouve dans la victime de Fermont. Un tueur s'en prend à des gens qui ont réchappé à la mort et s'arrange pour figer leur visage dans une expression de terreur absolue. Un type planqué dans une abbaye se croit traqué par des démons et cache des secrets. Avoue que c'est pas mal. T'as pas envie d'ajouter ce genre de dossier à ton palmarès, franchement ?

À cet instant, Jecko marqua un arrêt, puis se rassit enfin à son bureau.

— Je ne suis au courant de rien, hormis de ce qui peut être appuyé par des rapports, on est bien d'accord ?

— On est d'accord.

— Ton groupe, maintenant, c'est toi, Henebelle et Robillard. Tu te débrouilles avec ça. Je pourrai te filer des renforts si nécessaire, mais n'abuse pas. C'est pas Byzance, ici.

— Ça me va.

— T'as pas le choix, de toute façon !

Franck lui adressa un hochement de tête et s'apprêta à quitter la pièce, mais son supérieur le retint :

— Sharko ? Dis à Bellanger qu'à partir de demain, j'aimerais bien qu'il réponde à mes coups de fil. Histoire qu'on sache quand il compte revenir.

— OK. En attendant, je vais le mettre en congé pour justifier officiellement son absence.

— Tu gères comme tu veux… Au fait, tu seras à l'hôpital, ce soir, pour le verdict ?

Franck acquiesça. Jecko se releva et se posta à côté de son subordonné. Il posa sa main sur la poignée de porte, sans l'ouvrir.

— Tu m'appelles dès que tu sais. S'ils… Enfin, si les médecins arrêtent les machines, on fera une cérémonie avant la fin de la semaine, sans doute vendredi. Je dois prévenir le ministre de l'Intérieur qui veut absolument être présent. Ça serait bien, d'ailleurs, que tu prépares un petit quelque chose.

— Ce n'est pas vraiment mon truc, les discours.

— T'étais son chef. Tu diras trois mots.

C'était plus un ordre qu'une suggestion. Sharko l'entendit clairement et obtempéra. Puis il rejoignit Lucie et Pascal, qui avaient retrouvé leurs places respectives dans l'open space.

Même s'ils en étaient heureux, leur joie de travailler de nouveau ensemble était entachée par les deux sièges vides, face à eux. Les affaires d'Audra étaient encore toutes là, comme si elles attendaient son retour. Un mug, une peluche calée près de son écran, un casque audio… Derrière sa chaise était accrochée une photo de groupe sur laquelle elle souriait à pleines dents – ils l'avaient prise peu de temps après son arrivée au 36. Quant à Nicolas, personne n'était capable de dire s'il aurait un jour la force de revenir.

— Jecko a tiré la langue, mais on a le feu vert, annonça Franck. On se met au boulot…

Il n'eut pas besoin d'en dire plus. Chacun savait exactement ce qu'il avait à faire. À la fin de la journée, Sharko se traînerait à l'hôpital, un boulet au pied. Il redoutait d'être là-bas, assis sur une chaise en plastique inconfortable de salle d'attente, à écouter un verdict qui allait décider du sort d'une mère et de son enfant, mais aucun d'entre eux n'allait abandonner Nicolas dans l'un des moments les plus difficiles de sa vie. Alors ils se relayaient, tous, pour éviter qu'il ne reste seul. Et cette fois, dans ce moment charnière, Sharko préférait s'y coller. Au fil des ans, un lien indéfectible s'était tissé entre Nicolas et lui. Ensemble, ils avaient affronté les pires situations, comme les meilleures. Ils s'étaient battus, haïs, trahis, mais leur amitié, leur respect mutuel avaient toujours repris le dessus. Et puis, hormis l'équipe, Bellanger n'avait plus personne. Ils étaient sa seule famille.

26

Nicolas faisait les cent pas dans la salle d'attente. Ses traits s'étaient encore creusés – comme si un trou noir l'aspirait de l'intérieur chaque jour davantage. On ne pouvait pas non plus dire qu'il avait apporté un soin particulier à sa tenue. Sa chemise semblait tout droit sortie d'une essoreuse.

— Ils nous ont donné rendez-vous à des moments différents, lâcha-t-il d'une voix pleine d'inquiétude. Je ne sais pas si c'est moi qu'ils vont informer en premier ou si ce sont les parents avec leur putain d'avocat. C'est ma compagne, mon enfant, mais je ne suis au courant de rien.

Franck garda le silence. Cette situation lui rappelait combien les questions sur la fin de vie, l'euthanasie, les comas irréversibles étaient compliquées. Les bons choix pour les uns étaient toujours les mauvais pour les autres.

— Hier, j'ai fouillé un peu les réseaux sociaux pour me faire une idée sur ce médecin réanimateur, Martin Corneille, continua Bellanger. Célibataire, sans enfants, *a priori*. C'est un contestataire, avec un compte Twitter très actif, plus de cinq mille abonnés. Ça fait deux ans qu'il est de toutes les manifs et tribunes pour se plaindre au sujet des moyens alloués à l'hôpital. Diminution du nombre de lits, dégradation des conditions de travail, burn-out du corps médical, tout y passe ! Regarde…

Nicolas lui montra l'écran de son téléphone. On y voyait le spécialiste arborant une pancarte dans un cortège de blouses blanches. « Sauve ta réa, un jour elle te sauvera. » Sharko secoua la tête.

— Tu n'aurais pas dû faire ce genre de recherches. Qu'est-ce que ça va changer ?

— Écoute ce que ce type a tweeté la nuit où Audra est arrivée, ajouta son collègue en ignorant sa remarque. « Prise en charge d'une patiente avec œdème cérébral et état très critique. Plus de lit. Conséquence : on a accéléré la sortie d'un autre patient qui aurait encore dû rester en observation. Voilà le jeu des chaises musicales auquel nous sommes réduits. »

Sharko jeta un coup d'œil au message. Des dizaines de *repost*, des *like* et des commentaires à tout-va, la plupart du temps agressifs. Il détestait cette époque où chacun éprouvait le besoin de tout balancer au tribunal des réseaux et s'insurgeait ensuite du retour de flammes.

— Corneille a 50 berges. Il est fatigué, Franck. Usé par le système. Son service est saturé en permanence par les vagues successives de Covid. Il fait partie de ces soignants qui sont au bord de l'implosion. Tu imagines sincèrement qu'il va s'emmerder pendant des semaines avec Audra ? Quand tout va mal autour de soi, on tente d'évacuer les problèmes avant qu'ils ne s'installent. Sans compter qu'une morte coûte moins cher qu'une presque morte.

— Je ne suis pas de ton avis. Je crois qu'avant tout ils sont comme nous. Ils continuent et ils essaient, malgré le manque de moyens, malgré la colère qui gronde en permanence, de faire au mieux. Il faut arrêter d'accorder du crédit à ces connards qui racontent que les médecins laissent crever les gens. C'est de l'intox.

— J'ai peur, Franck. J'ai une peur bleue de ce qui va se passer. Après la disparition de Camille, j'ai cru que tout était terminé pour moi. J'ai voulu en finir, parce que je me disais que rien ne valait la peine sans elle. Et pourtant, j'ai réussi à surmonter l'épreuve. J'allais fonder une famille, comme Lucie et toi... Et regarde, maintenant.

Il considéra la paume de sa main, suivit de l'index la trajectoire chaotique de sa ligne de vie.

— Peut-être que je ne saurai pas élever cet enfant, peut-être que... je ne serai pas le meilleur des pères, mais je veux lui donner une chance. Il a le droit de connaître ce monde.

Plus loin, les portes battantes claquèrent. Une infirmière, un chariot, une valse lente et morbide qui se répétait à l'infini. Nicolas soupira. Ce paquet d'air qu'il expulsa portait la définition même du désespoir.

— Je ne t'ai pas demandé comment tu allais. L'enquête, tout ça...

— Ça va, ne t'inquiète pas.

— Les bœufs-carottes, qu'est-ce que ça dit ?

— Ils ont fait leur job proprement, j'ai réintégré aujourd'hui. Lucie et Pascal sont à mes côtés. Tu nous manques... D'ailleurs, si tu pouvais répondre à Jecko, ce serait bien. Je t'ai mis en congé pour deux semaines, mais... Enfin, il a besoin d'avoir un peu de visibilité, si c'est possible...

— Je comprends. Et toi, tu réfléchiras à ma requête, hein ? Tu sais, pour le petit ?

— Oui, oui. Lucie m'en a parlé.

Martin Corneille ôta une épine du pied de Sharko en se pointant pile à ce moment-là. Nicolas et lui remirent leur masque et se levèrent de conserve. Le médecin réanimateur les invita à le suivre jusqu'à son bureau. Une fois devant la porte, il se tourna vers le commandant de police.

— Je préfère m'entretenir seul avec M. Bellanger.

— Et moi, avec son accord, je préfère être présent, réagit Franck sans bouger d'un pouce, le visage verrouillé. J'étais là quand Audra est tombée. C'était moi, le responsable d'enquête.

Le spécialiste sembla surpris par le ton avec lequel Sharko s'était adressé à lui. Après quelques secondes d'hésitation, il s'écarta et les laissa entrer, puis referma derrière eux. Immédiatement, Nicolas remarqua que les deux chaises qui faisaient face au bureau étaient légèrement tournées vers l'extérieur, comme si on venait de se lever.

— Pourquoi eux avant moi ?

— Pardon ?

— Les Spick, vous les avez déjà reçus. Pourquoi eux avant moi ?

— Asseyez-vous, s'il vous plaît…

Ils s'installèrent. Sharko se tint en retrait pour se faire oublier. Mais pas loin. Nicolas était sous pression, pareil à une bête piégée qu'on s'apprêterait à mettre en cage : mieux valait garder un œil sur lui.

Leur interlocuteur posa ses mains à plat devant lui. Calmement.

— Vous le savez, le comité d'éthique de l'hôpital s'est longuement réuni cet après-midi. Lors de cette collégiale, différents consultants, tels que des obstétriciens ou des sages-femmes, ont été entendus tour à tour. Le psychologue, que vous connaissez désormais, était également présent. Tous ont apporté leur expertise sur ce cas…

« Ce cas… » Nicolas se malaxait les genoux avec nervosité.

— Avant toute chose, je dois vous rappeler que la grossesse, quel que soit son état d'avancement, ne confère aucune particularité juridique à Mme Audra Spick. Que la poursuite de cette grossesse, et à terme la naissance, entraînerait une dissociation du sort de la mère et de celui du fœtus. Enfin, Mme Spick n'étant pas en mesure de donner son avis sur la question qui nous occupe, ce rôle nous incombe donc, à nous, le corps soignant.

Les yeux du médecin roulaient de Nicolas à Sharko. Il s'adressait à l'un, mais il voulait que l'autre aussi comprenne.

— La mission du comité est d'évaluer les conséquences, l'idée étant de viser le maximum de bonheur et le minimum de souffrances pour le plus grand nombre. C'est l'un des principes essentiels de l'éthique médicale. Et puisqu'il y a un vif désaccord entre les parents de la patiente et vous-même, monsieur Bellanger, nous avons été amenés à choisir l'option que nous estimons être la « moins mauvaise » au regard des éléments que je vais vous exposer…

Martin Corneille chaussa une paire de lunettes, parcourut des notes illisibles sur son cahier. Nicolas se tourna brièvement vers Sharko, qui hocha la tête pour montrer que tout allait bien se passer. Pourtant, au fond, le chef de groupe pensait tout le contraire. Le ton, le discours, le comportement du médecin, cette histoire de « moins mauvaise option » et ces documents qu'il compulsait à présent, comme pour retarder le moment de l'annonce… Les signes négatifs s'accumulaient.

— Tout d'abord, il est important de rappeler ce qu'est un fœtus. Il s'agit d'un être humain « non né », ou plus précisément « non encore né ». Or, selon la loi, il existe d'un côté les personnes, sujets de droit, totalement protégées sous peine de sanctions graves en cas d'atteinte à leur intégrité, et de l'autre les « biens », objets de droit, et par conséquent aliénables. Le fœtus fait partie de cette catégorie. Pour l'heure, monsieur Bellanger, ce fœtus n'est pas considéré comme votre enfant. Il le deviendrait seulement une fois né.

— C'est mon fils, putain ! Il l'a été dès les premières minutes où j'ai appris qu'Audra était enceinte ! Arrêtez de me citer des articles de loi, de jouer avec les mots, et crachez le morceau.

Le médecin serra les mâchoires.

— Les mots sont déterminants, justement. Une partie majoritaire du comité a estimé que le décès ou l'incapacité de s'exprimer de l'un des partenaires à propos d'un enfant à naître signifie automatiquement la fin de ce qui constituait le projet parental.

— Je…

Il tendit la main pour demander à Nicolas de le laisser parler.

— Nous avons ensuite statué sur la possibilité de poursuivre la grossesse, sachant que nous ne détenons pas de preuve écrite indiquant les souhaits de Mme Spick si un tel cas de figure se présentait.

— Mais comment voulez-vous ? Tout ça n'a aucun sens.

— L'absence d'accord écrit de la mère est un souci, mais légalement surmontable, reprit le praticien, imperturbable. Ce qui pose un vrai problème, d'un point de vue purement médical, c'est le nombre de semaines d'aménorrhée. Vingt-quatre, c'est trop peu. Le...

— Vingt-cinq. Ça fait vingt-cinq semaines, maintenant.

Le médecin marqua un léger agacement en se pinçant les lèvres, puis continua :

— Vingt-cinq, si vous voulez.

— C'est pas si je veux. Ça fait vingt-cinq.

— Toujours est-il que le fœtus n'aurait de bonnes chances de survie qu'aux alentours des semaines trente-quatre, trente-cinq, ce qui implique plus de deux mois de maintien des fonctions vitales. Il serait envisageable de raccourcir ce délai et l'extraire à trente et une semaines, mais cela entraînerait une assistance médicalisée. Le comité a jugé que ces possibilités présentaient chacune des risques importants. Durant le maintien en vie artificielle de Mme Spick, toutes sortes de complications pourraient en effet survenir : arrêt cardiaque subit, pneumopathie, hypotension, graves infections... Ces incertitudes ne sont cependant pas rédhibitoires, puisque des cas analogues ont déjà été rencontrés à travers le monde. Ils sont rares, mais ils existent.

Une étincelle s'alluma dans le ventre de Nicolas.

— Qu'est-ce que ça veut dire ? Que... Que vous allez essayer d'aller au bout ?

— Il y a malheureusement d'autres points défavorables au prolongement de la grossesse, comme votre capacité à prendre en charge cet enfant, ou les problèmes psychologiques que l'absence d'une mère serait susceptible d'engendrer.

À cet instant, le médecin anticipa la réaction de Nicolas en tendant, encore une fois, une main ferme devant lui.

— Laissez-moi finir, s'il vous plaît. Il y a un dernier poids dans la balance, c'est l'opposition formelle et, je dois dire, très active, des parents de Mme Spick. Ils exigent l'application stricte de la loi Leonetti. Pour ne rien vous cacher, en refusant l'instrumentalisation du corps de leur fille qui serait maintenu artificiellement en vie dans un seul but de gestation, ils sont dans leur droit le plus absolu. Ils sont même prêts à porter plainte contre l'hôpital et les soignants. Si besoin, ils feront du bruit pour que la presse en parle.

— C'est… monstrueux de faire une chose pareille.

— Je sais. Ici, tout le monde commence à prendre peur dès que le juridique s'en mêle, personne ne veut d'ennuis. En attaquant directement le personnel, en le présentant à la vindicte populaire, on le déstabilise. Pourtant, on essaie juste d'exercer notre profession avec humanité…

— Il me semble que vous êtes des gens avec des convictions fortes, se permit d'intervenir Sharko. Les convictions, elles sont enracinées dans le cœur, rien ne peut les défaire. Ne vous couchez pas sous les menaces…

Martin Corneille le fixa d'un regard glacial.

— J'ai plus de vingt-cinq ans de métier. J'assume mes responsabilités et je ne me « couche » pas. La preuve, je suis là, face à vous, et je la joue plutôt franc-jeu. Moi aussi, j'ai eu une famille. Et moi aussi, je sais ce que c'est que de perdre un enfant… J'ai donc écouté toutes les parties, dans la plus stricte application de la loi. Cette décision est collégiale. Elle est…

— Bordel, crachez le morceau, maintenant ! C'est insupportable. Vous allez tout arrêter, c'est ça ?

Un silence plus lourd s'installa dans la pièce, bien plus éloquent qu'un long discours. Puis, enfin, le praticien répondit.

— Vous pouvez encore rester tout le temps que vous voudrez auprès d'elle. Demain matin, à 8 h 30, nous lancerons le protocole de fin de vie.

La vue de Nicolas se brouilla. En une fraction de seconde, il avait basculé au-dessus du bureau. Il renversa le médecin de sa chaise et lui écrasa la poitrine avec son coude.

— T'es un putain de criminel !

Sharko réagit aussi vite qu'il le put. Il attrapa son collègue par-derrière, glissant ses bras sous ses aisselles, et tenta de l'arracher à sa prise.

— Ressaisis-toi, merde !

Il parvint finalement à le maîtriser et à lui plaquer le nez contre la cloison. Nicolas respirait comme un bœuf. Corneille se redressa, le regard empli de terreur. La porte s'ouvrit alors sur une femme, sans doute alertée par le bruit.

— Tout va bien, lança Sharko en tendant sa carte de police. La situation est maîtrisée, OK ?

Elle resta là, interdite.

— Docteur ?

— Appelez la sécurité.

Aussitôt, elle disparut d'un pas de gazelle. Nicolas s'était calmé. Corneille rajusta sa blouse, le visage cramoisi. Il s'apprêtait à dire quelque chose, mais Franck l'en dissuada.

— Taisez-vous, ça vaudra mieux. On s'en va.

Le flic poussa dans la foulée son collègue dans le couloir et claqua la porte derrière eux. Il éprouvait une tristesse infinie. Ne chercha pas à blâmer Nicolas – il aurait réagi exactement de la même façon, et c'était aussi pour cette raison qu'il avait insisté pour être là. Il savait que le face-à-face se terminerait de la sorte. Plus loin, Bellanger alla s'écrouler sur une chaise, la tête entre les mains. Ces salopards avaient tranché. Demain, à 8 h 30, le couperet de la guillotine tomberait. Sharko voulut s'installer à ses côtés, mais il fut repoussé d'un mouvement sec.

— Laisse-moi seul, Franck. Dégage.

— Je n'ai pas envie de te laisser seul.

— Pourquoi ? Tu crois que je vais aller m'ouvrir les veines ? Que je vais flinguer le médecin ?

— T'as failli l'étrangler.

— Je compte rejoindre Audra et mon enfant. Je veux profiter d'eux aussi longtemps que possible. Je veux être là quand…

Sa voix se brisa. Ses yeux s'embuèrent. Sa détresse était insupportable.

— Pars. Pars, maintenant. Fous-moi la paix. Foutez-moi tous la paix, putain !

Sharko se baissa et le serra dans ses bras – ce qu'il n'avait jamais fait depuis qu'ils se connaissaient. Il sentit les mains de Nicolas se crisper dans son dos, l'haleine chaude dans son cou. Bon Dieu, qu'est-ce qu'il pouvait faire pour lui ? L'impuissance l'étouffait, et il disparut avant de craquer, marmonnant un vague : « Je t'appelle tout à l'heure. »

Une fois sur le parking, il respira un grand coup pour chasser le chagrin qui lui nouait la gorge et prévint Jecko que, le lendemain matin, tout serait terminé : à 8 h 30, ni Audra ni son enfant ne seraient plus parmi eux. Son chef allait pouvoir organiser sa fichue cérémonie, puisque rien d'autre ne comptait.

Nicolas, lui, resta dans le couloir, immobile. Les lumières se mirent soudain à tourner, des sifflements lui vrillèrent les tympans. Il dut s'allonger par terre pour éviter de tomber. Partout autour de lui, des abysses se déployaient. Lorsqu'il rouvrit les yeux, plus d'une heure avait passé. Une fraction de seconde, il pensa que tout ceci n'était qu'un cauchemar avant de venir heurter, l'instant d'après, le mur du réel de plein fouet. Terrible désillusion.

Il se leva, sortit mollement son téléphone de sa poche. Celui-ci venait de vibrer. Il s'agissait d'une demande de contact Skype. Un individu avec un point d'interrogation en guise de photo qui se faisait appeler Dontkillbaby. « Ne tuez pas l'enfant »... Nicolas hésita. Son pseudonyme à lui n'était pas difficile à trouver puisqu'il s'était contenté de coller son prénom et son nom. Intrigué, il accepta l'invitation. Une icône verte indiqua alors que l'autre était en ligne et en train d'écrire.

Le message apparut quelques minutes plus tard.

➢ *DKB : Tout n'est pas perdu pour vous. Si vous suivez mes instructions à la lettre, vous les empêcherez de mettre leur sinistre plan à exécution.*

Nicolas observa autour de lui, méfiant. Puis il se tourna, de peur qu'une caméra quelconque ne puisse lire sur son écran.

➢ *NB : Qui êtes-vous ?*

Son cœur s'était mis à taper fort dans sa poitrine. Son mystérieux interlocuteur lui répondait.

➢ *DKB : Juste quelqu'un qui veut vous aider. La suite risque d'être violente pour vous, rien ne sera garanti, mais il y a une petite chance. Êtes-vous prêt à la saisir ? Êtes-vous prêt à vous battre pour que votre enfant vive ?*

- *NB : Oui.*
- *DKB : En revanche, il ne faudra pas chercher à en savoir plus sur moi. Je peux compter sur vous ?*
- *NB : Oui, vous pouvez.*
- *DKB : Très bien. Alors, voilà ce que vous allez faire…*

27

En cette fin de journée, Lucie marchait au pas de course dans le Bastion. L'ambiance n'avait rien à voir avec celle de l'ancien 36. Ici, c'était l'archétype du bâtiment administratif : des étages à n'en plus finir, des couloirs rectilignes et interminables, mais aussi une impression d'asepsie, à un point tel qu'on aurait pu se croire dans une clinique. Ce mastodonte sans charme, sans âme, avait ce pouvoir de leur rappeler, chaque jour, qu'ils n'étaient que de vulgaires pions que des cols blancs prenaient et jetaient à leur guise.

Dans ce dédale, elle mit cinq bonnes minutes à rejoindre l'expert en informatique qui l'attendait dans une salle – le mot « capharnaüm » eût été plus approprié – encombrée de disques durs, de clés USB, d'écrans empilés les uns sur les autres, dont certains dataient du siècle dernier. Elle salua son collègue et s'installa à ses côtés.

Julien Sidroux n'avait pas perdu de temps avec l'ordinateur d'Emma Dotty. Après avoir échangé quelques mots, il entra dans le vif du sujet :

— J'ai pu cracker son mot de passe grâce à un système dit de « force brute » classique qui, d'abord, a testé des séries de six chiffres, puis les mots du dictionnaire. On commence toujours par là, la plupart des gens ne vont pas chercher plus loin. Il faut quand même savoir que, chaque année, plus de cent millions de personnes dans le monde utilisent encore « 123456 » pour protéger l'accès à leur compte en banque en ligne…

Quand il vit que son anecdote laissait Lucie de marbre, il changea son fusil d'épaule et alla droit au but.

— Enfin bref, la bécane a tourné depuis hier. Son mot de passe, c'est « anatomie ». Original.

Il avait branché son propre clavier sur l'appareil, un de ces trucs pour geek avec des LED partout. Lucie grimaça quand elle vit la quantité de miettes qui s'étaient glissées entre les touches : de quoi attirer tous les pigeons de la capitale.

— Son ordi est assez ancien, il a environ 3 ans. Autrement dit, une antiquité. Il n'est en revanche pas encombré de dossiers ou de logiciels comme on s'y serait attendu. Il est équipé du strict minimum, juste de quoi naviguer, quoi. Je n'ai pas encore pu m'immiscer dans sa messagerie, et ce n'est pas garanti que j'y arrive. Elle a opté, semble-t-il, pour Gmail, et comme c'est Google, ils ne plaisantent pas avec la sécurité. Elle n'a donc pas pu se contenter de son bête mot de passe.

L'expert manipula sa souris et cliqua sur une succession d'icônes.

— Maintenant, les choses intéressantes. Pas beaucoup de logiciels installés, comme je vous ai dit, mais il y avait celui-ci : WFH, Wise Folder Hider. C'est une application destinée à dissimuler des répertoires ou des fichiers. Vous voyez le genre ? Pour les gars comme moi, c'est une putain de lumière qui attire les moustiques. Évidemment, WFH demande lui aussi un mot de passe quand on l'ouvre, encore un truc complexe, alors j'ai emprunté un autre chemin. Parce que, même caché, un système de…

— Qu'est-ce qu'il y avait de caché ? l'interrompit Lucie, impatiente.

— Un seul fichier, nommé « onion », et enfoui dans une arborescence bien profonde. Emma Dotty n'était pas une grande connaisseuse en informatique, elle s'est débrouillée comme elle pouvait pour planquer ce document. D'une certaine façon, sa naïveté est touchante…

Il l'ouvrit. Sur la page, il n'y avait que du texte, que Lucie se mit à lire :

Ayant gagné le bord d'une haute falaise,
où les éboulements des rochers font un cercle,
nous fûmes au-dessus d'un pays plus maudit.
Là, pour fuir l'excessive, l'horrible puanteur
qui s'élève du fond de ce profond abîme,
nous cherchâmes l'abri qu'offrait un sarcophage.

Lucie ne comprenait pas. Pourquoi s'acharner à planquer un truc comme ça ?

— C'est gai, hein ? fit Sidroux.

La lieutenant se recula dans son fauteuil, perplexe.

— Vous avez une idée de ce que ça signifie ?

— Oui et non. Non, au sens où j'ignore l'origine de ce texte. La littérature, tout ça, vous vous doutez que c'est pas vraiment mon domaine. Et oui, car je pense qu'il s'agit, d'une manière ou d'une autre, d'une clé d'accès.

— Une clé ?

Il revint à l'écran d'accueil et cliqua sur un navigateur Tor. Lucie comprit immédiatement.

— Bien sûr… Le Darknet, souffla-t-elle.

— Exactement. Le nom de ce fichier, « onion », est l'extension de toutes les adresses qui permettent de naviguer dans le Web profond. D'ordinaire, une série imbitable de lettres sans rapport entre elles la précède, mais là nous n'avons rien. Le problème, c'est que, sans cette adresse, Tor n'est qu'une coquille vide. Il ne sert à rien.

Lucie observa la fenêtre. Dans la barre en haut de l'écran, le curseur clignotait, en attente du sésame qui ouvrait les portes de toutes les déviances possibles et imaginables : drogue, pédophilie, vente d'armes, assassinat sur commande… Un monde souterrain qui donnait du fil à retordre aux équipes de la cybercriminalité. Un monde intraçable, ce qui contribuait à son succès auprès de tous les pervers de la planète. Qu'est-ce qu'Emma Dotty avait bien pu aller faire dans ces limbes ?

— Nous n'irons donc malheureusement pas plus loin pour l'instant, expliqua Julien Sidroux. Mais il est évident qu'on doit pouvoir, grâce à ce texte bizarre, reconstituer une adresse complexe, et accéder à un site planqué dans les abysses les plus obscurs du Web. Peut-être par un système de codage pour chaque mot, chaque phrase, un truc dans le genre. Ce que j'ai remarqué, en tout cas, c'est qu'elle a installé Tor au moment même où elle a créé le fichier « onion ». Ça démontre qu'elle n'est pas une adepte.

Il s'adossa à son siège, les mains derrière la nuque, pensif.

— La propriétaire de cet ordi a pris mille précautions pour brouiller les pistes, ajouta-t-il. Qui ferait ça ? Ce qu'il y a derrière doit vraiment valoir son pesant d'or. Je donnerais cher pour y accéder.

— Vous pensez que vous allez pouvoir trouver l'astuce ?

— Moi, mon rayon, c'est plutôt les 0 et les 1, pas les textes obscurs. Elle n'a peut-être pas été maligne en nommant son fichier « onion », mais jusque-là, il faut l'avouer, je suis collé…

Lucie observa la date de création du fichier : juillet, un mois avant qu'Emma Dotty ne s'évanouisse dans la nature. L'informaticien, lui, revint vers son clavier.

— En revanche, tout n'est pas perdu. Il reste son navigateur classique, Firefox. L'historique était purgé automatiquement, je ne dispose donc que des trois mois qui ont précédé la dernière utilisation de son ordinateur. J'ai malgré tout pu relever quelques éléments notables dans la masse des pages qu'elle a consultées. Tout d'abord, de nombreuses recherches sur des expériences de mort imminente. Emma Dotty a écumé tous les sites spécialisés sur le sujet. Témoignages, descriptions de cas… Je n'ai pas tout lu ni tout parcouru, mais c'est, semble-t-il, souvent la même rengaine…

Les fameuses EMI. Lucie en avait déjà entendu parler. Ces visions qu'ont les gens aux portes de la mort. Le tunnel blanc, la décorporation, les défunts qu'on revoit et qui nous attendent pour nous guider vers une lumière pleine de chaleur… Elle repensa à sa discussion avec Franck. Ensemble, ils avaient immédiatement suggéré qu'un tueur en série soit à l'origine des accidents et des visages tordus. Dotty avait quant à elle bel et bien emprunté une voie plus irrationnelle : au moment de mourir, ces gens avaient vu *quelque chose* qui les avait terrorisés.

— J'ai aussi repéré une identité qu'elle a rentrée à de multiples reprises dans Google. À l'évidence, elle voulait se rencarder sur cet individu. Elle a d'abord tapé « Philippe Dubois », ça lui a donné des milliers d'occurrences, alors elle a précisé sa demande. « Philippe Dubois EMI », « Philippe Dubois accident », « Philippe Dubois démons diables ». Ses requêtes l'ont finalement menée vers l'article d'un journaliste-photographe qui faisait un reportage sur l'hôpital psychiatrique Sainte-Anne. Le nom de Dubois est évoqué, le journaliste le décrit comme un « illuminé qui voyait des diables »… Voilà tout ce que je suis en mesure de vous dire pour l'instant.

— C'est déjà beaucoup. Vous pourrez me transmettre toutes les adresses qu'elle a consultées ?

— C'est comme si c'était fait.

28

Quel terrible secret Emma Dotty avait-elle si bien protégé dans les méandres de son ordinateur ? Tant de questions tournaient en boucle dans la tête de Lucie lorsqu'elle sortit métro Glacière, dans le 13e arrondissement de Paris.

La station portait bien son nom. Un vrai courant d'air. La flic ajusta le col de son blouson en descendant l'escalier où s'engouffrait un vent à vous congeler sur place. Une pluie fine balayait le boulevard Auguste-Blanqui, d'une tristesse infinie ce lundi-là. Elle le traversa d'un pas vif et gagna, quelques minutes plus tard, les abords du centre hospitalier Sainte-Anne. Un immense carré de plusieurs centaines de mètres de côté, encastré entre quatre rues et composé de dizaines de bâtiments, pavillons, amphithéâtres, tous invisibles derrière un haut mur en pierre blanche. On y soignait depuis des siècles la folie, mais de manière plus discrète aujourd'hui, avec des mots plus savants, tels « neurosciences » ou « unités de sciences cognitives ». Mais Sainte-Anne resterait toujours, dans l'inconscient collectif, un asile où l'on avait pratiqué les traitements les plus inhumains comme la lobotomie ou les électrochocs. Le genre d'endroit d'où, une fois à l'intérieur, vous n'étiez pas sûr de ressortir.

Lucie se présenta à l'accueil pour piétons. Elle posa d'emblée sa carte de police devant le nez de l'homme qui s'y trouvait. Par expérience, elle savait que pénétrer ces lieux n'était pas simple. Il fallait y aller franco, et avec assurance.

— Lieutenant Lucie Henebelle, Brigade criminelle de Paris. Dans le cadre d'une enquête, je recherche un individu qui, d'après nos sources, est ou serait passé dans l'un de vos services. Il s'appelle Philippe Dubois. J'aimerais parler à un des professionnels qui l'a pris en charge.

L'employé observa la carte, lui demanda de ne pas bouger, puis disparut derrière une porte. Il revint après un temps qui parut interminable, suivi d'un jeune type en blouse. Celui-ci devait avoir une vingtaine d'années. Il nota, sur un cahier, l'identité de Lucie ainsi que l'heure, et alla photocopier sa carte de police.

— Clément va vous accompagner au secteur 15. Le docteur Hermand vient d'être informé, il vous y attend.

— Le secteur 15, c'est…

— La psychiatrie générale adulte. Des patients pour qui un traitement lourd est nécessaire.

Une manière de désigner ceux qui étaient internés, songea Lucie. Ceux qu'on planquait derrière les hauts murs. Sans émettre de commentaires, elle emboîta le pas à son guide et s'engagea dans l'enceinte de Sainte-Anne. Un monde à part. On aurait pu se croire au fond d'une campagne, tant on était coupé de tout. Elle longea les pavillons en pierre sale, les toitures en tuile rouge, les grilles qui habillaient les fenêtres. Tout baignait encore dans son jus. Les longues allées vides s'étiraient, la pluie crépitait sur le bitume, comme si ces lieux lugubres avaient besoin de ça. En tout cas, finis, les hurlements et les fous qui déambulaient. Aujourd'hui, on savait parquer proprement la folie, et c'en était d'autant plus effrayant.

Ils évoluèrent ensuite dans des galeries, franchirent des jardins agrémentés de statues avant d'atteindre le pavillon Magnan aux allures de vieille forteresse. Rien que la vision du bâtiment aurait pu provoquer une crise d'angoisse. Urgences psychiatriques… Centre médico-psychologique… Ils s'orientèrent vers l'unité des soins intensifs – la démence à l'état pur. Là, le jeune accompagnateur abandonna Lucie devant une porte fermée, lui demandant à son tour d'attendre, puis rebroussa chemin.

Elle avait froid et pensa à Franck. Il devait se tenir, en ce moment même, aux côtés de Nicolas. Le comité avait sans doute rendu son verdict, ou allait le faire d'un instant à l'autre. Bien sûr, Lucie espérait de tout cœur que la décision de mener la grossesse à terme l'emporte, mais elle ne se leurrait pas : la prolongation du maintien en réanimation d'Audra serait insoutenable, sachant qu'on finirait par la débrancher après la naissance du bébé. Voir son ventre s'arrondir, ses seins gonfler, prêts à allaiter un nourrisson qui naîtrait sans sa mère… Et puis Lucie gardait au fond d'elle, comme une tumeur, le sentiment diffus de ne pas respecter la volonté d'Audra. Sauf que, désormais, il y avait cet enfant, et que son amie aurait certainement tout donné pour qu'il vive…

Un homme arriva et l'arracha à ses terribles pensées. Le docteur Hermand était vêtu de la blouse réglementaire, boutonnée jusqu'au col, et n'avait pas l'air d'être un boute-en-train. Lunettes à monture hexagonale, bouc taillé au cordeau, visage carré. La rigueur jusque dans son physique. Respectant les gestes barrières, il la salua d'un hochement de tête.

— Docteur Hermand. Que puis-je pour vous ?

Lucie expliqua de nouveau l'objet de sa visite.

— Je me souviens d'Emma Dotty, oui, acquiesça le médecin en ouvrant la porte. Elle est venue au début de l'été, en juin, si ma mémoire est bonne. Elle désirait parler avec ce patient, Philippe Dubois.

— À quel sujet ?

— Je vais vous montrer, ce sera plus simple. Suivez-moi…

Le battant se referma derrière Lucie dans un claquement sinistre.

29

Lucie et le médecin s'engagèrent dans un dédale de couloirs, au linoléum couinant sous les semelles. À droite comme à gauche, des portes grises, épaisses, uniquement percées d'un hublot. Exactement l'image que Lucie avait de ce genre d'endroit.

— Nous nous trouvons dans le secteur fermé, expliqua Hermand. Le seul de tout l'hôpital. La plupart de nos patients souffrent de graves troubles psychiatriques qui nécessitent un isolement ou une surveillance renforcée. Ils peuvent être dangereux pour eux-mêmes et pour les autres. Ils ont été internés à la demande d'un proche ou à l'initiative de la police. Philippe Dubois, par exemple, a été amené par vos collègues.

— De quoi souffre-t-il ?

— Souffrait… Il s'est suicidé…

Lucie accusa le coup. Encore une piste qui semblait s'évaporer. Son interlocuteur continua :

— Nous lui avions pourtant passé les contentions, un soir où il était agité, et il faisait l'objet d'une attention toute particulière. Malheureusement, il est impossible d'empêcher quelqu'un de mettre fin à ses jours, car ce n'est pas l'imagination qui leur manque, dans ces cas-là, croyez-moi. Le lendemain matin, nous l'avons découvert sans vie. Il avait réussi à se sectionner la langue avec les dents et à s'étouffer avec. Ça s'est produit il y a un mois environ.

Lucie perçut des gémissements, des coups contre les murs, des cris aigus au fur et à mesure qu'ils progressaient. Deux yeux déments apparurent derrière un hublot et suivirent son mouvement, sans que la tête se tourne. Elle y était. Dans l'antre de la folie.

— Philippe Dubois avait intégré notre service il y a un an et demi, après un court séjour à l'hôpital. Il s'était mutilé les avant-bras avec un ouvre-boîtes dans un rayon de supermarché et s'était quasiment déjà vidé de son sang quand le SAMU est arrivé.

— Pour quelle raison a-t-il fait ça ?

— Vous n'avez jamais entendu parler du syndrome de Cotard, n'est-ce pas ?

Lucie confirma.

— Il s'agit d'un état délirant rare, qui s'accompagne d'hallucinations et de troubles de la perception sensorielle. Sa particularité, c'est que les patients développent des idées obsessionnelles et très macabres…

— C'est-à-dire ?

— Ces idées peuvent être variables. Le tueur en série Richard Chase, par exemple, mangeait des animaux crus pour empêcher son cœur de s'arrêter de battre. Certaines personnes atteintes pensent que leur corps est déjà mort et pourrit de l'intérieur, rongé par des asticots…

Clé dans la serrure. Porte qui s'ouvre. Un autre couloir, identique au précédent.

— Souvent, ce syndrome mène à une prostration anxieuse et à l'automutilation inconsciente. Le malade croit que les blessures sont le résultat d'un processus normal de putréfaction, alors qu'il en est le seul responsable.

— C'est donc ce que vous avez diagnostiqué à Philippe Dubois ?

— Nous n'avons aucune certitude, car il n'y a pas de tableau clinique type pour cette maladie qui peut prendre de multiples visages. En revanche, même si M. Dubois avait 62 ans et que le syndrome frappe majoritairement des gens plus jeunes, il s'agissait de la pathologie qui collait le mieux à son état. Il était obnubilé par la mort, se mutilait, était sujet à des épisodes hallucinatoires très intenses…

— Quel genre d'hallucinations ?

— Je vais vous montrer.

Le médecin déverrouilla une nouvelle porte qui menait cette fois à une salle.

— Nous ne pratiquons pas la thérapie par l'art dans notre service, mais disons que vous êtes ici dans un espace où nos patients sont libres de s'exprimer comme ils le souhaitent, deux fois par semaine.

Dans cette grande pièce, des feutres, des pinceaux, des feuilles étaient disposés sur des tables. Des fresques colorées, des photos habillaient les murs du sol au plafond. Lucie observa les motifs étranges, les illustrations insensées, les silhouettes grotesques jaillies des cerveaux malades. Tout cela lui fichait la chair de poule. Hermand alla fouiller dans le tiroir d'un meuble et en sortit un paquet de feuilles.

— Voilà ce que Philippe Dubois créait. Il ne manquait pas de talent…

Lucie contempla les nombreux dessins. Sur le premier, une silhouette, de dos, dont le pyjama bleu était arraché de toutes parts par des mains déformées surgissant de l'obscurité – le trait était d'un réalisme bluffant, doublé d'un souci du détail impressionnant. Sur le suivant, elle se retrouva face à un monstre. Il était effrayant avec sa bouche circulaire encombrée de plusieurs rangées de dents acérées, ses oreilles en pointes, ses yeux gigantesques et noirs… Si Dubois était en permanence hanté par de telles visions, sa vie devait être un supplice.

— La damnation, au sens religieux du terme, peut être l'une des expressions du syndrome de Cotard. Philippe Dubois était persuadé d'être harcelé par des démons qui voulaient l'emmener en enfer. Il les voyait tels qu'ils sont représentés ici et, en les regardant, il se mettait à hurler, restait prostré dans un coin, se faisait mal si nous n'intervenions pas à temps. Le traitement chimique auquel il était soumis aurait dû atténuer ses crises, mais il avait malgré tout des épisodes de rechutes.

La flic en avait la chair de poule. Ces centaines d'œuvres délirantes accrochées partout l'angoissaient. Elle pensa à Nébrasa. Aux plaies sur son corps, à sa peur panique des diables. À l'évidence, il souffrait, lui aussi, de cette maladie. Peut-être s'était-il, finalement, infligé tout seul ces étranges blessures qu'ils avaient constatées dans le bas de son dos.

Soudain, Lucie s'arrêta sur l'un des dessins en couleurs. Un visage en gros plan.

— C'est lui ? C'est Philippe Dubois ?

— En effet.

— Il avait les cheveux aussi blancs que ça ?

— Oui…

Les entités malignes, les cheveux, les mutilations. Plus aucun doute : les deux hommes étaient possédés par le même mal.

— Ce… blanchiment a-t-il un rapport avec le syndrome de Cotard ?

— Aucun. Il nous a raconté qu'une nuit, alors qu'il était enfermé chez lui, harcelé par les diables, une partie de ses cheveux étaient tombés, que seuls les blancs étaient restés.

Depuis, ils poussaient ainsi, comme s'ils avaient perdu toute leur pigmentation. Il n'y a pas vraiment d'explication à une canitie aussi subite. En revanche, des témoignages et photos d'archives existent à ce sujet.

— Quels témoignages ?

— Pendant la Grande Guerre, par exemple, des soldats qui n'avaient pas 20 ans et avaient cru mourir ont vu leurs poils et leurs cheveux blanchir à la racine en l'espace de quelques jours. On suppose qu'ils ont ressenti une frayeur telle sur le champ de bataille que ça a causé un ébranlement nerveux et un dérèglement hormonal intense.

Lucie pensa aux photos de corps pris dans des barbelés que Sharko avait découvertes chez Emma Dotty. La terreur diluée dans leurs yeux morts. Elle termina de parcourir ces dessins qui lui glaçaient le sang. Imaginait le calvaire de Philippe Dubois, le jour, la nuit. Même enfermé entre ces quatre murs, les monstres venaient le harceler. Inlassables.

— Est-ce que votre patient vous a parlé d'une faille ?

— Une faille ? Qu'est-ce que vous voulez dire par là ?

— Je ne sais pas. Un lieu, un mythe… précisa Lucie. Un autre individu, lui aussi poursuivi par les démons et dont les cheveux ont intégralement blanchi, a parlé de faille. À ce stade, ça ne nous évoque rien.

Hermand, sans doute pressé de mettre fin à cette entrevue impromptue, éluda d'un haussement d'épaules. La flic en revint alors à sa question initiale :

— Pourquoi Emma Dotty a-t-elle souhaité rencontrer Philippe Dubois, précisément ?

— Parce qu'elle s'intéressait aux expériences de mort imminente. Philippe Dubois travaillait dans l'acier, il a eu un grave accident en septembre 2019. Il a été conduit d'urgence à la Salpêtrière, dans un état critique. C'est là-bas, dans le service de soins intensifs, qu'il aurait vécu son EMI, après un arrêt cardiaque post-opératoire.

— Et donc, elle voulait s'entretenir avec lui à ce sujet ? Juste ça ?

— Philippe Dubois n'a pas vécu une EMI, comment dire… classique. Il est d'ailleurs fort probable que ce qu'il a « ramené » de cette expérience ne soit pas étranger aux troubles psychiques qu'il a développés par la suite. Ce « voyage de l'autre côté », comme il l'appelait lui-même, l'a terrorisé à un point inimaginable qui a transformé son existence. Avant, cet homme menait une vie tranquille et simple avec une compagne. Il n'avait jamais eu de problèmes psy…

— Pourtant, d'après ce que j'en sais, les gens en ressortent d'ordinaire plutôt étrangement apaisés. Ils parlent de tunnel blanc, d'impression de chaleur et d'amour…

— C'est en effet ce que racontent la majeure partie des témoignages dont on dispose. Mais pour un infime pourcentage d'individus, on est bien loin de cette promenade de santé, si je puis m'exprimer ainsi. Il n'est pas question de chaleur, mais de ténèbres. Et les visages de leurs proches sont remplacés par ceux d'êtres malfaisants comme ceux que vous avez vus sur ces dessins.

Lucie imaginait sans mal l'enfer que vivaient ces rescapés : une sorte de cauchemar, mais puissance dix. Parce que, lorsqu'on se réveillait d'un mauvais rêve, on savait que ce qu'on avait vu n'était pas réel. Mais une EMI, c'était une autre histoire…

— En fait, pour en revenir à votre première interrogation, ce sont des personnes qui avaient vécu ces expériences négatives qu'Emma Dotty recherchait, reprit le psychiatre.

— Et auriez-vous une idée de la manière dont elle a su que Philippe Dubois en faisait partie ? Nous avons constaté qu'elle avait tapé son nom dans un moteur de recherche, en y ajoutant directement les mots clés « diables » ou « EMI ». Elle avait donc *a priori* obtenu l'information auparavant.

— Non, je suis désolé, mais je l'ignore.

Lucie échangea encore quelques minutes avec le médecin, lui annonça qu'il devrait venir déposer au 36, et se fit raccompagner jusqu'aux portes du pavillon. Sa visite l'avait autant instruite que troublée. Comment des gens pouvaient-ils rester sains d'esprit après avoir « vu » de telles horreurs de l'autre côté ? Et s'il existait autre chose que le néant après la mort, était-ce cela qui les attendait tous ?

30

Ce soir-là, Lucie et Franck avaient essayé de faire bonne figure tant que les jumeaux étaient encore debout. Parler avec eux des petites histoires de la vie : la cour de récréation, les copains, la soirée avec Jaya… Pourtant, malgré leurs efforts, Jules et Adrien avaient senti que quelque chose n'allait pas – les enfants avaient un instinct impossible à tromper. Ils avaient posé beaucoup de questions, demandé pourquoi leurs parents avaient l'air tristes… Sharko s'était alors faufilé entre eux deux avant de répondre : « Il ne faut pas vous inquiéter, mais avec maman, on est tristes, parce que… Vous vous souvenez d'Audra ? Eh bien, elle est partie… – Partie où ? – Partie loin. À un endroit où on finit tous par aller, mais d'où on ne peut pas revenir. »

« Mais d'où on ne peut pas revenir… » Cette phrase avait eu une résonance particulière aux oreilles de Lucie. Dès que les petits avaient été couchés, frigorifiée, elle s'était rapprochée de la cheminée où flambait une bûche. Franck était quant à lui assis dans un fauteuil, derrière elle, fixant le verre de Lagavulin entre ses mains. Il avait vécu une journée interminable.

— Que crois-tu qu'il y a, de l'autre côté ? lâcha Lucie. Après la mort, je veux dire. Est-ce que tu penses que tout s'arrête quand on meurt ou que… qu'il y a quelque chose ? Peut-être que notre âme se retrouve dans un autre corps et que la vie recommence sans qu'on le sache vraiment…

Ce n'était pas le genre de sujet, comme la religion, dont Franck appréciait de discuter. Parce que cela lui échappait complètement. Lui qui était si rationnel, il ne supportait pas l'idée que rien ne puisse être prouvé.

— Il m'est arrivé d'avoir des doutes, concéda-t-il néanmoins. Parce qu'il y a des événements qui se produisent parfois et qu'on ne peut pas expliquer. Tu sais, quand ma première femme et ma fille ont quitté ce monde, j'ai vu et entendu des choses, surtout la nuit…

Lucie vit les flammes de l'âtre se refléter dans ses yeux – des portes ouvertes sur ses lointains souvenirs. Jamais il ne parlait de cette époque-là.

— Un plancher qui grince, un jouet qui s'allume tout seul dans la chambre de ma fille… Mais, en définitive, ce sont des coïncidences qu'on interprète comme des présences. Je me dis que ce n'était que des signes que j'avais envie de percevoir. Un plancher, ça grince tout le temps. Un jouet, ça peut s'allumer tout seul, il suffit d'un mauvais contact. Bref, pour répondre à ta question, je crois qu'il n'y a rien, après. Juste l'insondable obscurité. Plus de signaux dans le cerveau, plus de pensées. Le sang ne circule plus, le corps se refroidit, durcit, et retourne à la terre. C'est fini.

Lucie mesura chaque seconde du silence qui s'ensuivit. Puis elle secoua la tête.

— Emma Dotty était intimement convaincue du contraire. Elle cherchait quelque chose, Franck. Quelque chose de noir et d'affreux que, visiblement, des personnes ont vu au seuil de la mort…

— Tout ça, c'est des foutaises.

— Les témoignages existent à travers le monde. Ils convergent de partout, ils se recroisent et frappent tous types d'individus. Blancs, Noirs, vieux, jeunes, croyants et athées. Pourquoi ces gens assisteraient-ils aux mêmes scènes ? Pourquoi raconteraient-ils la même histoire depuis des siècles ?

Alors que sa femme ajoutait une bûche dans la cheminée et refermait l'insert, Franck préféra se réfugier dans son verre plutôt que de répondre. Quoi qu'il dise, de toute façon…

— Et songe à Audra, renchérit-elle. Il y a les machines, certes, mais une force vitale incroyable fait que tout ça fonctionne. D'où viendrait cette force, cet élan capable de maintenir un fœtus en vie si ce n'était d'Audra elle-même, dont les médecins affirment pourtant qu'elle est morte ?

— Je n'en sais rien, Lucie. Personne ne sait.

— Eh bien, moi, je crois qu'elle est encore là, que même s'ils disent que son cerveau n'est plus fonctionnel, elle est… bienveillante et que, malgré ce qui lui est arrivé, malgré tout ce que pourront annoncer les toubibs, malgré le fait qu'Audra ne voulait pas de tout ça, elle prend soin de ce bébé… Comme si elle souhaitait que tout se passe bien pour ensuite, peut-être, partir en paix.

Franck avala une gorgée d'alcool. Même le goût de vieille tourbe de son whisky lui laissait un goût amer en bouche.

— Ils n'ont pas le droit de la débrancher maintenant, murmura Lucie.

— Malheureusement, d'un point de vue légal, si, ils en ont le droit. Et c'est leur décision. Alors c'est très difficile à supporter, mais il va falloir l'accepter…

Lucie soupira. Parfois, la rationalité inébranlable de son homme l'énervait. D'autant qu'elle ne se leurrait pas, il avait beau tenter de le dissimuler et de paraître vaillant, il était très affecté par ce qu'ils vivaient.

— Ce serait bien qu'un de nous ne soit pas loin de Nicolas, demain matin, ajouta-t-il. Et de l'accueillir quelques jours ici, ou de rester avec lui à la péniche pour lui éviter de faire une connerie. Même si, à mon avis, ce serait mieux qu'il ne retourne pas tout de suite au milieu de tous ses souvenirs. Audra est encore tellement présente, là-bas. Sans compter la chambre du bébé... Qu'est-ce que t'en penses ?

Tous les deux en étaient conscients, leur vie de famille risquait d'en prendre un coup, mais ils devaient bien ça à Nicolas.

— Je préparerai la chambre d'amis. Mais pour l'hôpital... Je...

— J'irai avant le boulot.

Elle le remercia d'un regard. Il avait toujours été l'épaule, solide, sur laquelle on pouvait compter, surtout dans les épreuves les plus difficiles.

— Jecko organise une cérémonie pour vendredi. Il y aura le Premier ministre, et il veut que je fasse un discours. C'est... compliqué pour moi de parler devant tous ces gens. Qu'est-ce qu'on est censé dire, dans ces moments-là ?

— Parle simplement avec ton cœur... On formait une famille, Audra était une des nôtres. Je suis sûre que tu t'en sortiras très bien.

Il médita cinq longues minutes, le temps de terminer son verre, puis désigna l'écran de l'ordinateur. Un appel à se remettre au travail, en dépit de l'heure tardive. Lucie ne protesta pas, elle souhaitait aussi en savoir davantage après ses découvertes de la journée. Elle commença donc par ouvrir le mail envoyé par l'informaticien et qui contenait, notamment, le mystérieux document « onion ». Franck lut le contenu du fichier texte plusieurs fois.

— La falaise, le cercle… Ça me dit quelque chose. Pas toi ?

— Pas vraiment, non.

Ses lèvres remuaient en silence. Il comptait.

— Il y a douze syllabes chaque fois. Des alexandrins…

— Une sorte de poème sans rimes ?

— Une chance pour que ce soit *L'Enfer* de Dante ?

Le ventre de Lucie se noua à l'évocation de cette œuvre. Lors d'une enquête précédente, ils avaient déjà été confrontés à des références à *La Divine Comédie* de Dante. Les neuf cercles qui se rétrécissent au fur et à mesure qu'on descend sous la terre. Les péchés de plus en plus graves. De cercle en cercle, on s'éloignait du monde de la lumière et on se rapprochait de Lucifer…

— Ça serait cohérent, en tout cas, vu à quel point les diables sont présents dans notre affaire, répondit-elle. Mais pourquoi ce passage-là ? Qu'est-ce que ça cache ?

— Aucune idée. Demain, je vais télécharger le bouquin, vérifier que le texte s'y trouve bien, et voir ce que ça donne… En attendant, raconte-moi ta rencontre avec le psychiatre de Sainte-Anne.

Lucie lui relata son entretien. Elle mentionna le blanchiment des cheveux et le curieux syndrome dont avait souffert Philippe Dubois, et qui touchait sans doute également David Nébrasa.

— Ça expliquerait ses blessures dans le dos, en conclut Sharko. Rien de mystique, donc. Il se serait mutilé tout seul, d'une façon ou d'une autre, et n'en aurait plus vraiment conscience.

— C'est une possibilité, confirma Lucie. Ce qui est sûr, c'est que Philippe Dubois a vécu une EMI négative qui, probablement, l'a ébranlé psychiquement et l'a conduit parmi les fous. Or, on sait que Nébrasa a déjà failli mourir à plusieurs reprises, lors de ses performances.

Peut-être que lui aussi a vécu ce type de voyage particulièrement intense…

Sharko se rappelait précisément les mots du malade qui s'était jeté sur lui. « Faut pas aller là-bas… Faut pas tenter l'expérience. » Cette histoire de faille… Est-ce qu'il parlait d'une EMI ?

31

Julien Sidroux avait joint deux autres fichiers. L'un contenait l'historique du navigateur de Dotty, et l'autre une dizaine d'adresses extraites de cet historique et qui concernaient toutes ces fameuses expériences de mort imminente. Lucie cliqua sur les premiers liens de la liste. Des compilations de témoignages, des redirections vers pléthore de livres sur le sujet : *La Vie après la mort*, *La Vie après la vie*, *Et si cela vous arrivait*… Une vraie manne pour quiconque voulait se faire du fric.

— Des sensations souvent identiques, résuma Franck, qui avait lu quelques articles. Des personnes qui reviennent d'une mort clinique, après quelques secondes ou minutes de tracés plats. Elles subissent un arrêt cardiaque, un arrêt des fonctions respiratoires, mais leur cerveau reste vivant. Condition indispensable pour que le retour soit possible…

— Les innombrables récits se recoupent, quels que soient l'âge et la culture. Le tunnel, la vision d'une lumière chaleureuse, un sentiment d'amour infini, de paix et de tranquillité… Parfois, des proches disparus sont là pour les accueillir. Quelques sites, par ailleurs, évoquent bien les expériences négatives, disent qu'elles existent, mais sans aborder réellement la question. Ce n'est sans doute pas assez référencé.

Lucie tomba sur un long papier publié récemment dans le très sérieux magazine *Science* et traduit en français. Celui-ci dressait un état des lieux complet des recherches autour des EMI. L'idée était de déterminer, une bonne fois pour toutes, si la conscience survivait à la mort physique du corps.

Côté scientifique, on avait, ces dernières années, déployé la grosse artillerie, à grand renfort de scanners et d'électrodes. Grâce à des essais sur des rats, on était parvenu à expliquer ce phénomène par une réaction biochimique du cerveau qui, soudain privé d'oxygène, déclenchait une activité dans le cortex cérébral compatible avec un flash d'expérience mentale. La production d'un tas d'hormones destinées à atténuer la douleur et la peur rationalisait quant à elle les sensations liées à ce tunnel chaleureux. Pour les blouses blanches, tout prenait enfin un sens.

Pourtant, une étude menée dans des hôpitaux de plusieurs pays, intitulée « AWARE » et dirigée par un professeur en médecine britannique, était en train de tout ébranler. Des chirurgiens impliqués dans le projet avaient en effet pu certifier que certains patients, victimes d'un arrêt cardiaque durant une anesthésie profonde par exemple, avaient réussi après coup à décrire avec précision la position des six personnes présentes autour de leur corps au moment de la réanimation. Or, leurs yeux étaient bien sûr clos, mais, de surcroît, le cerveau ne montrait aucune activité consciente à cause des anesthésiques.

Un autre témoignage était bluffant. Celui d'un homme de 54 ans, Jack, qui, à son réveil après un arrêt cardiaque de quatre minutes, avait commencé à pleurer. Il avait raconté être revenu à la vie à la demande de son frère, aux portes de ce fameux tunnel blanc. Ce dernier était décédé à quatre cents kilomètres de là d'un AVC, à une pompe à essence, alors même que Jack subissait son opération.

Lucie pensait à ses jumelles, parties dix ans plus tôt. Et si elles étaient là, quelque part ? Et si elles l'attendaient, de l'autre côté, pour la guider quand l'heure aurait sonné ? Franck dut percevoir son émotion. Il la savait sensible à ce genre de sujets. Il lui caressa le dos de la main et la fixa avec bienveillance.

— Ça va, lui sourit-elle avec une pointe dans le cœur. De vieux souvenirs qui remontent…

— Clara et Juliette ?

Elle acquiesça en silence. Même si elle se voulait rassurante, Franck se colla contre elle un instant, réconfortant, puis ils poursuivirent leurs investigations. Le dernier site qu'avait visité Dotty était français et, cette fois, entièrement consacré aux EMI négatives. Un titre indiquait : « Ceux qui ont vu l'enfer ». En encart, la photo du propriétaire de la page et une légende : « Éric Lonnay, psychothérapeute ».

Ce Lonnay parlait d'expérience négative, inversée ou infernale, qui ne toucherait qu'un infime pourcentage des individus ayant vécu une EMI – ils étaient donc vraiment peu nombreux, au final. Les témoignages évoquaient des odeurs pestilentielles, des rires moqueurs, des flammes immenses capables d'embraser le ciel. De retour chez elle après son long séjour à l'hôpital, une femme racontait avoir vu, un soir, une araignée géante sur le visage de son bébé. Elle avait alors frappé et blessé l'enfant, pensant l'animal réel. Un exemple parmi tant d'autres qui confirmait que ces gens-là ressortaient imprégnés jusqu'à la moelle de leur « voyage ».

Le psychothérapeute citait également des passages de la Bible. Selon lui, ces individus avaient vu le purgatoire ou l'enfer, ce « lieu où l'on ressent avec effroi l'absence de Dieu », écrivait-il. Lucie cliqua ensuite sur un lien et tomba sur des peintures de grands artistes qui représentaient l'enfer – Rubens, Bosch, Huys… – ainsi que sur des dessins d'amateurs, mais non moins effrayants. « Visions horrifiques de l'au-delà », était-il noté en haut de la page. Elle pointa soudain une des images.

— Philippe Dubois avait dessiné ce démon-là, Franck.

— Tu en es certaine ?

— Oui…

Sharko lui prit la souris des mains. Il éplucha les autres onglets du site pour se rendre compte que ce Lonnay cherchait à recueillir des témoignages d'EMI négatives afin de les étudier. Tout un paragraphe indiquait qu'il invitait les sujets intéressés à se rapprocher de lui. Sur la page figuraient l'adresse de son cabinet parisien et un formulaire pour le contacter.

Lucie se recula dans son siège, satisfaite, et fixa son homme.

— Je m'en charge…

32

Lucie n'avait pas fermé l'œil de la nuit. Contrairement à Franck, elle avait pourtant essayé d'aller se coucher. Mais s'était finalement juste recroquevillée sous les draps pour laisser les minutes s'égrener. Elle avait imaginé Nicolas auprès d'Audra, en train de leur parler, à elle et au petit. Il leur confiait ses derniers mots, leur disait à quel point il les aimait… C'était comme l'attente d'une mise à mort. Insupportable.

Il était maintenant 8 h 15, et elle évoluait déjà dans Paris, fatiguée physiquement et nerveusement. Elle errait à trois kilomètres du cabinet d'Éric Lonnay, s'en éloignait en toute conscience. Elle voulait marcher. Marcher vite pour ne pas penser. Marcher vite pour que la brise fraîche rougisse son visage et lui colle des larmes glacées dans les yeux. Le long du quai Voltaire, elle regarda encore sa montre, 8 h 25, et s'arrêta plus loin sous un pont. Peut-être aurait-elle dû être à l'hôpital aux côtés de Franck et Nicolas. Ou auprès de ses collègues du 36. Mais elle était ici, face à la Seine. Le seul endroit où, en ce moment, elle désirait être.

De sa poche elle sortit un foulard mauve que lui avait un jour prêté Audra et que cette dernière n'avait jamais voulu récupérer. C'était tout elle, généreuse. Bon Dieu, elle leur manquerait jusqu'au fond de leurs tripes ! Comment combleraient-ils le vide qu'elle allait laisser ?

Lucie renifla une dernière fois l'étoffe et la jeta dans le vent. Celle-ci s'envola, dansa dans l'air, comme pour la saluer, et plongea en direction du fleuve avant de disparaître. Il devait être 8 h 30 passées, désormais, ils l'avaient sans doute débranchée. C'était fini. Audra et son bébé étaient morts, alors que la Terre continuait de tourner.

Lucie fit demi-tour, le cœur plein de rage, et comprit mieux, à cet instant, l'acharnement de Franck : Fermont n'était plus là pour payer, mais il fallait que quelqu'un règle son ardoise. Reconstituer l'histoire d'Emma Dotty était une façon de lui rendre justice.

Une demi-heure plus tard, elle arriva à l'adresse qui figurait sur le site, à une encablure de la Maison de la Radio. Une plaque indiquait que le cabinet du psychothérapeute se situait au premier étage d'un immeuble haussmannien de bonne allure. Avant de pousser l'imposant battant, elle consulta son portable. Aucun message de Sharko. Elle imaginait l'ambiance morbide à l'hôpital, la détresse de Nicolas, ses cris dans les couloirs… Franck avait certainement bien plus urgent à faire que de lui envoyer des SMS.

Décidée, elle entra, grimpa l'escalier et sonna à la porte. Une poignée de secondes s'écoula, puis l'homme qu'elle avait vu en photo lui ouvrit. Court sur pattes, mais trapu, il avait la pupille droite dilatée à la David Bowie. La flic lui donna une quarantaine d'années malgré une calvitie prononcée. Face à son air interrogateur, elle se présenta en quelques mots et énonça l'objet de sa visite. Aussitôt, Lonnay l'invita à pénétrer dans un grand cabinet : plafond haut, parquet, large fenêtre et meubles anciens. Là, il s'assit dans un Chesterfield et lui désigna une chaise. Lucie remarqua tout de suite la statuette de saint Christophe posée sur le bureau : le patron qui protège les voyageurs.

— Je me souviens très bien d'Emma Dotty… déclara-t-il. J'espère sincèrement qu'il ne lui est rien arrivé de grave.

Lucie ne dit rien, l'encourageant d'un simple hochement de tête à poursuivre.

— On a discuté un bout de temps. On était sur la même longueur d'onde. Comme moi, elle avait l'intime conviction que certaines personnes avaient eu accès à l'autre côté lors d'une EMI et qu'il s'agissait de tout sauf d'un lieu d'apaisement…

La lieutenant ne se sentait pas à l'aise. Bien sûr, les événements à l'hôpital avec Audra la perturbaient, mais ce type, avec son œil qui semblait regarder au fond d'elle, n'était pas du genre à la rassurer non plus. Elle tenta néanmoins de rester concentrée. Cette rencontre était importante.

— En fait, elle avait elle aussi vécu une expérience particulièrement étrange et intense, reprit le psychothérapeute. Elle m'a parlé de ses parents, du drame qui les a emportés quand elle était gamine. Vous êtes au courant, je présume.

— En effet.

— Mais peut-être ignorez-vous ce qu'elle a réellement vécu dans la voiture, ce fameux jour où elle a été épargnée…

Tout en confirmant, Lucie eut soudain la certitude qu'elle n'avait pas fait le déplacement pour rien.

— Tous ceux qui se sont occupés d'elle après le décès de ses parents, à commencer par la tante qui l'avait recueillie, ont essayé de la convaincre qu'elle avait fantasmé. Elle a eu droit à de nombreuses séances chez un psy pour enfants. Au point qu'elle-même avait fini par ne plus y croire…

— Ne plus croire à quoi ?

— Alors que l'accident venait juste de se produire, elle a entendu des… des « choses ».

— Comment ça ?

— Des ricanements. Des rires diaboliques. Et elle était parfaitement consciente quand elle les a entendus.

Les poils de la flic se hérissèrent. Cette histoire était tellement glauque…

— Tout est remonté à la surface lorsqu'elle a commencé son travail sur la mort, expliqua Lonnay. Elle m'a montré les visages effroyables de soldats et de personnes exécutées sur des barbelés. Elle était persuadée qu'ils avaient également entendu ces démons. Pire, qu'ils avaient entrevu l'enfer au moment de mourir. Et Emma n'avait qu'une obsession, savoir à quoi ça ressemblait…

— C'est donc pour cette raison que les EMI négatives l'intéressaient. Des gens pouvaient témoigner.

— Évidemment. Elle cherchait ce que je cherche depuis des années : un point commun à ces récits, la description précise d'un lieu, d'une forme, n'importe quoi qui prouverait que l'enfer n'est pas qu'une vision de l'esprit chrétien et occidental. Qu'il est bel et bien réel et qu'il est le même pour tous. Elle voulait s'assurer que ce qu'elle avait vécu n'était pas un mirage.

En temps normal, ce discours aurait paru lunaire à Lucie et elle aurait pris le psychothérapeute pour un illuminé qui tournait aux champignons hallucinogènes. Mais, plus elle s'enfonçait dans cette enquête, plus ses convictions s'effritaient.

— Et vous l'avez trouvé, ce point commun ?

— La quasi-totalité de ceux qui ont vécu des EMI négatives avaient auparavant rejeté Dieu. Et vous savez ce que dit la Bible : l'enfer est réservé à ceux qui n'honorent pas Dieu comme le créateur de leur existence, et qui refusent de le reconnaître comme le centre de leur monde… Dernièrement, j'ai rencontré un homme de 78 ans dont le cœur s'est arrêté plus de six minutes avant qu'on le réanime. Lui non plus ne croyait pas en Dieu. Lorsqu'il relate son EMI, il parle d'un démon en particulier. Doté de huit membres velus, celui-ci se déplace à la manière d'une araignée et, inlassablement, lui ouvre et lui referme le ventre pendant que des forces le poussent vers une caverne noire où trône une silhouette qu'il n'arrive pas à décrire. Il y a, dans tous les récits, cette récurrence de la souffrance perpétuelle, ainsi que la présence de cette forme indéfinissable au bord de la caverne.

La flic se rappelait avoir vu le démon araignée dans le diorama où Dotty était suspendue, mais également sur un dessin de Philippe Dubois. Elle se garda cependant de partager ces informations avec Lonnay qui, lui, s'empara de son saint Christophe et commença à le manipuler machinalement. Lucie comprit mieux son rôle dans le bureau. Il protégeait non pas un voyage physique, mais spirituel…

— Aucune science n'est capable d'expliquer ça et, d'ailleurs, personne ne veut s'attaquer au sujet, continua-t-il. Le tunnel blanc, les gens avec des sourires de bienvenue, oui, mais les visions infernales, on préfère ne pas se pencher dessus parce qu'on est tous destinés à mourir et que l'idée que ce soit agréable nous rassure… Et puis, ces témoignages sont encore trop marginaux pour avoir du poids… Peu importe, finalement. Moi, ça fait longtemps que je suis convaincu. En même temps, il faut entendre tous ces individus vous raconter ce qu'ils ont vécu, à quel point ils sont ressortis traumatisés de leur voyage… C'est fou ! Et, étrangement, nombre d'entre eux se sont ensuite tournés vers Dieu.

Comme Nébrasa. Lucie était troublée par ce que lui confiait le spécialiste, mais elle décida de recentrer l'entrevue sur la raison de sa venue.

— J'essaie de retracer le parcours d'Emma, de comprendre son cheminement. Est-ce vous qui l'avez orientée vers Philippe Dubois ?

— Effectivement. Elle voulait échanger avec des témoins de ces EMI négatives.

— Vous saviez qu'il s'était récemment suicidé à Sainte-Anne ?

Éric Lonnay accusa le coup.

— Non, non, je n'étais pas au courant. Nos entretiens remontent à… un peu plus de deux ans, je dirais. J'ignorais même qu'il était allé en HP. En fait, il était de ceux qui n'ont jamais souhaité échanger avec moi physiquement, mais il répondait volontiers à mes sollicitations par mail. Comment ça s'est passé ?

Lucie lui raconta rapidement puis, au fil de ses questions, s'aperçut qu'Emma avait collecté de précieux renseignements tout en parvenant à garder secrètes la plupart de ses recherches.

— J'aimerais récupérer tous les contacts que vous avez transmis à Emma Dotty. En effet, il se peut que sa disparition soit liée à l'une de ces rencontres…

— Aucun problème. Je lui en avais envoyé une dizaine. Le message doit encore être dans un dossier…

Le psychothérapeute alla aussitôt s'installer devant son écran et fit une série de manœuvres.

— Pour quelques-uns de ces contacts, je ne lui avais fourni qu'une adresse mail parce que c'était tout ce que je possédais. Pour d'autres, c'était une adresse physique ou un numéro de téléphone.

— Je m'en débrouillerai. À tout hasard, est-ce que certains de ces individus ont été victimes d'un phénomène de blanchiment subit des cheveux ?

Lonnay releva des yeux intrigués.

— L'un d'entre eux, oui. Rémi Calvar. Il m'a expliqué que, du jour au lendemain, ses cheveux et ses poils se sont mis à blanchir à la racine. Comment êtes-vous au courant ?

— C'est arrivé à Dubois et à un autre homme… Ainsi qu'à des soldats durant la Première Guerre mondiale. Ils auraient éprouvé une terreur telle que leur corps aurait connu un dérèglement hormonal intense.

— Bon sang, c'est un sacré truc, ce que vous me racontez là ! s'exclama Lonnay, surexcité. Vous vous rendez compte ? Trois EMI négatives et cette incroyable réaction capillaire ! Si c'est possible, j'aimerais que vous me teniez informé de vos découvertes. Ça ouvre des perspectives folles. Pour une fois, on aurait des éléments concrets à mettre entre les mains des sceptiques.

Lucie acquiesça. Il avait été réglo, elle lui devait bien ça. Dans la foulée, il se dirigea vers une armoire et se mit à fouiller dans de petits casiers.

— Rémi Calvar a une trentaine d'années. Je n'ai pas son adresse exacte, mais il habite dans un bled qui s'appelle… Marines, je crois, dans le Vexin. Il est un jour tombé sur mon site, et a accepté de se déplacer jusqu'à mon cabinet pour témoigner…

Le psychothérapeute se retourna à cet instant avec une clé USB en main.

— Il était, comme Dubois, marqué en profondeur par son EMI. Non seulement il avait vu l'enfer, mais il affirmait que les portes ne s'étaient pas complètement refermées lors de son retour parmi les vivants. Les démons le harcelaient ici, dans notre monde…

Il fallait absolument que Lucie lui parle. Ils étaient désormais trois. Trois à souffrir du même mal. Elle espérait juste qu'il ne se soit pas suicidé ou qu'il ne soit pas devenu fou à lier.

— Cette clé, ajouta Lonnay, contient l'enregistrement où Calvar me raconte pour la première fois son EMI. Je vais vous le copier. C'est sans doute le plus effroyable des récits que vous entendrez de toute votre vie. Après ça, je vous garantis que vous n'aurez plus jamais envie de mourir…

33

Lucie s'apprêtait à regagner sa voiture lorsque son téléphone sonna. Sharko. Sa gorge se serra.

— Franck… Vas-y, dis-le-moi… lâcha-t-elle dans un souffle en décrochant.

Elle percevait sa respiration et le bruit de la circulation. Il devait, comme elle, marcher dans la rue.

— Ils n'ont pas pu débrancher, Lucie.

Elle s'arrêta soudain au milieu de la voie.

— Quoi ?

— Nicolas a pris un avocat qui était sur place ce matin pour le représenter. Il a eu recours à un référé d'heure à heure auprès du tribunal administratif.

— Un référé ?

— Le juge a été saisi hier et a bloqué, dans l'urgence et sans concertation, la décision du médecin avec, pour motif déposé par l'avocat de Nicolas, la privation de paternité. Je ne te dis pas le bordel à l'hôpital. C'était le branle-bas de combat. Complètement irréel. Les parents étaient furax et leur baveux, mouché.

Coup de klaxon. Lucie se précipita vers le trottoir, sous le choc. Elle n'avait plus l'esprit très clair. Elle ignorait si elle devait se sentir soulagée ou pas.

— Qu'est-ce qui va se passer, maintenant ?

— Des experts externes à l'hôpital vont être sollicités et vont devoir rendre un rapport circonstancié sur l'état d'Audra et du fœtus. L'audience aura lieu dans quatre jours, samedi prochain, et au terme de celle-ci le juge donnera son ordonnance.

— Je ne sais pas quoi te répondre. Je... Je suis un peu perdue, là.

— Je comprends... Nicolas n'était même pas présent, et il a coupé son téléphone. Sûrement une consigne de son avocat pour que personne ne l'influence. Je vais faire un saut à sa péniche avant d'aller au 36, au cas où. Il aurait au moins pu nous prévenir, bordel. Et toi ? T'as pu t'entretenir avec le thérapeute ?

Lucie mit du temps à se replonger dans la réalité de l'enquête.

— Oui. Il existe un troisième homme dont les cheveux ont blanchi subitement. EMI négative, comme pour Dubois. Fort probable qu'Emma Dotty l'ait rencontré. Je vais essayer d'entrer en contact avec lui. Peut-être qu'il nous apprendra quelque chose.

— OK. Tiens-moi au courant.

Quelques minutes plus tard, elle se réfugia à l'intérieur de sa voiture, avachie sur son siège. Elle ferma les yeux et remplit ses poumons d'air. Tous ses muscles étaient crispés, surtout dans son dos et sa nuque. Quel étrange retournement de situation... Les parents d'Audra et Nicolas, désormais, se disputeraient le sort de celle qu'ils aimaient dans un combat juridique qui risquait de prendre le pas sur l'humain. La paperasse écraserait les émotions. Maintenant que la machine était enclenchée, il était impossible de faire demi-tour. Et Lucie se demanda jusqu'où irait ce bras de fer.

Se ressaisissant, elle fit une rapide recherche sur Internet et n'eut pas de mal à dénicher l'adresse de ce Rémi Calvar grâce à un annuaire. En revanche, son numéro de téléphone n'apparaissait nulle part. Tant pis.

Elle entra les données dans le GPS. Son domicile se situait à une cinquantaine de kilomètres, direction le nord-ouest. Avec la circulation, elle en aurait pour une heure et demie, rien que pour l'aller. De surcroît, il y avait peu de chances que Calvar soit chez lui en pleine journée. Mais elle pourrait au moins laisser sa carte sur place et espérer qu'il la rappelle.

En route, elle brancha la clé USB de Lonnay sur son tableau de bord. Une voix s'éleva alors dans l'habitacle.

« J'avais tellement froid. Un courant glacial m'enveloppait jusqu'aux os. J'ai fermé un bref instant les yeux, j'étais fatigué, et quand je les ai rouverts, j'ai vu mon visage effrayé, comme collé au plafond. C'était une vision si terrible que j'ai tourné la tête sur la gauche pour l'éviter, et c'est là que j'ai vu, cette fois, mon propre corps allongé dans un lit d'hôpital… Je ne comprenais pas ce qui se passait. Il y avait trois personnes autour de moi, dont deux étaient habillées en bleu. L'une d'elles était en train d'envoyer des décharges en comptant… Mon corps s'arc-boutait. J'entends encore le bruit horrible de l'électricité qui traverse ma chair. Je vois précisément ce qui est écrit sur l'une des électrodes que tient celui que je suppose être le médecin. "Philips/DFM 100"… »

Le timbre était monocorde. Le débit lent. Rémi Calvar semblait être sous calmants. Il y avait, dans cet enregistrement, quelque chose d'hypnotique et d'angoissant en même temps.

« Mon esprit était comme un ballon de baudruche gonflé à l'hélium. Il s'est mis à rebondir contre le plafond, et moi, j'essayais de pousser vers le bas, parce que je voulais à tout prix atterrir sur le sol. Mais j'en étais incapable. Et puis je n'ai plus rien eu à quoi me raccrocher et j'ai commencé à tournoyer, à faire des cercles de plus en plus rapides… Et plus ça allait vite, plus j'entendais des rires méchants, des ricanements. Ils étaient vraiment terrifiants, ils venaient de partout. J'ai bien tenté de hurler, mais rien ne sortait de ma bouche. Puis, d'un coup, j'ai senti des mains me tirer vers l'obscurité. Mon corps rapetissait sur le lit, mais je n'arrivais pas à rejoindre la lumière… »

Lucie crispa davantage ses doigts sur le volant. Elle pensait au dessin de Dubois, aux mains qui tiraient sur ses vêtements pour l'emmener dans les ténèbres. Elle freina d'un coup, prise subitement dans un embouteillage sur l'A86 qu'elle n'avait pas vu, tellement elle était captivée par le témoignage de Calvar. Sa voiture s'était arrêtée à quelques centimètres seulement du pare-chocs du véhicule de devant.

« Il faisait si noir que je ne distinguais rien. Les mains hostiles continuaient à me pousser violemment, sans me laisser le moindre répit. Mes bras étaient tendus devant moi, en croix, avec des boulets aux poignets qui me provoquaient des souffrances insoutenables.

« Autour de moi, il y avait quatre démons. L'un avait un visage de chauve-souris avec des yeux jaunes. Un autre, celui d'un rat aux yeux rouges et au long nez de travers. Le démon-araignée était peut-être le plus effrayant – il se déplaçait de profil à la manière d'un crabe. Tous, ils avaient des ongles qui ressemblaient à des rasoirs. J'ai senti leur haine, une haine si grande ! Le plus petit, le démon-rat, s'est agrippé à moi tel un bébé chimpanzé à sa mère, et il s'est mis à mordre mon ventre.

« Quand l'obscurité a été moins profonde, j'ai vu qu'alentour tout était détruit. Les arbres, les fleurs, la nature. Il n'y avait pas d'amour, rien de positif. Il coulait une rivière, sur ma droite, et des gens brûlaient à l'intérieur, comme empêtrés dans de l'huile bouillante. Ils étaient là par dizaines. Ils hurlaient, ils se repentaient de leurs péchés, impuissants. L'odeur de grillé qui régnait me reste encore aujourd'hui, elle me hante chaque fois que je m'endors... Des hommes étaient également crucifiés. Il y avait des centaines et des centaines de croix partout, jusqu'en haut des collines carbonisées. Des diables leur transperçaient les jambes, les paumes et le ventre avec des pointes, et d'autres cautérisaient leurs plaies. Puis ils recommençaient, comme ça, perpétuellement.

« Quant à moi, les démons me poussaient toujours vers une espèce de caverne. Au fur et à mesure que j'avançais, j'ai perçu des relents pestilentiels. Il y avait quelque chose dans la caverne. Une grande forme noire qui m'attendait... C'était vers ça, vers cette silhouette que je n'arrive pas à visualiser précisément, que les démons m'emmenaient. J'ai alors compris qu'on me traînait en enfer. Que si je franchissais l'entrée du tunnel, si je me retrouvais face à cette... monstruosité, je serais moi aussi condamné à souffrir pour l'éternité.

« Vous pouvez arrêter ? Arrêtez l'enregistrement, s'il vous plaît, j'en peux plus... »

Rémi Calvar était en panique. Il y eut un léger crépitement sur la bande, puis une coupure. Lorsque la voix revint, elle était plus apaisée.

« Il y a eu un flash, suivi d'un énorme bourdonnement qui m'a traversé des pieds jusqu'à la tête et est sorti de moi comme... une vibration. Je ne sais pas comment l'expliquer, mais je me suis reconnecté avec mon corps, au chaud. Enfin au chaud. Allongé dans ce lit d'hôpital où je m'étais vu d'en haut, je savais que je vivrais. C'est la dernière chose dont je me souvienne... »

C'était terminé, cette fois. Lucie arracha la clé du port USB et la balança dans le vide-poches, nerveuse. Ce récit était effroyable... Tout ça ne pouvait pas être vrai. Un pur délire de l'esprit. Voilà ce que c'était !

Un œil sur la route, un autre sur l'écran de son téléphone, elle tapa « Philips/DFM 100 ». La page de résultats afficha des modèles de défibrillateur. Calvar avait lu ces données précises alors qu'il flottait au-dessus de son propre corps. C'est en tout cas ce qu'il prétendait, mais peut-être avait-il déjà croisé ces références ailleurs, bien avant son arrêt cardiaque. Dans un autre hôpital, peut-être. Ou dans le cadre de son métier. Ce qui était certain, c'est qu'il ne s'agissait que de paroles. Terribles, certes, mais rien qui pût être prouvé. En attendant, Lucie, elle, ne savait plus quoi penser.

Après Pontoise, les perspectives s'ouvrirent. Les derniers remparts de béton furent engloutis par les plaines gorgées d'eau, les bois noirs aux arbres serrés et dépouillés, les petites routes slalomant entre les vallons où rampaient des langues de brume. Se déployait un monde plus rural où le temps s'écoulait à un rythme différent de celui de Paris. Le genre d'endroit dans lequel Lucie aurait bien aimé vieillir, quand les enfants seraient partis et qu'elle aurait laissé sa carrière de flic derrière elle.

Soudain, le brouillard s'abattit sur elle comme une enclume, rendant la circulation dangereuse. Quasiment à ce moment, le GPS lui indiqua de tourner à gauche, sur un chemin étroit et boueux à peine visible tant la végétation était dense. Son accès était d'ailleurs protégé par un panneau « Propriété privée » aux trois quarts recouvert de mousse. Elle s'y engagea malgré tout et progressa sur une centaine de mètres, au ralenti, le long de vieilles clôtures de barbelé, avant d'atteindre un portail rouillé. En retrait, sur un terrain en friche, siégeait une solide bâtisse en pierre blanche mangée par un lierre qui permettait tout juste d'entrevoir les fenêtres obstruées par des planches. La maison était, selon toute vraisemblance, à l'abandon.

Lucie sortit de son véhicule, déçue. Seule, au milieu de la campagne, dans ce froid humide et les pieds dans la boue. Qu'est-ce qu'elle foutait là, bon sang ? Elle s'apprêtait à renoncer quand elle distingua un abri à voitures, sur la droite de la demeure. Elle ne voyait pas clairement à cause de la brume, mais elle avait l'impression que… Elle poussa le portail qui s'entrebâilla et remonta l'allée envahie de mauvaises herbes. C'était bien ce qu'elle pensait : sous l'abri, une bâche noire, poussiéreuse, dissimulait un véhicule. Elle la souleva pour découvrir une berline qui avait plutôt l'air en bon état. Elle était verrouillée, mais l'intérieur semblait propre.

Immédiatement, le cerveau reptilien de Lucie se mit en alerte.

34

Nicolas était introuvable. La barrière à l'extrémité de la passerelle menant à sa péniche était fermée, les lumières toutes éteintes. Sharko ne comprenait pas pourquoi il avait coupé son téléphone. Quelle mouche l'avait piqué pour qu'il ne donne plus signe de vie, même à ses amis ?

Franck quitta le port Van Gogh avec amertume. Il espérait juste que Nicolas n'ait pas fait de bêtise. Alors qu'il longeait le quai Robinson, il reçut un coup de fil.

— Commandant Sharko… C'est l'abbé François…

— Mon père…

— Je suis désolé de vous déranger, mais je voulais vous informer que nous avons découvert David sans vie, hier matin.

Franck se figea au milieu du trottoir.

— Que s'est-il passé ?

— L'autopsie a été pratiquée tard dans la soirée, mais le policier venu constater le décès m'a gentiment tenu au courant. Le légiste a conclu à un arrêt cardiaque lié à la trop grande faiblesse de son organisme. Il est probable que David soit mort dans son sommeil, sans souffrance.

Sharko était sous le choc. L'homme-squelette avait emporté tous ses secrets dans sa tombe. Jamais il n'aurait accès au contenu des lettres, jamais il ne connaîtrait la nature exacte de sa relation avec Dotty.

— Merci de m'avoir averti.

— C'est normal. Une dernière chose. Le rapport fait également mention d'ecchymoses et d'une côte fêlée résultant d'un coup reçu à la poitrine… Le policier m'a interrogé à ce sujet. J'ai signalé que David avait une propension à se faire mal, à cause des diables, mais nous n'avons pas évoqué sa fuite dans les bois il y a quelques jours ni votre « rencontre ».

— C'est une sage décision, mon père.

Après l'avoir salué, Franck raccrocha. Quelle poisse ! Il envoya dans la foulée un bref SMS à Lucie pour lui transmettre la mauvaise nouvelle et poursuivit sa route. Il mit directement le cap sur le 36, où Jecko lui tomba dessus à peine la porte franchie, sur les nerfs : il savait déjà pour le référé.

— Ça veut dire quoi, ce merdier ? Que la cérémonie de vendredi est annulée ?

Sharko n'aimait pas qu'on l'accueille en aboyant, ni surtout la grossièreté de ce type qui ne pensait qu'à sa fichue cérémonie. Il essaya néanmoins de garder son calme.

— Je n'en sais rien. Mais qui t'a informé si vite ? Je comptais le faire moi-même…

— J'ai mes contacts, qu'est-ce que tu t'imagines ? Le Premier ministre ne veut pas que ce qui se passe avec Spick vire à un de ces dérapages autour de la fin de vie, qui plus est en plein lancement de la campagne présidentielle. Ça embarrasserait la majorité. Alors, *motus* sur toute cette histoire. On ne laisse rien filtrer. Et, bordel, reprends le contrôle sur Bellanger. Il est sous ta responsabilité, Sharko.

— Peut-être, mais il est en congé, et c'est son droit.

Jecko marqua son exaspération.

— Joue pas au con, d'accord ? Raisonne-le, c'est tout.

Franck se contenta de hocher la tête, mais intérieurement, il fulminait. C'était tout ce qui les intéressait, eux : les enjeux politiques. Peu importaient les vies humaines, les souffrances morales. Pour ces abrutis, Audra était déjà morte, mille fois morte, et il fallait juste « régler le problème ». La cérémonie devait permettre de tourner la page. Bande d'hypocrites !

Dès que son supérieur eut fini son speech, Sharko s'enferma dans son bureau. Il se connecta au site Gallica et téléchargea *La Divine Comédie*. Ouvrir le fichier lui procura une étrange sensation. Il se rappela ces assassins qui s'étaient inspirés des écrits de Dante pour commettre leurs crimes, une enquête ancienne[1] qui les avait tous marqués au fer rouge. Et aujourd'hui, l'ouvrage refaisait surface, dans un contexte non moins sordide. À croire que l'enfer n'était jamais bien loin de lui et de son équipe.

Il devait se concentrer sur le livre, et plus précisément sur la première partie divisée en trente-quatre chants. Il s'agissait de *L'Enfer*. Dante le présentait comme une succession de neuf cercles de plus en plus petits, peuplés de défunts condamnés à y souffrir pour l'éternité à cause de leurs péchés. Et il s'y aventurait, accompagné d'un guide, Virgile, descendant au plus profond de ce lieu abominable. Un périple ponctué de nombreuses rencontres : Achille, Cléopâtre, Pluton, Épicure, Attila…

Sharko entra « les éboulements des rochers font un cercle » dans la zone de recherche. Le logiciel dénicha instantanément une occurrence. Sharko cliqua, et tomba, mot pour mot, sur le passage que Dotty avait noté dans le fichier « onion ». Il ne s'était pas trompé.

1. Voir *Pandemia*, Fleuve Noir, 2015.

Ayant gagné le bord d'une haute falaise,
où les éboulements des rochers font un cercle,
nous fûmes au-dessus d'un pays plus maudit.

Il tourna la molette de sa souris. Le chant XI... Selon les informations délivrées par une recherche Internet, ce dernier était celui où Dante exposait, pour la première fois, la topographie détaillée de l'enfer, avant d'attaquer les trois derniers cercles. Il le décrivait comme un lieu d'abomination et de puanteur habité par les âmes condamnées.

Sharko imprima la totalité de ce chant, puis, stylo en main, s'appliqua à le lire. Mais il n'y avait rien à souligner. Simplement parce qu'il ignorait ce qu'il cherchait. Comment reconstituer avec ça une adresse du Darknet ? Quel système de codage Dotty avait-elle utilisé pour brouiller les pistes ? Ça pouvait être n'importe quoi. Sa quête était vaine, il n'y arriverait pas. Il referma le fichier en rageant, puis marqua un arrêt en empilant les feuilles fraîchement imprimées. Une idée venait de lui traverser l'esprit. Un truc qui méritait d'être creusé. Il sortit en coup de vent pour rejoindre l'open space où Pascal tapait activement sur son clavier les rapports en retard.

— Dis-moi, lors de la perquise à Vanves, est-ce que t'as noté la présence, quelque part, de *La Divine Comédie* de Dante ?

Pascal secoua la tête.

— Ça ne me dit rien, non.

— Moi non plus. Pas impossible qu'un exemplaire traîne dans son loft du 11e, je me souviens d'une belle bibliothèque. Je prends la clé d'entrée aux scellés et je file. Si on me demande, je suis là-bas.

Une demi-heure plus tard, il pénétrait chez Emma. Il ne prêta aucune attention à la forêt de sculptures anatomiques et se dirigea droit vers l'imposante bibliothèque. Il parcourut les niches une à une, avec cette excitation qui accompagnait souvent l'impression d'avancer sur la bonne voie. Dans le mille : le livre était bien là, calé entre un livre sur Delacroix et un autre sur Goya.

Franck s'en empara avec délicatesse. Il s'agissait d'une édition ancienne, usée d'avoir été trop feuilletée. Il se rendit directement au chant XI, repéra le passage qui l'intéressait et distingua aussitôt des points à peine visibles faits au stylo-bille sous certaines lettres, et ce sur plusieurs pages d'affilée. *Bingo.* Franck ouvrit son carnet et, méticuleusement, nota chacun des caractères marqués par les points. Il obtint alors une suite incompréhensible de lettres. Exactement comme une adresse du Darknet.

Il en était certain : il tenait enfin la porte d'accès.

Celle qui allait le mener dans les souterrains nauséabonds du Web interdit.

35

Lucie se dirigea vers la bâtisse. La purée de pois occultait désormais toute la campagne alentour. Il fallait vraiment aimer la solitude pour vivre dans un endroit pareil, si loin de tout. *Ou, peut-être, avoir vécu une expérience traumatisante au point de préférer se couper du monde…*

Elle frappa avec le heurtoir à la lourde porte en bois. Pas de réponse. Elle fit alors le tour, tout en consultant le message qu'elle venait de recevoir de Sharko. Nébrasa était mort. Dans son sommeil. La Faucheuse continuait son travail de sape, méticuleusement, sournoisement. Contrariée, la flic rempocha son portable et poursuivit son exploration. À l'avant, à l'arrière, des planches de contreplaqué bouchaient les accès. Elle réfléchit. Cette voiture, ce silence… Peut-être était-il arrivé un drame au propriétaire. Peut-être que, comme Dubois, il s'était ôté la vie, terré là-dedans.

Elle essaya de forcer l'une des planches, en vain. Pas étonnant vu le nombre de vis qui la retenaient, témoignant d'un véritable acharnement. Affrontant le brouillard, elle alla récupérer une bêche sous l'abri et s'en servit comme d'un pied-de-biche. Après plusieurs tentatives, le panneau finit par se détacher, mais la fenêtre, elle, était intacte. À ce stade, pourtant, Lucie n'hésita pas, elle n'était plus à ça près. Elle frappa la vitre avec son outil qui fit voler le verre en éclats. Puis, après avoir chassé les morceaux tranchants, elle se faufila à l'intérieur, accompagnée par le timide carré de clarté qu'elle venait de créer en arrachant la planche, mais qui se révéla vite insuffisant. Ensevelie par l'obscurité, elle déclencha le flash de son portable et dénicha un interrupteur. Aussitôt, la lumière jaillit. L'électricité fonctionnait toujours, ce qui la confortait dans l'idée que la maison n'était pas réellement abandonnée.

Immobile, la flic observa autour d'elle. Elle se tenait dans une salle à manger au plafond traversé de poutres, aux lourds meubles rustiques. Murs en pierre, table massive avec une seule chaise, et une imposante cheminée de laquelle elle s'approcha. Pas de cendres dans l'âtre, conduit bouché à la va-vite avec des briques cimentées. Elle effleura l'accoudoir d'un fauteuil en cuir. Pas un grain de poussière. La bâtisse était entretenue, même si son propriétaire avait occulté toutes les issues, sans exception. *Il se protège de l'extérieur. Il a peur… Il a peur que quelqu'un entre. Ou quelque chose.* Nébrasa vivait enfermé dans une cellule au cœur d'une abbaye. Dubois était allé jusqu'à se suicider pour mettre fin à ses hallucinations. Si Calvar allait aussi mal que les deux autres, et s'il se trouvait ici, vivant, Lucie représentait une menace pour lui. Par précaution, elle sortit son Sig Sauer de son holster.

— Je suis de la police ! Il y a quelqu'un ? Rémi Calvar ?

Silence absolu, un de ces silences inquiétants d'où pouvait surgir le danger. Lucie se dirigea vers la cuisine. De la vaisselle séchait sur un égouttoir. Le réfrigérateur ronronnait et était à moitié plein. Elle glissa une main sur le chauffage en fonte : tiède.

Elle s'engagea ensuite dans le couloir, face à elle, avec la plus grande prudence, allumant les lumières au fur et à mesure, ouvrant les différentes portes. Débarras, salle de bains… L'une de ces portes avait une clé dans la serrure. Elle donnait sur des marches qui plongeaient vers les ténèbres. Une cave… Lucie enfonça l'interrupteur. Cette fois, rien ne se produisit. Elle n'avait aucune envie de descendre là-dedans. Du moins, pas avant d'avoir fait le tour de la baraque et de s'être assurée qu'elle était en sécurité.

Elle grimpa à l'étage. Corridor étroit, vieille tapisserie, plancher gondolé et grinçant, vague odeur d'humidité. Les deux premières pièces n'étaient pas habitées. Délabrées, poussiéreuses, elles étaient encombrées de gravats, de sacs de ciment éventrés, de boiseries cassées. La troisième, en revanche, était une chambre. Lucie demeura sur le seuil, stupéfaite. Elle n'avait jamais vu un truc pareil.

Des centaines de christs rigoureusement identiques étaient accrochés sur les quatre murs, du sol au plafond. La croix brune, la couronne d'épines, la souffrance, multipliées à l'infini, jusqu'à couvrir le moindre centimètre carré… Et, pile au centre, un lit simple en bois sombre, presque noir, aux pieds posés sur des parpaings, comme pour éviter qu'ils ne touchent le sol. Sur une commode, une pile de gros cahiers, que Lucie ouvrit. Des « Je vous salue Marie » et des « Notre-Père » recopiés dans une écriture rouge et serrée, ligne après ligne, page après page. Des milliers de prières.

Calvar s'était entouré d'une bulle protectrice. Un rempart contre les diables. Cet endroit fichait la chair de poule et dégageait quelque chose de très malsain. Pour rien au monde elle ne se serait allongée ne serait-ce qu'une heure dans un tel environnement. Elle s'empressa d'ailleurs de redescendre. S'arrêta devant la porte de la cave. Hésita longuement. Non, franchement pas envie.

Mais pouvait-elle partir sans aller y jeter un œil ? Sans s'assurer que Calvar ne gisait pas là-dessous ?

Elle s'empara finalement de la clé – histoire qu'on ne puisse pas l'enfermer – et vérifia que son téléphone captait correctement. Puis elle enclencha de nouveau le mode torche, prête à s'engager dans l'escalier. Son rythme cardiaque s'accéléra, son souffle se fit plus bruyant. Après une vingtaine de marches, elle atterrit dans une petite pièce au plafond bas qu'elle éclaira de part en part. Il y traînait des cageots vides, des bocaux sales, des planches enchevêtrées. Une sorte d'antichambre puisque, au fond, apparaissait un passage voûté à l'entrée obstruée par un drap noir.

Désormais, de la condensation s'échappait de sa bouche. Lucie constata la violente chute de température. *Comme dans un putain de film d'horreur*... Elle se courba un peu, une manière de se protéger, et renforça l'étreinte sur la crosse de son arme. L'enquête l'avait poussée ici, jusque dans cette cave sordide, dans les profondeurs du Vexin. Elle n'allait pas faire demi-tour maintenant. Elle retint donc sa respiration et chassa le drap d'un coup sec. Et là, les démons l'assaillirent.

Par terre, droit devant elle, et dans des niches, des statuettes difformes l'observaient. Des visages d'effroi aux dents carnassières, des corps pourvus de membres interminables, des animaux-insectes aux traits humains – des faces creusées, irrégulières. Elles semblaient faites d'argile. Tout autour, des bougies éteintes dont la cire avait coulé, des tentures noires suspendues. Un véritable autel du Mal.

À l'étage, Calvar craignait le diable. Ici, il le vénérait. Ce type était encore plus taré que les deux autres réunis. La pièce s'étirait, il s'agissait certainement d'un sous-sol intégral. Lucie se décala légèrement et repéra, au milieu des statues, un aquarium rempli de lombrics et de cafards qui grouillaient, s'entrelaçaient, agglutinés. Une mer d'organismes répugnants, couleur viscères, qui lui arracha un haut-le-cœur.

Malgré sa répulsion, elle plissa les yeux et distingua dans la masse une brosse à cheveux. Elle s'approcha doucement, slalomant entre les figures maléfiques, et identifia d'autres objets. Un rasoir jetable, un mouchoir en papier roulé en boule, un briquet… En observant les parois de verre, il lui sembla également apercevoir des photos. Lucie s'agenouilla, posa son téléphone au sol et souleva le récipient d'un côté pour tenter de mieux voir. Mais ces fichues bestioles recouvraient tout.

Sans réfléchir, elle plongea les doigts dans le bain infect. Elle sentit les antennes fines, les pattes crochues, les corps gluants sur sa peau. Lucie retira vivement sa main dans un cri de dégoût, inspira, essaya de retrouver son calme. Il le fallait.

— Allez, courage…

Une fois calmée, elle réessaya et parvint alors à saisir un cliché. Elle reconnut immédiatement le visage de Nathalie Charlier, figé dans une ultime expression horrifiée. Il avait été photographié en gros plan. Ses yeux reflétaient la terreur la plus primitive. Sa bouche tordue était un gouffre noir qui paraissait engloutir l'objectif.

Lucie se recula, sous le choc, et percuta une des statues qui se renversa. Aucun doute : Rémi Calvar était le tueur en série qui s'en prenait aux miraculés. Un psychopathe qui assassinait ces gens, patientait à leurs côtés des heures, puis immortalisait son œuvre pour en faire offrande à ses démons.

Et elle se trouvait dans son antre.

36

Les mains de Lucie se mirent à trembler à un point tel qu'elle peinait à tenir son arme. La tête du diable renversé avait roulé à ses pieds, les yeux révulsés la fixaient avec fureur. Elle chercha de l'air quelques secondes, puis se mit à courir vers les marches. Une fois au rez-de-chaussée, elle tenta de fuir par la porte d'entrée, mais elle était verrouillée. *Merde !* Elle fonça alors à travers les pièces, persuadée que Calvar pouvait surgir à tout instant. Elle s'imagina prise dans ses filets. Lui, au-dessus d'elle, lui tordant la bouche, lui maintenant les paupières ouvertes, pendant qu'elle agonisait.

Dès qu'elle atteignit la fenêtre cassée, elle s'y faufila et se retrouva enfin dehors. Le brouillard l'enveloppa, une masse désormais si compacte qu'elle n'y voyait pas à deux mètres. Elle contourna la maison en longeant le mur, composant en même temps le numéro de Sharko. Déclic.

— C'est lui, Franck ! C'est lui !

— Calme-toi. De qui tu parles ?

— Ce type, Rémi Calvar. C'est lui, notre tueur. J'ai vu des photos dans sa cave. Je crois que… qu'il y en a eu d'autres, je… je ne sais pas combien. Envoie une voiture, vite.

Un souffle de panique dans l'appareil.

— Où es-tu ?

— Je sors de chez lui, il n'est pas là. Il y a un brouillard monstrueux et…

— Tire-toi de là. Tu te mets à l'abri tout de suite. Donne-moi l'adresse, on arrive.

Lucie lui transmit les informations et raccrocha. Elle se sentait complètement désorientée, mais essaya tout de même de se repérer. À un moment, elle aperçut l'abri à voitures. Aussitôt, elle fonça droit devant elle et récupéra le chemin envahi d'herbe. Le portail se dessina enfin. Elle était sur le point de s'engouffrer dans son véhicule quand elle distingua une ombre noire, en retrait. Une masse énorme et immobile, aux contours floutés par les gouttelettes d'humidité. Elle braqua son arme, boostée par l'adrénaline, et fit trois pas dans cette direction. Elle eut un coup au cœur : un 4 × 4 boueux bloquait la voie, moteur à l'arrêt, sa gueule de fer tournée vers elle. Elle plissa les yeux : personne à l'intérieur.

Un feulement, dans son dos. Lucie eut à peine le temps de voir le plat d'une pelle qui jaillissait du brouillard. Le métal heurta son avant-bras dans un claquement sec. Le choc fut tel que son Sig Sauer lui échappa. Elle hurla de douleur, alors que la silhouette filiforme s'apprêtait à frapper de nouveau. Calvar était plus petit qu'elle et pas épais, ses cheveux d'un blanc de neige. Il visa la tête, mais elle se ressaisit, se baissa et lui fonça dessus comme un bélier, lui percutant le flanc. Ils tombèrent ensemble et, pendant qu'elle roulait sur le côté, il chercha à lui agripper la cheville. Sa semelle rencontra une surface molle, elle ne sut s'il s'agissait de son visage ou d'autre chose. Concentrée sur sa survie, elle s'élançait déjà à corps perdu vers l'endroit où avait volé son pistolet. Calvar, lui, la rattrapa au moment où elle se retournait et elle pointa son canon droit devant elle.

— Bouge, et je te fume !

Il s'arrêta net, haletant et couvert de boue. Lucie se releva d'un coup.

— Tu te couches face contre sol ! Et sans discuter !

L'homme obtempéra. La flic lui écrasa un genou dans le dos et lui passa les menottes. Une fois qu'il fut maîtrisé, elle donna un grand coup de crosse sur sa tempe.

— Et maintenant, je vais te citer tes droits, connard !

37

La brume s'était retirée comme un ogre repu. Ses griffes s'étaient rétractées vers les collines, laissant filtrer les rayons du soleil. Le cauchemar de grisaille était devenu une journée froide et ensoleillée, de celles qui ravivent les couleurs et offrent à l'automne une splendeur éphémère.

Sharko avait débarqué le premier, suivi de Jecko, de Robillard et du substitut du procureur. Une équipe de l'Identité judiciaire avait été déployée, ainsi que des renforts pour la perquisition. Rémi Calvar, lui, avait déjà été emmené par une voiture, menotté et encadré par deux brigadiers. Il était désormais en garde à vue. Le temps de respecter les procédures et de contacter un avocat, son audition ne démarrerait pas avant la fin de l'après-midi.

Lucie se tenait assise sur le perron, emmitouflée dans son blouson, immobile.

— J'aurais pu y rester, souffla-t-elle à Franck quand il réapparut à ses côtés. Il était là, en face de moi, prêt à me fendre le crâne. Je suis là à dire aux autres d'être prudents, et pourtant je n'ai pas hésité à entrer chez lui, seule.

— Je sais, Lucie. C'est plus fort que nous…

Sharko lui tendit le bras pour l'aider à se relever. Il lui glissa une main dans le dos et la serra contre son épaule avec un léger sourire.

— Heureusement que t'es une dure à cuire.

— Pas certaine, non. Comment ça se passe, à l'intérieur ?

— D'après la paperasse que les gars sont en train d'éplucher, Calvar a 34 ans, il est né à Ivry. Il est au chômage depuis plus de deux ans. Il bossait dans le fret, dans une boîte à une quinzaine de kilomètres d'ici. Transporteur routier, quoi. Suis-moi...

Ils entrèrent dans la maison où s'affairaient des policiers. Ceux-ci ouvraient les tiroirs, consignaient des objets, prenaient des photos. Toutes les pièces allaient être passées au crible, la vie de Calvar serait épluchée, analysée jusque dans ses moindres détails. Un peu à l'écart, le magistrat et le commissaire Jecko discutaient. Ils leur adressèrent un bref regard avant de poursuivre leur conversation. Cette dernière était animée, et il y avait de quoi. On venait quand même de mettre la main sur un présumé tueur en série. Franck emmena sa femme vers l'escalier qui conduisait au sous-sol.

— L'IJ a terminé là-dessous, ils sont partis à l'étage. Je voudrais te montrer un truc. Tu te sens capable d'y retourner ?

Lucie hocha la tête. Ils descendirent les marches désormais éclairées par de puissants halogènes. En bas, les démons veillaient toujours, tels les gardiens d'un temple maudit. Avec les lumières et la terreur en moins, Lucie put les observer plus attentivement. Ils étaient bien faits de terre cuite et avaient été peints en rouge, en noir, en jaune. Un travail artisanal plutôt grossier, mais qui les rendait d'autant plus effrayants.

L'aquarium, lui, reposait près d'un mur, vidé de ses locataires – Lucie avait vu l'IJ remonter avec des sacs poubelles qui bougeaient tout seuls. Les objets qu'il avait par ailleurs contenus étaient alignés au sol. Sans doute des souvenirs que Calvar avait récupérés. À côté, on avait étalé une série de cinq photos. Cinq visages qui paraissaient hurler. Deux femmes, trois hommes.

— Emma Dotty n'y est pas, affirma Sharko. J'ai identifié Nathalie Charlier, le jeune Alexis Lavoisier et Richard Fanucci, celui qui a réchappé à une explosion chimique et dont j'ai remonté la trace sur Internet à partir de l'article déniché chez Dotty. Les deux autres, je ne sais pas qui c'est.

— Cinq victimes…

Lucie laissa planer un silence, abasourdie. S'ils n'avaient pas recherché la céroplasticienne, peut-être Rémi Calvar serait-il passé entre les mailles du filet, ôtant la vie en toute impunité. Combien de tueurs insoupçonnés évoluaient-ils ainsi en liberté ?

Pascal Robillard apparut à cet instant derrière une tenture, au fond. Son dictaphone et un cahier en main, il considéra Lucie avec un regard compatissant.

— Tu tiens le coup ?

— Ça va…

Difficile de répondre autre chose. Il écarta le rideau noir et les invita à passer de l'autre côté. La pièce, voûtée, basse de plafond, devait être une ancienne cave à vin. Calvar, lui, y avait aménagé son repaire. Une table, une chaise, un ordinateur portable, des câbles pour l'électricité, des murs recouverts de Post-it et de photos prises à la volée – un maillage inextricable qui témoignait d'un esprit malade. Lucie s'approcha et découvrit des centaines d'informations sur ses victimes. Endroits qu'elles fréquentaient, domicile, métier. Il y avait même des fiches descriptives : « Fanucci se rend tous les mardis après-midi chez sa mère, 8, rue Bichat, en voiture, empruntant d'abord la D914, puis la D31 », « Charlier sort son chien deux fois par jour, aux alentours de 7 h 15 et de 19 h 30 »…

— On a sans doute de quoi retracer l'intégralité de son parcours meurtrier, annonça le procédurier. On a des lieux, des noms, des visages. J'ai jeté un œil vite fait au PC qui n'a même pas de mot de passe. Le navigateur contient un historique qui n'a jamais été purgé. Un jeu d'enfant.

Il s'orienta ensuite vers la gauche et leur fit signe de l'imiter.

— Regardez, Emma Dotty est là…

Franck observa les différents papiers accrochés devant lui. Calvar avait suivi la jeune femme comme son ombre. On la voyait sortir de son loft, marcher dans la rue, dans le 11e et près de l'appartement de Vanves.

— Il était sur son dos, il prévoyait de la tuer, avança Sharko.

— Peut-être qu'il l'a fait, supposa Pascal.

Franck recula de quelques pas et étudia l'espace dans son ensemble.

— On aurait trouvé le corps, et sa photo dans l'aquarium… Pour autant, je serais étonné qu'il ait abandonné et se soit intéressé à quelqu'un d'autre. Ces individus sont des obsessionnels qui, la plupart du temps, se focalisent sur leurs proies et sont incapables de changer de trajectoire. Quelque chose l'a empêché de passer à l'acte.

— Quoi ?

— Compte sur moi pour lui poser la question.

Pascal les emmena ensuite un peu plus loin. Des outils avaient été disposés près d'un sac de sport. Une sorte d'instrument de dentiste pour maintenir les mâchoires écartées, des pinces façon *Orange mécanique* pour forcer l'ouverture des yeux, des élastiques de différentes tailles et couleurs...

— Ça doit l'aider pour figer les visages...

Lucie imaginait à peine la scène. Calvar se postait auprès de sa victime fraîchement décédée et se mettait à l'œuvre, tel un artiste morbide. Puis, après deux ou trois heures, une fois la rigidité cadavérique bien en place, il retirait son matériel, prenait des photos et embarquait un objet personnel, avant de disparaître.

— Ça fait trois, souffla-t-elle.

— Trois quoi ?

— D'abord Nébrasa, à moitié fou et terré dans son abbaye. Ensuite Dubois qui s'est suicidé en se sectionnant la langue. Et maintenant Calvar, entraîné dans une spirale meurtrière... Les trois ont eu un blanchiment subit des cheveux. Et même si on n'en a pas la preuve pour Nébrasa, il est probable que les trois ont subi une EMI s'apparentant à une descente aux Enfers. J'ai l'impression qu'on passe à côté d'un truc beaucoup plus grand.

Elle formulait tout haut ce que Sharko pensait tout bas. Quelque chose rendait ces gens complètement fous, et prêts à tout pour fuir leurs démons.

— Je crois avoir trouvé la clé d'accès que Dotty planquait dans son fichier « onion », lâcha-t-il.

Lucie le regarda, étonnée.

— Comment t'as fait ?

— Elle avait marqué certaines lettres dans l'exemplaire de *La Divine Comédie* qui était dans sa bibliothèque. Je les ai mises bout à bout dans leur ordre d'apparition. Croisons les doigts pour que ça donne des résultats quand on le rentrera dans un navigateur Tor.

Sur ces mots, il lança un dernier coup d'œil à la pièce et se dirigea vers l'escalier.

— Mais avant, on s'occupe de Calvar… conclut-il. Il va cracher sa Valda, cet enfoiré, c'est moi qui te le dis.

38

Franck s'était isolé une poignée de minutes dans son bureau, porte fermée, pour se concentrer et définir les grandes lignes de son interrogatoire. Une garde à vue était toujours une épreuve, tant pour le suspect que pour les enquêteurs. Une arène où se déroulait un combat psychologique dans lequel il s'agissait de briser les défenses d'un homme, afin de le pousser aux aveux. La culpabilité de Calvar ne faisait ici aucun doute, Franck espérait juste qu'il lâcherait le morceau facilement, ce qui lui éviterait d'interminables séances d'audition dont il ressortirait rincé. L'âge se faisait sentir, mais tant que Franck en aurait la force, il retournerait dans la cage aux lions. Une goutte d'eau dans l'océan, certes, mais chaque ordure qu'il envoyait derrière les barreaux lui enlevait un poids sur le cœur.

Tout en se préparant, il n'arrêtait pas de lorgner vers son ordinateur. L'envie d'aller jeter un coup d'œil sur le Darknet le démangeait, mais il ne voulait pas que ses potentielles découvertes interfèrent avec son premier face-à-face, le plus important. Il était hors de question de se laisser distraire de son objectif. Et même si les rapides recherches dans les fichiers de la police n'avaient rien révélé de particulier, signalant que leur suspect n'avait jamais eu de soucis avec la justice, il ne devait surtout pas commettre l'erreur de sous-estimer son adversaire.

Le médecin qui s'était chargé de la visite obligatoire avant la mise en détention avait, en revanche, signalé que Calvar présentait un nombre incalculable de cicatrices, de la tête aux pieds : des coups de lame, des morsures profondes, des brûlures dont certaines semblaient avoir été faites au fer rouge. Leurs doutes se confirmaient : un mal inconnu, qui échappait aux spécialistes, s'était emparé de Calvar, Dubois et Nébrasa. Et peut-être d'autres encore...

D'ordinaire, Sharko menait ses interrogatoires avec Nicolas. À deux, ils formaient une tenaille qui ne lâchait rien jusqu'aux aveux. Lucie, elle, n'était pas aussi efficace – ce n'était pas son exercice préféré –, mais Franck la souhaitait néanmoins en soutien. Il prit une pochette contenant déjà des éléments à charge, passa chercher sa femme et, ensemble, ils descendirent au quatrième, l'étage des gardés à vue.

Le suspect qui pénétrait dans cet endroit pour la première fois n'en ressortait jamais indemne. Un avant-goût de prison régnait dans ce long couloir de portes grises et blindées, percées d'une petite vitre incassable. Derrière celles-ci, des figures marquées par le manque de sommeil, des corps recroquevillés et tremblotants, en costard impeccable ou en survêtement troué. Vingt-quatre, quarante-huit ou soixante-douze heures à croupir ici, suivant la nature du délit.

C'était le moment. Sharko prit une profonde inspiration, puis se fit ouvrir la cellule. L'avocat commis d'office s'entretenait avec son client, assis sur un banc. Ce dernier releva la tête. Il avait un grand front, bombé, et le bas de son visage formait comme un entonnoir. À voir son attitude prostrée et son regard fuyant, le flic comprit qu'il était mort de trouille. Plutôt bon signe.

Il lui ôta les menottes qui lui maintenaient les mains dans le dos, et les mit par-devant.

— Allez, amène-toi.

Quelques minutes plus tard, ils pénétrèrent dans l'un des box d'audition. Une pièce blanche du sol au plafond, munie du strict nécessaire : table, chaises, webcam, bonbonne à eau. Franck s'installa face au suspect. Lucie demeura debout, en retrait, appuyée contre la cloison, les bras croisés. Le commandant de police alluma la caméra, se débarrassa rapidement des formalités en posant une volée de questions obligatoires auxquelles Calvar répondit d'une voix peu assurée. Il ne montra cependant aucune résistance : son avocat lui avait probablement conseillé de collaborer, la meilleure option, vu la situation.

— Ta visite médicale s'est bien passée ?

Calvar haussa presque imperceptiblement les épaules.

— Le médecin a constaté un tas de vieilles blessures sur ton corps. Des coupures, des brûlures… Tu peux expliquer ?

Il secoua la tête.

— Les diables, peut-être ? tenta Sharko.

L'homme se crispa, tricota nerveusement avec ses doigts coincés entre ses jambes. Rien, dans son comportement, ne le rapprochait des tueurs froids et sanguinaires que Sharko avait déjà croisés dans sa carrière. Et pourtant, ce type avait très certainement ôté la vie à au moins cinq personnes. Il avait touché leurs visages morts et glacés, introduit des instruments dans leurs bouches et sur leurs yeux pour les figer, tel un médecin de l'horreur. Le flic ouvrit la pochette et aligna des photos devant lui.

— Tu reconnais ?

Calvar considéra à peine les clichés. Il acquiesça mollement.

— Cite-nous leurs noms.

— Lui, c'est Alexis Lavoisier… Puis Cathy Leduc… Nathalie Charlier… Richard Fanucci… Et Jacques Tardieu…

— C'est bien. On apprécie les gens qui coopèrent, tu sais ? On fait remonter au juge, ça le rend plus… indulgent.

— Indulgent ? Indulgent pour quoi ? Ces photos étaient chez moi, c'est sûr qu'on va me coller tout ça sur le dos ! Je vais croupir en prison alors que je n'y suis pour rien.

Sharko se tourna vers Lucie, un sourire crispé aux lèvres.

— T'entends ? Il n'y est pour rien.

Pas de réaction de Calvar face à son ironie. Franck plaqua violemment sa main sur la pochette. Le claquement fit sursauter le suspect.

— On va passer beaucoup de temps ensemble, toi et moi, si tu joues au con. Ça va te compliquer la vie pour rien, et moi, ça me fatigue d'avance. Le problème, c'est que, quand je suis fatigué, je deviens très irritable. Alors je te propose qu'on reparte de zéro, tranquillement.

Il écrasa son index sur un des clichés.

— À en juger par les dates inscrites sur les murs de ta cave, t'as commencé par ce jeune homme, Alexis Lavoisier, en juillet 2019. Tu t'es intéressé à lui parce qu'il avait réchappé miraculeusement à un accident de téléphérique en Italie. Exact ?

Bref mouvement du menton, sans plus.

— Tu l'as retrouvé et tu t'es mis à le suivre, à étudier ses habitudes. T'as vu qu'il réparait la toiture de ses parents, c'était une sacré opportunité. Un jour, tu t'es planqué dans le jardin, t'as attendu qu'il soit sur son échelle, et là, tu l'as fait tomber. Il est mort sur le coup.

Après ça, sans paniquer, t'es resté à ses côtés pendant plusieurs heures, équipé des instruments qu'on a découverts dans ton sous-sol, pour figer son visage dans une expression effrayante.

Franck se leva, les paumes à plat sur le bureau, et se pencha vers lui.

— C'est bien de cette façon que ça s'est passé, n'est-ce pas ?

Calvar acquiesça sans vigueur, avec un air d'enfant surpris en train de voler des bonbons.

— Réponds de manière intelligible, intervint Lucie. Oui ou non ?

Il consulta son avocat, qui cligna des yeux. Franck observait le baveux en silence, sûr et certain qu'il ne savait même pas de quoi il retournait.

— Oui. Mais je n'ai pas eu le choix.

— Pourquoi tu n'as pas eu le choix ?

Calvar se tut et se tassa plus encore sur son siège. Il lança un long regard sur le côté, en hauteur. Fixa l'endroit avec une telle intensité que Franck jeta à son tour un œil. Évidemment, il n'y avait rien, hormis les diables peuplant son cerveau dérangé. Calvar baissa de nouveau la tête.

— Parce que Lavoisier aurait dû mourir la première fois… Comme tous les autres. Tous, ils auraient dû se retrouver de l'autre côté. Je n'ai fait que les emmener là où ils étaient attendus depuis longtemps pour qu'on puisse les récupérer.

— Qui ça, « on » ?

— Je ne suis pas autorisé à citer leurs noms.

Le type se mit alors à osciller légèrement, les mains entre les cuisses. Sharko se rassit avec calme et passa le relais à Lucie. Celle-ci se positionna alors devant le suspect, prenant garde de ne pas obstruer le champ de la caméra.

— Tu parles des démons, c'est ça ? Ceux qui étaient dans ta cave ?

Rémi Calvar planta des pupilles pleines d'effroi sur elle et hocha la tête, les lèvres pincées. Lucie eut une certitude à cet instant : ce type ne simulait pas, il avait réellement peur.

— Ce sont ces démons qui te demandent de commettre ces crimes ? Tu serais donc une sorte de… d'intermédiaire, c'est ça ?

— Pas un intermédiaire. Un esclave. Leur esclave…

Calvar souleva le bas de son pull et dévoila son ventre meurtri. Un vrai champ de bataille.

— Voilà ce qu'ils ont été capables de me faire avant que…

Silence.

— Avant que tu tues ces gens ? compléta Lucie.

— Avant que je leur donne ce qu'ils me réclament. C'est le seul moyen pour qu'ils me fichent la paix.

Franck n'aimait pas la tournure que prenait l'interrogatoire. Les yeux de l'avocat s'étaient subitement mis à briller. À tous les coups, ce jeune con à peine sorti de l'école avait eu la même pensée que lui : l'article 122-1 du code pénal. « N'est pas pénalement responsable la personne qui était atteinte, au moment des faits, d'un trouble psychique ou neuropsychique ayant aboli son discernement ou le contrôle de ses actes. » La ligne de défense serait claire. Son client agissait sous les ordres d'entités maléfiques qui, s'il ne leur obéissait pas, s'en prenaient à lui. Lucie, elle, était accrochée aux lèvres du suspect.

— Pourquoi tu fais ça à leurs visages, ensuite ?

— Parce que je sais, moi, ce qu'ils ont vu en mourant.

— Et qu'est-ce qu'ils ont vu ?

— Les diables, les flammes qui brûlent de l'autre côté. Il n'y a pas de raison qu'ils soient apaisés, qu'ils donnent l'impression que l'après est un doux voyage.

Il se crispait de plus en plus. Lucie, qui ne discernait dans ce regard qu'une profonde détresse, lui proposa un verre d'eau, le laissa boire tranquillement, puis revint à la charge.

— Quand ça a commencé ? Quand est-ce que les démons sont apparus pour la première fois ?

— À partir du jour où je suis mort sur mon lit d'hôpital et où je suis allé là-bas. En enfer. Vous n'avez aucune idée de ce que j'y ai vécu.

— J'ai écouté le témoignage que vous avez livré à Éric Lonnay.

— Alors vous connaissez leur cruauté. Un passage a dû rester ouvert lorsque je suis revenu et, depuis, ils sont capables de me harceler quand bon leur semble. J'ai tout fait pour me débarrasser d'eux. J'ai pris des médicaments, je… je me suis entouré de protections, j'ai obstrué toutes les issues de ma maison. Mais ces précautions ne servent à rien. Ils sont beaucoup trop forts. Quand ils sont là, ils aspirent votre énergie, ils vous empêchent de dormir la nuit, ils vous terrorisent à un point tel que vous avez envie de mourir pour qu'ils vous laissent tranquille. Une vaine solution, car si vous mourez, ils seront là pour vous accueillir. Et l'enfer aussi…

Lucie était désarçonnée. Il y avait une vraie cohérence dans la folie de cet homme. Elle songea à Dubois et à son suicide : lui avait fini par craquer. Franck devina le trouble de sa femme, qui était en train de se laisser embarquer dans le délire de Calvar. Il reprit les rênes de l'audition, changeant du tout au tout de registre.

— Parle-nous d'Emma Dotty.

Calvar mit du temps à se sortir de ses pensées. Ses pupilles se rétractèrent.

— Elle est entrée en contact avec moi par mail. C'était Éric Lonnay, le psychothérapeute, qui lui avait transmis mes coordonnées. Lui, j'étais allé le voir au début, quelques jours après le truc avec mes cheveux... Je voulais comprendre ce qui m'arrivait. Trouver quelqu'un pour m'écouter.

— Recentre sur Dotty. C'est elle qui m'intéresse.

— Elle voulait que je lui raconte mon EMI.

— C'était quand ?

— En juin dernier. Au départ, j'ai refusé, les démons m'interdisaient de discuter de ça.

— Évidemment. T'étais occupé à traquer une nouvelle victime, hein ? Fallait pas venir mettre son nez dans tes affaires. Et encore moins attirer l'attention sur toi. Mais vas-y, poursuis...

— Elle a continué à m'envoyer des mails, elle n'était pas du genre à abandonner facilement. Pour me convaincre de lui parler, elle m'a écrit comment elle avait elle-même réchappé à l'accident qui avait coûté la vie à ses parents. Elle était persuadée que les démons existaient de l'autre côté et qu'elle les avait entendus quand elle était gamine... Elle souhaitait que je lui décrive précisément cette partie de l'enfer que j'avais explorée... J'ai fini par accepter. On s'est rencontrés dans un café, à Paris.

— Du pain bénit pour toi. Une proie qui se jetait directement dans la gueule du loup. Une miraculée...

Calvar baissa la tête. Franck se leva, glissa une main dans ses cheveux, allant et venant nerveusement.

— Tu sais quoi ? Le plus incroyable, dans cette histoire, c'est que ce qui a mené Emma Dotty à toi, ce sont tes propres victimes. Elle cherchait, à travers leur visage horrifié et leur mort accidentelle, quelque chose de… surnaturel ou je ne sais quoi, et elle s'est finalement retrouvée face à leur meurtrier sans même en avoir conscience.

— Je ne suis pas un meurtrier.

— Et moi, je ne suis pas flic. Qu'est-ce qui s'est passé, ensuite ?

— Elle a posé ses questions. On a évoqué mon accident de moto, l'EMI que j'ai vécue à l'hôpital quand mon cœur s'est arrêté. En dehors de ça, je ne me souviens plus bien de cet entretien. Sa présence avait réveillé les démons. Ils se sont mis à la réclamer, à me harceler. C'est toujours de cette manière qu'ils procèdent… Quand ils veulent quelqu'un, je ne peux rien faire.

— Alors tu t'es renseigné sur elle, tu l'as suivie, observée…

— Je vous l'ai dit, je n'ai pas eu le choix.

— Tu l'as tuée ?

— Non, je ne lui ai rien fait. Rien du tout. Elle s'est évaporée du jour au lendemain. J'ai traîné des journées entières dans son quartier et à Vanves, mais je ne l'ai plus revue.

Franck lui demanda des faits précis. Quand ? Où ? Dotty se rendait-elle souvent à Vanves ? Les réponses de Calvar corroboraient ce qu'ils savaient déjà. S'il avait tué toutes les autres victimes, il ne semblait en revanche pas responsable de la disparition de Dotty. Et il ne connaissait ni Nébrasa, ni Dubois qu'Emma lui avait évoqués. Ces trois hommes aux cheveux blanchis avaient des trajectoires complètement différentes et, pourtant, ils souffraient des mêmes symptômes. Sharko avait beau se creuser la tête, il ne voyait pas de lien sous-jacent.

Il se réinstalla à sa place et, sans masquer une certaine lassitude, annonça :

— Maintenant, on va discuter en détail de chacune des victimes. Commençons par la première d'entre elles. Alexis Lavoisier…

39

Rémi Calvar regagna sa cellule à 22 h 30, après plus de six heures d'audition durant lesquelles Franck et Lucie avaient pu retracer par le menu son épopée meurtrière. Il avait commis son premier assassinat vingt-huit mois plus tôt, et le dernier fin septembre. Il tuait à intervalle d'environ six mois. Chaque fois, il avait réussi à maquiller ses actes en accidents domestiques. L'une de ses victimes, Cathy Leduc, 23 ans, avait été découverte électrocutée dans son bain, son téléphone portable dans l'eau alors qu'il chargeait… Richard Fanucci avait été écrasé par la voiture qu'il réparait au noir dans son garage… Quant à Jacques Tardieu, il avait été intoxiqué au monoxyde de carbone à cause d'un système de chauffage défaillant…

Après chacun de ses crimes, en tout cas, les démons lui fichaient la paix quelques mois, puis se manifestaient de nouveau, encore plus affamés. Ces figures horrifiques reproduites dans sa cave le poussaient à choisir une cible qu'il dénichait dans les magazines de faits divers ou sur Internet. Il se mettait alors à la traquer inlassablement, y vouant toute son énergie.

Lucie connaissait suffisamment les tueurs en série pour savoir que Rémi Calvar n'était pas le premier à suivre un tel schéma meurtrier. Dans la classification de ce genre d'individus, il existait notamment des missionnaires et des visionnaires : les uns se sentaient investis d'une mission et ne faisaient que la mener à bien, souvent sans préméditation ; les autres assassinaient sous la contrainte, parce que des voix l'exigeaient. Calvar présentait un profil mixte. Il obéissait à des ordres qui n'avaient de réalité que dans sa tête, mais ne frappait pas au hasard ni par impulsion. Il observait une longue phase de préparation avant le passage à l'acte, qui était donc bien réfléchi.

Sharko et Lucie étaient en grande discussion à ce propos lorsque Pascal Robillard les rejoignit avec deux pizzas qu'un Uber avait livrées à l'accueil. Celui-ci avait assisté, en compagnie de Jecko, à l'audition par webcam interposée. Ensemble, les trois policiers s'engagèrent dans le couloir de la Brigade criminelle désormais quasiment vide.

— Ça sent encore les expertises psychiatriques et un procès compliqué, dit Pascal en s'immisçant dans la conversation. Les uns vont plaider la perte de discernement, les autres la pleine responsabilité. En général, c'est cinquante-cinquante. Calvar pourrait très bien se la couler douce une dizaine d'années en HP, à jouer aux dames ou à mater des séries, avant de retrouver la liberté.

— Le type a tué de sang-froid, répliqua Sharko, sur les nerfs. Il a minutieusement pensé ses crimes, il savait parfaitement ce qu'il faisait. Pour moi, c'est la taule direct, démons ou pas.

— Le souci, c'est que le cas de Calvar n'est pas isolé, intervint Lucie. Il y a Dubois et Nébrasa. Mêmes symptômes, même folie… Et je te rappelle qu'ils semblent tous se mutiler sans en avoir conscience. Ces hommes souffrent !

— Sauf que, aussi dérangés soient-ils, les deux autres n'ont fait du mal qu'à eux-mêmes. C'est là toute la différence avec notre suspect.

Franck songea à l'agression de Nébrasa dans les bois. Il avait vu cette terreur et cette démence accrochées à son visage lorsqu'il avait cherché à le poignarder, le prenant pour un diable. Ces individus étaient tous des assassins en puissance. Il garda ses remarques pour lui, mais Lucie avait raison : une affaire plus complexe se dissimulait peut-être derrière ces crimes. Un truc qui rendait ces gens fous.

Dans le bureau de Sharko, Pascal disposa les cartons à pizza sur un coin de table et en coupa de généreuses parts tandis que Franck sortait une bouteille de vin planquée dans une armoire. Besoin de décompresser. Il remplit des gobelets à moitié.

— J'ai récupéré ça au pot de l'amicale. De la piquette, mais au point où on en est…

— Si ça te va, je réattaque avec Calvar demain à 7 heures, fit Pascal en attrapant le sien. Histoire de tout acter clairement et de balancer rapidement le paquet au juge d'instruction. Avec ce qu'on tient déjà, le gus ira en détention provisoire…

— Parfait.

— Par contre, c'est qu'un début. On va s'en prendre pour des mois de procédures et de vérifications sur des dossiers qu'il va falloir rouvrir puisqu'ils ont été classés comme accidents. Cinq affaires à se coltiner pour le prix d'une. J'espère que des petites mains vont nous aider parce que, sans Audra et Nicolas, ça va être compliqué.

Le procédurier les ramenait tous à la cruelle réalité. Un silence pesant s'étira, le temps de quelques bouchées de pizza et de gorgées d'un vin effectivement pas terrible. Mal à l'aise, Franck finit par quitter la table et alla s'installer dans son fauteuil.

— Bon… Et si on se penchait sur ce qu'Emma Dotty a pris tant de précautions à cacher ?

Lucie et Pascal se postèrent derrière lui. Franck cliqua sur le navigateur Tor qu'il possédait déjà. L'utilisation du Darknet par les criminels était devenue monnaie courante, et il arrivait de plus en plus souvent aux flics, lors d'enquêtes, de basculer du côté obscur du Web. Il s'empara de la dernière feuille griffonnée de son carnet et tapa, dans la barre d'adresse du logiciel, une succession de lettres. Il s'apprêtait à appuyer sur la touche « entrée » quand Pascal lui attrapa le poignet.

— Une minute. Tu ne crois pas qu'on devrait s'asperger d'eau bénite avant ?

— T'es sérieux, là ?

Un bref sourire s'étala sur les lèvres du procédurier, ce qui eut le mérite de détendre l'atmosphère, puis il appuya lui-même sur la touche. Aussitôt, l'écran vira au noir, mais rien d'autre ne se produisit sur le coup : le réseau Tor sollicitait tout un tas de relais à travers le monde et était beaucoup plus lent que l'Internet classique. Au bout d'une poignée de secondes, une page se chargea.

L'image de fond ressemblait à une affiche de film d'horreur du style *Evil Dead* ou *Massacre à la tronçonneuse*. Elle représentait une forêt inquiétante vue de l'intérieur, avec des arbres nus et gigantesques, donnant l'impression qu'on s'y était perdu. Un vrai truc d'amateur, comme la plupart des sites interdits du Darkweb : les gens qui créaient ces contenus le faisaient sur leur propre ordinateur, avec les moyens du bord et leurs connaissances en informatique parfois très basiques. En plein milieu était indiqué en gros caractères rouges : « Si vous avez peur de mourir, il est encore temps de faire demi-tour… » Dessous, deux boutons. « Retour » et « continuer ».

— On y est, fit Franck en se retournant vers ses coéquipiers.

— Attends…

Pascal rapporta deux chaises. Avec Lucie, ils s'assirent de part et d'autre du chef de groupe. Une fois tout le monde concentré, Franck appuya sur « continuer ». Cela l'amena à une deuxième page, plus austère, sur laquelle figurait une zone de saisie indiquant « mot de passe ». Sharko tenta de valider sans rien entrer, juste au cas où. La zone se grisa, un compte à rebours se déclencha : « 300 secondes avant le prochain essai… 299, 298… »

— Et merde ! lança-t-il en se reculant sur son siège.

— Pas con du tout, commenta Pascal. L'administrateur ne peut pas savoir qui se connecte à cause de l'anonymat qu'induit le Darkweb, il ne peut donc pas nous envoyer bouler après trois essais manqués. Pour compenser, il bloque automatiquement l'accès pendant cinq minutes… Le type n'est peut-être pas si crétin que ça.

— Donc, ce que vient de faire Franck bloque tous ceux qui veulent se rendre sur le site en ce moment ? demanda Lucie.

— Parce que tu crois qu'il y a foule sur cette page, toi ?

Franck regarda les secondes s'égrener.

— Fallait bien se douter que l'adresse ne suffirait pas. Qu'est-ce qu'on peut faire ?

— Pas grand-chose, malheureusement, répondit Pascal. Ce système de temporisation neutralise les robots et évite les attaques de hackers. Notre service informatique risque de s'y casser les dents.

Frustré, Sharko se leva et alla chercher une nouvelle part de pizza, déjà tiédasse. Doigts gras, piment sur les lèvres. Il mangea debout, plongé dans ses réflexions.

— Filez-moi des pistes…

— Tu veux peut-être un annuaire ? répliqua Lucie, blasée.

— Le mot de passe n'est probablement pas personnel, supposa Robillard. Il doit être le même pour tous ceux qui débarquent sur ce site, fourni par l'administrateur d'une manière ou d'une autre… Vous avez pu consulter les mails de Dotty ?

— Non… Mais j'ai une idée qui me vient, là, tout de suite.

— Éclaire nos lanternes, s'il te plaît…

— Et si Dotty avait choisi de citer un passage de *L'Enfer* de Dante dans le fichier « onion » parce que le mot de passe qu'on lui a communiqué lui a fait penser à *La Divine Comédie* ? Essaie « Dante », ou « Enfer ».

Lucie et Pascal se regardèrent avec la même expression sur le visage. *Pourquoi pas ?* Ce dernier se décala vers l'ordinateur.

— Les cinq minutes se sont écoulées. On teste quoi en premier ?

— « Dante ».

Pascal s'exécuta.

— Blocage.

— Une chance sur deux. Tant pis, ça me permettra de finir tranquillement ma pizza.

Franck y croyait dur comme fer. Sa déception fut d'autant plus forte quand le nouvel essai se conclut, lui aussi, par un échec. Il se contrôla pour ne pas tout envoyer valdinguer.

— Ras le bol, de ces conneries. On filera ça aux informaticiens, qu'ils se démerdent. Allez, je ferme la boutique.

Dans la foulée, il alla ramasser en grognant les boîtes de pizza et les écrasa au fond de sa poubelle d'un geste rageur. Pascal se leva alors, également déçu, et saisit son cuir aviateur. Les plafonniers s'éteignaient déjà quand la voix de Lucie claqua dans l'obscurité :

— Attends deux secondes.

Sharko vit la lumière blanche de l'écran se refléter sur le visage de sa femme. Il perçut le bruit des touches, l'impulsion plus forte qui indiquait que Lucie enfonçait le bouton « entrée ». Les yeux bleus étincelèrent soudain.

— J'ai réussi !

Franck ralluma *illico*.

— Qu'est-ce que t'as tapé ?

— « Pazuzu ».

40

Bienvenue dans la Faille.

La phrase était en train de s'afficher, lentement, presque pixel par pixel, comme au temps du Minitel. Soit le réseau n'était vraiment pas terrible, soit il s'agissait d'un effet volontaire de l'administrateur pour entretenir une forme de suspense malsain.

— Nébrasa avait déjà visité cette page, déduisit Lucie. Et c'était ça, les lettres qu'il envoyait à Emma : des informations qu'il lui donnait au compte-gouttes. Une sorte de chasse au trésor macabre.

Franck songea que celui ou ceux qu'ils traquaient se planquaient de l'autre côté du miroir, et il eut la désagréable sensation qu'on pouvait le voir.

— On est bien d'accord qu'ils sont incapables de nous tracer, n'est-ce pas ?

— Oui, confirma Pascal. Ils sont complètement anonymes, mais nous aussi.

Quelques instants plus tard, la suite du texte apparut.

AVERTISSEMENT

Si vous êtes ici, vous savez que la Faille
n'est pas un jeu.
Elle est réelle et dangereuse.

Elle s'adresse à ceux qui n'ont plus rien à perdre.
Aux laissés-pour-compte, aux marginaux, à ceux qui souhaitent braver les interdits, qui veulent tenter l'expérience la plus puissante de leur vie.
Des gens prêts à un face-à-face unique avec la Mort.
Vous êtes de ceux-là.

Certes, le risque est grand, mais la récompense est suprême.
Vous allez enfin découvrir ce qu'il y a après.
Plus de on-dit, plus de rumeurs ou de témoignages rapportés dans de vulgaires bouquins. Vous allez vous-même explorer les frontières de l'outre-monde.

Si vous avez peur de mourir,
il est encore temps de faire demi-tour.
Sinon, tournez la page, et rejoignez-nous…

Lucie s'assura que Franck et Pascal avaient bien lu. À voir la gravité de leurs visages, aucun doute. Puis elle cliqua sur le bouton « continuer », geste qu'Emma Dotty avait dû faire des mois plus tôt.

Officiellement, la Faille n'existe pas.
À personne vous ne parlerez de la Faille.
Ne nous trahissez pas, nous finirions par le savoir, et cela nous mettrait tous en danger. Surtout vous.
Pour nous rencontrer, rendez-vous au Territoire du Néant le mercredi soir… Vous aurez dix mille euros en liquide sur vous, en coupures de cent. C'est beaucoup, mais c'est le prix de l'expérience d'une vie.
Installez-vous seul(e) à une table. Commandez un Cercueil.
Et écrivez le mot de passe au dos du dessous de verre…
Le trip incroyable pourra alors commencer…

C'était tout. Cul-de-sac électronique : plus aucune possibilité de naviguer. Pascal prit des photos de l'écran par sécurité, histoire de garder une trace. Lucie se recula dans le fauteuil de Sharko.

— Ils sont plusieurs derrière ce truc.

— Ou ils le font croire, temporisa Franck. On ne sait pas. Le Territoire du Néant… Ça me dit quelque chose. Ce n'est pas une sorte de bar dans le 14e ?

— Si, un bar-spectacle, rue de la Tombe-Issoire, répliqua Pascal. La thématique est, je te le donne en mille…

— … la mort ?

— Exactement. Le concept a été emprunté au Cabaret du Néant, qui a ouvert à Pigalle au début des années 1900, il me semble… Il y a des spectacles et des activités morbides, genre se faire enfermer dans un cercueil. Glauque, mais rien d'illégal. Chacun s'amuse comme il veut.

— T'as l'air bien renseigné.

— Je n'y ai jamais fourré les pieds, d'accord ? J'ai autre chose à foutre de mes soirées que d'aller jouer les Dracula entre quatre planches. C'est un gars de la répression des fraudes qui m'en a touché deux mots, il y a quelques mois. Un bar sur la mort, rue de la Tombe, il fallait oser. En plus, c'est dans le coin des catacombes. L'environnement parfait pour mettre dans l'ambiance.

Sharko se rappela, en effet, que les catacombes de Paris se déployaient en grande partie sous le 14e arrondissement. Il s'assit sur le bord du bureau pendant que Lucie observait l'écran, les yeux plissés.

— Il s'agit d'un bar fréquenté en plein Paris, dit-elle. Qu'est-ce que ça peut être, cette expérience ?

— Le message parle de « trip ». On serait sur une nouvelle drogue ou un produit de synthèse qui circule dans les boîtes ? Le genre qui te flingue la cervelle et te fait voir les démons… Vous vous souvenez, dans les années 1970, de ces mecs de la CIA qui ont fait des expériences sur des soldats qu'ils défonçaient au LSD à leur insu ?

Pascal acquiesça.

— Certains d'entre eux se sont défenestrés parce qu'ils voyaient des ombres et entendaient des voix qui leur ordonnaient de sauter. On pourrait être dans ce délire, version démons…

— Un nouveau produit… c'est une piste envisageable, fit Lucie. Mais dix mille euros, quand même… Ça fait cher le cacheton, non ?

— Pascal, t'as jeté un œil à l'ordinateur de Calvar. Il y avait un navigateur Tor ?

— Non.

— Pendant son audition, il a signalé que la Faille ne lui disait rien.

— D'après le psy, Dubois n'en a jamais parlé non plus, renchérit Lucie.

Sharko réfléchit.

— *A priori*, il n'y a donc que Nébrasa qui a visité ce site. Il a passé une partie de sa vie à tenter des expériences extrêmes. Le message est clairement destiné à des gars de son acabit. D'une façon ou d'une autre, ceux qui sont planqués derrière ces pages sont entrés en contact avec lui et lui ont donné accès à cette adresse. Ils savaient qu'ils avaient là un poisson à ferrer.

Lucie ne cacha pas sa frustration.

— Ça m'énerve. Si cette Faille a quelque chose à voir avec l'état de Nébrasa et le blanchiment de ses cheveux, alors pourquoi Dubois et Calvar auraient développé les mêmes symptômes sans avoir jamais exploré le Darknet ?

— Peut-être que Nébrasa était déjà malade quand il est allé là-bas. Ou alors c'est bien une substance qui provoque les hallucinations et le blanchiment des cheveux, mais que Dubois et Calvar y ont goûté par un autre moyen que cette Faille. À ce stade, on est encore dans le flou, on peut tout envisager.

Il se releva, une main sous le menton.

— Il va falloir aller faire un tour dans ce bar pour en avoir le cœur net. Mercredi, c'est demain. Ça nous laisse peu de temps.

— Pardon, bondit Lucie, mais ça nous laisse peu de temps pour faire quoi, exactement ? Je te vois venir, et cette idée, c'est hors de question.

Dans la foulée, elle tira d'un dossier qui traînait sur le bureau une copie de la dernière lettre de Nébrasa.

— « Vous ne venez plus me voir. Je présume que vous avez déniché la Faille et que vous n'en êtes pas sortie indemne. Peut-être que les démons ont été trop forts, qu'ils vous ont empêchée de revenir parmi nous. » Voilà. Ce n'est pas suffisamment clair pour toi ? Ce truc a tué Emma Dotty, Franck !

— Par « ce truc », tu veux dire des démons jaillis des portes de l'enfer ? Des monstres avec une fourche et une queue pointue ?

— Il n'y a rien de drôle.

— On est trois, on va se préparer. Et puis je vais demander du soutien et du fric à Jecko. Ce ne sera pas la première fois qu'on a affaire à ce genre de situation.

Il vit le visage de Lucie s'affaisser devant tant de détermination.

— C'est un lieu public, bourré de monde, je serai un client parmi les autres, dit-il pour la rassurer. Tu n'as pas envie de coincer les fumiers qui sont derrière tout ça, toi ? Tu n'as pas envie de savoir ce qui est arrivé à Emma ?

Il fixa sa femme, qui finit par acquiescer. Pascal était aussi avec lui. Ils avaient une dette à honorer envers les victimes. Envers Audra. Franck éteignit l'écran de son ordinateur.

— Allez, rentrons nous reposer un peu. La journée de demain va être longue…

41

Un craquement dans la nuit. Franck se redressa d'un bloc dans son lit. Il resta un temps figé, se demandant si le bruit ne provenait pas de son cauchemar – dans son songe, il marchait à la surface de l'eau, sur un lac entouré de croix où toutes sortes d'animaux de la forêt étaient crucifiés. Hormis la lourde et lente respiration de Lucie, il n'y avait pas un murmure. Il hésita à se recoucher – son sommeil était pour le moins perturbé, dernièrement –, mais il savait qu'il ne réussirait pas à se rendormir s'il n'allait pas vérifier avant.

Décidé, il chassa les draps et se glissa dans la pénombre. À travers les persiennes, le croissant de lune crachait une lumière d'un blanc de linceul qui se répandait jusqu'aux abords du couloir. Plus loin, Sharko eut l'impression qu'on lui plaquait des glaçons sur la nuque : un tel froid n'était pas normal.

Pieds nus, silencieux, il se dirigea vers le salon. Remarqua tout de suite que la caisse du chien était vide.

— Janus ? Viens là, mon beau.

Rien. Il jeta un œil derrière les fauteuils et s'arrêta net. Son cœur cogna comme une enclume dans sa poitrine. La fenêtre était ouverte. Le battant de droite oscillait légèrement et frappait le rideau sous l'effet du vent. Retenant son souffle, il scruta les ombres des meubles, des objets. Où se cachait l'épagneul ? Pourquoi n'avait-il pas aboyé ? Il fouilla le jardin du regard. Ne distingua rien d'autre que les silhouettes des cyprès qui s'agitaient, le chuchotement de l'air dans la pelouse, l'haleine mentholée de la nuit…

— Janus ?

Toujours rien. Le chien avait disparu. Sharko ne comprenait pas. Au moment où il toucha la poignée de la fenêtre pour la refermer, un éclair de douleur lui foudroya l'épaule. Il poussa un cri et fit volte-face, mais il n'y avait personne dans la pièce. *Qu'est-ce qui se passe, bon sang ?* Il songea à Nébrasa, à Calvar et à leurs corps meurtris de cicatrices. *Les diables.* Puis il palpa son muscle qui lui paraissait étrangement intact. Et, tandis qu'il était là, immobile et un peu perdu, il sentit de la chaleur sur le dessus de son crâne. Il effleura ses cheveux du bout des doigts. Une substance visqueuse, rougeâtre. Du sang.

Il regarda aussitôt vers le haut et tomba à la renverse. À un mètre environ, au bord d'un trou sombre dans le plafond, deux yeux rouges le fixaient au centre d'un visage qui semblait fait de cuir. Les os des mâchoires saillaient. La tête monstrueuse oscillait sur un corps velu, noir, d'où jaillissaient huit pattes inégales, brisées, terminées par des pointes brillantes, comme en kératine. La bête se raidit, sa mandibule dévoila plusieurs rangées de dents capables de trancher les chairs, puis elle ouvrit la bouche jusqu'à révéler le fond de sa gorge où apparut Audra qui essayait de hurler.

Franck se réveilla en sursaut, haletant et trempé de sueur. Il lorgna autour de lui, et il lui fallut bien dix secondes pour se rendre compte que tout ça n'était pas réel. Un cauchemar imbriqué dans un autre. Le radio-réveil indiquait 4 heures. Il se leva, son corps chaud enveloppé d'un frisson, et alla boire un verre d'eau, pas vraiment rassuré. Et dire que ce n'était qu'un rêve... Nébrasa, Calvar et Dubois, eux, voyaient en permanence ces démons abominables. Un véritable supplice.

Impossible de retourner se coucher. Alors Sharko finit la nuit devant son ordinateur, à se renseigner sur Le Territoire du Néant, laissant une veilleuse allumée. Non qu'il eût encore peur, mais ce cauchemar l'avait tout de même ébranlé. Ses recherches au sujet du bar eurent le mérite de le distraire. En revanche, elles ne lui apprirent pas grand-chose de plus que ce que Pascal avait raconté. Établissement fondé une dizaine d'années plus tôt. Façade style entrée de train fantôme, serveurs habillés en croque-morts, tables en faux ossements décorées de cierges funéraires, jeux et spectacles sur le thème de la grande Faucheuse, et même un « espace de frayeur extrême » au sous-sol. L'endroit brassait tous types de visiteurs – curieux, réguliers, jeunes, moins jeunes... Tant mieux, il passerait d'autant plus inaperçu.

À l'aube, Lucie partit avant lui pour le 36 : elle allait poursuivre avec Pascal l'audition de Calvar, et ils se retrouveraient au début de l'après-midi pour préparer leur incursion au Territoire du Néant. Franck, lui, choisit ses vêtements pour la circonstance. Il opta pour un jean et un pull à col roulé noir, de vieilles chaussures coquées stockées dans un placard depuis des lustres, ainsi qu'un manteau trois quarts. Ce matin-là, il ne se rasa pas. Et, en conduisant les jumeaux à l'école, il leur expliqua que Jaya s'occuperait d'eux toute la soirée. Il les embrassa fort et leur dit qu'il les aimait. Préféra ensuite ne pas s'attarder devant la grille de la cour de récréation – il sentait son cœur se gonfler de tristesse.

Lorsqu'il rejoignit son véhicule, il écouta le message vocal qu'il venait de recevoir.

— Putain...

C'était comme s'il avait reçu un uppercut. Il rappela immédiatement le numéro, discuta un peu et prit dans la foulée la direction de Rouen. Deux heures plus tard, il était à l'accueil de la gendarmerie de Louviers, dans l'Eure. Le brigadier Bruno Lamarque l'y attendait dans sa tenue réglementaire. Environ 25 ans, calot sous le bras, la coupe militaire qui donnait une forme cubique à sa tête de jeune premier, façon Playmobil. Il observa Sharko avec étonnement – il ne semblait pas certain qu'il s'agissait de la bonne personne – avant de le saluer et d'entrer dans le vif du sujet.

— Je vous emmène là-bas ? J'ai informé la propriétaire de l'immeuble qui doit déjà être sur place.

— Allons-y. Vous avez pris des gants pour moi ?

Son confrère sortit une paire de gants en latex qu'il lui tendit. Une fois qu'ils furent installés dans la voiture de fonction, il démarra.

— Je suis désolé qu'il ait fallu tout ce temps avant de vous prévenir, mais je suis rentré de congé ce matin. Je viens d'être papa, fit le gendarme avec un sourire.

— Félicitations. Garçon ou fille ?

— Un beau petit mec… Merci…

Un gars timide, qui manque d'assurance, songea Franck, *mais qui suscite une vraie empathie.*

— J'ai immédiatement appelé quand j'ai parcouru le télégramme que votre état-major a envoyé il y a une quinzaine de jours. Cette femme découverte dans les bois, quelle horreur ! Vous avez peut-être fait la route pour rien, mais la fourchette d'âge, la couleur des cheveux, la taille approximative du corps correspondent… Ce n'est pas grand-chose, mais je me suis dit que ça pourrait être elle, votre victime. Je ne sais pas. Une étrange intuition.

— Vous avez bien fait, il faut toujours se fier à ses intuitions. Réexpliquez-moi comment ça s'est déroulé de votre côté.

— J'ai revérifié certains détails avant votre arrivée. Ma brigade a été sollicitée le 24 octobre par le voisin du dessous d'une certaine Corinne Durieux, qui vit dans un immeuble pas loin du centre-ville. Un truc banal : l'homme se plaignait d'infiltrations d'eau dans son plafond et affirmait que Mme Durieux refusait de lui répondre quand il allait frapper chez elle, y compris tard le soir. Alors, qu'est-ce qu'on fait dans ces cas-là, on contacte la gendarmerie...

Regard complice. Nouveau sourire. L'énergie des débuts.

— C'est moi qui ai reçu l'appel. Je lui ai dit de se calmer, j'ai expliqué qu'on ne s'occupait pas de ça, mais il m'aboyait dessus et a proféré des insultes. Je me suis donc déplacé, davantage pour lui apprendre le respect que pour son problème de fuite. D'autant que, franchement, il n'y avait rien de dramatique, quelques taches d'humidité dans un coin. Par acquit de conscience, j'ai quand même glissé un mot sous la porte de Corinne Durieux, lui demandant de me contacter dès que possible...

Ils passèrent au-dessus de l'Eure, au lit bien gonflé à cause des pluies récentes. Le brigadier longea un lycée et prit la direction du centre de Louviers.

— J'ai attendu une semaine et, comme je n'ai pas eu de nouvelles, j'ai fait des recherches. J'ai téléphoné au propriétaire du logement de Durieux. Rien à signaler au niveau des loyers, pas de retard. Je lui ai alors parlé de cette histoire d'infiltration, ainsi que du silence de sa locataire, pour qu'il accepte de me faire entrer sans paperasse officielle.

Il poussa un soupir. Franck y perçut le poids de ses regrets.

— Elle vivait seule ?

— Il semblerait, oui. Une fois chez elle, on n'a rien trouvé d'anormal. La fuite ne venait même pas de là… Enfin bref, dans l'appart, tout était en ordre. Je veux dire, hormis son absence prolongée, il n'y avait aucune raison de s'alarmer. J'avais aussi pris soin de jeter un œil au fichier des immatriculations, et sa voiture n'était pas garée dans les alentours. Corinne Durieux était majeure et vaccinée. Rien n'empêche les gens de partir en vacances ou dans de la famille. Ça n'aurait pas eu de sens de lancer une procédure pour disparition inquiétante.

— Je comprends.

Après avoir contourné un parc, le gendarme se gara devant un immeuble. Façade blanche et balconnets qui donnaient, en contrebas, sur un modeste carré d'herbe. Sharko et lui rejoignirent le propriétaire avec qui ils grimpèrent au troisième et dernier étage. Franck avançait en silence, la gorge serrée. Il était possible que ce soit un coup d'épée dans l'eau, mais il espérait de toutes ses forces que le jeune ait eu un bon *feeling*.

Arrivés devant la porte, ils se la firent ouvrir. Le mot glissé par le brigadier reposait toujours au sol, au niveau de l'entrée. Franck passa sa main sur le radiateur dans le hall, il était tiède. Dans le salon, il enfila ses gants et s'empara d'un cadre accroché au mur. Il s'agissait d'une photo agrandie de Corinne Durieux, sourire franc, teint hâlé. Des détails, dans le visage, le perturbèrent – le nez trop long et un peu de travers, une bouche trop ronde et trop petite par rapport au reste. Le cliché avait été pris devant une immense frégate, en rade de Toulon, sans doute. Se dressait fièrement, à ses côtés, un homme d'environ 25 ans, en uniforme de la Marine.

Il y avait un fort air de ressemblance entre eux. Probablement son fils.

— Alors ? demanda Lamarque.

— Je ne sais pas. J'ai l'impression qu'il y a quelque chose, mais le corps était de toute façon trop abîmé lorsque nous l'avons déterré pour que je sois en mesure de l'identifier formellement.

Franck saisit son téléphone qui vibrait. Jecko. Il ne répondit pas, préférant focaliser son attention sur un meuble qui accueillait un tas de bibelots vieillots. Corinne Durieux vivait dans la simplicité. Rien de clinquant, décoration minimaliste et d'un autre âge. Pas de compagnon, même pas d'animaux. La proie idéale pour un prédateur sexuel du type de Fermont.

Il fouilla les tiroirs où il dénicha des papiers administratifs rangés dans des pochettes colorées. « Factures », « Entretien voiture », « Logement »… L'une d'elles l'intéressa tout particulièrement : « Médical ». Il la sortit, la déposa sur la table du salon et l'ouvrit.

— Qu'est-ce que vous cherchez là-dedans ? questionna le brigadier, intrigué.

Franck s'était figé devant un paquet de grands rectangles translucides en noir et blanc. Il prit la feuille du dessus entre ses mains et la dirigea vers la lumière. Il s'agissait d'une radiographie de la hanche. Le deuxième cliché était un gros plan sur la partie droite, au niveau du col du fémur dont les contours étaient irréguliers, comme rongés.

— C'est bien elle… C'est notre victime.

— Vous pouvez lire ça sur des radios, vous ?

Le commandant éprouvait un soulagement mêlé d'une profonde tristesse. Il l'avait enfin retrouvée. Corinne Durieux n'était plus seulement un cadavre, mais une femme avec un visage, une identité. Une femme qui laissait derrière elle un ou plusieurs enfants. Son assassin ne pourrait jamais être jugé ni puni. Une injustice contre laquelle Franck ne pouvait rien faire. Avec le gendarme, ils rejoignirent le propriétaire à l'entrée de l'appartement.

— Je vais vous demander de ne plus pénétrer ici jusqu'à nouvel ordre, déclara Sharko. Je vais faire envoyer une équipe qui va procéder à des relevés ADN, notamment, et qui va saisir des éléments utiles pour notre enquête. Il faudra juste venir leur ouvrir, probablement demain dans la journée.

— Qu'est-ce qui se passe ? s'enquit le propriétaire. Il est arrivé quelque chose à Mme Durieux ?

— Je crains que oui.

Franck et Bruno Lamarque reprirent ensuite la route. Le brigadier roulait sans décrocher un mot, les mâchoires serrées, les mains crispées sur le volant.

— Vous avez fait ce qu'il fallait, dit Sharko pour le rassurer.

— Je ne crois pas. J'aurais dû m'inquiéter davantage. J'ai vu que vous aviez touché les radiateurs. Ça ne m'a même pas effleuré l'esprit. Si elle était partie plusieurs jours de son plein gré, elle aurait coupé le chauffage.

— C'est le genre de réflexe qu'on acquiert avec l'expérience. Mais dites-vous que, sans votre intervention, on n'aurait peut-être jamais pu identifier notre victime. Vous êtes un intuitif, vous savez ? Il faudra que vous exploitiez cette qualité à l'avenir, et peut-être ailleurs que dans ce trou. C'est une grande avancée dans notre enquête, alors rien que pour ça, merci…

Le gamin hocha la tête avec un mince sourire aux lèvres.

— Vous ne m'avez pas dit : comment vous avez su que c'était elle ?

— Tout part d'une intuition, là aussi. Un bout d'os. Un simple bout d'os.

Ils se saluèrent sur le parking de la gendarmerie. Franck le regarda s'enfoncer dans ce bâtiment laid, aux murs qui auraient mérité une bonne couche de peinture. Au 36, ils avaient des moyens, des ressources, des équipes qui se tenaient prêtes à réagir. Mais partout ailleurs, c'était la misère dans les commissariats et les brigades…

Quand il s'enferma dans l'habitacle de sa voiture, il repensa à ses jeunes années. Cette époque était tellement loin. Les temps avaient changé, et pas franchement en bien. *Certainement en partie à cause de ces saloperies de portables*, songea Franck en sortant le sien qui vibrait de nouveau dans sa poche.

Encore Jecko, qui venait cette fois de lui envoyer un SMS.

Jamais tu réponds, bordel ?
Achète Le Parisien, *et amène-toi !*
C'est la merde !

42

Enceinte de plus de cinq mois et en coma dépassé, les médecins veulent la débrancher.
Paris, le 17 novembre 2021, par Émelyne Labordier

Il s'agissait d'une intervention comme les flics de la Brigade criminelle ont l'habitude d'en mener. L'une de celles qui aurait dû se solder par l'interpellation d'un suspect et s'ajouter au tableau de chasse de ce prestigieux service de la police judiciaire. Seulement, un dimanche de novembre, les choses ne se sont pas passées comme prévu.

Nous l'appellerons Mélanie. Elle a 37 ans, elle est lieutenant de police à la Crim. Pour cette opération, elle n'est pas autorisée à se joindre à son groupe, et pour cause : Mélanie est enceinte de 22 semaines et son ventre est déjà bien rond. Alors, tandis que ses coéquipiers enfilent des gilets pare-balles et vérifient leurs armes, elle reste seule dans une voiture de fonction, à une centaine de mètres de l'objectif, en espérant que le père de son futur enfant, lieutenant lui aussi, s'en sorte indemne. En effet, celui qu'ils traquent est dangereux.

Tristan (le prénom a également été modifié), son compagnon, quinze ans de métier, nous raconte le drame à cœur ouvert. C'est un homme posé de 44 ans, au regard franc, cuir noir un peu de travers sur les épaules, dont le visage fatigué trahit ses récentes nuits blanches. « Ce que je suis en train de vivre, je ne le souhaite pas à mon pire ennemi », lâche-t-il d'emblée. Ce soir-là, l'intervention tourne mal, le suspect s'enfuit et blesse mortellement Mélanie, qui essaie sans doute de lui barrer le chemin. « Je l'ai retrouvée au sol, inconsciente. On était tous dans la maison alors que ce salaud était caché dans sa camionnette. Il avait anticipé notre visite. On ne sait pas comment les choses se sont déroulées exactement. »

Si l'homme traqué finira par se jeter sous un train, Mélanie, elle, est emmenée d'urgence à l'hôpital du Kremlin-Bicêtre, où commence une lutte éprouvante. L'attente pour les proches est insoutenable, mais 48 longues heures plus tard, le verdict tombe : Mélanie est dans un coma dit « dépassé », le plus grave de tous. Le cerveau est détruit et ne manifeste plus aucune activité consciente. Seules les machines maintiennent la jeune femme en vie. Les médecins sont formels, pour eux il n'y a plus aucun espoir. Selon la loi Leonetti de 2005, les traitements ne doivent pas constituer pour le patient une « obstination déraisonnable » au sens de l'article L.1110-5 du code de la santé publique. En temps normal, on sollicite donc l'autorisation de la famille pour un don d'organes éventuel, et on « débranche ».

Seulement, il y a le fœtus. « Un problème », aurait dit le médecin réanimateur qui, pour l'instant, refuse de répondre à nos sollicitations, tout comme l'hôpital. Le petit être est viable et « donne des coups de pied », nous raconte Tristan, un sourire à la fois triste et ému aux lèvres. « C'est un garçon, on voulait se réserver la surprise, mais j'ai eu besoin de le savoir au moment où on m'a appris que la femme que j'aime ne reviendrait pas. »

Une chose est sûre, « dilemme » eût été un mot plus approprié que « problème ».

En tout cas, même si la loi l'autorise, on ne prend plus, aujourd'hui, de décision aussi engageante sans solliciter le comité d'éthique de l'hôpital ni recueillir les souhaits des proches. Des exemples rares à travers le monde le démontrent : c'est certes très compliqué et non sans risque, mais on peut mener à terme une grossesse même quand une femme se trouve dans un état similaire à celui de Mélanie, comme ce fut le cas pour Eva Votavova, une jeune Tchèque en état de mort cérébrale depuis 117 jours lors de la naissance de son enfant, ou encore une Portugaise dont le bébé est né 15 semaines après qu'elle fut déclarée officiellement morte. En revanche, tout est plus simple lorsque les différentes parties sont d'accord. Or, pour l'heure, si Tristan réclame son droit à la paternité, les parents de Mélanie, eux, rejetteraient en bloc l'acharnement thérapeutique et aimeraient enterrer leur fille dignement (nous employons ici le conditionnel, car nous n'avons pas encore réussi à les joindre).

Mélanie aurait dû être « débranchée » hier matin, à 8 h 30, et emmener son enfant avec elle. C'est ainsi que le médecin réanimateur et le comité d'éthique, qui jugeaient les risques trop importants pour poursuivre la grossesse, avaient tranché. Mais Tristan a saisi en référé d'urgence le tribunal administratif, ce qui bloque temporairement le processus. « J'ai déjà perdu ma compagne. Laissez-moi mon fils », supplie-t-il. Une expertise supplémentaire a été diligentée et l'audience aura lieu dans trois jours. Une audience au terme de laquelle la décision définitive devrait être prise.

En France, les sujets sur la fin de vie ne cessent de diviser la classe politique. L'exécutif en place n'a d'ailleurs jamais défini de ligne claire sur ces questions. Quant aux Républicains, ils ont fait tourner court toute tentative de débats à grand renfort d'obstructions parlementaires. Il va sans dire que, en pleine campagne, ce dossier brûlant va faire parler de lui.

43

Dire que Jecko fulminait était un euphémisme. Il ressemblait à un crabe essayant de s'échapper d'une marmite bouillante. Il avait balancé sa cravate bleue sur le journal ouvert, le visage cramoisi. À tous les étages de la PJ, dans les couloirs, les salles de pause, les bureaux, on ne parlait que de ça.

— On vient de me gueuler plus d'une demi-heure dans les oreilles, grogna le chef de la Crim. Pas besoin de te faire un dessin du bordel que ce papier est en train de mettre au niveau le plus haut. Mélanie, Tristan. C'est quoi, ces conneries ? Tout le monde, en interne, est au courant et en mesure de faire le lien. Et quand je dis tout le monde, ce n'est pas qu'au Bastion. Ça va jusqu'à la PJ de Nice.

Une photo accompagnait l'article : le gros plan d'une main d'homme serrant celle d'une femme. On devinait même une perfusion, au-dessus d'un drap blanc. Le cliché bien *pathos*. Franck avait l'impression qu'il s'agissait réellement des mains de Nicolas et d'Audra, mais refusait de croire son ami capable d'une telle mise en scène.

Bien sûr, lui aussi avait été secoué en lisant l'article. Certes, son nom n'était pas cité, pourtant il se sentait trahi, mis à nu devant la France entière. S'ils le souhaitaient, les journalistes n'auraient aucun mal à identifier celui à cause de qui les choses avaient mal tourné.

Il imaginait alors aisément les conséquences de ce fiasco, pour lui, pour Lucie, pour ses enfants.

— Et attends, Sharko, parce que ce n'est pas tout.

Jecko orienta son écran d'ordinateur vers son subordonné d'un geste si brusque qu'il faillit le renverser. BFMTV, en direct. S'y exprimait l'avocat de Nicolas. Une face aux joues pleines, au front bombé, aux sourcils noirs et fournis. L'homme, en costume-cravate impeccable, tenait tête à deux journalistes. En bas s'affichait un sous-titre bourré d'imprécisions : « Fin de vie : faut-il débrancher une femme dans le coma, mais enceinte de 5 mois ? »

Jecko monta le son.

« — … loi Claeys-Leonetti est hypocrite.

— Hypocrite ? C'est un peu fort, non ?

— Non. Les cérébrolésés ne sont pas la cible principale de la loi. Ce ne sont pas des personnes en fin de vie comme on l'entend. La compagne de mon client a seulement 37 ans, elle a toujours été en pleine forme physique. Cela crée un flou au moment de l'interprétation de l'obstination déraisonnable en l'absence de directives anticipées, comme c'est le cas ici… Des soignants veulent assassiner un fœtus pour satisfaire une partie de la famille tout en rejetant ouvertement le droit à la paternité de mon client. Vous savez qu'à plus de cinq mois, le fœtus réagit aux caresses sur le ventre, aux voix, à la musique ? Il mesure vingt-six centimètres et pèse cinq cents grammes… »

Le commissaire baissa le son, toujours furax.

— Quel connard ! Tu sais qui c'est, cette raclure ? Un défenseur des militants contre le mariage homosexuel, un partisan de l'identité française et chrétienne… Ce François Aquefac est bien connu des milieux catholiques fondamentalistes et d'extrême droite.

Sharko serra les mâchoires.

— Ça ne rime à rien. C'est tout ce que Nicolas déteste.

— On ne dirait pas, puisqu'il l'a choisi pour le représenter.

— Quand je l'ai quitté, la veille où les soignants étaient censés débrancher Audra, il était complètement anéanti. Il désirait juste passer les dernières heures avec elle et le petit. Et le lendemain matin, j'apprends qu'il a recouru à un référé. Comment il serait allé chercher ce mec aussi rapidement ? J'ai l'impression que... On dirait qu'il n'a pas eu cette idée tout seul.

— On l'aurait aidé ?

Les yeux de son chef s'étaient agrandis et l'étudiaient désormais avec un vif intérêt.

— Peut-être... Peut-être pas... soupira-t-il. Je t'avoue que je suis paumé.

— En tout cas, Aquefac fait ses choux gras de ce genre de dossiers. Une femme enceinte qu'on veut débrancher, un bébé qu'on veut tuer, c'est le type de sujet que les médias adorent, surtout dans une France qui est en train d'éclater en morceaux. Regarde ça, ils parlent de coma, mais ils ne précisent pas qu'il n'y a absolument aucun espoir. Sans compter que le baveux a pris soin de mentionner deux fois l'hôpital du Kremlin-Bicêtre et a bien rappelé la date et le lieu de l'audience en référé... L'affaire va prendre feu sur les réseaux et exciter toutes ces fanges minoritaires qui nous chient déjà dans les bottes. Ils sont en train de faire monter la pression, Sharko.

Franck fixa les images qui défilaient sous ses yeux, pensif.

— Qu'est-ce que Nicolas risque ?

— Il témoigne sous couvert d'anonymat, ne cite pas de noms, ne fait aucune révélation sur l'enquête. En soi, c'est bien joué, je ne vois pas de faute professionnelle. Pourtant, ce n'est pas l'envie de lui en coller une sur le dos qui me manque. Par contre, son putain de devoir de réserve, il s'assoit clairement dessus. Ça va aller sur de la sanction administrative. Un blâme, probablement. À condition qu'il ne fasse pas d'autres conneries beaucoup plus graves.

Jecko soupira, et retrouva un calme relatif. Puis il remit son écran en place.

— Vous bossez ensemble depuis la préhistoire. Tu pourrais peut-être le ramener à la raison ?

— Quoi que je dise, je ne le ferai pas changer d'avis. Les parents, les médecins veulent lui prendre son enfant et n'ont fait qu'attiser sa colère. Il ne se laissera pas faire et, crois-moi, il ira au bout, parce qu'il est taillé dans ce bois-là.

Jecko se rassit.

— T'es encore derrière lui, quoi.

— C'est un excellent flic qui, en ce moment, n'est pas en fonctions. Il ne fait rien de mal. Il est un citoyen libre qui mène un combat d'ordre privé et veut réparer ce qu'il considère comme une injustice. Tu sais mieux que quiconque à quel point notre système peut être bancal, surtout dès que ça touche aux questions de fin de vie.

— Mouais… Bref, en attendant, revenons-en à nos moutons. Pour ton opération de ce soir dans ce bar, là, t'auras deux gars de plus en soutien, au cas où. Pour le fric, ça m'emmerde. Dix mille euros, c'est pas rien.

— Va taper dans une caisse. Il me les faut absolument.

Jecko fit mine d'être ennuyé, mais Franck savait qu'obtenir cette somme n'était pas réellement un problème.

— Bon, je vais voir ce que je peux faire. Tu me coûtes cher, Sharko, alors essaie de ne pas foirer, ce coup-ci, et résous-moi cette putain d'affaire, qu'on s'en sorte au moins avec les honneurs.

Franck hocha la tête. Message reçu.

— À ce propos, je rentre tout juste d'un bled à deux heures d'ici, Louviers, entre Paris et Rouen. Un jeune gendarme a tilté suite au télégramme qu'on a envoyé il y a quinze jours. On a quatre-vingt-dix-neuf pour cent de chances d'avoir identifié la victime de Fermont. Elle s'appelle Corinne Durieux et vivait visiblement seule. Il me faudrait une équipe de l'IJ là-bas au plus vite, ainsi qu'un procédurier. Je garde Pascal avec moi.

— Enfin une bonne nouvelle ! Ça va permettre de boucler proprement cette enquête, et on en a bien besoin.

— Mieux que ça. Il y a de la paperasse médicale dans l'appartement de la victime, dont des radios de la hanche. On devrait pouvoir facilement remonter à l'hôpital qui a réalisé sa greffe d'os du fémur. Et donc…

— … remonter à Emma Dotty. Ou, en tout cas, à son cadavre. D'une pierre, deux coups. Excellent.

Franck lut une forme de satisfaction dans les yeux de son supérieur. En temps normal, il aurait apprécié le moment. Pas là. Il se contenta de le saluer d'un geste bref et se dirigea vers la sortie.

— Sharko ?

Franck se retourna.

— Ce soir… Fais gaffe quand même… Deux pertes à quelques jours d'écart, ça ne serait vraiment pas bon pour mes stats.

44

Pour pénétrer dans le Territoire du Néant, il fallait se laisser engloutir par le Léviathan. L'encadrement de la porte représentait, en effet, la gueule diabolique de ce monstre destructeur, dont la langue faisait office de tapis et les yeux globuleux, d'enseigne lumineuse. Les clients les plus grands sentaient la pointe des dents de la bête leur effleurer le crâne.

Le rabatteur, au teint blanc maladif – sans doute poudré –, était vêtu d'un costume noir, façon pompes funèbres, et lâchait d'enjoués : « Entrez, entrez, macchabées ! » On approchait 22 h 30 quand Sharko franchit le seuil de cet endroit pour le moins macabre. Il était équipé d'un micro et d'un minuscule boîtier GPS planqués dans la doublure de son blouson, mais n'avait pas emporté son arme de service – s'il devait se passer quelque chose d'illégal, il serait peut-être fouillé au préalable. Lucie et Pascal, eux, étaient déjà à l'intérieur et en mesure d'assurer ses arrières. Deux brigadiers en renfort patientaient entre un restaurant et un Lavomatic, à une trentaine de mètres de là.

Franck s'engagea sous une voûte à laquelle un panneau « Salle d'intoxication » avait été accroché, et alla s'installer à une petite table en forme de cercueil. Des cierges brûlaient dans des chandeliers. Des lampadaires funéraires éclairaient toutes sortes de clichés morbides sur les murs : des vieilles familles qui s'étaient photographiées avec leurs défunts, des cimetières inquiétants, d'impressionnants ossuaires avec des crânes entassés en pyramide… Une population très éclectique circulait dans l'établissement, buvait au comptoir ou se dirigeait vers d'autres salles, plus en profondeur. La première avait été baptisée « Caveau des trépassés ».

D'après les affiches aux allures d'avis de décès, le mercredi, cette pièce accueillait des spectacles – un groupe de hard rock était d'ailleurs en train de se produire, vu la musique et les aboiements qui résonnaient à travers les cloisons. Sharko, lui, avait orné ses doigts de bagues avec des vanités, ce qui lui donnait un look en adéquation avec l'endroit. Ici, personne ne prêtait attention à lui.

Il scruta la carte des boissons et plissa le nez. La Tombe (venin de crotale et miasmes de cadavre frais), le Croque-mort (bave de crapaud, traînées de chenille et poudre d'ongles), le Cercueil (jus d'asticots et crachats de tuberculeux)… Un astérisque indiquait : « Buvez les microbes de la mort sans modération, mais avec résignation ». Heureusement, au verso, les vrais ingrédients étaient listés. Le Cercueil était un cocktail à base de Baileys, de liqueur de café et de Cointreau. Sharko en commanda un quand une serveuse déguisée en zombie se présenta à sa table. Fausses dents gâtées, yeux jaunes, croûtes ensanglantées sur le visage. Au moins, cet aspect répugnant leur évitait la drague lourdingue.

Lucie et Pascal, de leur côté, venaient d'aller se chercher un verre au bar, avant de s'éloigner de nouveau. Ils avaient fait comme s'il n'existait pas, mais le commandant les savait aux aguets. Il suffisait qu'il prononce : « C'est pas Byzance, ici » pour que l'information soit transmise à Lucie *via* la minuscule oreillette planquée sous ses cheveux détachés et qu'ils interviennent.

Le dessous de verre en carton arriva, avec la boisson présentée dans un faux crâne et agrémentée d'un subtil effet de fumée qui lui donnait des allures de potion. Franck n'avait rien remarqué dans le manège des employés. Dès que les clients terminaient leurs consommations, tout était ramassé pour être apporté derrière le bar. Ce qui se passait ensuite, Sharko l'ignorait. Tout en feignant de siroter son cocktail, il sortit discrètement un stylo et nota derrière le dessous de verre : « PAZUZU ». Plus tard, il fixa avec angoisse la fille-zombie pendant qu'elle le débarrassait. La machine était lancée.

Dans les heures qui suivirent, rien ne se produisit. Pas d'agitation, pas d'œillades en coin. Les gens buvaient, riaient, comme dans un établissement ordinaire. À plusieurs reprises, la serveuse revint à la charge, lui demandant de consommer ou de libérer la place. Sharko échangea discrètement son verre avec un verre vide qui traînait sur une autre table et se commanda alors un *soft*. Mais la soirée touchait à sa fin. Le groupe de musique en avait terminé, les clients commençaient à quitter les lieux. Une demi-heure plus tard, on fermerait les portes.

Le flic bouillonnait. Ou le rendez-vous avait complètement foiré, ou le bar-spectacle n'avait aucun rapport avec cette histoire de Faille, ou bien on l'observait. Probable que celui ou ceux qui étaient derrière cette organisation se méfiaient. Que l'attente faisait partie du processus. En toute discrétion, il fit savoir du bout des lèvres à Lucie et Pascal qu'ils ne pouvaient plus rester. Les lieux se vidaient, et on risquait de repérer leur manège. Il les vit alors s'esquiver avec un groupe. Lucie lui jeta un bref regard teinté d'inquiétude, avant de disparaître. Ils seraient dehors, certes, mais à proximité, prêts à réagir au moindre problème. Sharko avait confiance.

— Lève-toi, et suis-moi.

L'homme qui venait de s'adresser au flic était arrivé par-derrière. Un gnome à la moustache noire, la peau cuite par le soleil, presque tannée. Une sale gueule de reptile à l'accent hispanique qui semblait sorti de nulle part. Franck le voyait pour la première fois de la soirée.

— Où est-ce qu'on va ?

— Pose pas de questions.

Sharko sentit une vague de stress monter en lui. Les employés continuaient à débarrasser les tables et à presser les derniers clients sans se soucier d'eux. Docile, il emboîta le pas à l'individu et, ensemble, ils s'engagèrent dans la salle où avait eu lieu le concert, désormais quasi déserte. Là, le moustachu poussa une porte, dévoilant une volée de marches. Un panneau en surplomb indiquait : « Espace de frayeur extrême ». Deux gamins remontaient justement, silencieux et livides. L'un d'entre eux lâcha :

— Bon courage, mec. Ça déchire.

Dès qu'ils furent en bas, l'homme plaqua Franck contre le mur et entama effectivement une fouille au corps. Épaules, flancs, hanches… L'haleine du type était poivrée et, dans ses yeux, le serpent de la perversion remuait la queue. Il tomba sur le paquet de billets, compta, l'allégea de mille euros qu'il fourra dans sa poche, avant de lui rendre le reste.

— Et ça, tu le récupéreras plus tard, fit-il en s'emparant du portable.

— Quand, plus tard ?

— Plus tard. À la sortie.

Sharko n'insista pas. Il avait prévu le coup en embarquant un vieux téléphone sans forfait. Ils s'enfoncèrent dans un long couloir voûté, tout en pierre. Le flic n'eut pas le temps de vraiment voir, mais il aperçut, à droite et à gauche, des cercueils placés verticalement, des décors gothiques où pendaient des chaînes et des squelettes, des cages… Des espèces de niches qui lui filèrent la chair de poule. L'homme l'entraîna au bord de l'une d'elles. Au-dessus de la voûte était écrit « L'emmuré vivant ». Il ouvrit une porte verrouillée, poussa Sharko devant lui. La cloison du fond avait été défoncée. Des briques rouges jonchaient le sol autour d'un étroit trou noir.

— Entre… Va falloir te baisser un peu.

— Dans ce trou ? Tu ne vas quand même pas m'enfermer là-dedans !

— Pourquoi ? T'as peur ?

Franck n'avait pas le choix, ces types testaient sans doute sa détermination. « Si vous êtes ici, vous savez que la Faille n'est pas un jeu. Elle est réelle et dangereuse. » Il se tranquillisa en se disant que l'autre ne l'avait pas intégralement dépouillé de son argent, qui devrait donc servir plus tard. Pour que sa voix ne le trahisse pas, il lui répondit par un simple sourire qu'il espéra convaincant.

Les briques renversées étaient en fait collées par terre. *C'est un décor, une attraction, tu ne risques rien*, tentait-il de se rassurer. Il se plia en deux pour passer et, en se relevant, heurta un autre mur. Aussitôt, il perçut un grondement. L'issue par laquelle il était entré venait de se boucher. Noir absolu. À peine l'espace pour se retourner. Il devinait un chuintement au-dessus de lui – peut-être un moyen de renouveler l'air. Toute cette mise en scène devait faire partie des précautions que ces salopards prenaient. Il parla tout haut, comme à lui-même, priant pour que le reste de l'équipe l'entende.

— Ça va aller. Pas de panique, d'accord ? Tout va bien.

Il parvint à s'asseoir en se mettant de profil. Il se sentait oppressé. Des gens se laissaient vraiment emmurer ainsi pour le frisson ? Il essaya de contrôler sa respiration, ferma les yeux. *Quelle mort horrible*, songea-t-il. Dire que ce genre de torture barbare avait existé… À cet instant, il pensa à Emma Dotty : elle aussi avait dû se retrouver ici. Il imagina son angoisse, sa solitude. Peut-être, après son passage dans ce trou, n'avait-elle plus jamais revu la lumière du jour.

Franck aurait aimé savoir si Lucie était toujours là. Avec toutes ces pierres, ces couloirs sous terre, ses coéquipiers captaient-ils encore son signal ? À plusieurs reprises, l'envie de déclencher l'alerte le démangea. Les images morbides l'assaillaient. Et si personne ne venait ouvrir ? Et si on coupait l'arrivée d'air ? Et si… Malgré tout, il tint le coup. À 3 h 15, l'homme à la moustache se pointa avec une petite lampe torche, un sourire aux dents grises affiché sur le visage.

— Toujours en vie, *camarade* ?

Sharko s'extirpa de sa niche dans une grimace, ankylosé. À présent, plus un bruit ne régnait alentour. L'homme tenta de lui mettre un sac en toile sur la tête, mais le flic lui attrapa le poignet.

— Qu'est-ce que tu fais ?

— C'est ça, ou tu dégages.

Franck finit par se laisser faire. Il eut l'impression qu'ils retournaient dans le couloir, puis il perdit le sens de l'orientation. Des bruits de serrure et de grille résonnèrent, après quoi ils marchèrent longtemps, descendirent un escalier, en remontèrent un autre – ou peut-être était-ce le même. Sharko perçut de l'air frais à un moment. Il comprit que son guide faisait tout pour qu'il perde ses repères. Et ça fonctionnait.

Quand le type lui ôta enfin le sac, ils avaient atterri dans un espace totalement obscur – il ne distinguait pas même les murs. Le reptile souleva une trappe avec un crochet. Peina tant elle pesait. Une bouffée glacée, semblant jaillie d'outre-tombe, vint fouetter le visage du flic. Un trou. Une échelle incrustée dans ce qui paraissait être un puits s'enfonçait si profond que Franck n'en voyait pas l'autre extrémité. Son guide lui tendit une lampe.

— *Catacumbas.*

Sharko retint son souffle. Les catacombes. S'il s'aventurait dans ce labyrinthe, plus personne ne pourrait l'aider. Il serait complètement seul.

— T'es un privilégié, fit le type. Cette entrée n'est référencée sur aucune carte. Et au cas où il te prendrait l'idée de revenir par toi-même un de ces jours, laisse tomber. Tu ne trouveras jamais.

— Où je vais ? Comment je ressors ?

L'homme haussa les épaules.

— J'en sais rien. Tout ce que je fais, moi, c'est te conduire ici. Ce que vous foutez là-dessous, ce que vous voyez, toi et les tordus de ton genre, j'en ai rien à secouer. Allez. Barre-toi, maintenant.

Franck songea à l'état dans lequel devait être Lucie. Il était encore temps de tout arrêter. De faire demi-tour. Mais il s'empara de la torche, agrippa les barreaux et se mit à descendre. Dix secondes plus tard, le couvercle se rabattait au-dessus de sa tête dans un claquement sinistre.

45

Au bas des échelons, le cercle d'ambre de la lampe accrocha d'emblée une phrase peinte en rouge à même la roche : « Et que je te sens froide en te touchant, ô Mort. » Un cygne noir avait été dessiné. À côté, sur une vieille chaise en fer, une pile de masques à la Salvador Dalí, comme dans la fameuse série *La Casa de Papel*. Des faces blanches au sourire inquiétant, une moustache noire et fine. Franck supposa qu'il fallait en enfiler un – une façon de garantir l'anonymat de chacun –, puis scruta l'espace, immobile. Et maintenant ? Au moins, il n'y avait pas trente-six solutions : il emprunta l'unique voie qui s'ouvrait à lui, sur la droite. Le sol était sec, un peu sableux, et marqué de nombreuses traces de pas. Il n'était finalement pas seul, ce qui ne le rassura qu'à moitié.

Il marcha cinq bonnes minutes dans ce boyau – qui par chance ne se divisait pas –, s'éloignant toujours plus de son point de départ. Ces galeries avaient dû, dans des temps anciens, servir à évacuer le trop-plein de cadavres des cimetières saturés. On avait entreposé des ossements par milliers dans ce dédale qui s'étalait sous les rues de Paris.

Franck distingua, au loin, des lueurs vacillantes. Des bougies avaient été allumées dans des niches, au niveau d'un virage de roche blanchâtre. Il rangea sa torche dans sa poche et bifurqua avec prudence. L'espace s'élargit, devint une salle circulaire à l'entrée de laquelle trônait un écriteau : « Le Marché de la Mort ». Dedans, des silhouettes au visage de Dalí circulaient dans la pénombre, au milieu d'étals tenus par des vendeurs qui, pour la plupart, n'étaient pas masqués.

Le flic contempla ce ballet funeste de promeneurs illégaux, puis s'approcha avec l'impression d'avoir du plomb dans le ventre. Le premier camelot proposait toutes sortes d'instruments de torture – colliers à pointes vers l'intérieur, verges de fer, herse, entraves de bagnard… À ses côtés, une femme d'une trentaine d'années au look gothique présentait une corde de pendaison, un écrase-mains, mais aussi une corbeille en osier ensanglantée.

— Allez, c'est tout ce qui nous reste, fit-elle en observant Sharko avec convoitise.

Pendant qu'elle parlait, il se rendit compte qu'elle avait une langue bifide – une scarification immonde qui la faisait ressembler à une vipère –, et fut parcouru d'un frisson. Merde, où était-il tombé ?

— Sache que tous ces objets ont flirté avec la mort. Ils ont servi, mec, et pas qu'un peu. La corbeille, là, elle a accueilli la tête de deux personnes après décapitation. Je te la fais à mille cinq cents, et t'auras droit aux photos en bonus. Tu sauras où et quand ça s'est passé. Et il s'agit en plus d'un tirage dédicacé par le barbu qui s'est occupé d'eux. Mille cinq, c'est vraiment donné, pour un truc pareil.

Franck avait envie d'attraper chaque extrémité de sa langue et de les écarter. Et l'autre fouine qui ricanait tout près d'elle ne méritait pas mieux. Il poursuivit son exploration avec dégoût, lorgna ses semblables qui évoluaient entre les étals. Comment ces visiteurs étaient-ils au courant de l'existence de ce « marché » ? Avaient-ils eu recours au Darknet, eux aussi ?

Soudain, il stoppa net devant un vendeur qui exposait des clichés de scènes de crime. Des cadavres allongés au sol, le crâne en sang, ou mutilés dans leur lit. Des rapports. Des avis de décès. Une pancarte indiquait : « Simulez votre propre meurtre. Ou plus ». L'homme, assis à l'indienne, était en costume-cravate, le front dégarni. Un vrai M. Tout-le-monde dont on aurait pu jurer qu'il allait au bureau tous les jours – ce qu'il faisait sans doute dans la vraie vie, du reste.

— On gère tout, fit-il d'une voix enjouée. On vous accompagne dans votre mise à mort fictive, dans les circonstances de votre choix : par balle, électrocution, renversé par une voiture, étranglé… On a quatre-vingts déclinaisons différentes. Au bout de quinze jours, on vous transmet trois photographies en noir et blanc de votre cadavre, un dossier administratif de près de trente documents comprenant des comptes rendus médico-légaux et d'enquête. Vous avez droit aussi à un journal où figure l'article relatant votre décès, avec le titre que vous voulez. « Le crime sanglant de Jérôme B. », « L'affaire de la rue de Denin », tout est possible. Le forfait de base est à cinq mille euros, sans les options. Sinon, on peut également fournir faire-part, cercueil, ou encore publier un avis de décès dans un grand quotidien.

Il attendit une réaction puis, voyant que Franck ne bougeait pas, ajouta :

— On peut aller plus loin, évidemment… La mise à mort, elle, n'est pas obligatoirement fictive, si vous voyez ce que je veux dire…

Franck n'en croyait pas ses oreilles. Il jeta un coup d'œil à la paperasse. Tout ça était d'un réalisme bluffant.

— Vous avez une carte, quelque chose pour vous recontacter ? demanda-t-il.

— Une carte ? Elle est bonne, celle-là. Vous nous donnez un moyen de vous joindre si vous êtes intéressé, et c'est nous qui vous recontactons.

— OK. Je vais y réfléchir…

— Ouais, c'est ça, réfléchissez.

Le flic était halluciné par sa découverte. Jamais, dans les services de la PJ, ils n'avaient entendu parler d'une chose pareille. Et il n'était pas au bout de ses surprises car, à trois mètres de là, un individu en tenue militaire, crâne rasé, avait déployé un drapeau avec une croix gammée. Il proposait un arsenal de dagues, de baïonnettes, même des grenades qui semblaient en parfait état, et négociait avec un vieux schnock qui finit par partir sans rien lui prendre. Aussitôt, le type repéra Sharko et l'agrippa de ses yeux d'un noir profond.

— Elles ont tué, tu sais ? Elles ont vraiment tué.

— Pauvre taré, murmura Franck derrière son faciès de Dalí.

— Quoi, Ducon ? T'es pas là pour ça, peut-être ? Qu'est-ce que tu fous ici, alors ?

Un autre, tout près, vendait des os, des crânes, des cages thoraciques sur lesquels on devinait encore de la terre. Devant son stand, une pancarte promettait des « Cadavres véritables ». Franck se sentit submergé par la haine, mais, avant de quitter la salle, il revint vers le nazillon et pointa du doigt une petite dague.

— Combien ?

— Je vois qu'on peut pas s'empêcher, hein ? Ça te démange ?

— Combien, je t'ai dit ?

— Mille deux.

— Mille. Pas un euro de plus.

— Va pour mille, mais seulement parce que c'est toi. Elle est authentique. Regarde, y a le symbole SS dessus et un numéro de série. Tu sais combien de gorges elle a tranchées ?

Franck paya son dû, se jura de retrouver le type plus tard, et continua son chemin. Rapidement, il retomba dans un boyau qui devint franchement étroit, au point de le contraindre à se courber, et en profita pour planquer l'arme dans sa ceinture. Cette dague le rassurait un peu. Lorsque le tunnel s'élargit de nouveau, Franck découvrit un espace où un homme au masque de Cerbère – le gardien des Enfers – se tenait debout près d'un autre puits. Le flic comprit qu'un choix s'offrait à lui. Il pouvait continuer droit devant – le mot « Sortie » était gravé dans la pierre –, ou descendre plus profondément. *Revenir à la raison ou céder à la tentation*, songea-t-il.

Il s'approcha de l'individu. Son cœur fit un bond quand il remarqua, au pied du trou, un écriteau sur lequel figurait ce qui semblait être des destinations :

L'Exploration
L'Oxygène
Le Purgatoire
La Faille

— Mot de passe ?

— Pazuzu.

— Deux mille pour continuer.

L'homme tendit la main. Sharko lui donna les billets et dévala une échelle encore plus longue que la précédente. En bas, un autre message sur le mur : « Vous qui entrez ici, abandonnez toute espérance. » Une citation de *L'Enfer* de Dante, bien connue, celle-là. Une flèche indiquait « L'Oxygène » d'un côté. Franck préféra ignorer de quoi il s'agissait et partit dans la direction opposée, déjà convaincu que le « Marché de la Mort » n'avait été qu'une mise en bouche.

Après quelques secondes, il perçut l'écho d'une voix sous une arche éclairée vers la gauche. Il laissa cette fois sur sa droite « Le Purgatoire » et s'orienta vers la lumière. « L'Exploration ». Devant lui, des gens se tenaient en cercle. Une forêt de masques inquiétants et silencieux. Des observateurs.

La voix résonna encore :

— Vous voyez ici l'ensemble des organes internes…

Sharko s'approcha, pas très certain de ce qu'il avait entendu. *Pas ça*, supplia-t-il intérieurement. Pour mettre fin à ses doutes, il se faufila entre deux spectateurs, et découvrit l'inimaginable. Un homme vêtu d'une blouse maculée de sang qui cachait ses traits derrière ceux d'Albert Einstein était en train d'autopsier un corps sur une table en acier. Il disposait d'une panoplie d'instruments sommaires – scie, marteau, scalpels – et de divers récipients métalliques. La dépouille avait l'air relativement fraîche. Il s'agissait d'une vieille femme d'au moins 80 ans vu l'état de la peau, dont le masque facial avait déjà été rabaissé, dévoilant un magma de chair et les orbites des yeux. Elle portait encore une étiquette d'identification autour du pied, mais les données avaient été rayées au stylo. Le praticien sembla orienter son regard vers le nouveau venu, et poursuivit :

— Je vais maintenant procéder à l'ablation du cœur, avant de le peser et de le couper en tranches.

Une dizaine de personnes étudiaient la scène en silence, dont certaines le plus près possible pour mieux voir. Comme autrefois, où les médecins volaient les cadavres dans les cimetières pour réaliser leurs dissections devant quelques « privilégiés ». Franck était choqué que ce genre d'horreurs existent encore en 2021. D'autant qu'il devina, dans les gestes du type, qu'il s'agissait là d'un professionnel. Un chirurgien, ou peut-être un légiste. En tout cas, d'immondes anonymes payaient pour assister à une monstruosité pareille. Des friqués à qui la vie en surface ne suffisait plus. Des malades qui éprouvaient le besoin de franchir les frontières.

Il resta là, écœuré, et en était à se demander si Emma Dotty n'avait pas fini entre les mains de ce taré lorsqu'il distingua, au fond de la pièce, un autre passage, très bas, encadré par deux cierges dont les flammes vacillaient : « La Faille ». Le point ultime de son exploration. Il y était presque. Aussitôt, il s'écarta de l'assemblée. Le trou avait été creusé dans la roche à coups de marteau-piqueur, vraisemblablement pour relier des galeries qui ne communiquaient pas à l'origine. Cette fois, en revanche, on ne pouvait s'engager qu'accroupi dans le boyau.

Bien conscient qu'en cas de problème il n'y aurait aucun moyen de s'échapper, Franck réfléchit quelques secondes, puis s'y enfonça. Après environ quinze mètres parcourus à quatre pattes, il put enfin se redresser. Un autre individu attendait dans une alcôve d'une dizaine de mètres carrés, intégralement vêtu de noir, les mains croisées devant lui, tel un videur de boîte de nuit. Un vrai colosse. Lui portait le masque de la Mort – une vanité au large sourire qui l'invitait pour une ultime valse. Au pied de l'inconnu, une autre béance.

Sharko frotta la poussière sur son pantalon et s'approcha, la main pas loin de son arme cachée. Il remarqua, sur le pull à col roulé de l'homme, un sigle rouge au niveau du pectoral droit : un truc à l'allure ésotérique.

— Mot de passe ?

— Pazuzu.

— C'est quatre mille.

Franck espérait qu'il s'agissait de la dernière étape, parce qu'il aurait bientôt dépensé tout son fric…

— Ça vaut vraiment le coup ? demanda-t-il d'une voix qu'il essaya de garder neutre.

Solidement campé sur ses jambes, l'homme ne répondit pas. Franck le régla et ressentit, comme jamais, le poids des ténèbres en s'aventurant là-dessous. Pas de bougies, aucune lueur. Il alluma sa lampe une fois en bas. « La mort peut être vécue. Bienvenue dans la Faille », lut-il d'emblée sur la paroi en guise de message d'accueil. Il y était. Là où, peut-être, tout s'était arrêté pour Emma Dotty. Là où Nébrasa était descendu. Là où le diable attendait patiemment ses proies, terré dans son antre.

Torche en avant, Sharko suivit la seule voie qui s'offrait à lui. L'espace était désormais humide, des perles d'eau suintaient des murs, et un froid d'outre-tombe l'enveloppait. Avec les jeux d'ombre et de lumière, Franck eut l'impression de voir des visages hurlants piégés dans la roche de plus en plus oppressante.

Éclairée par un spot posé au sol, une silhouette patientait, immobile, au milieu du passage. Elle portait le même accoutrement que le type qui avait empoché l'argent.

— Enlève ton masque.

Sharko s'exécuta. C'était maintenant qu'il aurait dû balancer la phrase d'alerte à son équipe, mais il n'essaya même pas, certain que ce serait vain. À ce moment, il comprit que sa descente jusqu'ici était suicidaire.

— T'as bien conscience que la Faille est dangereuse ? questionna son vis-à-vis.

— Je ne sais toujours pas en quoi ça consiste… Il n'y a rien, ici.

— Parce que ce n'est pas ici que ça se passe.

Franck ne réagit pas, mais, en une fraction de seconde, les signaux virèrent du orange clignotant au rouge vif. Dans la foulée, l'homme pointa un pistolet sur lui.

— Bouge d'un millimètre, et t'es mort.

— Écoutez, je…

— Ferme-la !

Le flic aperçut alors les pupilles sombres et brillantes dans les trous face à lui.

— On a un système simple qui permet de détecter les intrus et, surtout, de savoir qui les a rencardés : on donne un mot de passe différent à chaque utilisateur par un forum bien particulier, et tous ces mots de passe permettent de se connecter. Nous, on a donné Pazuzu à David Nébrasa. Donc, quand quelqu'un tape Pazuzu, de notre côté, on se dit que ça ne peut pas être lui, et qu'il a refilé le mot de passe à quelqu'un, tu vois ? D'abord Dotty… Et maintenant toi. T'es à sa recherche, hein ? Tu recherches Dotty ? Comment t'as obtenu le mot de passe d'une morte ?

Franck était piégé. Il garda le silence, se demandant comment il allait se sortir de ce guêpier.

— Crache le morceau : comment t'as trouvé le site ?

Soudain, il capta un souffle derrière lui, immédiatement suivi d'une douleur dans le cou. Quand il se retourna, il fit face à la Mort. Le colosse qui surveillait l'entrée venait de lui planter une seringue au niveau de la nuque. Sharko tenta de lui agripper la gorge, mais il tomba à genoux. Le large sourire du géant blanc dansa devant son visage.

— Puisque tu cherches Dotty, tu vas très vite la rejoindre. Et c'est moi qui m'occuperai ensuite de toi.

L'instant d'après, tout devint noir.

46

Lucie se rongeait les ongles jusqu'au sang, assise dans la voiture banalisée garée à une cinquantaine de mètres du Territoire du Néant. Son cœur s'était serré à la fermeture des portes de l'établissement, puis quand les fêtards avaient disparu le long des trottoirs et que le silence avait repris possession des lieux. Elle avait espéré, jusqu'au dernier moment, que Franck sorte.

Pascal aussi était sur les dents, droit sur son siège, ses yeux fatigués rivés sur l'écran de son portable. Sur la carte affichée, un point rouge aurait dû indiquer très précisément la position de Sharko, mais le signal avait cessé d'émettre depuis plus d'une heure. Avant que le contact soit rompu, ils avaient seulement cru comprendre, par l'intermédiaire du micro, que Sharko s'aventurait dans les catacombes.

Les catacombes. Rien que le mot fichait la chair de poule. Franck errait sans doute quelque part, sous terre, dans un labyrinthe qui se déployait sur des kilomètres, et ils n'avaient aucun moyen de le localiser. Immédiatement, ils s'étaient renseignés sur Internet pour savoir si les cataphiles, qui passaient leur vie à explorer tous ces boyaux, avaient recensé un accès du côté de la rue de la Tombe-Issoire, mais leurs requêtes avaient toutes été infructueuses.

— Je ne sais pas quoi faire, Pascal. Jamais on n'aurait dû le laisser seul.

Robillard tenta de garder le contrôle, mais Lucie voyait bien la contraction anormale de ses mâchoires.

— Franck en a déjà vu d'autres. Il trouvera une solution pour se tirer de là.

Bien sûr, qu'il en avait déjà vu d'autres. On ne traversait pas trente ans de police criminelle sans encombre. Mais là, c'était différent. La Mort les pourchassait depuis le début de cette fichue enquête. Et tout ce que la flic souhaitait maintenant, c'était pouvoir de nouveau serrer son mari dans ses bras.

Elle décida d'aller prendre un peu l'air, incapable de rester en place. Encore une fois, elle passa devant la gueule effroyable du Léviathan. Elle voyait bien, entre les mailles de fer du rideau, que l'obscurité enveloppait l'endroit, comme si le monstre somnolait. Le Territoire du Néant était vide, complètement vide. Il n'y avait rien d'autre à faire que patienter, espérer, et cette passivité la rendait folle.

— Lucie !

Pascal était à son tour sorti de la voiture et agitait les bras. Elle se rua dans l'habitacle. Sur l'écran, le point rouge clignotait et bougeait. Une fraction de seconde, elle ressentit un immense soulagement : enfin des nouvelles de Franck ! Mais son ventre se noua lorsqu'elle localisa le signal. Il émettait à plusieurs dizaines de kilomètres de là, sur l'A6, au niveau de Chilly-Mazarin.

— Il y a un truc qui a dû merder avec cette fichue puce GPS… cracha Robillard.

— Qu'est-ce que t'attends ? Fonce !

Ni une ni deux, Pascal mit le contact et s'engagea rue d'Alésia dans un crissement de pneus. L'esprit de Lucie carburait à plein régime. Sharko était dans un véhicule qui filait à cent trente kilomètres-heure alors que ça faisait plus d'une heure trente qu'il n'avait pas donné signe de vie. S'il avait été libre de ses mouvements, il les aurait prévenus d'une manière ou d'une autre. Peut-être se laissait-il conduire quelque part sans essayer de les joindre de peur de se faire repérer. Ou peut-être l'emmenait-on de force…

Lucie tourna le bouton de la radio presque à fond et se recula dans son siège, les mains sur le front. Les enceintes diffusaient un vieil air de jazz. Tout plutôt que cet insupportable silence.

— Ils sortent à Nemours, commenta Pascal. Ils ont vingt-trois minutes d'avance sur nous.

Vingt-trois minutes d'angoisse. Il pouvait s'en passer, des choses, en vingt-trois minutes. Robillard explosait les limites de vitesse autorisée, déclenchant radar sur radar. Leurs prédécesseurs s'élancèrent sur une départementale qu'ils quittèrent quasiment dans la foulée, s'enfonçant toujours plus dans la campagne. Subitement, le signal s'immobilisa. Les flics, eux, quittaient à leur tour l'autoroute à Nemours, à un gros quart d'heure de là. Ils avaient un peu réduit la distance, mais ça restait trop. Puis le cercle se déplaça encore, mais avec lenteur. Lucie serrait le téléphone de Pascal entre ses mains. Elle zooma.

— Ils doivent être à pied, maintenant. Il y a que de la flotte et des arbres, par là-bas. Sans doute des étangs ou des marais. Où est-ce qu'ils vont, bon sang ?

Leurs phares découpaient la nuit, au milieu des immenses étendues noires de champs et de forêt. Ça faisait cinq minutes que le signal s'était totalement figé et il suffit d'un clignement de paupières de Lucie pour que celui-ci disparaisse de nouveau. Pascal le remarqua du coin de l'œil et remonta son regard vers sa coéquipière qui haletait. Les larmes mouillaient ses yeux. Le pire des scénarios était en train de se dérouler, juste là, devant elle.

— Encore dix minutes, Lucie. Dix petites minutes. On va retrouver Franck sain et sauf, d'accord ? On sait où il est. Repère bien l'endroit, surtout. Et guide-moi.

Elle hocha la tête avec résignation. Pascal prit un virage serré et bifurqua, après un temps qui leur parut infini, sur une route étroite. La végétation se densifiait, mangeait les abords du bitume. Les marécages les engloutissaient. Çà et là, entre les arbustes, des langues d'eau surgissaient, comme des lames de couteau scintillantes.

Neuf minutes qu'ils avaient perdu le signal. Et toute cette eau sombre, épaisse, ne leur disait rien qui vaille. Lucie indiqua de tourner dans un chemin à peine visible. Pascal s'y engagea et, au bout de cent mètres, constata que la voie était une impasse. Partout autour, la nature avait repris ses droits, crevant l'asphalte. Une fois les phares et le moteur coupés, ils sortirent, arme en main, au milieu de nulle part.

— T'es sûre que c'était ici ? demanda Pascal en allumant une lampe torche.

— Oui. Ils ont dû descendre de leur véhicule et s'enfoncer par là.

Pascal balaya les environs. Déserts.

— Si tu ne te plantes pas, c'est qu'ils ont déjà fichu le camp. On a dû les rater de peu.

Les deux policiers se regardèrent avec effroi. Ils pensaient la même chose : le micro et le boîtier GPS avaient certainement été découverts et détruits. Les ravisseurs de Sharko avaient alors paniqué et avaient déguerpi. Mais ils n'auraient pas pris le risque de laisser un témoin derrière eux. Surtout un flic.

Lucie se mit à courir dans le maigre espace entre les arbres avec un sinistre pressentiment. *Mon Dieu, non… Non, non, non…* Ses forces commençaient à l'abandonner, or elle ne devait pas flancher.

Dans sa course, le rayon lumineux de sa lampe heurta la façade d'une cabane en ruine, mangée par des lianes, des ronces, du lierre. Une odeur de vase, mêlée à celle du bois pourri, flottait dans l'air. La porte d'entrée était grande ouverte. Elle s'y précipita avec l'impression que son cœur allait lâcher d'un instant à l'autre.

Au moment où elle franchit le seuil, une main puissante vint lui serrer la gorge et lui coupa la respiration.

47

Lucie tenta de se débattre, mais la pression se relâcha quasi instantanément, et Sharko se recula dans un coin, tremblant de froid. Il avait le regard d'un fou. Ses joues, son nez étaient balafrés de dizaines de coupures, ses cheveux trempés étaient plaqués sur son crâne. Lucie tendit les mains vers lui.

— Tout va bien, Franck. C'est moi…

Pascal arriva juste après. Franck demeura immobile encore quelques secondes, puis fondit sur sa femme et la serra contre lui.

— J'ai eu tellement peur, murmura-t-elle dans le creux de son épaule. Tu n'as rien ?

— Ça va… Seulement des égratignures.

Lucie avait envie de pleurer de joie, mais elle parvint à contrôler ses émotions. Elle chassa avec une délicatesse maternelle les infimes bouts de verre qui avaient meurtri le visage de son mari. Pascal préféra leur laisser un peu d'intimité et se mit à explorer les lieux avec sa torche.

Rapidement, il constata que l'unique fenêtre avait explosé en mille morceaux. Au milieu de la pièce, une longue table en bois, surplombée par un projecteur halogène relié à une batterie. Il s'avança, mais pas trop, afin de préserver d'éventuels indices, puis observa d'où il se tenait. À gauche, renversé au sol, brisé, un gros appareil électronique, style moniteur d'hôpital, branché à une sorte de casque bardé d'électrodes. Des seringues, des flacons, des tablettes en inox. Plus en retrait, il distingua une platine, également raccordée à la batterie. Un disque 45 tours traînait dans un coin. Un objet incongru dans un endroit pareil.

— Qu'est-ce qui a merdé, Franck ?

Sharko se détacha de Lucie et, péniblement, leur expliqua. Le sac qu'on lui avait enfoncé sur la tête pour l'emmener à l'entrée des catacombes. Sa progression dans les galeries, affublé d'un masque de Dalí. Les indications qui l'avaient guidé jusqu'à la Faille. Le mot de passe usagé, Pazuzu, qui avait donné l'alerte.

— Ce sont eux qui ont tué Emma Dotty.

— Comment tu le sais ?

— Ils me l'ont dit avant que je perde connaissance. Je n'ai jamais vu leurs visages, ils étaient dissimulés derrière une espèce de face de squelette…

— Combien ils étaient ?

— Dans les catacombes, deux. Ils m'ont drogué et enfermé dans le coffre d'une voiture. J'ai repris conscience quasiment à notre arrivée ici. Ils m'avaient menotté et mis un bandeau sur les yeux, qu'ils m'ont enlevé une fois dans la cabane… Où est-ce qu'on est ?

— À une quinzaine de bornes de Nemours.

Franck ôta son pull glacé et gorgé d'eau. Une flaque s'était formée à ses pieds. Il éternua.

— Un troisième mec était déjà sur place. Il portait le même masque que ses acolytes, et le même pull. Ça m'a interpellé parce qu'il y avait un sigle dessus… T'as un papier et un crayon ?

Pascal fouilla dans les poches de son blouson. Il en sortit une liste de courses et un stylo, et les lui tendit. Sharko dessina le symbole.

— Ça ressemblait à ça…

— Jamais vu, lâcha le procédurier après avoir étudié le motif. Selon toi, il s'agirait d'un groupuscule, ou une connerie de ce genre ?

— J'en sais rien. Possible. Celui qui nous attendait a demandé qu'on retire mon blouson et a commencé à donner des coups de scalpel dedans. Il gueulait sur les types parce qu'ils ne m'avaient pas fouillé à fond. Ces crétins avaient juste trouvé une dague que j'avais achetée dans les catacombes pour me défendre, au cas où, et n'avaient pas été plus loin. Alors que le fou furieux, lui, a découvert le micro et la balise GPS. À ce moment-là, une fraction de seconde, ils ont été moins attentifs…

Il pointa l'ouverture, face à lui.

— Je n'ai pas réfléchi. J'ai renversé la table vers eux, j'ai foncé droit devant, à travers la vitre. Quand je suis tombé de l'autre côté, j'ai compris qu'il fallait que je me relève très vite, puis j'ai couru, et j'ai plongé dans les marais.

Lucie était tétanisée par son récit. Mille fois, il aurait pu mourir, mais il était toujours là, bien vivant.

— Je me suis planqué dans les roseaux. Ils m'ont cherché avec des lampes et se sont mis à paniquer à cause du GPS. Cinq minutes avant votre arrivée, ils ont fini par se tirer en laissant tout sur place. Vous n'avez pas croisé de voitures, rien ?

Pascal secoua la tête. Il enfila des gants et, prenant garde de ne pas marcher dans les liquides au sol, s'accroupit au niveau de l'appareil relié au casque bourré d'électrodes.

— Un électroencéphalogramme… Putain, on est où, là ? Qu'est-ce que foutent ces types avec tous ces produits et du matériel pour mesurer l'activité du cerveau ?

Sharko se déplaça jusqu'au 45 tours, qu'il ramassa et observa. Aucune indication. Il redressa la platine renversée. Il songea alors à un chirurgien fou qui opérerait des cobayes en écoutant sa musique préférée.

— Les catacombes ne sont qu'un lieu de rendez-vous, expliqua-t-il. Un moyen pour eux d'assurer leurs arrières et de tout contrôler. Mais c'est peut-être ça, la Faille : une expérience qui se déroulerait dans ce genre d'endroit abandonné. On installe vite fait une salle clandestine avec du matos facilement transportable. On fait venir des « candidats » harponnés sur le Darknet, qui n'ont aucune possibilité d'identifier qui que ce soit, et on leur fourre des saloperies dans les veines, peut-être pour provoquer une sorte d'EMI qui fait ensuite apparaître les diables. C'est le seul scénario que j'imagine, et en même temps j'ai l'impression que c'est de la science-fiction.

Il plaça le disque sur la platine et déclencha la lecture en actionnant la tête. Les premières notes envahirent l'espace. Le rythme à trois temps d'une caisse claire. Les attaques légères d'une flûte. Les mesures qui s'enchaînent à la clarinette. Pas besoin d'être un expert pour reconnaître le *Boléro* de Ravel. Les flics restèrent pétrifiés, comme hypnotisés. La situation était tellement surréaliste… Ils se trouvaient au milieu des marais, où œuvraient visiblement une bande de tarés sur cet air incroyable, si doux dans son démarrage, si enveloppant… Sharko grelotta. Soudain, il se rappela les propos du père François.

— Nébrasa écoutait en boucle cette musique, lorsque les démons le harcelaient, lâcha-t-il d'une voix tremblotante.

— Exactement ça ? s'étonna Lucie. Le *Boléro* de Ravel ?

Franck acquiesça et éternua de nouveau. Pascal ôta son blouson et en couvrit les épaules de son chef.

— Tu vas crever de froid, tu dois aller te reposer. Avec Lucie, vous allez rentrer. Et je serais d'avis que tu fasses un petit tour chez le médecin demain.

— Ça va, je n'ai rien.

— Même si on t'avait amputé d'une jambe, tu dirais que t'as rien. Mais t'as traversé une vitre à la Belmondo, je te signale.

Sharko manipula la platine et un silence bienvenu revint.

— Ils étaient là, à portée de main. On doit attraper ces types, on doit faire une descente dans le bar et coffrer tous ceux qui sont impliqués.

— T'as identifié l'entrée des catacombes ? Tu pourrais y retourner ?

— Malheureusement, je ne crois pas. On m'a baladé pendant au moins dix minutes. À un moment, j'ai eu l'impression qu'on sortait. En fait, je ne suis même pas capable d'affirmer si elle se situait dans le bar ou dans un bâtiment à proximité.

— Ce « on », c'est un employé du bar ?

Franck voyait où Pascal voulait en venir. Même si, de toute évidence, le Territoire du Néant était le point d'accès vers toutes les déviances souterraines, ils n'avaient personne en particulier dans leur collimateur, hormis le moustachu, inconnu au bataillon. Tous ceux qu'ils interrogeraient nieraient être au courant de quoi que ce soit.

— Ne t'inquiète pas, on convoquera tout le monde et on posera des questions, fit Pascal. Mais avant, on ratisse cette cabane. Je vais appeler l'IJ. On aura des empreintes, de l'ADN, et la toxico nous dira tout ce qu'il y a à savoir sur le contenu de ces seringues. Je compte rester ici en attendant, histoire d'être prudent. Bref, autant que vous rentriez puisque je n'aurai ta déposition que demain. Je pense que vous avez besoin de vous retrouver…

Franck ne se fit pas prier. Pascal avait raison. Il lui rendit son blouson et lui serra la main chaleureusement pour le remercier. Puis le couple disparut dans la végétation.

Deux survivants qui, ce soir-là et chacun à leur façon, avaient côtoyé l'enfer.

48

Nicolas avait doucement rabaissé le drap, juste sous le ventre de sa compagne. Il lui sembla qu'il avait encore pris du volume depuis sa dernière visite. Il le caressa avec une tendresse toute paternelle, l'oreille collée au niveau du nombril. Le silence de cette chambre, seulement rompu par les bips réguliers, hypnotiques, lui faisait tant de bien. En cette fin de matinée, c'était comme une bulle protectrice au milieu de l'orage.

— Dehors, on parle beaucoup de toi et de ta maman, tu sais ? Quand tu seras plus grand, c'est sûr que tu verras tout ce qui s'est passé avant ta naissance. Tous ces reportages malsains, ces gens qui disent n'importe quoi et donnent leur avis sans te connaître… Il y a beaucoup d'agressivité, partout. J'espère que tu ne m'en voudras pas. Tout ça, c'est pour toi que je le fais, pour que tu vives. J'aimerais tellement que tu voies ce monde. Malgré tout, je te promets qu'il en vaut la peine.

Il sortit son téléphone, bascula en mode photo et tenta de faire un plan qui englobait le ventre gonflé, le lit d'hôpital, et le bas du visage d'Audra. Pas simple, avec les appareils, les tuyaux, les cathéters qui pendaient… Bien que concentré, il perçut un bruit dans le couloir et planqua son portable dans le creux de sa main. C'était simplement une infirmière qui poussait un fauteuil roulant vide. Il revint alors vers le ventre nu, d'une immobilité glaçante.

Et prit alors conscience de l'horreur de ce qu'il était en train de faire.

Bon Dieu, qu'est-ce qui lui prenait ? Est-ce qu'il devenait complètement fou ? Il rangea son appareil dans sa poche. Non, il ne ferait pas ce cliché, Aquefac pourrait très bien se débrouiller sans. Pourquoi devrait-il offrir sa compagne, même anonyme, en pâture aux réseaux sociaux ? Les gens avaient-ils besoin de telles images pour se faire une opinion ? *Le buzz, ils n'ont que ce mot-là à la bouche*, songea-t-il avec amertume.

Il remit le drap en place et le lissa du bout des doigts pour en ôter les plis.

— Pardonne-moi. Avec tout ce qui se passe, j'ai l'impression de débloquer.

La gorge à présent nouée, Nicolas se rendit à la fenêtre. L'ordonnance du référé allait être délivrée d'ici une heure ou deux. Quand son téléphone sonnerait, son avocat lui communiquerait la décision de justice. En attendant, chaque minute était un supplice.

Il apercevait, en contrebas, devant l'entrée du parking, deux petits groupes de personnes avec des pancartes, à bonne distance l'un de l'autre. Une équipe de police avait été sollicitée pour parer d'éventuels débordements. Mais, pour le moment, chacun manifestait dans le calme, et ce malgré les slogans portés à bout de bras qui étaient d'une violence inouïe. « Avortement, euthanasie, assez ! », « STOP aux humains supprimés », « Médecins, assassins ! » pour les uns. « Femme = réservoir, utérus, incubateur ? », « Un enfant ne se construit pas dans une tombe ! », « Non à la marchandisation du corps de la femme ! » pour les autres. Pas de demi-mesure. Rien qu'un gouffre de haine entre des gens qui, pourtant, vivaient sur la même planète.

Nicolas n'arrivait pas encore à évaluer à quel point tout s'était embrasé. Dès la sortie de l'article dans *Le Parisien*, l'avocat des Spick contre-attaquait sur CNews. L'identité d'Audra avait été révélée et, avec, des photos d'elle, plus jeune, souriante. La famille ne lésinait pas sur les moyens pour susciter l'empathie. Maître Frédéric Josselin évoquait quant à lui le droit fondamental de mourir dans la dignité et le combat des parents pour que celui-ci s'applique.

L'extrême droite et le parti chrétien-démocrate avaient été les premiers à réagir sur Twitter et à enflammer les réseaux sociaux au sujet de ce qui s'appelait désormais « Le cas Audra Spick ». Les formules étaient sans équivoque : « L'euthanasie d'une mère et de son bébé nous ramène aux périodes les plus sombres de l'humanité », « Que les médecins servent la vie, qu'ils ne la suppriment pas »…

Le lendemain, néanmoins, les réactions de la majorité – d'autant plus embarrassée que les récents propos du chef de l'État sur la question de l'allongement du délai légal de l'IVG hérissaient les milieux pro-vie –, ne s'étaient pas fait attendre. Sans se positionner clairement, arguant qu'il s'agissait avant tout d'une décision médicale avec un jugement en cours qui interdisait tout commentaire, on martelait que c'était, encore une fois, le pays tout entier qu'une minorité allait prendre en otage et que celle-ci s'apprêtait à instrumentaliser cette histoire absolument dramatique en faveur de ses combats idéologiques.

Voilà, aujourd'hui, à quoi tout cela se résumait. Une affaire… Et lui, là-dedans, qui y pensait ? Nicolas était occupé à broyer du noir au moment où le médecin réanimateur entra. Ce dernier referma derrière lui et se campa de l'autre côté du lit. Il avait le visage dur. Nicolas ne l'avait pas revu depuis qu'il lui avait sauté à la gorge.

— J'aurais pu porter plainte contre vous, attaqua le spécialiste d'emblée. Une telle agression, ça aurait pu aller très loin, et ça aurait, sans nul doute, mis à mal votre carrière.

— Je suis désolé d'avoir réagi de cette façon. Je n'étais pas vraiment dans mon état normal, même si ça n'excuse rien.

— En effet, la plupart des personnes que nous recevons dans nos services ne sont pas dans leur état normal. Ce n'est pas pour autant qu'ils cherchent à nous étouffer…

Il s'approcha de la fenêtre. Il n'y avait aucune hostilité dans son attitude.

— Mais à quoi bon nous causer des tracas supplémentaires, à vous comme à moi ? Ce que nous vivons est, je crois, déjà bien assez compliqué.

Dehors, quelques gouttes tombaient, mais les manifestants ne lâchaient rien, tournant lentement en rond en ce morne samedi d'automne.

— Regardez-les, avec leurs pancartes, fit-il en enfonçant les mains dans ses poches. Ils mélangent tout. L'euthanasie, l'avortement, le féminisme… Ils prennent des photos pour alimenter leurs comptes Facebook et lancer des pétitions à tout-va. Ces pauvres gens se trompent de combat, mais peu leur importe, on vit dans une société où la voix d'une poignée d'individus suffit à imposer son diktat à tous.

Il poussa un long soupir exaspéré.

— Mon nom est sorti sur les réseaux, hier soir. Il n'a pas été difficile pour les petits malins de mettre la main dessus : Kremlin-Bicêtre, service de réa, et un malheureux tweet que j'ai posté, la nuit où votre compagne est arrivée… Trois heures après, on me traitait de bourreau, on m'estimait indigne d'exercer la médecine. Je n'ai pas encore eu droit aux menaces de mort, mais je pense ne pas me tromper en disant qu'elles ne vont pas tarder.

Il resta un temps silencieux, presque épaule contre épaule avec Nicolas.

— Quant à l'hôpital, il ne m'épargnera pas non plus. D'autant qu'ils m'avaient dans le collimateur depuis pas mal de mois déjà. Dans le fond, le fait que vous vous soyez répandu dans la presse à mon sujet, que vous ayez expliqué que j'avais parlé de votre enfant comme d'un « problème » va enfin leur donner l'occasion de me coller l'ordre des médecins sur le dos. Les mots sont importants, je vous l'ai déjà dit. Surtout à une époque où rien ne s'efface. Un mot de travers peut ruiner votre vie. Plus de débat. Plus de *mea culpa* possible. On adule ou on guillotine en quelques jours seulement.

— Je ne voulais pas ça.

— Je ne réfléchis pas assez, c'est ma faute. De toute façon, en ce qui me concerne, ça fait longtemps que tout est parti en vrille, vous n'avez fait que précipiter l'inéluctable. J'ai vu, en un an et demi de Covid, plus de gens mourir qu'en vingt ans de carrière. C'est cliché, ce que je vais vous dire, mais je sature, de tout ça. Vraiment. On a manqué de lits, de matériel, de ressources. Chaque patient que nous perdons, c'est une blessure supplémentaire. On ne s'habitue pas à voir des gens partir. Jamais. On essaie de vivre avec, jusqu'au moment où la coupe est pleine…

Nicolas le comprenait. Dans une moindre mesure, il était confronté aux mêmes tourments dans son métier. La violence, la mort, les insultes permanentes. Dans l'esprit des gens, la police n'était plus celle qui protégeait, qui sauvait, elle était l'agresseur.

— Vous n'avez finalement été que le dindon de la farce, ajouta Corneille. Un de ces pions qu'ils ont utilisés avec brio, comme à leur habitude.

— Vous vous trompez, je ne suis le pion de personne, se défendit le flic.

— C'est ce que vous croyez. Allons prendre un café…

Ensemble, ils se rendirent au bout de ce sinistre couloir desservant les chambres de patients qui attendaient qu'une grande main froide les emporte. Le médecin commanda les boissons. Il jeta un œil alentour, s'assurant qu'aucune oreille indiscrète ne traînait.

— De quelle façon ça a démarré ? demanda-t-il. Un mail ? Un coup de téléphone anonyme ?

— Comment vous êtes au courant ?

— Tout notre système est gangrené par des mouvements radicaux qui n'espèrent qu'une chose : se répandre dans l'espace médiatique et déstabiliser le pouvoir en place. Vous êtes policier, vous le savez mieux que quiconque. Ils ont des sentinelles partout, parfaitement intégrées, insoupçonnables, qui profitent de la moindre faille pour s'y infiltrer.

Une blouse blanche traversa le hall. Corneille la salua, la laissa s'éloigner et poursuivit :

— Peu importe si c'est un médecin, un infirmier ou un membre du comité d'éthique qui vous a contacté. Ce qui est certain, c'est qu'il a tout de suite saisi les enjeux qu'allait soulever une telle situation et que les réseaux souterrains n'ont pas tardé à s'activer, mettant le feu aux poudres. Il faut dire qu'en ce moment, tous les regards sont braqués sur nous. En pleine campagne présidentielle, une telle affaire, c'est du pain bénit pour ceux dont le seul but est de diviser et de détruire.

Martin Corneille ôta son masque et souffla sur son café, les mains serrées autour du gobelet. Pour la première fois, Nicolas voyait son visage en entier. Il avait une petite cicatrice horizontale, entre la lèvre inférieure et le menton, qui lui donnait, étrangement, un air sympathique. Sa bouche droite et fine paraissait indiquer une forme de retenue – plus le genre de personnage à observer qu'à l'ouvrir en permanence.

— Ce n'est pas votre compagne qui est instrumentalisée, monsieur Bellanger, c'est vous. Et ce n'est pas non plus vraiment votre combat, c'est le leur.

Nicolas reçut ces paroles comme une gifle. Tout semblait tellement clair, soudain. Évident. Le mystérieux Dontkillbaby, dont il n'avait d'ailleurs plus jamais eu de nouvelles, était tout sauf un bon Samaritain. Il l'avait orienté vers Aquefac, qui s'était jeté sur l'opportunité. Face à ce constat, désorienté, le flic alla s'asseoir sur une chaise, les yeux dans le vide. Aussitôt, le réanimateur le rejoignit et s'installa à ses côtés.

— Ils se servent de vous, mais, en définitive, ils vont effectuer exactement ce que vous attendez d'eux : faire entendre leur voix pour que la grossesse aille à son terme. Ils ne cèderont pas un millimètre de terrain.

Nicolas acquiesça mollement, sans desserrer les lèvres. Martin Corneille continua :

— Si l'ordonnance qui va être délivrée donne raison à l'hôpital, c'est-à-dire s'il confirme l'arrêt des soins, votre avocat déposera un recours immédiat devant le Conseil d'État, sous un prétexte quelconque. Et si le juge vous donne raison et nous interdit de débrancher, alors ce seront les parents de Mme Spick qui demanderont un recours.

Gorgée de café. Porte battante. Roulement de chariot.

— Après le Conseil d'État, il y aura si nécessaire intervention de la Cour européenne des droits de l'homme. Une décision de justice qui en appelle une autre, des experts convoqués en veux-tu en voilà, des rapports qui se contredisent, des semaines de procédures chaque fois et le temps qui s'égrène en votre faveur…

Nicolas écoutait avec attention. Corneille n'était pas né de la dernière pluie. Il connaissait son sujet et visait juste : c'était presque mot pour mot ce que lui avait expliqué Aquefac, quelques jours plus tôt.

— Les sages n'auront probablement pas rendu leur verdict que le fœtus sera viable. Qui, dans ce cas, prendrait le risque de débrancher, quand bien même le juge l'ordonnerait ? Aucun réanimateur ne le ferait alors qu'un bébé pourrait être mis au monde d'un simple coup de scalpel.

Il se tourna vers Nicolas, sourire en coin.

— Bien joué. Vous avez de bonnes chances d'obtenir gain de cause. Maintenant, il ne nous reste plus qu'à espérer que la grossesse se passe au mieux.

Le médecin se releva.

— Je vais en revanche vous donner un conseil : laissez Aquefac faire son travail, mais tenez-vous loin de tout ça désormais. Ne communiquez pas *via* les réseaux et les médias, ne répondez à aucune sollicitation. Ne vous montrez pas, ne leur obéissez pas au doigt et à l'œil, parce qu'ils vont vous essorer pour servir leurs propres intérêts. Je crains que vous n'y perdiez vos amis, votre travail et votre âme…

Sur ces paroles, il remit son masque et disparut dans la cage d'escalier. Nicolas, lui, demeura planté sur sa chaise, abasourdi. Martin Corneille avait mille fois raison : il était en train de tout perdre, à commencer par ses amis qui s'inquiétaient pour lui et à qui il ne répondait plus. Il avait même été à deux doigts de les salir dans la presse, prêt à tout pour gagner en visibilité. Quel genre d'homme devenait-il ?

Trois quarts d'heure plus tard, son téléphone sonna. Aquefac l'informa que le juge expert en droit de la santé venait de trancher dans le sens de l'hôpital et ordonnait un arrêt des traitements qui devait prendre effet dans quatre jours. Même si Nicolas s'en doutait, le verdict lui retourna les tripes et il retint un sanglot. L'avocat, sans se soucier de la violence de ce qu'il annonçait, poursuivit. Il lui résuma l'ordonnance et ajouta, d'une voix qui ne trahissait pas d'émotion particulière, qu'ils disposaient de trois jours pour faire appel. Le temps étant leur allié, il allait attendre le plus tard possible pour poser un recours devant le Conseil d'État. Il en était convaincu : ils iraient au bout et ils sortiraient vainqueurs de ce combat.

Après ça, l'homme de loi enchaîna en demandant à Nicolas s'il avait pris la photo du ventre d'Audra. Les oreilles du flic bourdonnaient. Il expliqua, le cœur gros, qu'il ne le ferait pas, qu'il ne jetterait pas sa femme en pâture à la horde des vautours, et raccrocha dans la foulée…

49

Pascal avait rapporté les petits pains traditionnels du lundi matin, Lucie versait le café brûlant dans les mugs. Cinq jours après l'épisode de la cabane, leur groupe tentait de garder le cap, en dépit des récentes tempêtes affrontées.

Ça faisait pile quinze jours qu'Audra avait été admise à l'hôpital, et chacun y pensait en croquant dans sa viennoiserie. Les photos étaient toujours accrochées, ses affaires personnelles en place, comme si elle était juste partie en vacances et qu'elle allait revenir la bouche en cœur, avec des cadeaux, ainsi qu'elle le faisait chaque fois. Personne ne toucherait à rien, évidemment, tant qu'elle serait encore là, dans cette espèce d'entre-monde indéfinissable sur lequel même les médecins butaient. La mort du cerveau signifiait-elle la mort totale et inéluctable de l'être ? Telle était la question sur laquelle, depuis plus de cinquante ans, philosophes, biologistes et médecins s'escrimaient. Depuis, en fait, que le comité de Harvard, en 1968, avait proposé que la mort puisse être définie neurologiquement comme la perte irréversible de la fonction cérébrale.

Niveau enquête, Rémi Calvar était parti en détention provisoire sur ordre du juge d'instruction. Les preuves accumulées contre lui étaient lourdes, et même s'il niait être un meurtrier, il reconnaissait être l'auteur des actes qui lui étaient reprochés. De nombreux rapports manquaient pour conclure cette affaire proprement. L'équipe les établirait sur le long terme, entre les urgences à traiter. Puis il y aurait un procès, un jour, à l'issue duquel la justice déciderait de son niveau de responsabilité dans le meurtre de cinq personnes. Une autre paire de manches, mais ce ne serait plus leurs oignons.

Des comparaisons ADN avaient par ailleurs établi que Corinne Durieux, habitant un appartement à Louviers, était bien la victime du nécrophile Bertrand Fermont, déchiqueté sous un train. Les radiographies découvertes à son domicile avaient également permis de remonter jusqu'à l'hôpital qui avait pratiqué la greffe osseuse : une clinique privée de Rouen. Le médecin que Lucie avait eu en ligne, à la fin de la semaine précédente, avait promis de la rappeler ce jour-là pour lui fournir l'origine du col du fémur greffé.

En définitive, si des portes se refermaient, la plupart demeuraient encore grandes ouvertes. Les auditions du personnel du Territoire du Néant n'avaient abouti à rien pour le moment. Les individus interrogés infirmaient l'existence de quoi que ce soit d'illégal. Les deux patrons avaient même laissé, gage de leur bonne foi, les policiers inspecter leur établissement. Mais Sharko n'avait malheureusement pas retrouvé la trappe qui menait aux catacombes. Quant au moustachu à la peau tannée, il ne faisait, selon toute vraisemblance, pas partie des employés. Pour bien faire, il aurait fallu une fouille beaucoup plus poussée, mais le juge ne leur avait pas donné le feu vert, à défaut de « preuves concrètes ».

Côté Darknet, le site avait en tout cas disparu, comme par enchantement. Sharko, pourtant, ne doutait pas une seconde qu'il allait réapparaître ailleurs, dans les abysses insondables du Web interdit, et qu'il y aurait d'autres victimes de la folie de ces hommes s'ils n'étaient pas interpellés rapidement.

— On n'a rien non plus sur les empreintes et l'ADN prélevés à la cabane, précisa Pascal alors que son chef était en train de dresser l'état des lieux. Les fichiers restent muets. Ces gens-là ne sont pas fichés.

Sans cacher sa contrariété, le procédurier trempa ses lèvres dans son mug, puis enchaîna :

— Samedi, je me suis coltiné la visu des caméras de surveillance du péage de Nemours. Grâce à la trace enregistrée par ta puce GPS, j'ai pu identifier l'heure exacte où le véhicule qui te transportait a franchi la barrière. Il s'agit d'une location réservée par Internet avec de faux papiers et qui a déjà été rendue. Le type que j'ai eu au téléphone est incapable de me décrire qui que ce soit : les clients vont déposer la voiture dans un parking, balancent les clés dans une boîte, et *basta*.

— On a affaire à des gars qui prennent de sacrées précautions, répliqua Franck.

— Des précautions, oui, mais on n'est pas tout à fait à sec. Pour bien finir mon passionnant week-end, j'ai jeté un œil sur le Net au sujet du sigle que tu m'as dessiné. J'ai fait plein d'essais sur Google, j'ai même scanné le symbole et utilisé la recherche par images. Et j'ai repéré un truc bizarre…

Il apporta à Sharko une feuille qui traînait sur son bureau. La copie d'un article de journal. En encadré, la photo d'un bâtiment à la façade en tôle ondulée grise, avec l'enseigne « Sageot et Fils », le o de Sageot étant représenté par une tête de porc à l'air jovial.

— Ça s'est passé en mars 2020, expliqua le procédurier. En arrivant au travail le lundi matin, les employés de cet abattoir de Laigneville, un bled situé à côté de Creil, ont découvert six porcs décapités dans les enclos.

Un vrai carnage. Sur l'un des murs tachés de sang, un sigle avait été peint en rouge. Pas la peine de vous dire lequel, j'imagine.

Franck parcourut en vitesse le papier. Le journaliste n'entrait pas dans le détail de la barbarie, mais il faisait un rapide parallèle avec l'affaire des chevaux mutilés qui avait ébranlé le pays, des mois plus tôt. Le sigle avait été photographié. Selon le pigiste, il pouvait indiquer une revendication et laisser envisager de nouvelles dérives sectaires ou satanistes.

— Ils disent qu'une plainte a été déposée par le directeur de l'abattoir, nota Sharko en tendant l'article à Lucie qui le réclamait.

— Il semblerait, acquiesça Pascal. Je vais me rencarder.

Franck regroupa ses mains sur les ailes de son nez, en pleine réflexion. Un abattoir de porcs… Quel lien entre ce fait divers et leur enquête ? En tout cas, s'il y en avait bien un, il ne croyait pas un instant à ces histoires de satanisme, ni qu'il y ait un rapport quelconque avec les chevaux mutilés. La Faille et la complexe organisation qui s'articulait autour prouvaient en effet que ces individus avaient d'autres desseins que la sauvagerie gratuite.

Soudain, il se figea, le regard rivé sur l'entrée. Lucie et Pascal se retournèrent. Nicolas se tenait sur le seuil, droit dans ses bottes, rasé, la mine fatiguée, mais vaillant. D'un geste lent, il referma la porte derrière lui, lorgna vers la place d'Audra, inspira comme s'il se préparait pour une apnée, et se dirigea vers Sharko.

— Il semblerait que mes congés soient terminés. L'avocat me coûte une fortune et il faut bien que je gagne ma croûte. Alors je me suis dit que si tu voulais encore de moi dans l'équipe, malgré les…

Sharko le serra spontanément contre lui et lui tapa dans le dos.

— Ta place est ici, et je suis bien content de te revoir parmi nous. Mais je veux juste être bien certain que… que ça va aller.

Nicolas hocha la tête.

— Ça va aller.

Lucie et Pascal vinrent à leur tour le saluer chaleureusement et lui demandèrent comment il s'en sortait. Nicolas leur relata alors les derniers rebondissements. Le recours devant le Conseil d'État allait être déposé le lendemain par l'avocat, ce qui empêcherait l'arrêt des traitements. Aquefac espérait que, vu la complexité du « cas », les enjeux éthiques et les débats que ça entraînait, l'ordonnance des juges tarderait ensuite, mais, si besoin, il y aurait un nouveau recours qui les conduirait au terme de la grossesse. Il leur expliqua également ses rapports tendus avec l'avocat et partagea avec eux sa décision de garder ses distances avec tout ce tapage médiatique.

— Audra est à vingt-six semaines d'aménorrhée, à présent, fit-il en soulevant, un à un, les objets du bureau de sa compagne. Mon fils se porte à merveille dans le ventre de sa mère. Quand on sera à trente-trois semaines, il sera considéré comme un prématuré moyen. Il en naît quarante-cinq mille en France chaque année. Il aura toutes ses chances.

— C'est une bonne nouvelle, se réjouit Franck.

— Une très bonne nouvelle, oui.

Le retour de son lieutenant introduisait un rayon de soleil dans la pièce, et ils en avaient bien besoin. À cet instant, celui-ci s'approcha d'ailleurs de lui et le scruta avec attention, visiblement intrigué par quelque chose qui lui avait échappé jusque-là.

— T'as traversé une vitre, ou quoi ?

— Tu ne crois pas si bien dire.

Nicolas haussa les sourcils.

— Compliquée, l'affaire ?

Il fit le tour des visages et n'eut pas besoin de réponse. Franck décrocha son téléphone qui vibrait. Quelques secondes plus tard, il adressa un regard à ses coéquipiers.

— Je vais informer Jecko que Nicolas reprend du service et je passe au labo de toxico. Ils ont des résultats. En attendant, vous le mettez au jus.

50

Sharko avait préféré marcher jusqu'au laboratoire privé, situé à même pas deux kilomètres du Bastion. Pendant ce temps, il le savait, Nicolas avait été convoqué dans le bureau du chef de la Crim. Un sale quart d'heure en perspective. Des sanctions administratives tomberaient ensuite, mais, Franck s'en doutait, c'était le moindre des soucis de son coéquipier. Si le bébé venait à naître, la carrière de Nicolas passerait au second plan.

Toxlab ne payait pas de mine – une façade grisâtre au rez-de-chaussée d'un immeuble quelconque, rue Jacques-Cartier. Il était pourtant devenu, depuis 2020, une antenne de la police scientifique de Paris et se chargeait de la plupart de leurs analyses toxicologiques. Un endroit où le flic se rendait à chaque enquête, tant la science avait aujourd'hui pris une place importante dans les investigations.

Martha Pelisse, l'experte qui l'avait appelé, l'attendait de pied ferme. Franck appréciait beaucoup cette femme, une presque retraitée qu'il connaissait de longue date. Ses airs de hippie et sa blouse souvent mal boutonnée cachaient un esprit brillant pour qui les molécules n'avaient plus de secret.

— On ne parle plus que de ce qui arrive à Audra, ici, fit-elle en avançant dans un interminable couloir. Je n'ai pas eu l'occasion de la fréquenter régulièrement, mais je l'aimais bien. Vive, engagée…

— On l'aimait tous bien. Elle est encore là, mais elle nous manque déjà. C'est une situation tellement… étrange et difficile.

— À part une minorité de réfractaires dans le service, qui sont de toute façon contre tout, on est avec Nicolas. Il a raison de se battre. Ce bébé serait quand même une sacrée bouffée d'oxygène dans la merde noire qu'on traverse tous en ce moment, tu ne crois pas ? Comme le triomphe de la vie…

— Si, si…

Martha comprit que le sujet était extrêmement sensible, alors elle n'insista pas. Ils passèrent devant des pièces où des spectromètres de masse, des microscopes, des chromatographes recherchaient toutes sortes de composés chimiques – poisons, drogues, anxiolytiques, alcool… La technicienne referma la porte de son bureau encombré de scellés provenant de tout Paris et invita Franck à s'asseoir.

— Pascal Robillard m'a raconté ce qui s'était passé en me remettant les prélèvements issus de cette cabane dans les marais. Le matériel, l'espèce de salle médicale clandestine… Quand je vois les produits qu'on comptait t'injecter, je peux te dire que tu reviens de très, très loin, mon vieux.

Franck ressentit une raideur dans la nuque. Il se voyait encore traverser la vitre, la tête rentrée entre les épaules. Revivait sa plongée dans les marécages glacés, les lampes de ces malades qui sondaient la surface de l'eau…

— Vas-y, annonce la couleur.

— Je te la fais version technique, ou version néophyte ?

— À ton avis ?

Mince sourire, quand même, malgré la gravité du sujet. Elle poussa une pochette plastifiée vers lui.

— Pour les détails, c'est là-dedans, de toute façon. Bon… Au regard des prélèvements et des informations fournies par ton procédurier, on avait sans doute l'intention de t'administrer deux types de cocktails. Le premier contenait du chlorure de potassium et du Dacléor. Tu le sais probablement, le chlorure de potassium, à trop forte dose, peut provoquer un arrêt cardiaque. Ici, on était sur une quantité très faible qui, à elle seule, n'aurait pas suffi à t'envoyer six pieds sous terre. En revanche, couplée au Dacléor, c'est une tout autre histoire.

— C'est quoi, le Dacléor ?

— Un myorelaxant qui a un puissant effet dépresseur sur le système nerveux central. On le prescrit de manière générale pour le traitement de l'alcoolisme. Mal administré, il est bien connu pour ses dramatiques effets secondaires. Entre 60 et 80 milligrammes, des convulsions, de la tachycardie. De 80 à 300 milligrammes, d'importantes complications respiratoires et cardio-circulatoires, avec des séquelles neurologiques possibles.

Elle prit une inspiration.

— La seringue en contenait 450 milligrammes, Franck. Et, comme je te l'ai dit, mélangé de surcroît avec du chlorure de potassium.

Sharko se crispa sur sa chaise. Ces résultats lui donnèrent la chair de poule.

— Ils voulaient me tuer ?

— Oui, et pas qu'un peu. J'ai pu mettre la main sur quelques exemples documentés à travers le monde de personnes ayant subi de tels surdosages de Dacléor, continua Martha. La plupart ont été fatals, mais certaines intoxications ont été de véritables trompe-la-mort. Un extraordinaire cas clinique est notamment sorti en 2018, au sujet d'une citoyenne américaine qui prenait du Dacléor pour se sevrer de l'alcool. Je l'ai joint au rapport, pour info…

Dans la pochette que Franck feuilleta, des données, des conclusions. Une synthèse carrée, comme Martha savait les faire.

— Cette femme, donc, trafique une ordonnance pour obtenir davantage de produit. Un jour, elle est retrouvée inconsciente à son domicile par son mari et est conduite à l'hôpital sur-le-champ. Les médecins l'intubent en soins intensifs, ils s'aperçoivent qu'elle ne présente plus aucun réflexe du tronc cérébral. Seul son cœur bat de manière spontanée. Son cerveau ne fonctionne plus. Autrement dit, elle est officiellement morte. Un prélèvement d'organes a lieu. Et c'est là qu'on a l'impression d'être dans un film, parce que, au moment où on l'emmène au bloc, elle se met à avoir des mouvements délibérés.

Franck imagina sans mal la scène : la femme qui ouvre les yeux à la seconde où on lui pose le scalpel sur le ventre, la stupeur de l'équipe chirurgicale.

— Bref, je ne te fais pas de dessin, celui qui comptait t'injecter ce mélange s'assurait de l'arrêt de ton cœur *et* de ton cerveau, le tout quasi simultanément.

Le flic s'affaissa sur sa chaise, sonné. Même s'il se doutait que ces tarés ne lui voulaient pas de bien, se l'entendre dire de cette façon était très perturbant.

— Merde… souffla-t-il.

— Mais le clou du spectacle, c'est que, selon toute vraisemblance, on prévoyait de te ramener avec la deuxième seringue. Celle-ci contenait en effet de l'adrénaline et d'autres composés dont je t'épargne les détails. De quoi relancer le cœur et désinhiber la neurotransmission. Pour être honnête, je n'ai jamais été confrontée à un truc pareil.

Je ne sais pas quelle est la probabilité pour que ça fonctionne, mais il est évident que quelqu'un joue au docteur Frankenstein. Et ce n'est pas le premier venu puisqu'il lui a fallu se procurer des produits qu'on ne trouve pas d'un simple claquement de doigts, être capable de les doser au milligramme près, de se servir d'un électroencéphalogramme portatif…

Franck commençait à entrevoir ce à quoi il avait affaire, et ça défiait tout ce qu'il aurait pu imaginer. La Faille était en fait un véritable aller-retour de quelques secondes ou de quelques minutes dans l'au-delà. Un voyage dans un territoire inexploré et méconnu. Les derniers mots de Nébrasa lui revinrent soudain à l'esprit. « Je n'ai pas failli mourir. J'ai été mort. » Oui, l'homme-squelette avait été mort. Réellement. Et il était revenu. Transformé. Terrorisé.

Le flic essaya de mettre de l'ordre dans ses idées. Il relata à l'experte l'histoire de Nébrasa, lui parla des cas de Dubois et de Calvar. Les EMI négatives, les cheveux blancs, le harcèlement des diables. Les yeux de Martha s'agrandissaient au fur et à mesure de son récit.

— À ton avis, ce genre de cocktails pourrait provoquer par la suite ce type d'hallucinations ? demanda Sharko. Et le blanchiment des cheveux ?

— Bon sang… Je te signale quand même qu'il s'agit d'interrompre le fonctionnement du corps humain. Plus de battements cardiaques, arrêt net de l'apport d'oxygène dans le cerveau et dans toutes les cellules de l'organisme. C'est quoi, ce délire ?

Martha se massa les tempes, comme un matin de gueule de bois. Même son esprit de scientifique aguerrie peinait à raccrocher les wagons.

— Qu'est-ce qu'ils cherchent, ceux qui font ça ?

Franck resta immobile, les lèvres pincées. Elle comprit qu'il était lui aussi perdu. Après avoir encaissé, elle finit par répondre :

— Pour les hallucinations, c'est possible… Après un certain délai, différent selon le type de cellules, chaque seconde qui s'écoule cause des dégâts irréversibles. Niveau cerveau, le manque d'oxygène implique la destruction de millions de neurones qui ne pourront jamais se régénérer. On a beau relancer la machine, une telle expérience doit laisser des séquelles immédiates ou qui se manifesteront plus tard. Ça ne me paraît donc pas fou d'imaginer des conséquences à plus ou moins court terme sur des zones spécifiques du cortex. Peut-être que ça déclencherait une sorte de schizophrénie. Quant au blanchiment des cheveux…

Elle prit le temps de la réflexion.

— Leur pigmentation est assurée par la mélanine, produite par des cellules appelées mélanocytes. L'année dernière, des chercheurs ont découvert que les mélanocytes étaient pourvus de longues branches qui envoyaient un influx électrique pour communiquer, exactement comme les neurones… Encore une fois, cette violence infligée au corps pourrait très bien avoir déréglé toute cette chimie.

Sharko y voyait beaucoup plus clair en ce qui concernait Nébrasa. L'homme squelettique s'était, un jour et de manière intentionnelle, retrouvé face à ces dégénérés pour vivre l'expérience la plus extrême qui soit. Il les avait laissés lui injecter leur mélange dans les veines et était mort, avant qu'on ne le ramène du côté des vivants. Impossible de savoir ce qui s'était passé juste après, mais la Faille avait sans doute endommagé une partie de son cerveau – la même que celle qui occasionnait le syndrome de Cotard – et impliqué un blanchiment prématuré de ses cheveux. Une question essentielle subsistait pourtant : pourquoi Philippe Dubois, l'interné de Sainte-Anne, et Rémi Calvar, le criminel récidiviste, avaient-ils présenté des symptômes similaires alors qu'ils n'avaient, selon toute vraisemblance, pas connu la Faille ? En effet, eux avaient vécu leur EMI à l'hôpital, suite à…

Soudain, un interrupteur s'alluma dans la tête de Sharko. C'était peut-être un pur hasard, mais il avait l'impression d'entrevoir un lien ténu, un fil presque invisible qui pourrait donner une cohérence à l'ensemble.

Il se leva aussitôt de sa chaise, prêt à partir.

— Merci, Martha. Comme toujours, tu as été impeccable.

Elle lui adressa un sourire.

— Tiens-moi informée de ton enquête, OK ? Et fais gaffe à toi, Franck. Ceux qui sont capables de faire une chose pareille ne se laisseront pas prendre facilement. Tu n'auras pas de deuxième chance.

— Promis.

— Et embrasse Nicolas de ma part.

Quelques instants plus tard, Sharko reprenait le chemin du Bastion, retourné par ses incroyables découvertes. *Le docteur Frankenstein…* Si son intuition se révélait exacte, l'affaire était encore plus monstrueuse que tout ce qu'il avait pu imaginer.

51

Au retour de Sharko, Pascal était seul dans l'open space, en train d'imprimer des documents. Le chef de groupe posa son manteau sur le fauteuil de sa femme et alla ouvrir légèrement la fenêtre. La discussion qu'il venait d'avoir avec Martha lui avait donné chaud.

— Lucie et Nicolas ne sont pas là ?

Le lieutenant Robillard s'approcha de son supérieur avec son paquet de feuilles.

— Lucie a obtenu des infos sur le col du fémur greffé. Elle m'a dit qu'elle partait du côté de Clamart. Elle a embarqué Bellanger pour le remettre dans le bain.

— Il va comment ?

— Jecko ne l'a pas raté, mais j'ai le sentiment que ça lui fait du bien de sortir la tête de l'hôpital et de la spirale des médias. Par contre, ce qui est sûr, c'est qu'on ne retrouvera pas le Nicolas d'avant. Et puis, si le bébé naît, qu'est-ce qu'il va se passer ? Il ne pourra pas être sur tous les fronts, tu ne crois pas ?

Franck haussa les épaules.

— Il fera comme la plupart d'entre nous, il prendra une assistante maternelle et il viendra bosser.

— Ouais, peut-être… Enfin bref, j'ai des nouvelles au sujet de l'histoire de l'abattoir de Laigneville et des porcs massacrés.

— Moi aussi, j'ai des nouvelles. Mais à toi l'honneur.

— OK. J'ai eu en ligne le collègue qui s'est occupé de cette affaire. Il vient de m'envoyer un peu de paperasse. Dont ceci…

Il tendit à son chef des impressions de photos. Des porcs décapités, à même le sol en béton. Le sigle peint sur un mur.

— Suite au dépôt de plainte du directeur de l'abattoir, une enquête pour acte de cruauté envers des animaux a été ouverte auprès du commissariat de Creil. Les responsables du carnage n'ont pas eu de mal à entrer dans l'enclos des bestiaux, qui n'était protégé que par une barrière. Ils ont bousillé la caméra de surveillance, mais regarde…

Franck observa la face blanche de la Mort qu'il avait vue dans les catacombes. Elle souriait à l'objectif, de cette grande bouche osseuse qui dévoilait les dents jusqu'aux racines. Sur un autre cliché, on devinait qu'un homme très grand, visage dissimulé également et vêtu d'un gros blouson noir, se précipitait vers la fameuse caméra.

— Ce sont les seules images qu'ils ont, précisa Pascal.

— Un colosse… Il y a de grandes chances pour que ce soit l'énergumène que j'ai croisé. Celui qui m'a planté la seringue dans le cou. Le mec mesurait plus d'un mètre quatre-vingt-dix et était sacrément balèze.

— Le lieutenant que j'ai eu au téléphone a dit qu'aucune des six têtes n'avait été retrouvée. Les auteurs du délit les ont embarquées.

Sharko leva un sourcil interrogateur.

— Je te confirme, c'est plus qu'étrange, mais ce n'est pas tout. Un vétérinaire est venu pour examiner les cadavres. Selon lui, il ne s'agit pas de l'acte de barbares qui avaient envie de s'exciter sur des animaux. Les incisions et les découpes sont précises, toutes réalisées au même niveau, sous la moelle épinière. Or, au-delà du fait que ça ne colle pas avec un profil de mecs qui feraient ça pour le fun, il a jugé qu'un tel résultat aurait été impossible à obtenir sur des porcs qui se débattent. Il a donc lancé une analyse toxico. Les bêtes avaient auparavant été endormies à la kétamine, un anesthésique vétérinaire.

— Ils voulaient s'assurer de bien faire le boulot…

Franck se dirigea vers la carte de France accrochée au mur. Laigneville n'était qu'à quelques kilomètres de Creil, au nord de Paris.

— Qu'a donné l'enquête ?

Pascal se posta à ses côtés.

— Rien de concluant. Mon contact de Creil m'a laissé entendre que ce n'étaient que des porcs et que ce dossier n'était pas leur priorité, si tu vois ce que je veux dire.

Sur ces mots, Pascal alla s'emparer de sa Thermos de café, remplit deux mugs, et en tendit un à Franck.

— Leurs recherches sur le sigle n'ont rien donné non plus. Les gars de Creil ont abandonné la partie, ils n'avaient pas envie de se casser la tête pour six malheureux cochons.

Franck but une gorgée en silence, l'œil rivé vers ce coin de France, sans comprendre pourquoi les auteurs du massacre avaient choisi cet abattoir-là. Puis, à son tour, il lui fit un bilan de son entretien avec Martha. D'après lui, par l'intermédiaire du Darknet, le groupe d'individus masqués en question permettait à des volontaires de descendre dans ce qu'ils appelaient la Faille. Il s'agissait de franchir les frontières de la mort et d'en revenir, à l'aide de mélanges de substances capables de provoquer un arrêt puis un redémarrage des fonctions vitales.

— C'est un truc de dingue… souffla Pascal, scié. Je n'arrive pas à croire qu'on soit confronté à un délire pareil. Ce serait ça, leur but ? Explorer ce qu'il y a après la vie ?

— Peut-être… Un moyen de savoir, une bonne fois pour toutes, ce qu'il y a de l'autre côté. D'avoir la preuve rapportée de l'existence de quelque chose d'autre que le néant. Mais ils sont sans doute trop lâches pour faire eux-mêmes le grand saut. Alors ils harponnent des personnes prêtes à prendre le risque d'y rester.

— Et si ça foire ?

— J'imagine qu'ils font disparaître le corps, comme ils l'ont fait avec Emma.

— On ne se débarrasse pas de cadavres humains si facilement. On finit toujours par les retrouver.

Franck hocha la tête.

— En même temps, leur but, c'est que leur expérience fonctionne. Et il est possible qu'elle fonctionne bien plus souvent qu'on ne le croie et que les cobayes en reviennent. En tout cas, ils repèrent, d'une façon ou d'une autre, des gens qui seraient susceptibles d'être intéressés par l'aventure et qui n'iront pas l'ébruiter. Des marginaux, des déviants, des gars qui aiment les sensations extrêmes comme Nébrasa… Le message est clair : la Faille est dangereuse. Elle peut tuer. Pourtant, certains acceptent de débourser dix mille euros pour ça. Tu te rends compte ?

— Pour payer une telle somme, il faut être sacrément motivé, oui !

— Quand ils tiennent leur cible, ils lui fournissent un mot de passe unique. Plus tard, ils lui donnent accès au site sur le Darknet. Progressivement, pour s'assurer que le cobaye est « fiable ». Leur système s'étire dans le temps, est précis, et s'ils ont un doute, ils arrêtent tout. Dans le cas contraire, au bout du processus, le type finit sur une table, dans un endroit isolé, et c'est parti.

Des souvenirs remontèrent. Franck s'égara un long moment dans ses pensées, avant qu'une tape sur son épaule ne le fasse atterrir.

— T'es toujours là, déclara Pascal, devinant où son chef s'était perdu. Le requin est coriace, on n'élimine pas un Sharko comme ça.

Le commandant acquiesça, lâcha un bref sourire avant de reprendre le fil de son raisonnement.

— J'essaie de trouver un lien dans ce micmac, et j'ai eu une idée au terme de ma discussion avec Martha. Philippe Dubois et Rémi Calvar ne sont pas passés par la Faille. Pourtant, ils ont présenté les mêmes symptômes que Nébrasa. Lucie m'a signalé que Dubois avait vécu son EMI non pas lors de son accident, mais dans le service de soins intensifs de la Salpêtrière, où il a fait un arrêt cardiaque. Quand j'ai interrogé Calvar, il a également évoqué un arrêt cardiaque à l'hôpital. Je me demande s'il ne…

— Attends, le coupa Robillard. Calvar a parlé plus précisément de son accident lors de la seconde audition. Un après-midi, il roulait à moto sur une grosse cylindrée du côté de Bercy et a été percuté par une voiture qui avait grillé une priorité à droite. Il a fait un vol plané d'une dizaine de mètres. État très critique, SAMU, chirurgie… Mais c'est dans le service de soins intensifs qu'il fait un arrêt et vit son EMI infernale. Quant à l'hôpital, je te le donne dans le mille…

— La Salpêtrière…

Pascal approuva. Les yeux de Sharko brillèrent.

— Alors mon intuition était bonne. Tu penses à ce que je pense ?

— Un médecin ou un infirmier qui aurait fait ses expériences sur… sur des patients ?

— Les « anges de la mort », répliqua Franck dans la foulée. C'est de cette façon qu'on les appelle. Des individus qui profitent de leur statut de soignants pour s'en prendre à des personnes vulnérables.

Le chef de groupe se mit à aller et venir dans l'open space alors que l'excitation grimpait.

— Souviens-toi, il y a quelques années, l'histoire du médecin réanimateur de Grenoble qui introduisait des anesthésiques et du potassium dans les poches de réhydratation de ses malades. Ça provoquait de graves problèmes cardiaques, jusqu'à l'arrêt. Mais heureusement, ce bon petit Samaritain n'était jamais bien loin et réussissait toujours à les tirer d'affaire.

— Il ne cherchait pas à tuer, mais voulait se faire passer pour leur sauveur et obtenir l'estime de ses collègues…

— Exactement. Imagine le réservoir que représente un service de soins intensifs pour le genre d'individus qu'on traque. Imagine que l'un d'entre eux ait accès à ce lieu où se trouvent en permanence des patients entre la vie et la mort.

— Comme un poisson dans l'eau. Une petite injection, une crise cardiaque parmi d'autres, ni vu ni connu…

Les deux flics observèrent un court silence, mesurant la portée de leurs propos.

— Il y aurait donc les expériences en milieu hospitalier d'un côté, et la Faille de l'autre ? demanda finalement Pascal.

Franck hocha la tête avec conviction.

— J'en ai bien l'impression. Récupère-moi les dates précises des hospitalisations de Calvar et de Dubois, ainsi que leurs photos. L'étau se resserre. On va finir par les coincer, aussi malins soient-ils…

52

Lucie roulait au ralenti dans la zone d'activités du Plessis-Clamart, au cœur d'un maillage d'entreprises qui allaient de Renault à Coca-Cola. Après un rond-point, elle repéra enfin le panneau qui indiquait la direction du laboratoire OGT, l'endroit vers lequel l'avait orientée la clinique responsable de la greffe osseuse sur Corinne Durieux. Ses maigres investigations lui avaient appris que l'établissement, qui existait depuis 2014, traitait et revendait à des professionnels de la santé des « produits à base d'os humains ».

Nicolas n'avait pas beaucoup parlé durant le trajet. Il avait passé la plupart du temps à regarder défiler le paysage, immobile, ailleurs, dans le silence de l'habitacle. Il ne supportait plus la radio. Il aurait dû poser des tas de questions sur leur affaire, mais il n'en avait rien fait. À un moment donné, Lucie avait décidé d'évoquer Audra : elle était certaine que celle-ci veillait sur le bébé, que son corps déployait toute la force vitale qui lui restait pour mener la grossesse à terme. Dans le fond, l'enquête qui les occupait montrait à quel point la frontière entre les morts et les vivants était ténue, et que tout n'était peut-être pas terminé après le dernier souffle.

— J'aimerais te croire, avait-il répliqué d'un ton neutre.

À cet instant, Lucie avait compris qu'il n'était plus physiquement dans la chambre d'hôpital, mais que son esprit y demeurait enfermé, prisonnier des cathéters et des respirateurs. Et tout cela durerait tant qu'Audra serait encore sur son lit, dans ce détestable entre-deux.

— Je dois t'avouer que j'ai eu des doutes sur ton acharnement au début, confia-t-elle. Parce que, toi comme moi, on est au courant qu'Audra aurait refusé d'être branchée…

— Elle n'était pas enceinte quand elle disait ça.

— Oui, je sais. Et je sais aussi qu'elle désirait ce bébé avec toi… J'en ai désormais la conviction : tu as raison de te battre. Je suis sûre que Franck aurait agi de la même façon si… Enfin, il n'aurait rien lâché. Chacun d'entre nous doit tout faire pour protéger la vie. En tant que policiers, on en a davantage conscience que quiconque.

Cette fois, il se tourna vers elle et lui adressa un sourire empreint de tristesse.

— Merci. Et je suis désolé pour ce qui est arrivé à Franck. De ne pas avoir été là, à vos côtés.

— Il s'en est sorti, c'est l'essentiel.

S'apercevant de sa maladresse, Lucie se tut jusqu'au parking, où elle se gara sur l'une des places réservées aux visiteurs. Le laboratoire OGT s'étalait, en façade, sur une quarantaine de mètres. Un bâtiment de plain-pied composé de larges vitres teintées et de tôle blanche, agrémenté de petits parterres de fleurs. On aurait pu imaginer, à l'intérieur, une société d'informatique quelconque ou une compagnie d'assurances.

Ils se présentèrent à l'accueil. Sur les murs étaient accrochées de splendides photos qui ressemblaient à des coraux de fonds marins, des gorgones colorées, mais les légendes précisaient qu'il s'agissait de clichés de vascularisation, de matrices osseuses, de porosité interconnectée... La beauté secrète des os.

Quelques minutes plus tard, un responsable les rejoignit. Un homme jeune au crâne luisant et en pointe, aux sourcils noirs épilés. Des airs de Spock dans *Star Trek*. Il portait un masque bec de canard, le FFP2, ce qui accentuait le caractère androgyne et futuriste de son visage. Tous se saluèrent poliment d'un mouvement de menton. Lucie montra sa carte de police, que Sylvain Rostand, car c'était son nom, consulta avec une vive inquiétude dans le regard.

— Que se passe-t-il ?

— Nous sommes ici dans le cadre d'une enquête judiciaire. Nous tentons de retracer « l'itinéraire », si je peux m'exprimer ainsi, d'un col du fémur greffé sur une victime. Ce morceau d'os appartient à une femme que nous recherchons. Elle s'appelle Emma Dotty. La clinique qui a réalisé cette greffe, la clinique Saint-Hilaire de Rouen, nous a redirigés vers vous.

— La clinique Saint-Hilaire est en effet l'un des clients avec qui nous travaillons régulièrement.

La lieutenant sortit un papier de sa poche et le tendit à son interlocuteur.

— Ils nous ont fourni l'identifiant du greffon. Nous aurions besoin de savoir par quel biais cet os est arrivé entre vos mains.

En s'entendant parler, Lucie n'avait plus l'impression d'être flic, mais archéologue ou anthropologue. Le responsable, lui, considéra la feuille et hocha la tête.

— Tout est consigné à partir du prélèvement initial, donc ça ne devrait pas poser de problèmes. Et ce n'est pas comme pour les greffes d'organes, il n'y a pas de soucis de confidentialité entre donneur et receveur chez nous. Mon bureau est à l'autre bout, je vous demanderais juste de bien garder vos masques sur votre visage.

Ils le suivirent dans un dédale de couloirs aux parois vitrées qui permettaient d'accéder à différents laboratoires équipés de machines complexes, de matériel informatique, de bras articulés de robots…

— D'où viennent tous ces os ? s'enquit Lucie en chemin.

— De personnes vivantes consentantes qui, par exemple, se font mettre des prothèses lors d'opérations chirurgicales et n'ont plus besoin des os qui sont remplacés. Mais la plupart ont appartenu à des individus qui sont décédés et ont offert leur corps à la science.

La flic acquiesça. Visiblement fier de son business, Sylvain Rostand poursuivit ses explications tout en marchant :

— Nous sommes parmi les plus grands experts en régénération osseuse. Nous fournissons des solutions orthopédiques et dentaires à nombre de cliniques et cabinets partout à travers la France. Je ne sais pas si vous avez des implants dentaires, mais il y a de bonnes chances pour que le produit soit sorti de chez nous.

— Pas encore, lâcha Lucie. Dieu m'en préserve.

Derrière l'une des vitres, un laborantin était en train de déposer une hanche à l'intérieur de ce qui ressemblait à un aquarium équipé de jets et de capteurs. L'os qui occupait son attention portait encore des lambeaux de chair de différentes teintes, du rouge au noir. Nicolas grimaça d'écœurement.

— Débridement par fluide pulsé, une méthode que nos équipes ont développée il y a quelques années, expliqua leur accompagnateur. On nettoie, on supprime les parties de l'os nécrosées et peu denses… On fait, en somme, tout un travail de préparation qui garantit une qualité osseuse unique et facilite fortement la revascularisation.

— En gros, vous vous faites du fric sur le dos des morts, répliqua Nicolas. Rien ne se jette, comme dirait l'autre. Même pas une rotule.

Sylvain Rostand resta soufflé un instant par l'agressivité de son interlocuteur, avant de répondre d'un ton plus froid :

— Nous investissons des millions d'euros dans la recherche, les compétences et la technologie de pointe. Nos produits subissent des dizaines de traitements, décontamination, viro-inactivation, stérilisation par radiation, qui assurent une sécurité optimale lors de la greffe. Nous permettons à des milliers de patients de retrouver l'usage de fonctions défaillantes. Vous ne trouvez pas cela louable ? D'autant que, pour être parfaitement clair et pour répondre directement à votre… attaque, aucun matériel biologique n'arrive ici sans le consentement du donneur.

— Il semblerait pourtant que ça puisse être le cas. Sinon, on ne serait pas là.

L'homme, face à l'hostilité manifeste de son visiteur, se referma et pressa le pas. Lucie envoya un coup de coude à Nicolas, lui faisant les gros yeux.

— Ces trucs me révulsent, marmonna-t-il. Les gens sont morts, et on ne leur fiche toujours pas la paix. On les dépouille jusqu'au bout. Tu crois que ces types, là, ils leur disent qu'ils deviennent de la poudre d'os dans une solution rajeunissante que t'achètes sur Internet à cent cinquante euros ?

Quand ils atteignirent le bureau de Rostand, ce dernier s'installa devant son ordinateur, sans plus aucune trace de sympathie sur le visage. Il ne leur proposa même pas de s'asseoir, se contentant de pianoter sur son clavier. Lucie trépignait d'impatience.

— Voilà, j'ai votre résultat. L'identifiant que vous m'avez fourni correspond bien à un col du fémur, en provenance d'un centre du don des corps.

Lucie resta de marbre, mais, au fond, elle se sentait triste. Même si elle se doutait du sort qui avait été réservé à Emma Dotty, elle en avait désormais la confirmation. La pauvre femme avait fini dans un endroit glauque où on l'avait vraisemblablement découpée en morceaux.

— Lequel ?

— Le Centre du don des corps de l'université de médecine Vésale, à Creil.

L'homme fixa du regard Nicolas, positionné en retrait, dos appuyé au mur proche de la porte.

— Histoire d'être bien clair, tout ce que nous recevons ici, nous le devons à des gens qui ont formulé, de leur vivant et par écrit, leur volonté de servir la science. Et pour votre gouverne, il ne s'agit pas de marchandisation des corps, ce qui est interdit en France. Le CDC ne vend rien. Ils nous font uniquement payer une contribution aux frais que représentent la conservation et la préparation.

— Simple enfumage administratif, réagit Nicolas, péremptoire.

« Spock » était sur les nerfs, mais il s'efforçait de rester calme. Plus vite ils auraient leurs réponses, plus vite ils lui ficheraient la paix.

— Vous connaissez la procédure exacte qui se met en place après le décès, la manière dont les choses se déroulent ? lança Lucie, qui s'essayait de compenser l'animosité de son collègue.

— La famille contacte le Centre dont les coordonnées sont indiquées sur la carte que chaque donneur a en sa possession. Les pompes funèbres se chargent alors d'organiser le transport, sans mise en bière, en général dans un délai de vingt-quatre à quarante-huit heures. Les sujets arrivent à destination avec un certificat de non-contagion – la preuve d'une mort non liée à une maladie infectieuse. Ensuite, les techniciens du Centre identifient la dépouille par un numéro, puis effectuent des prélèvements sanguins et tissulaires. En parallèle, quelqu'un passe au secrétariat déposer toute la paperasse nécessaire à la traçabilité : carte de donneur, certificat de non-contagion, acte de décès…

Lucie ne comprenait pas. Tout cela ne rimait à rien. Ils avaient mené des recherches auprès de l'état civil : il n'existait aucun acte de décès au nom d'Emma Dotty. Elle avait disparu brusquement, sans doute assassinée. Comment avait-elle pu finir dans un tel endroit ?

Soudain, le spécialiste parut aussi troublé qu'elle.

— Il y a un truc qui ne colle pas.

D'un clic, il déclencha l'imprimante, juste derrière lui.

— Tout à l'heure, vous m'avez cité l'identité de la propriétaire du col du fémur. Emma…

— Emma Dotty.

— C'est ça… Comment êtes-vous sûre que l'os est bien le sien ?

— Nous avons comparé le profil ADN issu de l'os avec un profil contenu dans le fichier des empreintes génétiques et répertorié comme étant celui d'Emma Dotty. Les deux sont rigoureusement identiques.

Il pivota pour récupérer la feuille qui venait d'atterrir dans le bac et la glissa sous le nez de Lucie.

— Dans ce cas, on a un problème.

La flic observa l'acte de décès avec stupéfaction. Il était au nom d'une certaine Françoise Fresnel, 54 ans, décédée en août 2021.

53

— Merci de nous recevoir, docteur.

— Je vous en prie, mais vous comprendrez qu'avec la nouvelle vague de Covid que nous affrontons, je n'ai malheureusement pas beaucoup de temps à vous accorder…

Patrick Lebrun, le chef du service de soins intensifs de la Pitié-Salpêtrière, venait de refermer la porte de son bureau derrière Franck et Pascal. Il se débarrassa de sa charlotte verte et la jeta dans une corbeille. Puis il but une demi-bouteille d'eau, avant de s'adresser aux policiers, qui avaient été contraints de patienter plus d'une heure pour le rencontrer.

— En fait, on n'a plus le temps de rien, même pas de boire. Je vous écoute.

Sharko le sonda. Front luisant de sueur, crâne dégarni, sourcils broussailleux, trois stylos de couleur accrochés à la poche de sa blouse, dont le col était de travers. Dans un champ de blé, il aurait pu sans mal faire office d'épouvantail.

— Tout d'abord, est-ce que vous travailliez déjà dans ce service début 2019 ?

— J'y travaille en effet depuis 2002, et je le dirige depuis 2016.

— Dans ce cas, vous devriez pouvoir nous aider.

Franck ouvrit sa pochette et tendit une première feuille à Lebrun.

— Vous reconnaissez cet homme ?

Le spécialiste considéra rapidement la photo.

— Je ne suis pas sûr, non…

— Philippe Dubois. Il a été admis ici en septembre 2019, dans un état critique, après un accident du travail. Il a ensuite subi un arrêt cardiaque entre vos murs, mais a pu néanmoins être sauvé.

Le médecin secoua la tête. Le FFP2 empêchait à Sharko de décrypter quoi que ce soit sur son visage.

— Ça fait plus de deux ans, comment voulez-vous ? Savez-vous combien de patients défilent dans nos lits chaque semaine ?

— Et combien vivent des expériences de mort imminente ? Négative, en l'occurrence. Je dirais même infernale. Les démons, les gens qui brûlent en enfer, ce genre de truc… Ça ne vous dit toujours rien ?

Patrick Lebrun marqua un silence que Sharko tenta d'interpréter, en vain.

— Nous avons eu des témoignages d'EMI, en effet, même si ça reste rare. En revanche, je n'ai pas entendu parler de ces histoires de démons. En même temps, nous sommes l'un des plus gros hôpitaux d'Europe. Vous avez vu la taille de ce service ? Je ne peux pas être au courant de tout ce qui s'y passe dans le détail.

Sharko sortit une deuxième feuille.

— Lui, c'est Rémi Calvar. Arrivé en janvier 2019, dans un état critique également, suite à un accident de moto. *Idem*. Arrêt cardiaque aux soins intensifs. Réanimé, lui aussi. Plus tard, il relate une expérience de mort imminente négative particulièrement éprouvante. Nous disposons de l'enregistrement audio, que nous pourrons vous faire écouter, si vous le souhaitez.

— J'aimerais vous aider, mais je n'ai aucun souvenir de ça.

Cette fois, Lebrun s'était pourtant attardé une fraction de seconde de trop sur le portrait pour que Sharko ne le remarque pas.

— J'ai eu l'impression que ce visage avait fait remonter un souvenir.

— Non. Enfin… Oui, peut-être. Mais ce sont surtout ces cheveux blancs sur les deux photos qui m'ont intrigué. C'est hors du commun pour des gens de cet âge. Mais dites-moi, qu'est-ce que vous voulez exactement ? Quel est le problème avec ces deux individus ?

— Le dernier a commencé à tuer six mois après être sorti d'ici, poussé par des démons qui lui ordonnaient de passer à l'acte, et a éliminé cinq personnes avant qu'on ne mette fin à sa sinistre épopée. Le premier s'est suicidé à Sainte-Anne, deux ans après son séjour dans cet hôpital. Lui aussi harcelé par des êtres maléfiques.

— Je… Je ne comprends pas. Des êtres maléfiques ? Mais qu'est-ce que vous insinuez ? Qu'il y aurait un lien de cause à effet entre le passage de ces individus dans mon service et… et ce qu'ils sont devenus après ?

Pascal s'approcha légèrement, de manière à faire bloc avec son chef. Patrick Lebrun était coincé entre son bureau et eux.

— Notre temps est aussi précieux que le vôtre, et vous vous doutez bien que deux officiers de police judiciaire ne vont pas venir le perdre avec de simples insinuations. Un faisceau d'indices nous a conduits ici. Nous avons aujourd'hui de très fortes raisons de penser que ces arrêts du cœur ont été provoqués par injection d'un cocktail de chlorure de potassium et de Dacléor et qu'un membre de votre personnel est impliqué.

Le spécialiste était sous le choc. Ses épaules s'affaissèrent. Il se fraya un passage et alla s'asseoir dans son fauteuil. Franck ne le lâchait pas des yeux.

— Bon Dieu…

— Suite à l'administration de ce cocktail, le cœur et le cerveau s'arrêtent quasi instantanément, compléta Sharko. Je suppose que les machines s'affolent, que le corps médical accourt pour lancer une procédure de réanimation. Une procédure qui, à un moment donné, implique une piqûre d'adrénaline. Ça se déroule bien de cette façon, non ?

Le médecin hocha doucement la tête.

— Dans certains cas, ça se rapproche de ce que vous racontez, oui…

— Selon nous, l'individu qu'on recherche devait être aux côtés de l'équipe d'intervention chaque fois. Et il y a peut-être eu d'autres victimes, j'imagine sur plusieurs mois, voire plusieurs années, de sorte que vous ne pouviez probablement rien suspecter. Il s'agit de quelqu'un qui s'y connaît en produits médicaux, qui sait utiliser du matériel complexe comme un électroencéphalogramme. Quelqu'un du métier…

— Pourquoi ? Pourquoi l'un de nous ferait un truc pareil ?

Sharko lui expliqua leurs déductions récentes et, quand il eut terminé, écrasa son index sur le bureau.

— Une chose est sûre : il ne s'est pas arrêté. Il continuera à nuire tant que nous n'aurons pas mis la main sur lui. D'où notre urgence !

Le chef de service ne regarda même pas son téléphone qui vibrait devant lui. Il semblait ailleurs. Après un temps, ses yeux revinrent vers ses interlocuteurs. Puis se détournèrent vers son écran.

— Laissez-moi faire une vérification… Asseyez-vous, je vous en prie.

Il pianota et parut soudain perturbé. Comme il ne disait rien, Sharko le relança :

— S'il y a quoi que ce soit qui vous semble suspect, il faut nous le dire.

— Je ne voudrais pas incriminer une personne qui n'a sans aucun doute rien à voir avec votre enquête, mais… j'ai l'impression qu'il pourrait être intéressant que vous la rencontriez puisque vous me parlez d'EMI et que c'est un sujet qui la passionnait à l'époque…

— On est tout ouïe, répliqua Pascal.

54

Patrick Lebrun soupira, visiblement mal à l'aise à l'idée de mettre un de ses collègues en difficulté, mais finit par se lancer.

— J'ai eu, dans mes effectifs, un médecin anesthésiste-réanimateur, le docteur Marc Viktor. Un homme brillant, vif, avec de grandes idées sur tout. Il intervenait à l'hôpital à mi-temps, alternant avec un poste de chercheur en neurobiologie à l'université. Je sais qu'il travaillait là-bas sur des projets relatifs aux réseaux de la conscience, dont j'ignore la teneur exacte.

— Les réseaux de la conscience ?

— Comment apparaît la conscience ? Naît-elle et meurt-elle avec le cerveau ? L'esprit et le corps fonctionnent-ils de manière indissociable ? On est sur ce registre, et c'est la raison pour laquelle les expériences de mort imminente l'intéressaient. Il s'est penché sur ces fameux cas où des patients auraient vu et entendu des choses alors qu'ils étaient en sédation profonde sur une table d'opération, donc complètement inconscients. Si leur cerveau ne présentait plus d'activité électrique, comment pouvaient-ils vivre une EMI ? Vous voyez le paradoxe ?

Pas besoin d'être un éminent scientifique pour comprendre. C'était comme avoir de la lumière dans une ampoule alors qu'on venait d'éteindre un interrupteur. Ils hochèrent la tête.

— Le problème, avec ce type d'études, c'est que, hormis des paroles rapportées ou des sensations, il n'y a pas de preuves concrètes. Et puis les EMI peuvent très bien se dérouler au moment où le cerveau reprend son activité, et donner au patient l'impression qu'elle s'est passée avant…

Le chef de service fit une pause, s'assurant que ses interlocuteurs assimilaient ses explications. Jusque-là, rien de compliqué.

— Un jour, je dirais que ça remonte à environ cinq ans, Viktor m'a fait part d'une requête incongrue : il voulait avoir l'autorisation de cacher, au-dessus des armoires de chacune des chambres de soins intensifs et sans que personne soit au courant, un objet quelconque. Une balle de tennis, par exemple. Puisque nombre de témoignages d'EMI mentionnaient des décorporations et des visions « d'en haut », il cherchait à savoir si des patients qui auraient vécu une EMI dans l'une de ces chambres raconteraient avoir vu cet objet à leur réveil. Cela n'aurait pas constitué une preuve scientifique en soi, bien sûr, mais tout de même, ça aurait tendu à valider l'existence d'une conscience en dehors du cerveau. Je ne m'y suis pas opposé, je trouvais même l'idée astucieuse. Sans compter que ça l'aurait aidé dans ses travaux sans pour autant perturber notre activité…

Sharko repensa aux paroles de l'abbé François : cette image du vent qui se matérialisait à la surface de l'eau sous forme d'ondes, mais qui n'avait pas besoin de l'eau pour exister. L'âme continuait-elle à exister sans son support charnel ? Sortait-elle du cerveau quand celui-ci ne fonctionnait plus, pour y revenir une fois qu'il se remettait en route ?

— Et ça a marché ? demanda-t-il avec intérêt.

— On ne peut pas dire que les résultats aient été concluants. Sur les six mois qui ont suivi le début de l'expérience, il n'y a eu que deux témoignages, et il ne s'agissait pas de « décorporations ». Les EMI sont des phénomènes trop rares, trop aléatoires pour être étudiés de cette façon.

Franck éprouva une forme de déception, sans savoir réellement pourquoi. Peut-être parce que, au fond, ça aurait laissé l'espoir d'un « après ».

— Viktor a alors envisagé une solution cent fois plus radicale pour obtenir des réponses : monitorer sous EEG les patients qui arrivaient dans le service dans des états critiques. Le principe, en soi, était fascinant. Il consistait à observer ce qui se passe précisément à l'intérieur du cerveau au moment de la mort. Est-ce qu'il y a, à un instant donné, une intense activité électrique susceptible de générer un sursaut de conscience ? Est-ce que les différentes zones du cortex s'éteignent les unes après les autres dans un ordre bien précis, ou l'arrêt de l'activité électrique est-il simultané ? Autrement dit : comment cet organe meurt-il d'un point de vue purement scientifique ? Aujourd'hui encore, personne n'a, à ma connaissance, la réponse à cette question.

Les deux flics échangèrent un rapide regard. Ce Viktor commençait à cocher pas mal de cases.

— Monitorer sous EEG n'est nullement invasif, précisa Patrick Lebrun. Ce sont seulement des pastilles à coller sur le crâne. Pourtant, vous vous doutez que, même si c'était séduisant, aucun chef de service n'aurait accepté cela d'un point de vue éthique. Et d'un, cela revenait à miser sur la mort des patients en question. Et de deux, je ne voulais pas que les soins intensifs deviennent un centre d'expérimentations. Alors, j'ai rejeté sa demande…

Franck hocha doucement la tête.

— C'était à quelle époque ?

— Je dirais… courant 2018. C'en est resté là, Viktor n'a plus jamais abordé le sujet. Il avait trop d'ego pour insister. Par contre, cela avait jeté un froid évident entre nous. Il a fini par démissionner l'année dernière pour se consacrer intégralement à ses recherches.

Franck réfléchit. Courant 2018. Calvar et Dubois avaient eu leurs arrêts cardiaques en 2019. D'un point de vue chronologique, ça pouvait coïncider : après avoir essuyé un refus, Viktor avait peut-être décidé d'agir dans le secret et l'illégalité. D'envoyer des patients de l'autre côté à coups d'injections mortelles pour prendre des mesures et interroger les survivants à leur réveil. Enfin, pour ceux qui se réveillaient… Soudain, le regard du médecin s'obscurcit. Il garda un temps le poing sous le menton, les yeux fixes, puis poussa un soupir.

— Et puisque c'est la raison pour laquelle vous êtes là, autant que je sois transparent avec vous : c'est lui qui était le médecin en charge des deux patients que vous m'avez cités. Je viens de consulter leur dossier. Je… Je ne sais pas quoi vous dire d'autre. Ce que vous me racontez est impensable et je ne peux pas croire qu'il soit impliqué dans ces horreurs.

— Pourtant, nous avons maintenant un important faisceau d'indices qui vont dans ce sens, répliqua Sharko du tac au tac. Dubois et Calvar ne sont peut-être pas les seules victimes. Vous avez moyen de me sortir la liste des patients dont le docteur Viktor s'est occupé, disons de mi-2018 jusqu'à son départ, et qui auraient eu des arrêts du cœur ? Certains en sont peut-être même décédés…

— Nous n'avons malheureusement pas la possibilité de croiser ce genre de données. Il va falloir faire cela manuellement. Je peux demander à un assistant de s'y coller et je vous recontacte. Ça risque simplement d'être un peu long.

Sharko lui tendit une carte.

— Faites-le et envoyez-moi les résultats. Une dernière question. Vous dites que le docteur Viktor travaille dans un laboratoire. Lequel ?

— Je ne sais pas si c'est toujours le cas, mais, à l'époque, c'était dans le département de neurobiologie de l'université de médecine Vésale, à Creil.

55

On approchait du milieu de l'après-midi. Sharko s'était occupé de la commande du déjeuner tardif. Panini, Pasta box, quiche lorraine, eaux plate et gazeuse. Il avait fermé la porte de l'open space et installé un tableau au centre de la pièce. Sur une grande page blanche, il avait noté « Vésale ».

Tout, dans ses gestes, la vivacité avec laquelle il se déplaçait, trahissait son excitation. Lucie discutait au téléphone, ses pâtes devant elle. Il attendit qu'elle raccroche et l'interrogea du regard.

— Françoise Fresnel est bien décédée à Fleurines, un bled près de Creil, le 13 août. L'employé de mairie que j'ai eu en ligne la connaissait, elle travaillait à la poste de la ville. Il n'y a pas eu d'enterrement, mais un hommage dans la salle des fêtes. Cette femme de 54 ans souffrait d'un cancer. Il était de notoriété publique qu'elle comptait donner son corps à la science.

Sur ces mots, la flic se mit à dévorer son repas, debout, appuyée sur le rebord de son bureau. Sous « Vésale », Franck tira une flèche et inscrivit : « Centre du don des corps ».

— Donc… la dépouille de cette Françoise Fresnel arrive là-bas, apportée par les pompes funèbres avec toute la paperasse nécessaire. On sait tous comment ces centres de dons fonctionnent : les cadavres peuvent être utilisés pour la formation des futurs médecins, ou alors, et en général les responsables ne l'ébruitent pas, être revendus à l'armée ou à des laboratoires du style de celui du Plessis-Clamart. Des bras, des jambes, des troncs, qui se baladent un peu partout dans la nature ou qui finissent dans des voitures crashées contre des murs.

Lucie aspira une pâte bruyamment puis, sa fourchette en bois à la main, reprit :

— L'histoire du certificat de décès, ce n'est que de l'enfumage, à mon avis. Puisque ton visage n'est pas imprimé sur ton col du fémur, tu peux photocopier dix fois celui d'une personne et t'en servir en l'associant à d'autres cadavres.

— Une sorte de trafic de corps, intervint Pascal.

— Un moyen parfait de s'en débarrasser, en tout cas, répondit Sharko. Et c'est probablement ce qui est arrivé à Emma Dotty…

Nicolas était assis à son bureau, le visage fermé.

— Elle s'est retrouvée sur une table, lâcha-t-il. Et ces salopards l'ont découpée avant de la disperser dans toute la France, en toute impunité, en faisant croire qu'il s'agissait de quelqu'un d'autre.

Sharko acquiesça, imaginant avec aisance la scène : le hachoir du préparateur débitant un corps comme s'il s'attaquait à une pièce de viande, le claquement froid de la lame contre l'inox, les morceaux qu'on empaquetait avec un beau petit nœud rouge et un certificat de décès. « Bon pour envoi ».

— Tout nous ramène à l'université Vésale, affirma-t-il. Emma Dotty, la proximité de l'abattoir, la manière chirurgicale dont les six têtes de porc ont été prélevées, les actes médicaux, les produits injectés, le sigle qui fait penser à une confrérie. Et surtout, surtout…

Il punaisa une photo dans un coin, ainsi qu'un document que venait de lui communiquer un employé des ressources humaines de la Salpêtrière.

— Lui, Marc Viktor, 52 ans. Le CV que m'a fourni l'hôpital ne date pas d'hier, mais il est très parlant. Viktor est une grosse tête et, il y a trente ans, il a fait ses études, je vous le donne en mille, à Vésale.

Il traça une flèche reliant « Vésale » à « Viktor ».

— J'ai jeté un œil, compléta Pascal. Vésale est l'une des universités de médecine les plus réputées de France, avec un important pôle de recherche. On y forme l'élite depuis plus de quatre-vingts ans. Un campus d'environ trois mille étudiants et deux cents scientifiques, implanté à la lisière de la forêt d'Halatte.

— Trois mille... soupira Lucie. Une petite ville, quoi. Ça fait du monde, niveau suspects.

Franck alla prendre son panini jambon de Parme-fromage. Il était presque froid.

— Viktor travaille dans un laboratoire de neurobiologie, au cœur d'un institut dédié au cerveau et accolé à l'université. En parallèle, il a exercé en tant qu'anesthésiste-réanimateur dans plusieurs grands hôpitaux, dont la Salpêtrière qu'il a quittée il y a un an.

Nicolas s'approcha et observa la photo de l'homme. Le cheveu gris, court et frisotant, le nez droit, des yeux d'un bleu de Prusse qui lui donnaient un regard condescendant. Des allures d'empereur romain en pleine gloire.

— Il serait le chef d'orchestre de cette sordide histoire ?

— Le chef d'orchestre, je ne sais pas, mais en tout cas, il est impliqué au plus haut point. Il y a de grandes chances qu'il s'en soit pris à des patients en état critique à la Salpêtrière. Qu'il les ait utilisés comme cobayes.

Il se serait, de cette manière, offert un terrain de jeu à sa taille.

Lucie plissa le nez.

— Qu'est-ce qu'il fait dans son laboratoire ?

— D'après ce que m'a raconté le chef de service des soins intensifs, il planche sur l'origine de la conscience, le cerveau, ce genre de trucs. Il cherche notamment à comprendre ce qui se produit dans le cerveau au moment de la mort, d'un point de vue électrique. En gros, l'idée, c'est de définir quand et comment cet organe meurt.

Alors qu'il prononçait ces mots, Sharko songea à ceux de Martha, l'experte en toxicologie : « Il est évident que quelqu'un joue au docteur Frankenstein. » Elle n'avait pas cru si bien dire. Franck avait lu le livre de Mary Shelley dans ses jeunes années et en avait vu les différentes adaptations cinématographiques. L'orage, les anguilles, les muscles morts qui se contractaient lorsque le courant les parcourait. L'électricité y tenait un rôle important et, des siècles plus tard, cette œuvre semblait toujours d'actualité.

Il revint à l'enquête, écrivit à présent « la Faille » sur le tableau et l'entoura.

— Peut-être que les expériences menées à l'hôpital ne lui ont pas apporté les réponses qu'il souhaitait. Le risque de se faire surprendre était important, ce qui a dû le freiner. Sans compter que les arrêts du cœur qu'il provoquait pouvaient finir par attirer l'attention sur lui…

— Alors, il a créé la Faille.

— Probable. Un système qui lui permet de reproduire ces conditions, mais avec beaucoup plus de liberté. Un moyen de pousser encore plus loin sa folie. Rappelez-vous, l'électroencéphalogramme qu'on a retrouvé dans la cabane. Viktor ne pouvait pas brancher ce genre d'appareil sur les patients de l'hôpital sans que ça se voie.

En revanche, avec cette Faille, plus aucune limite. Il allait pouvoir collecter des enregistrements concrets, des données fiables, des témoignages… Le paradis !

— Et d'autres l'ont suivi, renchérit Lucie. Des gens de la faculté, on peut supposer. C'est ce que sous-entend le sigle, en tout cas. Des étudiants ? Une bande de scientifiques complètement barrés prêts à tout pour faire avancer leurs recherches ?

Sharko tira sur le CV d'un coup sec. Il fixa le visage de Viktor avec une haine viscérale.

— On met tout ça au clair sur papier. Je veux quelque chose de béton pour aller voir le juge, au plus tard demain. Vous vérifiez avec la plus grande discrétion si Viktor habite toujours l'adresse indiquée sur le CV, mais personne n'entre en relation avec l'université Vésale. On doit taper par surprise. Viktor d'abord, le Centre de don des corps ensuite… On va foutre un bon coup de pied dans la fourmilière.

56

À la lueur d'un halogène, Nicolas ajusta le clou sans tête et le frappa vivement avec son marteau pour fixer la latte au tasseau. Il se redressa ensuite dans une grimace. Il avait passé deux heures, tantôt agenouillé, tantôt arc-bouté, à couper, encastrer et clouer ce fichu lambris sur l'une des cloisons de la chambre du bébé. Il recula d'un pas et observa. Pour un non-bricoleur, il n'était pas mécontent du résultat. Son fils se plairait dans ce petit nid de bois et, même si Audra n'était pas fan du lambris, Nicolas savait qu'elle aurait fini par adorer.

Il était quasiment 22 heures et il était exténué. Il laissa les outils en place, se rendit dans la cuisine et balança un plat surgelé dans le micro-ondes. Le courrier s'accumulait depuis deux semaines sur la table : papier d'assurance, factures… Il faillit tout jeter à la poubelle, puis se dit qu'il les ouvrirait plus tard.

Tout en avalant ses boulettes de viande et ses spaghettis en sauce, il feuilleta le *Libération* du jour. Un article occupait une pleine page. « Quand la justice s'invite au chevet des patients », titrait-il. On y évoquait des cas de coma médiatisés, notamment ceux de Vincent Lambert et de Vincent Humbert – des presque homonymes qui avaient toujours semé le trouble dans l'esprit des gens. Des noms étrangers comme Charlotte Wyatt, Terri Schiavo, Alfie Evans étaient également cités.

Et, évidemment, le papier faisait la part belle à Audra Spick. On retraçait des histoires terribles, émouvantes, qui, à partir du moment où la justice mettait les pieds dans le plat, se terminaient en déchirements, en drames dans le drame.

Les lois de la République ne proposent qu'un cadre général et non une exploration de la singularité d'une situation. Pourtant, chaque cas est aussi unique que les sept milliards de personnes qui peuplent cette Terre, que ces femmes et ces hommes faits de chair et d'émotions, de convictions respectables et humaines, mais pouvant aboutir à une incompatibilité. La médiatisation à outrance, les pressions politiques, les enjeux économiques font que ce n'est plus la médecine qui, aujourd'hui, accompagne les malades dans leur fin de vie, mais la société tout entière. Chacun d'entre nous veut avoir son mot à dire et, derrière son écran, à coups de tweets malsains ou de messages anonymes, se transforme tantôt en juge, tantôt en coupeur de têtes. Arrêtons-nous un instant sur l'un des exemples les plus parlants de ces dernières années. Un exemple qui démontre à quel point le système peut conduire à des aberrations. Celui de Jahi McMath.

Retour en arrière. Cette jeune fille est déclarée en état de mort cérébrale dans un hôpital d'Oakland, le 12 décembre 2013, suite à une hémorragie massive qui a privé trop longtemps son cerveau d'oxygène. Après des examens minutieux, un certificat de décès est établi. Selon les lois de Californie, Jahi est officiellement morte. Dès lors, sa famille est informée de l'interruption des traitements, mais celle-ci refuse ce verdict, qui repose sur des critères neurologiques, et engage des poursuites. L'établissement, pris dans l'étau juridique, est contraint de maintenir les dispositifs d'assistance sur la patiente.

Une bataille de robes noires conduit finalement l'hôpital à accepter de rendre la jeune Jahi à ses proches, qui organisent le transport médical vers le New Jersey, là où il est possible de nier catégoriquement un diagnostic de mort cérébrale. Dans cet État de l'est américain, Jahi est désormais considérée comme vivante, alors qu'elle est décédée en Californie. Avec l'aide de soins infirmiers vingt-quatre heures sur vingt-quatre, d'un ventilateur ainsi que de sondes trachéales et d'alimentation, elle « vivra » pendant près de cinq ans chez elle, auprès de ses parents, jusqu'à ce qu'une insuffisance hépatique l'emporte biologiquement.

Jahi a aujourd'hui deux certificats de décès. L'un établi en Californie, daté du 12 décembre 2013, et l'autre au New Jersey, daté du 22 juin 2018. Entre les deux, elle a grandi, sans jamais avoir manifesté le moindre signe de conscience. Détail déroutant, mais parlant : en atteignant la puberté, elle a eu ses menstruations. Elle était féconde, en mesure de donner la vie.

Qui donc est capable, sur cette Terre, de dire si, en définitive, cette enfant devenue femme sur un lit médicalisé, alimentée par des machines, et qui n'a plus jamais bougé un petit doigt, était morte ou vivante ?

Nicolas termina sa lecture, le cœur brisé, tant le parallèle avec Audra était troublant. Ému, il mena des recherches sur Jahi, dont l'histoire bouleversante avait divisé l'Amérique. Ses parents avaient en effet été considérés comme des sauveurs par certains, et comme des tortionnaires par d'autres, parce qu'ils refusaient de laisser leur fille partir en paix. Pour lui, ils n'avaient fait que ce qui leur semblait juste, parce qu'ils l'aimaient.

Dans le fond, il n'avait pas souhaité toute cette médiatisation autour d'Audra. Ces déchirements par avocats interposés, ces guerres de tranchées sur les réseaux, et tous ces abrutis de politiques qui faisaient de la récupération et jouaient le rôle de faux éplorés. Mais avait-il eu le choix ? La médecine avait décidé de lui arracher son enfant, de le priver du bonheur d'être père. Lui, ce qu'il désirait, c'était entretenir, du mieux qu'il le pouvait, la petite flamme qui le relierait pour toujours à l'amour de sa vie. Est-ce qu'ils l'évoquaient, ça, dans leurs fichus articles ? Est-ce qu'ils s'interrogeaient sur ce que lui ressentait ?

Il avait à peine avalé deux bouchées, mais déjà il n'avait plus faim. Toute cette mélasse sciento-juridico-politique le dégoûtait. Martin Corneille avait raison : il devait se tenir le plus loin possible de ce tapage obscène. Restaient moins de deux mois à devoir faire face, puis Audra pourrait s'en aller. Quand bien même son fils naîtrait, ce ne serait pas simple, mais il aurait une bonne raison de se battre pour remonter la pente.

— Alors c'est ici que vous vivez.

Nicolas sursauta et se retourna. La silhouette de Christian Spick se découpait dans l'embrasure de la porte. Un personnage qui paraissait tout droit sorti d'un film noir, avec cette frange d'ombre en diagonale qui lui barrait le visage et lui cachait les yeux.

— C'était ouvert, il y avait de la lumière. Je me suis permis.

L'homme portait un gros manteau trois quarts, une élégante écharpe en cachemire et des gants en cuir. Un Stetson complétait le tableau. Le flic se leva, sur la défensive. Spick était seul.

— Vous êtes sacrément culotté de vous pointer chez moi à une heure pareille. Où est votre chien-chien d'avocat ? Qu'est-ce que vous voulez ?

Le visiteur ôta son chapeau d'un geste lent. Il fit un pas en avant et balaya la pièce du regard, sans masquer un dégoût manifeste.

— Que vous ne vous opposiez pas à la décision de la justice, qui a été depuis le début celle du comité d'éthique. Ne lancez pas votre recours devant le Conseil d'État demain, et laissez Audra nous quitter.

Nicolas le fixa froidement quelques secondes, et alla débarrasser la table.

— Vous pouvez rentrer chez vous. Et refermez la porte, s'il vous plaît.

Christian Spick demeura planté là avec la détermination d'un crotale devant une mangouste. Le flic sentait la haine qui suintait par tous les pores de la peau de cet homme. Il revint vers lui d'un pas franc, le visage cadenassé.

— Vous savez que vous êtes coincé. Que le temps me donnera raison, et que toutes les actions que vous pourriez entreprendre ne feraient que ralentir encore plus le processus. Alors, maintenant que vous êtes acculé, vous venez me supplier. Vous qui, dès notre première rencontre avec le médecin, avez osé vous pointer avec un avocat alors qu'il était question de la vie de votre fille. C'est vous qui avez déclenché l'incendie. Mais il est trop tard pour éteindre le feu.

— Vous vous trompez. Je ne suis pas venu vous supplier, mais pour vous faire une proposition.

Spick s'avança jusqu'à la table, tira une chaise et s'assit. Puis il sortit son carnet de chèques.

— Combien ?

Il fallut un instant à Nicolas pour saisir ce qui était en train de se passer.

— Vous... Vous voulez acheter la mort d'Audra ? C'est bien ça que vous comptez faire ?

— Ma femme et moi, on veut juste que ce calvaire cesse. On veut enterrer notre fille, faire une belle cérémonie, vous comprenez ? Nous sommes loin de chez nous, nous dormons dans une chambre d'hôtel pour rester auprès d'elle. Vous imaginez ? La voir ainsi est une souffrance abominable.

Bellanger se mit à aller et venir, la tête entre les mains.

— Ça n'a aucun sens. Votre présence ici, cet argent… Bon sang, pourquoi vous vous acharnez à souhaiter la mort de ce bébé ? Pourquoi vous…

Il s'arrêta net de bouger. Une pensée venait de le percuter. Une pensée incongrue… impossible…

— L'héritage, souffla-t-il du bout des lèvres.

Un éclat brilla dans le regard noir de Christian Spick.

— Finissons-en au plus vite. Combien ?

Nicolas dut s'asseoir à son tour pour ne pas vaciller. Alors c'était ça… Depuis le début…

— Audra est votre unique enfant. De ce fait, si mon fils naissait, il serait par filiation le seul héritier de tous vos biens. Bon Dieu… Dans la seconde où vous avez su qu'Audra ne reviendrait pas, vous… vous avez songé à ça. Vous êtes un monstre.

Ce jour-là, le flic avait vu et entendu des horreurs au bureau, mais, d'une certaine façon, elles le heurtaient moins que l'effroyable vérité qui émergeait. Le feu brûlait en lui, lui tordait le ventre. Il serra les poings, jusqu'à s'en faire mal.

— Voilà ce que vous allez faire, monsieur Spick. Vous allez bouger votre cul de ma chaise, et foutre le camp d'ici avant que je pète un câble. Et je vous préviens, si vous avez le malheur de vous pointer encore chez moi ou de vous retrouver sur mon chemin, je vous défonce le crâne. Le fric n'achète pas tout. Ce bébé va naître et, quand il sera en âge de comprendre, je lui expliquerai quel genre d'homme vous êtes.

Christian Spick se pinça les lèvres, contrarié. Il se leva pourtant et rangea, toujours avec cette même lenteur insouciante, son chéquier dans la poche intérieure de son manteau, dont il rajusta le col d'un geste tranquille.

— Je m'en doutais un peu, pour être honnête. Je ne sais pas ce qui a pris à ma fille de faire un gosse avec un type comme vous. Vous n'êtes qu'un minable. Un flicaillon de seconde zone qui vit dans un trou à rats.

Une fois son fiel déversé, il mit son chapeau, se dirigea vers la porte et, avant de la franchir, se retourna.

— Vous serez le seul et unique responsable de tout ce qui pourrait se passer à l'avenir.

— Qu'est-ce que vous voulez dire par là ?

Christian Spick l'observa, un rictus sur les lèvres.

— Vous verrez.

Puis il sortit, claquant violemment la porte derrière lui.

57

D'après le centre des impôts, Marc Viktor habitait à Verneuil-en-Halatte, à moins de dix kilomètres de l'université Vésale. Un rapide coup d'œil sur Google Earth avait permis aux flics d'identifier une maison individuelle avec un grand terrain, au bout d'une rue qui s'enfonçait ensuite dans les bois. L'état civil, quant à lui, leur avait appris que l'ancien anesthésiste-réanimateur de la Salpêtrière était divorcé depuis 2010, sans enfants. Il n'apparaissait pas sur les réseaux sociaux ni sur Internet – juste de brèves mentions de son nom sur Google, en rapport avec des articles scientifiques. Par ailleurs, il n'avait eu aucun souci avec la justice. Un bon petit citoyen modèle, au-dessus de tout soupçon.

Grâce aux éléments rassemblés par l'équipe, le juge d'instruction avait néanmoins délivré, en ce début d'après-midi, une commission rogatoire qui autorisait une perquisition, même en l'absence du propriétaire. Dans la foulée, le groupe s'était mis en chemin et, désormais, deux voitures fendaient la campagne, au nord de Paris. Le ciel était si bas qu'il semblait sous cloche. À l'horizon, les nuages d'un gris argent tournaient au noir charbon, et des bandes obliques de pluie unissaient ciel et terre. Çà et là, il restait bien des feuilles rebelles accrochées aux branches des arbres nus, mais l'automne continuait son travail de sape.

Franck quitta quelques secondes les yeux de la route et fixa Nicolas.

— Tu as bien fait de ne pas parler à ton avocat de la visite de M. Spick. Ça n'aurait fait qu'attiser la haine qui suinte déjà de partout. Les parents d'Audra sont des êtres abjects, mais leur dessiner une cible sur le front, ce n'est pas toi…

— La vie de mon fils contre de l'argent… Jamais cette histoire d'héritage ne m'avait effleuré avant. Et eux… Ils me dégoûtent.

Nicolas n'arrêtait pas de se malaxer les mains.

— Je ne sais pas ce qui m'a retenu de lui sauter dessus. J'aurais pu le démolir, Franck. Mais un truc, au fond de moi, m'a alerté. J'ai envisagé que ce salopard m'ait provoqué uniquement pour que je l'agresse. Parce que, si je le faisais, je perdrais tout.

Sharko hocha la tête. Dans un sens, les propos de son collègue le rassuraient sur son état mental. En dépit de la tempête qu'il traversait, il demeurait lucide.

— Ce qui compte, maintenant, c'est de laisser la justice s'embourber et espérer que la grossesse aille à terme. Ça, et boucler cette fichue enquête…

Nicolas plaqua sa tempe droite sur la vitre, soudain silencieux, et regarda les arbres défiler. Boucler une enquête, pour en récupérer une autre juste après. Puis une autre, et encore une autre. Tel Sisyphe avec son rocher. Un éternel supplice. Serait-il encore capable de s'engager avec la même fougue qu'avant ? Il n'en était plus très sûr…

Franck prit un appel, tandis que la forêt se dressait, sombre, inquiétante, aux portes de Verneuil-en-Halatte, comme pour repousser l'ennemi. Il échangea quelques mots avec son interlocuteur et raccrocha.

— C'était le chef du service des soins intensifs de la Salpêtrière. Ils ont fini de lister les patients dont Viktor s'est occupé et qui ont subi un arrêt cardiaque. De mi-2018 à son départ de l'hôpital, sept sont morts d'un arrêt postopératoire et quatre autres ont été réanimés, dont Calvar et Dubois.

— Onze personnes, putain… Et ils se sont pas alarmés ?

— C'est au-dessus des statistiques, mais, apparemment, ça peut arriver. Viktor est parti à temps pour ne pas se faire prendre.

— Je suis persuadé que des gens ont eu des doutes sur son comportement, mais qu'ils se sont tus. Omerta de merde… T'imagines le nombre de vies que ce salopard a détruites ?

Franck ne répondit rien. Il songea qu'il faudrait quand même rendre visite aux deux autres réanimés, histoire de s'assurer qu'il n'y avait pas d'autres tueurs de la trempe de Calvar dans la nature. Quant à Viktor, certes, il ne vivrait jamais assez longtemps pour payer sa dette, mais passer le reste de ses jours derrière des barreaux allait lui faire tout drôle.

Les policiers traversèrent rapidement Verneuil-en-Halatte, une petite ville agréable, à l'écart du monde, et atteignirent leur destination : une construction classique des années 1980, façade en crépi, tuiles rouges, thuyas tout autour. Pas clinquante, mais bénéficiant d'un cadre extraordinaire. Le genre d'endroit où les biches s'aventuraient dans les jardins au crépuscule.

Ils se garèrent un peu plus loin sur le bas-côté, pour ne pas attirer l'attention, et descendirent de leur voiture avec calme. Ensemble, ils avancèrent ensuite jusqu'à la maison. Pas de véhicule dans l'allée, mais l'habitation disposait d'un garage en sous-sol. Nicolas s'était laissé distancer par le groupe, et Sharko le sentait vacillant. Facile d'imaginer que le film de la nuit du drame devait tourner dans sa tête.

— Si tu veux, tu restes à l'écart, d'accord ?

— Je suis dans le coup, ça va.

Franck n'était pas dupe et garda un œil sur son collègue. Les coups de sonnette ne donnèrent rien, et ils ne distinguaient pas un mouvement derrière les fenêtres. Vu l'heure, Viktor était sans doute au travail. Aucune importance, son absence arrangeait même Sharko, qui avait demandé à un serrurier d'attendre leur arrivée à deux rues de là, au cas où. Il rappela ce dernier et lui communiqua l'adresse exacte.

Dix minutes plus tard, la porte d'entrée cédait sans faire trop de dégâts. Le chef de groupe préférait savoir Nicolas à l'intérieur avec lui. Il pivota vers Lucie et lui signifia qu'elle resterait dehors pour intercepter le suspect s'il se pointait.

— Vous ne bougez pas de là non plus… intima-t-il au serrurier.

Après avoir enfilé des gants en latex, les trois policiers pénétrèrent dans un hall au carrelage clair qui s'ouvrait sur plusieurs pièces et un escalier menant à l'étage. Pascal Robillard avait sorti son PV de perquisition qu'il commençait à remplir, indiquant heure et circonstances.

— On n'embarque rien pour le moment, on recense juste les éléments qui prouvent qu'on ne s'est pas plantés de bonhomme… Au boulot.

Ils se dispersèrent aussitôt. Franck s'introduisit dans un salon de taille moyenne, en grande partie éclairé par une baie vitrée qui donnait sur la forêt. Déco minimaliste, aucun luxe, hormis un écran plat géant équipé de grosses enceintes. Un paquet de revues scientifiques traînaient sur la table entre des fauteuils crapauds. La bibliothèque regorgeait également d'ouvrages techniques et de témoignages – cerveau, mémoire, expérience de mort imminente, décorporation, voyage astral… Le commandant explora aussi les tiroirs, fouilla dans la paperasse. Rien de spécial. Plus loin, il découvrit une collection de disques vinyles rangés dans un meuble bas. Du rock et de la musique classique : Beethoven, Strauss, Schubert et, évidemment, Ravel… Il chercha une platine, en vain. Un premier bon point.

Après ça, il fit un tour dans la cuisine, inspecta le réfrigérateur, le lave-vaisselle où s'accumulaient couverts et assiettes sales. Il imagina Viktor mener sa vie en toute quiétude ici. D'un côté, l'homme sortait ses poubelles, saluait ses voisins, ramassait son courrier. De l'autre, il tuait des gens à coups d'injections mortelles.

Il grimpa ensuite à l'étage. Une des pièces était aménagée en bureau, encombré de piles de livres, de casiers en métal bourrés de documents, de pochettes colorées qui jonchaient le sol. À gauche, un pan de la cloison exhibait diplômes universitaires et autres distinctions. Il s'approcha du mur du fond, derrière un ordinateur éteint. Viktor avait punaisé une longue feuille quadrillée sur plusieurs mètres. Ça ressemblait à un électroencéphalogramme. Au départ, des ondes intenses, très serrées et irrégulières, montraient une importante activité cérébrale, puis s'affaissaient d'un coup, jusqu'à présenter un simple trait.

La mort, pensa Franck. Elle se dressait là, devant lui, crue, avec un autre visage que dans les catacombes, mais tout aussi effrayant : celui de la science. L'enregistrement de l'activité d'un cerveau en train de mourir. Il imagina quelqu'un allongé sur une table, dans un lieu isolé, en proie aux produits injectés par Viktor. Et ce bip abominable, strident et continu de l'appareil, qui indiquait que tout était terminé.

Ses yeux suivirent le tracé vers la droite. Là-bas, loin, très loin dans la mort – combien de secondes ? De minutes ? Ces quadrillages devaient représenter une unité de mesure, mais Franck ignorait laquelle –, des pointes surgissaient, des étincelles de vie au milieu du néant. D'abord une grande, seule, comme une vague scélérate dans l'océan. Puis une plus petite, au cœur des ténèbres. Entre ces deux pointes, au-dessus de la ligne, Viktor avait inscrit, en lettres capitales : « BOLÉRO ». Sharko resta là, immobile, à s'interroger sur le sens de ces sursauts électriques. Il ne comprenait pas non plus ce que le *Boléro* de Ravel venait faire dans tout ça.

Il rejoignit son procédurier dans la chambre juste à côté. Remarqua seulement une lithographie près du lit – un truc moche avec des carrés et des cercles partout. Pascal était monté sur une chaise, il balayait avec sa main le dessus du dressing qu'il avait déjà dû explorer, vu que les portes étaient ouvertes. On discernait des rangées de costumes, des chemises et des blouses blanches pliées.

— Alors ? demanda Sharko.

— Attends deux secondes.

Le lieutenant grimaça, se grandit en se hissant sur la pointe des orteils, et tira un carton vers lui.

— Je m'en doutais. Il y avait des traces de pieds de chaise sur la moquette…

De la boîte il sortit deux objets que son supérieur reconnut immédiatement. Le masque de mort vu dans les catacombes, et le pull noir orné du sigle dont les cinglés étaient vêtus.

— Putain, on le tient, lâcha Franck. Continue la perquise, je file avec Lucie au centre de recherche. S'il est sur place, on l'interpelle direct…

Pascal lui donna une tape sur l'épaule d'un air satisfait, puis prépara son appareil photo et sa paperasse pour consigner sa découverte. À ce moment-là, Nicolas apparut. Il avait le visage de ceux qui ont vu l'impossible.

— Vous devriez venir voir. C'est… incompréhensible.

— Me dis pas qu'il est mort.

— Non. C'est autre chose.

Ils le suivirent sans un mot. En bas de l'escalier menant au sous-sol, le lieutenant de police guida ses collègues au fond d'un couloir, puis franchit la porte qui menait à l'endroit où devait, d'ordinaire, stationner un véhicule, vu la flaque sombre et poisseuse d'huile par terre. On apercevait, à l'autre extrémité de cet espace, l'accès à une seconde pièce, plus petite.

— Il y avait des planches de contreplaqué posées devant l'entrée et tenues par un gros meuble qui dissimulait l'ensemble…

Il s'agissait pourtant d'un atelier de bricolage des plus classiques, avec sa ribambelle d'outils accrochés aux murs et dans lequel on pénétrait en se baissant un peu. Ce qui était peu ordinaire, c'était la présence d'un écran d'ordinateur allumé, installé au milieu d'un établi en bois, branché au secteur et relié à une unité centrale qui ronronnait. Celui-ci affichait ce qui ressemblait à une fenêtre de discussion : lettres blanches sur fond noir.

Franck s'approcha et se figea net, comme s'il avait reçu un mauvais coup dans l'abdomen. Dans un premier temps, il refusa de croire que ce qu'il lisait puisse être réel. Il regarda sa montre, incrédule, pour comparer l'heure et les minutes qu'elle indiquait avec celles qui s'inscrivaient chaque fois qu'un message arrivait. C'était bien une conversation instantanée.

16:17:23 > E. Dotty : Noir. Peur. Noir. Peur. Noir. Noir. Noir. Noir. Noir.

16:18:36 > E. Dotty : Gratter oreille. Gratter le bras. Gauche.

16:19:07 > E. Dotty : Charbon rose. Fleur du mal. Méchante bave. Tête. Pas toute.

16:20:11 > E. Dotty : Pitié pitié pitié pitié pitié pitié…

Franck se tourna vers ses collègues, qui avaient l'air aussi paumés que lui.

— C'est quoi, ce bordel ?

58

— Comment elle peut être vivante, Franck ?

Alors qu'il roulait en direction de l'université Vésale, Sharko n'avait aucune réponse à offrir à Lucie. La discussion sur l'écran de l'ordinateur était à sens unique : eux n'avaient pas pu se manifester. Elle affichait un historique d'environ un quart d'heure seulement, après quoi les lignes disparaissaient par le haut. Une suite de phrases étranges, glaçantes, de mots souvent incohérents. Une fois, « E. Dotty » avait supplié qu'on la délivre. Dans le chaos de ses propos, elle parlait parfois de ténèbres, de noir absolu, d'impression de flotter et de couler en même temps. Sans perdre une minute, Franck avait joint leur expert en informatique pour qu'il rapplique. Il fallait identifier l'endroit d'où ces messages provenaient.

Largement perturbée, Lucie regardait droit devant elle, sans vraiment voir la route, avec une peur muette au fond des yeux que Franck connaissait par cœur.

— Quelle que soit la personne qui tape ces phrases, on va la retrouver, d'accord ?

— Tu refuses de l'accepter, hein, que ça puisse être Emma ? Tu ne peux pas imaginer que…

Elle se tut, incapable de formuler sa pensée tellement elle lui paraissait, à elle aussi, insensée. Sharko secoua la tête.

— Il n'y a pas trente-six solutions. Ou elle est vivante et son col du fémur a été prélevé je ne sais comment. Ou elle est morte, ce que je crois plus volontiers, et ce n'est pas elle qui a écrit ça, mais quelqu'un qui se fait passer pour elle. Aujourd'hui, tous les éléments dont on dispose indiquent qu'elle est morte. Et ce dont je suis certain, Lucie, c'est qu'elle ne peut pas être à la fois morte et alimenter une discussion instantanée.

Il crispa ses doigts sur le volant. La réalité, c'est qu'il n'était pas du tout aussi sûr de lui. La grande Faucheuse planait sur leur enquête, chaque pas qu'ils faisaient les plongeait davantage dans l'incompréhension. Le flic en lui ne pouvait envisager qu'on puisse communiquer avec des défunts. Pourtant, il voyait bien que Lucie, elle, avait envie d'y croire. Qu'elle espérait, au plus profond d'elle-même, qu'un pont puisse être établi entre notre monde et l'après. Parce qu'à l'autre bout se trouvaient peut-être ses jumelles, Clara et Juliette, qui l'attendaient, pleines de chaleur et d'amour.

Franck lui glissa une main sous le menton, caressa son visage.

— Les réponses ne sont pas loin et, quand tout ça sera fini, on se prendra des vacances tous les quatre avec les enfants. Ça fait longtemps… Dans quel coin tu voudrais partir ? Mer, montagne ?

— Les deux… lança-t-elle avec un sourire triste.

Quelques minutes plus tard, au détour d'une courbe, se dessinèrent les premiers contreforts du complexe universitaire, sous un rideau de pluie. Sharko avait jeté un coup d'œil sur Internet et savait que les longues langues grisâtres de béton, sur leur droite, correspondaient à l'internat des étudiants. Le Centre du don des corps se situait plus en retrait, dans la forêt d'Halatte, à l'écart de la faculté – les morts n'étaient jamais les bienvenus, même dans une fac de médecine. Quant au pôle de recherche, il bénéficiait d'une voie d'accès réservée qui contournait les innombrables bâtiments dédiés à l'enseignement. L'ensemble était détaché de la ville – Creil était à six kilomètres à vol d'oiseau –, si bien qu'autour ne s'étalaient que les bois et la masse infinie des champs. À part bûcher, les jeunes ne pouvaient pas faire grand-chose.

« Faculté André-Vésale. Sciences médicales et pharmaceutiques. Institut du cerveau. Hauts-de-France. »

Ils doublèrent le panneau blanc planté sur un côté et s'engagèrent sur une route sinueuse. Bordée de solides hêtres, celle-ci devait être agréable l'été, mais, dans la lumière déclinante, les arbres nus fouettés par les bourrasques lui conféraient en ce jour un air de fin du monde.

Lorsque l'institut se matérialisa enfin devant eux, il était déjà plongé dans la pénombre. En forme de fer à cheval, ce dernier était équipé de fenêtres au verre fumé, il s'élevait sur deux étages et était doté d'un vaste parking aux trois quarts plein. Une armée de cerveaux qui étudiaient l'organe ô combien complexe qui, lui-même, leur permettait d'étudier. Une sorte de serpent se mordant la queue.

Franck et Lucie sortirent de leur véhicule, les nerfs à vif. Des portes automatiques ouvraient sur un hall protégé par des portiques nécessitant des badges d'accès. Un truc ultra-moderne, truffé de caméras et d'écrans diffusant des modélisations du cerveau. Sharko songea à ce film, *Bienvenue à Gattaca*, où les employés fournissaient un échantillon de sang chaque fois qu'ils franchissaient les barrières. Sur la gauche, une hôtesse, assise derrière un espace vitré, les invita à approcher.

Carte de police, brèves explications, puis Sharko conclut :

— Appelez-le, mais ne précisez surtout pas qu'il s'agit de la police. Vous lui dites juste qu'il doit passer à l'accueil pour un problème de badge.

La femme s'exécuta, mais raccrocha au bout de quelques secondes, l'air renfrogné.

— Son poste ne répond pas.

— Dans ce cas, faites venir quelqu'un qui travaille avec lui.

Alors qu'elle obtempérait sans discuter, Franck échangea un regard crispé avec Lucie. Malheureusement, le moment de l'interpellation n'était pas pour maintenant.

— Sa cheffe d'unité arrive, fit l'hôtesse.

La femme qui se présenta – Carine Millaud, la soixantaine bien tassée, courte sur pattes – portait un vieux pantalon de toile et un pull kaki en laine qui semblaient directement sortis d'un entrepôt Emmaüs. Ses cheveux grisonnants, coupés au carré, encadraient un visage tout en os, comme si un scalpel avait gratté les excès de chair. Se gardant bien de lui livrer des détails, les flics lui exposèrent la raison de leur visite.

— Marc ? Il est absent depuis hier. Ce n'est pas dans ses habitudes. J'admets que j'étais un peu inquiète, alors j'ai essayé de le joindre, en vain. Il a des ennuis ?

Franck enrageait. Suite à l'épisode de la cabane, Viktor s'était-il senti menacé au point de prendre la fuite ou de se cacher ? Attendait-il, quelque part, que les choses se tassent ?

— Il n'est pas à son domicile, indiqua Sharko. Avez-vous une idée de l'endroit où il pourrait être ?

— Pas la moindre, non. En même temps, Marc n'est pas un grand bavard. En dehors de son travail, il n'y a pas grand-chose qui compte.

— Nous aurions besoin de connaître la nature de ses recherches. Vous pourriez nous en parler ?

— Je vais vous montrer. Par contre, vous ne m'avez toujours pas expliqué pourquoi vous êtes là.

Ton cordial, mais directif. N'entrait pas qui voulait.

— On pense qu'il est impliqué dans une affaire grave. Cependant, l'instruction en cours ne nous permet pas de vous en dire plus pour le moment.

La scientifique tenta de trouver des réponses dans le regard de Lucie, mais se heurta à un mur. Elle finit par acquiescer.

— Très bien. Suivez-moi…

59

— Nous essayons, dans notre unité, de percer les mystères de l'électricité cérébrale. Nous cherchons, par exemple, à cartographier quelles sont les régions du cerveau nécessaires à la survenue de processus conscients. C'est, vous vous en doutez, un sujet d'une complexité extrême. Il ne s'agit pas seulement de repérer les circuits nerveux qui nous permettent d'être informés d'une douleur dans la main, mais d'expliquer comment naît l'impression subjective de la douleur. Et là, c'est une autre histoire, et nous sommes loin d'avoir résolu cette énigme. Vous savez ce qu'on dit sur le cerveau : plus on le connaît, moins on le comprend…

Carine Millaud les avait amenés à l'étage, dans l'aile ouest du bâtiment. La salle où ils évoluaient ressemblait à ce que Sharko avait toujours imaginé de ce genre d'endroit : un lieu aseptisé et bourré de technologies.

— Il y a quelques années, Marc s'est engagé dans une problématique très pointue : suivre, en temps réel, le passage de la vie à la mort des neurones, observer la manière dont s'éteignent progressivement les rythmes cérébraux de la conscience, et tenter de définir avec précision ce qu'est la mort irréversible de l'être. Trouver, si vous voulez, une sorte d'indicateur biologique irréfutable du moment exact de la mort.

Ils continuèrent à avancer. Sur l'une des tables s'agitait un rat au crâne recouvert de capteurs, piégé dans une boîte en verre dont l'une des faces affichait des successions de figures géométriques. Deux types en blouse observaient l'animal, les courbes générées par les machines, et prenaient des notes sur des tablettes. Leur hôte poussa une porte, et ils pénétrèrent dans un petit laboratoire encombré de matériel. Fenêtre donnant sur la forêt, paillasse en faïence, murs couleur jaune poussin… Quatre souris blanches occupaient un vivarium.

— Voilà. C'est ici que Marc passe ses journées et, la plupart du temps, ses nuits.

À son ton, à l'expression de son visage, les flics percevaient la haute estime dans laquelle elle tenait Viktor. Un type brillant qui pointait tous les matins, jamais en retard, qui ne comptait pas ses heures et vouait sa vie à la recherche. À proximité de l'évier, Sharko nota la présence d'un étrange instrument posé sur le carrelage blanc. Lucie s'approcha à son tour, écœurée.

— C'est… une guillotine ? Pour les souris ?

Carine Millaud se posta à leurs côtés.

— En effet, mais, si ça peut vous rassurer, ça fait un bout de temps qu'elle ne sert plus. Marc souhaitait, à l'origine, reproduire une expérience néerlandaise : brancher des capteurs sur le crâne des rongeurs et regarder ce qui se produit une fois leur tête tranchée. C'est le moyen le plus rapide et efficace pour étudier avec grande précision un cerveau en train de mourir.

Sharko observa le demi-cercle en bois destiné à accueillir le petit cou des rongeurs, la lame biseautée retenue par une corde miniature, le minibac pour recevoir la tête. Certes, il était question de science, mais il n'avait jamais été adepte de l'adage prétendant que la fin justifie les moyens. Il pensa également aux porcs décapités. Vraisemblablement, à un moment donné, Viktor avait changé de calibre.

La responsable les conduisit jusqu'à un EEG portatif, le même modèle que celui découvert dans la cabane. Dans une armoire, elle piocha une pochette parmi de nombreuses autres et en tira une feuille accordéon qui représentait le même genre de tracé que celui qui était accroché dans le bureau du domicile de Viktor, mais en beaucoup moins large. Elle plaça ensuite son index sur le trait noir.

— Voilà, ce sera plus clair qu'un long discours. Ici, vous voyez l'activité cérébrale normale de la souris. Là, après la chute de la lame, un effondrement des rythmes de la conscience, sur quatre secondes seulement. Un délai très court qui valide le fait que la méthode de la guillotine n'est pas cruelle pour les animaux.

— On leur coupe juste la tête, ça va, ne put s'empêcher de relever Lucie.

— C'est un sacrifice nécessaire pour que vous, vos enfants si vous en avez, puissiez vieillir en bonne santé. Il n'y aurait pas de progrès sans ce type d'expérimentations.

Les deux femmes se jaugèrent un instant, puis la flic acquiesça avec calme, incitant son interlocutrice à poursuivre. Le doigt reprit sa route le long de la courbe.

— Donc, quatre secondes plus tard, tracé plat. Le fameux bip lancinant qui, dans l'esprit des gens, est synonyme de fin. Le cerveau n'est plus alimenté en oxygène, il est en train de mourir, mais il n'est pas encore mort. Car ici, aux alentours d'une minute dix, quelle que soit la souris, on constate une onde de grande amplitude, avec des fréquences allant de quarante à quatre-vingts hertz.

Une onde que d'autres chercheurs, avant Marc, ont réussi à mettre en évidence aux Pays-Bas et qu'ils ont baptisée « l'onde de la mort ».

Lucie s'approcha pour mieux voir. *L'onde de la mort*. Soudain, elle eut très froid.

— Elle correspond à une décharge simultanée du potentiel électrique de tous les neurones cérébraux, comme un ultime tsunami d'électricité sous le crâne. Jusqu'à preuve du contraire, la fin de cette onde marquait l'arrêt définitif des activités du cerveau et, ainsi, l'instant précis de la mort chez les souris.

Elle replia la feuille. Fouina dans un autre dossier.

— Mais un point gênait Marc. En effet, qu'est-ce qui garantissait que, après cette incroyable décharge, les neurones ne puissent pas récupérer leur potentiel électrique si on apportait de nouveau de l'oxygène ? Or, vous imaginez bien que, sur des souris décapitées, c'était impossible à expérimenter. Alors il a eu l'idée de travailler sur des animaux intègres. Il leur injectait du potassium pour stopper le cœur, un mélange de sa composition pour tuer le cerveau, si je puis m'exprimer ainsi. Ensuite, il observait ce qui se passait.

Nouvelle feuille en accordéon.

— Voici un exemple. Vous voyez, tout se déroule comme pour la décapitation. L'effondrement des signaux, le tracé plat au bout de quatre secondes et l'onde de la mort, à une minute dix. Mais regardez ici, à plus de deux minutes après la décharge, ce sursaut électrique. Les neurones, qu'on pensait définitivement morts, ont retrouvé leur potentiel électrique suite à une réanimation réussie. Il a suffi d'un apport d'oxygène et d'adrénaline pour que la machine reparte quasi normalement.

La responsable pointa du doigt des paquets et des paquets de dossiers.

— On a là des centaines d'essais. Des tentatives de réanimation à deux, trois, quatre minutes. Finalement, Marc est parvenu à déterminer l'instant précis où cette onde ne réapparaît plus, malgré l'apport en oxygène. Un instant situé à environ quatre minutes quarante après l'onde de la mort, sur plus de deux cents sujets testés. Toujours ce même délai, à quelques secondes près. Vous imaginez la portée de cette découverte ?

Sharko se mordit la langue pour éviter de mentionner le fait que Viktor ne s'était pas contenté que de souris, jugeant qu'il était encore trop tôt pour de telles révélations.

— Marc Viktor a identifié le véritable point de non-retour, répondit-il. Le moment où la mort est totale et irréversible. À quatre minutes quarante-huit, les souris peuvent revenir à la vie. À quatre minutes cinquante, c'est trop tard.

— Tout à fait, et il a baptisé cette onde « l'onde Shelley ».

— Shelley, comme Mary Shelley, l'autrice de *Frankenstein* ?

— Je vois que vous connaissez vos classiques.

Elle leur montra la porte intérieure de l'armoire. L'affiche du film *Frankenstein* y était collée, la version originale de James Whale sortie en 1931.

— L'œuvre préférée de Marc, qui puise sans doute dans les tourments de Victor Frankenstein ses propres obsessions sur la mort et l'électricité… Quelques papiers sont parus il y a trois ans sur sa trouvaille, dont un dans *Science*, l'un des magazines les plus prestigieux de notre communauté. On était tous très fiers, dans l'unité.

— Je comprends. Si je ne me trompe pas, Marc Viktor était encore employé à mi-temps à la Salpêtrière pendant toute cette période de tests et de découvertes, n'est-ce pas ?

— En effet. Je ne sais pas comment il tenait le coup à l'époque, mais il a toujours eu des capacités de travail hors normes…

Sharko fut saisi d'un vertige rien qu'à imaginer les essais que Marc Viktor avait dû faire dans les chambres de soins intensifs. Après les souris et les porcs, il était passé à la vitesse supérieure avec les êtres humains, qu'il n'avait pas hésité à sacrifier pour ses recherches insensées… Il songea à Nébrasa, Dubois, Calvar. À toutes les pauvres créatures du docteur Viktor. Puis se ressaisit.

— Un graphique de ce genre était accroché sur un mur de son bureau, chez lui, indiqua-t-il. Étalé sur plusieurs mètres. Entre l'onde de la mort et l'onde Shelley, Viktor a écrit « BOLÉRO », j'imagine en référence au *Boléro* de Ravel. Avez-vous la moindre idée de ce que ça signifie ?

Contre toute attente, Millaud hocha la tête.

— Oui, bien sûr. C'est sans doute en rapport avec une expérience dont il avait eu l'idée, mais qui ne pourra jamais être réalisée, aussi séduisante soit-elle.

— C'est-à-dire ?

— Je vous ai expliqué que l'onde de la mort était la preuve de la décharge du potentiel électrique des neurones. Si on part du principe que la conscience et l'entièreté de notre perception du monde sont contenues dans le cerveau, alors, logiquement, après cette décharge, tout s'arrête. Marc, lui, rêve de vérifier cette théorie dans la pratique.

Elle laissa planer un silence de quelques secondes avant de poursuivre.

— La place de la conscience dans l'univers, la notion d'âme sont des questions qui l'obsèdent, comme elles ont obsédé des générations de chercheurs et de philosophes. Et il reste persuadé que la mort physique n'est pas forcément la mort de la conscience... Que les pensées ne peuvent pas être que de l'électricité. Que lorsque le cerveau s'éteint, l'âme subsiste, quelque part...

Sur le papier, elle pointa la zone située entre les deux pics électriques.

— Imaginez qu'un sujet « mort », mais réanimé avant l'onde Shelley, puisse rapporter avoir entendu le *Boléro* de Ravel, pourtant déclenché après la décharge. Ce serait un pas incroyable pour démontrer l'existence d'une conscience en dehors de tout processus chimique ou électrique du cerveau. Là où, vous vous en doutez, c'est un fantasme, c'est que ces expérimentations menées sur des souris ne sont évidemment pas reproductibles sur l'humain. Non seulement nous ne pourrons donc jamais prouver que ce qui a été découvert sur les rongeurs est valable pour nous, mais, en plus, nos amis à quatre pattes n'étant pas dotés de la parole, jamais ils ne rapporteront ce qu'ils ont perçu entre les deux ondes.

D'un regard, Franck et Lucie surent qu'ils pensaient la même chose : le fantasme avait pris vie, et il s'appelait la Faille. Ils avaient enfin compris son but ultime, secret : définir, une bonne fois pour toutes, si la conscience humaine survivait au corps. Et le fait de diffuser le *Boléro* de Ravel pendant ses expériences devait aider Viktor à en établir la preuve.

À cet instant, Sharko se rappela les confidences de l'abbé François au sujet de Nébrasa : seule la musique classique l'apaisait, et en particulier le *Boléro*... Est-ce que ça signifiait qu'il l'avait entendu alors que toute électricité avait quitté son cerveau ? Le scientifique avait-il obtenu, grâce à Nébrasa et aux autres pauvres victimes, la preuve qu'il recherchait ?

Franck n'arrivait pas à imaginer ce que ces suppositions impliquaient, à se représenter mentalement cette conscience détachée de son support physique au moment de la mort, une sorte de nuage invisible qui flottait là, autour du cadavre. Comme en écho, Lucie tenta de formuler tout haut ce qui le tracassait tout bas :

— Est-ce que Marc Viktor pourrait avoir trouvé le moyen de communiquer avec une conscience qui serait… ailleurs ?

Carine Millaud referma l'armoire. Elle laissa une seconde sa main sur la poignée, les sourcils froncés.

— Qu'est-ce que vous voulez dire par là ?

— Nous avons découvert dans son sous-sol un écran d'ordinateur sur lequel semble s'exprimer, en temps réel, une personne dont nous avons la quasi-certitude qu'elle est décédée. Les phrases sont étranges, mais il est question d'enfermement, de souffrance… La personne donne l'impression d'être séquestrée quelque part.

La responsable avait des yeux comme des soucoupes. Si le contexte avait été moins sérieux, elle aurait éclaté de rire.

— Ce que vous me décrivez n'est tout bonnement pas possible. Dans un film d'anticipation, peut-être, mais certainement pas à notre époque. On est à peine capable de reproduire par ordinateur le fonctionnement des quelques malheureux neurones d'un ver de terre, alors le cerveau humain… Et dans le cas d'une conscience extérieure, à supposer que cela existe, comment voulez-vous qu'elle puisse communiquer par l'intermédiaire d'un ordinateur ? Un médium, à la rigueur, mais une machine…

Lucie était d'accord, tout cela ne rimait à rien. Il était grand temps de retrouver Viktor pour qu'il leur livre une explication plus logique. Les deux policiers posèrent encore quelques questions à la scientifique. Viktor avait-il des coéquipiers ? Des étudiants à sa botte ? Est-ce qu'il donnait des cours à l'université ? La réponse fut non à tout.

— Dernière chose, fit Sharko. Est-ce qu'il entretenait un lien particulier avec le Centre de don des corps de la fac ? Est-ce qu'il côtoie des gens là-bas ?

La sexagénaire fit la moue.

— Absolument pas. Cet endroit et les individus qui y sont employés sont… comment dire… peu recommandables.

— Pourquoi dites-vous ça ?

— Je ne veux pas de problèmes avec qui que ce soit, mais il est de notoriété publique que la gestion du CDC est négligée par l'université qui, depuis des décennies, le traîne comme un boulet. C'est un bâtiment vétuste que les différents doyens n'ont jamais essayé de moderniser. Un manque total d'intérêt qui fait que ce qui se passe là-dedans est de plus en plus opaque…

Après une pause, durant laquelle elle parut réfléchir à ce qu'elle pouvait se permettre de révéler, elle haussa les épaules et continua :

— L'inspection du travail ou les affaires sociales sont déjà intervenues là-bas à plusieurs reprises. Des rapports doivent être établis chaque fois, sans qu'on sache précisément de quoi il retourne. Selon les rumeurs qui circulent, il serait question de corps maltraités, de conditions indignes de conservation, de salles surchargées et inadaptées, de préparateurs psychologiquement fragiles… Un jour, lors d'une dissection, des étudiants seraient même tombés sur des dizaines de mégots de cigarettes au fond de la gorge d'un des cadavres en provenance du CDC.

Sharko en avait assez entendu. Ce qu'elle décrivait cadrait avec leurs propres découvertes. Il finit par lui tendre une carte de visite.

— Si Viktor essaie de vous joindre ou s'il revient, vous ne lui parlez surtout pas de nous et vous nous recontactez en toute discrétion. Cette enquête est très sérieuse, madame Millaud.

La scientifique rangea la carte dans une de ses poches.

— Vous ne voulez toujours pas me dire ce qu'il a fait ? demanda-t-elle.

— Vous le saurez. Bientôt. En attendant, prenez bien soin de ces petites souris… lança-t-il en pointant les rongeurs du doigt.

Dehors, Franck respira un bon coup et leva ses yeux vers la pluie. Avec l'eau qui ruisselait, il avait l'impression de se laver de toutes les horreurs affrontées ces derniers jours. Bon Dieu, jusqu'où irait la folie humaine ?

Il rejoignit ensuite Lucie, qui s'était réfugiée dans la voiture. Il n'était pas loin de 19 heures. La nuit était dense. Un orage grondait à proximité. La forêt, alentour, n'était plus qu'une grande gueule d'ogre qui menaçait de les engloutir. Certes, ils ne tenaient pas encore Viktor, mais ils connaissaient leur prochaine étape, à même pas trois kilomètres de là, de l'autre côté de l'université. Le Centre du don des corps. À condition qu'il fût encore ouvert.

Ils se regardèrent en silence, le visage grave. Alors que Franck s'apprêtait à mettre le contact, Lucie finit par desserrer les lèvres, les yeux légèrement embués.

— Elle est encore là, Franck. Je l'ai toujours su. Je l'ai senti chaque fois que je suis allée là-bas…

— De quoi tu parles ?

— Audra… Elle veille sur le bébé.

60

Le Centre de don des corps était enfoncé dans la forêt, au bout d'une route peu large où, sur certaines sections, deux véhicules n'auraient pas pu se croiser. Le ciel tonnait, la pluie calme du début d'après-midi avait viré au déluge. Des éclairs diffus illuminaient les arbres par à-coups. L'électricité était encore là, crépitante, menaçante. Sharko se serait cru dans le roman de Mary Shelley – ou dans l'une de ses adaptations cinématographiques, il ne savait plus. Le déchaînement des cieux le soir de l'expérience, le fracas des gouttes sur la toiture du laboratoire lorsque Frankenstein avait ramené sa créature à la vie, dans un puits de lumière et d'étincelles : tout y était.

Le bâtiment se dessina dans le faisceau des phares, aussi sinistre qu'on pouvait l'imaginer. Une sorte de cube en béton qui faisait penser à un bloc de l'ex-URSS. Il était protégé, tout autour, par des clôtures grillagées étranglées par les ronces – sans doute là pour garder à distance les familles qui se baladaient à proximité sur les sentiers de randonnée. Le parking de schiste rouge, où luisaient des flaques, était vide.

— C'est fermé, dit Lucie en avançant sa tête vers le pare-brise balayé par les essuie-glace. Et pour tout te dire, tant mieux. Pas envie de mettre les pieds dans cet endroit glauque. J'ai eu ma dose pour aujourd'hui.

Sharko scruta les fenêtres avant d'acquiescer. Lucie avait raison. Finalement, ce n'était pas plus mal. L'idée d'une bonne douche chaude le hantait.

— OK, on reviendra demain…

Il braqua sur la droite pour opérer son demi-tour en une seule fois et reprit la route en sens inverse. D'abord, il roula une centaine de mètres à un rythme normal, puis au ralenti, lorgnant vers le bas-côté.

— Qu'est-ce que tu cherches ? l'interrogea Lucie.

— Ça…

Il venait de dénicher un chemin de traverse accessible, dans lequel il s'engagea. Ainsi dissimulé, il coupa le moteur et les phares.

— J'ai vu une lueur dans le bâtiment, dit-il en remontant la fermeture de son blouson. Je l'ai remarquée quand j'ai fait le demi-tour…

— T'as dû te tromper, il n'y avait personne. Pas de voiture, rien. C'est certainement à cause de tes phares ou des éclairs.

— Non, j'en suis sûr. C'était au premier ou au deuxième étage. Quelqu'un se baladait avec une lampe.

Sans lui laisser le temps de répliquer, il sortit, bille en tête, et claqua la portière. Lucie le rejoignit d'un pas vif. La pluie s'écrasait sur le sol et dans les branches. La forêt semblait enrhumée, ses poumons craquaient. Les prémices d'une violente pneumonie.

— On ne devrait pas faire ça, Franck. On reviendra demain pour fourrer notre nez dans la paperasse, les ordinateurs et interroger le responsable.

— Il y a un type qui se planque là-dedans en dehors des horaires d'ouverture. Je veux savoir qui il est, et ce qu'il fout là. D'autant que ce n'est peut-être pas anodin que ça se produise pile au moment où on se pointe.

Lucie capitula. Ils progressèrent en silence jusqu'aux abords du parking. Franck se positionna derrière un imposant tronc et observa le bloc avec l'acuité d'un rapace nocturne. Le cœur de l'orage approchait à grande vitesse. À chaque coup de semonce, la terre tremblait. Les zébrures aveuglantes déchiraient la nuit. Malgré tout, les deux policiers patientèrent au pire endroit possible : sous un arbre.

— Il n'y a rien, on est en plein milieu d'une forêt avec des éclairs partout, s'écria Lucie d'une voix peu assurée. Fichons le camp d'ici avant de finir comme des saucisses grillées !

Il fallait bien le reconnaître, ça devenait dangereux. Sharko allait se résigner quand, soudain, au premier étage, il perçut la faible lueur, l'espace de quelques secondes. Comme si on avait ouvert et fermé une porte, et que dans l'intervalle la lumière avait filtré.

— T'as vu ?

— J'ai vu. Mais ça a forcément remarqué notre passage, tout à l'heure…

— Et ça doit penser qu'on est repartis. Suis-moi.

Elle comprit que Franck n'en démordrait pas. Il s'élança dans ce qui était désormais de la boue pour atteindre l'entrée. Une solide grille métallique en barrait l'accès. *Merde !* Sans se décourager, il dénicha un renfoncement, sur la gauche du bâtiment. Là, au bas d'une pente, se dressait une vieille porte de garage : l'endroit où les pompes funèbres déposaient les défunts. Alors qu'un nouveau choc ébranla la terre, il tourna la poignée. C'était verrouillé, mais, vu la vétusté du système, il sentait qu'en forçant légèrement…

Il y eut un craquement. Il leva le battant pour se faufiler en dessous. Un instant plus tard, Lucie le rejoignait à l'intérieur et il remit tout en place au ralenti pour éviter de faire du bruit. Le fracas de la pluie les couvrait, mais si l'intrus avait entendu la voiture ou vu les phares, il devait être à l'affût.

— C'est de la folie, murmura Lucie en essuyant l'eau qui ruisselait sur son front.

— Mets ton portable en mode silencieux…

Elle obéit. Dans la foulée, ils sortirent leurs armes. Avec la lampe de son téléphone, Sharko éclaira l'espace. Une voiture à la carrosserie déplorable était garée en marche arrière. Les traces d'eau au sol ne laissaient aucun doute. Elle avait été planquée ici par l'individu qui errait à l'étage. Il jeta un œil à travers la vitre, côté passager. Un vrai capharnaüm : déchets sur les sièges, couvertures entassées, canettes de bière vides, et une méchante couche de poussière sur le tableau de bord.

Bientôt ils arrivèrent dans un couloir intégralement carrelé où se trouvait un large ascenseur – un monte-sujets, dans le jargon – aux portes métalliques cabossées. Sharko imaginait les coups de chariots sur la tôle, les cadavres bousculés sur les tables à roulettes lors de leurs déplacements cahoteux… Une odeur subtile planait dans l'air. Ça ne sentait pas, à proprement parler, la mort, mais un mélange de caramel et de vieille gibecière de chasseur.

Au fond, un virage. Et en face, une cage d'escalier noire, peu engageante, genre gueule de HML. Dans les morgues, on descendait les corps dans les sous-sols. Ici, on les emmenait au contraire vers le haut.

Ils commencèrent à monter, sans lumière, d'un pas lent. La température était glaciale. À un moment, Franck se retourna et posa la main sur le bras de sa femme pour qu'elle s'arrête. Leurs tympans frémirent. Un bruit, sec, régulier, qui vibrait et venait de partout. De nulle part. Et ça remuait les tripes. *Tchac ! Tchac ! Tchac !* L'écho dura une dizaine de secondes. Puis plus rien. Franck n'avait aucun doute : il s'agissait d'un hachoir qui s'abattait sur de l'acier. On découpait de la chair.

Il voulait éviter à Lucie de tergiverser, alors il lui lança tout de go :

— Premier ou deuxième étage ?

— Je n'en sais rien... Le premier, je dirais. Mince, Franck, il se passe quoi, là ?

Quand ils atteignirent le palier, ils poussèrent une porte coupe-feu. Nouveau couloir, nouveau tunnel de carrelage. Le silence était retombé sur le bâtiment. Sharko y allait de son faible éclairage, et ce qu'ils découvrirent était à peine croyable. Le long des murs, des poubelles pleines à craquer – « Déchets à risque infectieux » –, des draps en tas, maculés de taches sombres, des étagères qui encombraient le passage, avec des cartons de matériel et de produits chimiques dont certains devaient être dangereux : solvants, chlorure de zinc, gants en butyle à manches longues, visières antiprojections... Progresser ici sans rien effleurer relevait de l'impossible.

— C'est leur territoire, souffla Sharko. Fais gaffe où tu mets les pieds.

Lucie avait compris qu'il parlait des préparateurs. « Psychologiquement fragiles », d'après Carine Millaud. Qu'est-ce que ça signifiait, « psychologiquement fragiles » ? Style Norman Bates dans *Psychose* ou Jack Torrance dans *Shining* ? Dans les deux cas, du lourd.

Ils franchirent les obstacles en prenant garde de ne pas se blesser et de ne rien renverser. Plus loin, ils entrèrent dans une laverie. Des alignements de machines aux hublots gigantesques, des rigoles d'évacuation noires de crasse et de graisse, et toujours ces petits carreaux jaunâtres effroyables qui recouvraient toutes les surfaces, comme dans les abattoirs.

Sharko avisa une porte latérale entrebâillée… Il pénétra dans une autre pièce, le pistolet brandi. Des casiers métalliques, des bancs en bois, des douches communes… Des vestiaires à l'ancienne, imprégnés d'odeurs rances : transpiration, sébum, sang. L'endroit, sans doute, où depuis des décennies le personnel s'équipait avant de passer la journée au milieu des viscères.

Des vêtements étaient accrochés à l'un des portemanteaux. Jean noir, pull en laine, grosse chemise de bûcheron. Une très grande taille. Le chef de groupe pensa au colosse des catacombes. À celui qu'ils avaient vu sur les images de la caméra de l'abattoir. Il fouilla dans les poches. Vides, hormis un paquet de cigarettes et un briquet.

— Franck…

Lucie pointait le fond du casier qu'elle venait d'ouvrir et qu'elle éclairait avec son propre téléphone. Son visage n'était que terreur. Sharko se posta près d'elle et découvrit un collier suspendu entre des photos de cadavres de femmes nues. En guise de perles, une dizaine d'oreilles brunes, recroquevillées tels des champignons déshydratés. Lucie n'était pas loin de vomir.

— On devrait vite foutre le camp et appeler du renfort…

Malgré son dégoût, Franck s'approcha. Il observa les clichés un à un. Des faces creusées, déformées par la mort. Des ecchymoses bleues, rouges, violettes sur les corps meurtris. Malheureusement – ou heureusement –, Emma Dotty n'y était pas.

Soudain, un bruit d'engrenages en provenance du couloir leur parvint. Suivi d'un ronflement. Le commandant se précipita. Trois mètres devant, sur la gauche, une diode indiquait que le monte-sujets s'activait. La cloison tremblait légèrement. Impossible de savoir s'il descendait ou s'il s'élevait. Franck s'immobilisa à trois pas de la double-porte défoncée, en apnée. Lucie se colla à lui. Ensemble, ils pointaient leurs armes, tels des braqueurs de banque.

— Et s'il se tire par en bas ? murmura Lucie.

— Il va venir rechercher ses fringues…

Roulement de câbles. Grincement strident. Puis arrêt. Là, juste devant eux. Une épaisseur de métal les séparait de l'individu. Au ralenti, les portes s'ouvrirent. Quand l'intérieur se dévoila, Franck écarquilla les yeux, tandis que Lucie reculait, la main devant la bouche, jusqu'à heurter le mur derrière elle.

Sur le plancher, Marc Viktor les fixait d'un air béat, les paupières mi-closes, ses cheveux frisotants plaqués sur son front. Sa lèvre inférieure pendait comme un vieux pneu, attirée par la gravité. À la base de son cou, des faisceaux de nerfs, de veines, d'artères baignaient dans une flaque de sang.

De Marc Viktor ne restait que la tête.

61

Il savait qu'ils étaient là. Et il leur avait adressé un cadeau de bienvenue.

Hors de question de se séparer. Franck et Lucie optèrent pour le deuxième étage, où l'individu se planquait peut-être encore. Celui-ci avait attendu d'être seul, le soir, pour se débarrasser de Viktor, comme il l'avait sans doute fait avec Emma Dotty des mois plus tôt. Et il l'aurait purement et simplement rayé de la surface de la Terre si les policiers n'étaient pas intervenus.

Nouveau bruit de porte battante. Sharko percevait le souffle tiède de sa femme sur sa nuque. Il ressentait sa peur, marquée au fer rouge par le spectacle qu'elle venait de voir dans l'ascenseur. Une fois dans le couloir, un choix se présenta à eux : s'orienter à gauche ou à droite. Ils s'engagèrent sur la droite. Lucie, elle, avançait à reculons, surveillant leurs arrières. Ils évoluaient sur le territoire d'un monstre qui connaissait chaque recoin du bâtiment. Ce dernier avait donc l'avantage.

L'orage grondait désormais juste au-dessus d'eux. L'averse claquait, pareille à des milliers de coups de fouet sur du cuir. Les éclairs filtraient par les fenêtres, hachant le décor. Franck avait l'impression de progresser à l'intérieur d'un stroboscope géant, où chaque flash leur offrait un peu de visibilité tout en les exposant dangereusement. Des cibles potentielles, voilà ce qu'ils étaient.

Au plafond, de gros tuyaux en piteux état suintaient de condensation, des ventilateurs ronflaient. Un néon s'était décroché et se balançait sur son câble. L'odeur de viande pourrie se faisait de plus en plus forte, pire encore que dans un institut médico-légal.

Plus loin, des chariots étaient stockés contre le mur. Sharko souleva le tissu qui recouvrait l'un d'eux et le rabaissa aussitôt. Des cadavres plus très frais, qui semblaient attendre leur tour à l'entrée d'une boucherie. Au bout de cette file se trouvaient des salles réfrigérées. L'une était grande ouverte, et l'intérieur éclairé. Lucie longeait toujours le couloir pendant que Franck pénétrait dans la pièce, précédé par le canon de son arme.

Même en respirant par la bouche, les remugles lui retournèrent l'estomac. Ce qu'il découvrit là était de la pure folie. Des corps empilés les uns sur les autres sur des planches sommaires, telles des conserves sur des étagères. Des bras, des jambes, entassés, avec des étiquettes attachées aux orteils ou aux doigts. Des sacs poubelles qui calfeutraient les accès, comme dans les logements insalubres. Des récipients remplis de substances indéfinissables. Dans un coin, au sol, une boîte de mort-aux-rats. Sharko avait l'habitude des scènes effroyables, il en avait vu un paquet dans sa carrière, mais à ce point-là…

Sur une table de préparation, au centre, il tomba sur la dépouille sans tête de Viktor, en pièces détachées. Son sang, ses viscères bruns et rosés, ses organes luisaient dans des bassines. Son tronc, planté sur une tige en fer, se dressait telle une statue antique destinée à être exposée. Partout autour, des instruments de découpe empourprés traînaient… La mort, puante, pourrissante, à mille lieues des courbes proprettes des scientifiques. Sharko doutait fort que l'âme de Viktor soit tranquillement en train de flotter, là, dans les environs, après que son corps avait été charcuté de cette manière.

Soudain, une porte claqua. L'écho se propagea dans tout le couloir. Franck se précipita. Devant lui, Lucie courait. Il s'élança à son tour, mais déjà elle s'engouffrait dans l'embrasure d'une issue de secours. Lorsqu'il atteignit la plateforme en métal extérieure, elle dévalait l'escalier en colimaçon. Les marches, couvertes d'eau, étaient devenues extrêmement glissantes. Des bourrasques malmenaient les arbres, sifflaient dans les branches. La tempête retournait la forêt.

En contrebas, loin sur la droite, le chef de groupe distingua une silhouette – il lui sembla qu'elle était torse nu sous un tablier – avant que celle-ci ne disparaisse dans la pente qui conduisait au garage. Elle avait beaucoup trop d'avance pour espérer la rattraper. Lorsque la voiture jaillit dans un grondement féroce, Lucie tenta de faire front, seule au milieu du parking, mais les pleins phares l'aveuglèrent. Elle eut tout juste le temps de se jeter sur le côté que le véhicule fonça dans une flaque, à un mètre à peine d'elle, puis braqua d'un coup sec en direction de la route. Sharko ne chercha pas à tirer – dans de telles conditions, il n'avait aucune chance de faire mouche. Il s'empressa de rejoindre Lucie, qui se redressait dans une grimace.

— Je n'ai rien, ça va…

Elle était trempée jusqu'aux os, pleine de boue. Franck l'emmena à l'abri dans le garage.

— T'as pu relever l'immat ?

Elle secoua la tête. Franck regretta de ne pas l'avoir notée dès leur arrivée, mais il n'était pas inquiet, ils n'auraient pas de mal à retrouver rapidement l'identité de celui qui venait de leur échapper. Il s'empara de son téléphone et composa le numéro de Pascal pour lui demander de rappliquer *illico*. Robillard en profita pour annoncer que l'expert en informatique jetait un œil à l'ordinateur chez Viktor, mais que la fenêtre de tchat s'était figée. *A priori*, le contact avait été rompu, comme si on s'était douté de quelque chose. Julien Sidroux ne pourrait donc pas faire grand-chose avant d'avoir obtenu des éléments auprès du fournisseur. Selon lui, si l'accès Internet était correctement protégé, ils n'auraient aucun moyen de savoir d'où provenaient les terribles lamentations de cette mystérieuse « E. Dotty ».

62

Minuit. Des voitures de police, de civils, et une fourgonnette de l'IJ stationnaient sur le parking détrempé. Un gyrophare trouait la nuit, ajoutant une teinte dramatique au décor. L'orage était passé, emportant la furie des dernières heures. Ne demeurait que la rumeur de son grondement, perdu dans les profondeurs célestes.

L'horreur, elle, restait. Imprégnée dans le béton. Partout. La stupéfaction se lisait sur les visages des équipes arrivées sur place. Des femmes et des hommes pourtant aguerris qui, dans leur carrière, pensaient avoir déjà tout vu et qui, cette fois, peinaient à faire leur travail.

Pascal Robillard était accroupi dans l'ascenseur, en train de décrire l'impossible dans un dictaphone. Les traits tirés, le procédurier coupait régulièrement l'enregistrement, histoire de sortir dans le couloir pour respirer. À l'étage au-dessus, des techniciens collaient des étiquettes sur les morceaux de corps de Viktor. D'autres, masqués et en combinaison, poussaient des chariots de morts pour pouvoir effectuer des prélèvements.

Le directeur du Centre, Michel Brouet, avait pu être identifié grâce à l'organigramme affiché dans la partie administrative de l'établissement. Deux brigadiers étaient allés le chercher à son domicile pour le ramener ici. Il avait le même teint que les macchabées avec lesquels il travaillait. Proche de la soixantaine, des valises sous les yeux, l'homme était fringué à l'ancienne – pull en jacquard et pantalon en velours côtelé.

— Ce casier, c'est… c'est celui de Stéphane Tranchet, le chef préparateur. C'est effroyable. Je n'arrive pas à y croire.

Après avoir découvert le contenu du compartiment en métal, il s'assit sur un banc du vestiaire, sous le choc. Sur sa gauche, la chemise à carreaux et le jean pendaient encore. Toutes les lumières étaient désormais allumées, et elles émettaient un grésillement désagréable. Dans les couloirs, on percevait des voix, des exclamations, des bruits d'objets qu'on déplaçait.

L'homme releva la tête vers Franck et Lucie.

— Ça ne fait qu'un an que je suis en poste, j'étais employé auparavant aux services généraux de la fac. J'ai hérité de… de ce merdier, on ne peut pas l'appeler autrement. Comme l'ont fait mes prédécesseurs, je n'arrête pas de lancer des alertes sur l'état des locaux et des chambres froides, de dénoncer des comportements inadaptés auprès du président de l'université. Mais autant parler à un sourd. Tout ce que j'ai récolté, ce sont des menaces et des intimidations.

— Provenant de qui ?

Il désigna les casiers du menton.

— Tranchet… C'est lui qui fait la loi, ici, à un point tel qu'une partie du personnel a peur de monter à cet étage. Tranchet s'occupe de gens qui passent leurs journées à découper des corps dans des conditions déplorables. Comment voulez-vous que j'aie une quelconque emprise sur lui ?

Franck voyait Lucie en train de renifler l'air. De son côté, il ne sentait plus les odeurs, qui devaient pourtant imprégner ses vêtements jusqu'à la dernière fibre. Même une douche ne suffirait pas, il faudrait y aller au Kärcher.

— La victime, Marc Viktor, vous connaissez ?

— De nom. Il travaille à l'Institut du cerveau, il me semble.

— Travaillait… Il n'est pas près d'y retourner.

— Je n'en reviens pas qu'il ait pu lui faire subir une chose pareille. Tranchet n'est pas fréquentable, mais de là à commettre ce genre de crime odieux.

Sharko lui colla son portable sous le nez.

— Et elle, son visage vous dit quelque chose ?

L'homme observa le portrait, secoua la tête.

— Elle s'appelle Emma Dotty, expliqua le policier. Ce Tranchet l'a probablement aussi assassinée et débitée entre vos murs. Son col du fémur a été livré au laboratoire OGT, à Clamart, avec un certificat de décès qui n'était pas le sien, mais celui d'un autre cadavre de votre centre. Expliquez-nous comment c'est possible.

Michel Brouet tenta d'assimiler l'avalanche de mauvaises nouvelles. Il ressemblait à un paquet de cartes jeté au vent en pleine tempête.

— Je vous jure que je…

Il bafouillait, ses mains tremblaient. Il respira un bon coup et se ressaisit.

— Je vous jure que j'ignorais tout ça. Quand les corps arrivent, on leur attribue un numéro d'identification unique. On…

— Qui ça, « on » ?

— Un gestionnaire, chargé des entrées. Ce numéro, il est ensuite…

Le directeur eut soudain une absence. Sharko se demanda s'il n'allait pas lui claquer dans les pattes. Puis l'homme retrouva ses esprits.

— Pardon… continua-t-il. Il est ensuite fourni au chef des préparateurs. C'est lui qui le transmet à ses subordonnés et ces derniers vont, à leur tour, le noter, pour chaque partie issue du corps dont ils s'occupent, soit sur un bracelet, soit sur le conteneur lorsqu'il s'agit de pièces anatomiques spécifiques.

— Donc, absolument rien ne les empêche d'intervertir des numéros sans que vous le sachiez, conclut Lucie.

— Rien, en effet…

— OK. Parlez-nous de lui. Stéphane Tranchet.

Regard vide. Brouet fixait le casier sans le voir.

— Il manage cinq personnes et travaille lui-même sur les dépouilles. C'est un homme qui est aussi à l'aise au milieu de tous ces morts qu'un chef peut l'être dans sa cuisine… Je suis complètement désemparé. Comment on peut en arriver là ?

Dans un soupir, il fouilla ensuite dans son portable et tourna l'écran vers les policiers.

— C'est une photo de lui. On en trouve une ou deux sur Internet. Tranchet est sur des forums de collectionneurs d'armes à feu. Une de ses lubies.

Le type avait la cinquantaine, les cheveux très courts, coupe militaire, et une clarté hostile dans les yeux, comme un éclat d'obus incrusté sur ses iris noirs. Vu la carrure, les policiers comprenaient la peur du personnel. Un vrai menhir. Pas le genre de gars à qui on avait envie d'aller se frotter.

— Ça doit faire près de trente ans qu'il est salarié ici. Il fait partie des murs, en somme. Difficile en revanche de vous en dire plus, je ne suis pas là depuis suffisamment longtemps. Il faudrait interroger mes prédécesseurs, ou alors directement ses collègues. Mais même eux, je ne suis pas certain qu'ils puissent vous renseigner davantage. En un an, j'en ai vu deux démissionner. Tranchet leur menait la vie impossible. Les plus jeunes ne tiennent pas six mois.

Sharko imaginait sans mal l'ambiance. Il pointa les autres casiers du doigt.

— Vous avez un double des clés ?

— On doit avoir ça quelque part, oui.

— Allez les chercher, s'il vous plaît.

— Maintenant ?

— Oui, maintenant.

Franck demanda à Lucie de les attendre là et accompagna le directeur. Cinq minutes plus tard, ils revenaient avec un trousseau. Les policiers explorèrent les casiers un à un. Des fringues pliées, des objets personnels, genre couteau suisse, médailles, dessins d'enfant. Rien de suspect. Peu probable que le troisième homme fasse partie des effectifs, mais il faudrait vérifier quand même. Au cas où, Sharko montra également le sigle qu'ils avaient repéré sur les pulls ainsi qu'à l'abattoir. Le directeur ne l'avait jamais vu.

— Où est-ce que Tranchet habite ?

— Pas très loin, à côté de Pont-Sainte-Maxence. Je peux vous communiquer son adresse exacte, si vous le souhaitez.

— Je veux bien, merci. Et restez à la disposition de mes collègues. On va récolter toutes les informations pour contacter et interroger vos employés. Vous êtes responsable de cet établissement et des gens qui y travaillent. Avec ce qui s'est passé, vous vous doutez bien qu'il va falloir que vous rendiez des comptes…

63

Après vingt minutes de départementale, ils avaient encore roulé cinq minutes au milieu de nulle part pour arriver au domicile de Stéphane Tranchet. Le psychopathe semblait chez lui, claquemuré. Une lueur faiblarde filtrait à travers les volets fermés de cette baraque aux airs de vieux poste de gare paumé. Toit en tôles d'amiante, façade de béton style bunker, elle offrait un accès direct sur les méandres de l'Oise d'un côté, et sur une bande de végétation de l'autre. Une sorte de jardin tout en longueur, éventré par un chemin de caillasse sur lequel était garé le véhicule qui avait failli renverser Lucie : c'était donc bien leur homme.

En tout cas, Tranchet avait préféré se barricader chez lui plutôt que de prendre la fuite. Geste qui signifiait que ce salopard les attendait de pied ferme. Il avait entendu les voitures, aperçut les phares. Il était au courant qu'ils patientaient là, dehors, et à l'évidence la proie avait l'intention de leur montrer de quoi elle était capable.

Cette fois, Sharko n'avait voulu prendre aucun risque. Vu le profil du gus, hors de question de s'approcher à moins de cinquante mètres. Avec son attrait pour les armes, le taré avait peut-être de quoi tenir un siège et savait viser. Les bouteilles retournées sur des piquets et les boîtes de conserve placées en pyramide, le long du jardin, indiquaient sans ambiguïté que le préparateur s'entraînait au tir.

Pour les épauler, le chef de groupe avait sollicité une équipe de la BRI qui n'allait plus tarder à arriver. En attendant, les flics restaient hors de portée de projectiles éventuels, protégés de surcroît par l'obscurité. À plus de 3 heures, dans l'humidité poisseuse, ils accusaient tous le coup. Les os de Sharko étaient douloureux, ses chevilles gonflées, mais, comme les autres, l'adrénaline le faisait tenir. Pascal se frottait les mains et soufflait dessus.

— Je donnerais cher pour un café brûlant. J'espère que les gars vont bientôt se pointer, qu'on en finisse.

— Et puis cette odeur sur nos fringues… ajouta Lucie. C'est abominable.

Elle grelottait. Nicolas, lui, patientait dans l'une des voitures, côté passager, la fenêtre ouverte. Il écoutait du Nick Cave, espérant que les minutes s'écouleraient plus vite ainsi, la nuque posée contre l'appuie-tête, se remémorant, encore et encore, cette nuit-là. Celle où, avec Audra, ils avaient planqué à la lisière du bois pour coincer ce salopard de nécrophile, bercés par cette chanson terrible, « Henry Lee ».

Un quart d'heure plus tard, le vœu de Pascal fut exaucé. Le camion aux allures de Lego d'acier, frappé du sigle « BRI », se rangea le long du chemin. Cinq molosses en sortirent. Gilets pare-balles de quinze kilos, casques lourds, boucliers balistiques, armes de poing et fusils d'assaut. À côté d'eux, Sharko et les siens paraissaient des promeneurs du dimanche. On les équipa donc avec du matériel plus adapté à la situation.

Durant le briefing, le chef de groupe renifla l'air comme un chien de chasse.

— Cette drôle d'odeur…

— Nos vêtements, répliqua Franck. Je vous expliquerai.

Ils étaient en pleine discussion quand la porte de la baraque s'ouvrit.

— Allez vous faire enculer !

Elle se referma dans un claquement sec la seconde d'après. Les hommes se mirent en formation immédiate à l'entrée du jardin. Aussitôt, leurs armes se braquèrent vers une silhouette qu'ils distinguaient au ras du sol. Elle se déplaçait au ralenti, devant la maison, en zigzaguant étrangement. Faisceaux de lumière, souffle bloqué, doigts prêts à faire feu. Sharko se concentra, pas certain de bien interpréter ce que ses yeux voyaient. On aurait dit… un chien court sur pattes, mais avec une tête qui n'était pas celle d'un chien. L'animal se retrouva en tout cas sur l'allée de cailloux et, après un bref arrêt, se mit à courir dans leur direction en aboyant. Un bruit étouffé, comme si un chiffon lui obstruait la gueule. Il heurta un piquet – il semblait complètement aveugle –, grogna et reprit sa course hasardeuse vers eux.

Soudain, une détonation retentit – une flamme blanche qui surgit de derrière un volet de l'étage. La bête hurla, fit un roulé-boulé, propulsée par l'impact, et s'effondra à quelques mètres des policiers. Abattue par son propriétaire. Les flics se tassèrent derrière leurs planques. Les lumières puissantes des torches éclairèrent le corps, couché sur le flanc. Il s'agissait bien d'un chien de petite taille, un bâtard, sauf que Tranchet lui avait recouvert la tête d'un masque de porc. Pas un truc de carnaval, non, mais un masque réel, fait de chair et de peau. On devinait les sutures, les cavités des yeux évidées et la mollesse du groin.

— Putain de taré… murmura Nicolas.

Un des cinq hommes se positionna avec un fusil équipé d'une impressionnante lunette de visée. Dans la maison, toutes les lumières étaient à présent éteintes. Le forcené se terrait.

— Il nous le faut vivant, dit Franck à Matthieu Barnier, son homologue de la BRI.

— Vu ce qu'il vient de nous balancer, il ne se laissera pas prendre. Il s'est cloîtré ici en sachant qu'on allait rappliquer, il a buté son propre clébard. Le message est clair : il veut en finir, mais peut-être en faisant un maximum de dégâts avant. S'il se met à arroser dans notre direction, on le shoote dès qu'on en a l'occasion.

Franck regarda ses collègues. La peur avait remplacé l'excitation. Bouches pincées, regards verrouillés : aucun d'entre eux n'avait envie d'aller au casse-pipe. Leur rôle s'arrêtait là, c'était maintenant le job de la BRI. Sharko ne souhaitait pas faire intervenir un négociateur. En revanche, il insista auprès du chef pour tenter un dialogue.

— D'accord. Je vous donne cinq minutes. Après, on entre.

Sharko récupéra un mégaphone. Abrité derrière la porte ouverte du camion, il déclencha le haut-parleur.

— Stéphane Tranchet ! Je suis Franck Sharko, commandant de la Brigade criminelle de Paris. On peut parler ?

Un temps. Puis la voix jaillit de quelque part. Les volets étaient fermés, mais il avait dû laisser une fenêtre entrebâillée.

— Ma surprise au CDC t'a plu ?

Le chef d'équipe de la BRI désigna une partie de la baraque à ses hommes. Le canon de l'arme d'élite pivota sur la droite vers le haut. Sharko, lui, baissa le mégaphone. Il n'en avait finalement pas besoin.

— T'es la pire ordure que je connaisse, Tranchet. Tu mérites de crever, et je ferai rien pour empêcher les gars en position de te coller une balle au milieu du front.

Écarquillement des yeux, murmures autour du commandant. Les hommes de la BRI se regardèrent sans comprendre. Le cloîtré, lui aussi, devait se dire que ça ne se déroulait pas de cette façon dans les séries télé, car la réplique tarda.

— Qu'ils viennent ! Qu'ils viennent, putain ! J'ai plus rien à perdre !

— T'as jamais rien eu à perdre. Une vie de merde dans ce trou. Un métier minable alors que Viktor et l'autre, eux, ont réussi. Ces deux types se sont servis de toi comme d'un vulgaire boucher.

— Peut-être. Mais Viktor fait moins le malin, à l'heure qu'il est.

Sharko y était allé au bluff, et ça avait fonctionné. Il jeta un coup d'œil à ses coéquipiers. Une réponse, deux renseignements. Et d'un, Tranchet n'était qu'un exécutant. Et de deux, le troisième larron était toujours en vie. Il réfléchit aussi vite que possible. L'objectif était simple : récolter des infos, tant que le moulin à paroles tournait. Quand Tranchet aurait basculé, ce serait trop tard.

— Pourquoi lui ? Pourquoi avoir tué Viktor et pas l'autre ?

— Parce que c'est l'autre qui me l'a demandé, pauvre con !

Un rire éclata dans la nuit. Un vrai hululement de chouette.

— Ça aurait pu mieux se terminer ! gueula la voix. Mais il a fallu que toi et ta bande de connards vous foutiez votre nez dans nos affaires. J'aurais dû te fumer dans la cabane.

Le ton changeait. Sharko le sentait à plein nez : la fin de la discussion approchait déjà. Il devait tenter le tout pour le tout.

— Qui est le troisième ? Donne-moi son nom.

— Ben voyons. Tu crois avoir pigé. La Faille, Viktor… En fait, t'as rien compris du tout. Tu ne sais pas pourquoi tout ça existe.

— Tu as raison, on est loin d'avoir tout compris, confirma le flic. Et si tu nous aides, je te promets que le juge en tiendra compte. Tout n'est pas perdu pour toi. Alors réponds-moi : qui est le troisième homme ?

Silence. Attente. Le chef de groupe de la BRI patienta encore une minute, puis il fit signe à ses gars.

— C'est terminé. On y va. Vous, vous ne bougez pas.

Lampes éteintes, lunettes infrarouges. Bruissements de semelles. Les soldats de plomb se mirent en formation et s'engagèrent dans l'allée.

À ce moment-là, la porte s'ouvrit face à eux. Stéphane Tranchet avait gardé son tablier ensanglanté et enfilé son masque de mort. Il tenait un flingue dans chaque main. On aurait dit un personnage grotesque échappé d'un film d'horreur. Déterminé, il courut droit devant lui en tirant et en hurlant, provoquant des gerbes d'étincelles sur les boucliers.

Brusquement, ce fut comme si on rembobinait la scène : il recula de deux mètres, frappé en pleine poitrine par un projectile .44 Magnum craché à quatre cent cinquante mètres par seconde.

L'énergie qui se déploya alors dans sa cage thoracique agit comme une onde sismique.

Elle fit exploser son cœur.

64

La nature avait retrouvé son calme. Côté rivière, la faune nocturne reprenait ses activités. Les herbes bruissaient, l'eau clapotait de temps à autre et, dans l'intervalle, un cri d'oiseau se perdait dans la cime des arbres.

Côté jardin, en revanche, le spectacle était moins bucolique. Une fois de plus, la mort et la folie humaine avaient parlé. Stéphane Tranchet gisait dans l'allée, son profil gauche écrasé dans les cailloux, un bras retourné derrière son dos. Sharko lui avait ôté son masque et l'avait jeté au loin d'un geste de rage. D'une certaine manière, cette ordure s'en tirait de la meilleure des façons. Pas de souffrance, pas de procès, pas de peine à purger. Et pour eux, en revanche, les emmerdements. Encore tout un pataquès à gérer. Procédures, paperasse, comptes à rendre… Heureusement, le commandant de la BRI lui apportait son soutien et donnait des coups de fil pour organiser la levée du corps.

La perquise pouvait attendre, mais il fallait tout de même faire un rapide tour de l'habitation, la refermer et mettre l'entrée sous scellés, histoire d'être carré. Sharko alla chercher la rubalise dans le coffre de sa voiture et, sentant ses coéquipiers au bout du rouleau, se tourna vers eux.

— Vous prenez l'autre voiture et vous filez vous pieuter, tous les trois. Il y en a un qui fait le taxi et dépose les deux autres. Moi, je reste jusqu'à ce que le cadavre soit embarqué et la baraque mise sous scellés. On verra tout ça dans le détail demain. Enfin, on est déjà demain… Bref, fichez le camp.

Pascal et Nicolas ne protestèrent pas. Lucie, elle, insista pour l'aider, mais Franck ne céda pas.

— Il faut au moins que tu sois là au réveil des enfants, dit-il pour la convaincre. Sinon, ils vont oublier qui est leur mère.

Elle finit par hocher la tête en souriant, l'embrassa, et s'éloigna après avoir serré la main de tous les collègues de la BRI. Les gars avaient fait un boulot remarquable. Sharko regarda sa petite troupe partir avec une certaine tendresse. Il savait qu'ils seraient toujours là les uns pour les autres, surtout dans les coups durs. Une solidarité et une amitié qui faisaient la force de leur groupe.

Le ramenant à la réalité, son homologue, qui s'était approché sans qu'il s'en aperçoive, l'informa qu'il y aurait une bonne heure d'attente avant qu'une nouvelle équipe ne débarque et ne prenne le relais.

— Pour tenir, on a ce qu'il faut dans le camion, fit ce dernier. Café, thé…

— Tout à l'heure. Je vais d'abord visiter l'antre de ce taré.

Sharko se dirigea vers la maison que la BRI avait déjà explorée. En passant, il posa sa rubalise près de l'entrée. L'intérieur était à l'image de l'extérieur : grand hall froid au carrelage gris, plafond haut, salon monolithique aux murs couverts d'un papier peint ancestral et peuplés de têtes de gros gibier – cerfs, sangliers, biches… – dont les yeux semblaient suivre chacun de ses mouvements. Les radiateurs étaient des mastodontes en fonte sur pieds.

Autour de la télé, des armes étaient accrochées. Des fusils de chasse pour la plupart, mais il y avait également toutes sortes de couteaux, de dagues et de poignards rangés derrière les vitres d'un vieux meuble en chêne. Il planait dans l'air des odeurs de fourrure et de fumée qui émanaient de ces animaux morts. Franck imaginait sans peine Stéphane Tranchet grimé comme un soldat, embusqué au bord de la rivière ou dans les bois, à traquer des proies avec ses lames et à les dépecer. Un Rambo qui, selon toute vraisemblance, avait un réel goût pour le sang, au travail comme dans sa vie privée.

Dans la cuisine, deux congélateurs étaient d'ailleurs pleins à craquer de barbaque – de belles pièces taillées dans le vif, emballées dans du papier transparent. Dans la gamelle du chien, non loin, des morceaux de viande émincée et crue. Entre ces congélos et ceux du CDC, il n'y avait qu'un pas… Sharko s'empara alors d'un bloc gelé, l'observa attentivement, puis le remit à sa place avec dégoût. Peut-être ne valait-il mieux pas savoir de quoi il s'agissait vraiment.

Un instant, son regard se perdit par la large fenêtre, au-dessus de l'évier, qui donnait sur l'Oise. Malgré la nuit, il devina un endroit sauvage, coupé du monde. Pas une lueur, pas un bruit. De temps en temps, des gens devaient circuler sur des barques ou de petits bateaux à moteur, contemplant cet étrange bloc de béton enfoui dans la végétation et se demandant qui pouvait bien habiter là. Ils étaient sans doute à mille lieues de soupçonner quel malade s'y terrait.

Franck grimpa à l'étage au ralenti, à bout de forces et las de toute cette folie. Dans sa tête, les paroles de Tranchet résonnaient encore. Le préparateur avait éliminé Marc Viktor parce qu'*on* l'avait exigé de lui. Ça signifiait qu'*on* avait peur. Son incursion dans les catacombes et sa fuite avaient visiblement eu pour conséquence de faire exploser le trio maléfique. Le troisième larron avait décidé de se débarrasser de celui que, peut-être, il jugeait responsable de ce bazar et considérait comme le maillon faible. Pour ce faire, il avait utilisé son bras armé. Et ce dernier était parti avec ses secrets.

La chambre : impersonnelle au possible. Un lit et une commode d'un autre âge. Le genre de meuble en une pièce qui pesait une tonne et dont on se demandait toujours comment des gens avaient pu le monter jusque-là. Tranchet avait dû investir les lieux en gardant le mobilier des anciens propriétaires. Peut-être s'agissait-il, d'ailleurs, d'un héritage familial. Sharko saurait tout ça dans les prochains jours.

Seule touche de modernité : l'ordinateur portable, posé sur une table de nuit. Un modèle mastoc. Clé 4G branchée dans le port USB. Accès protégé par un mot de passe. Franck rabattit le capot et s'orienta vers une pile de livres qui prenait la poussière. Des bouquins d'informatique. *Hacking pour débutants*, *Tor et le Darknet*, *Vos premiers pas sur le Web profond*… De toute évidence, Tranchet n'était pas qu'un larbin. Il avait eu les compétences pour créer le site secret de la Faille. L'intelligence au service du mal.

Coup d'œil à travers les lames des volets qui donnaient sur le jardin. Le fourgon de la BRI, au loin. Le cadavre et son tablier de boucher toujours étalés au sol. Le chien à tête de porc, à quelques mètres de là. Tous les éléments d'un cauchemar rassemblés sous ses yeux.

Soudain, Franck tiqua à la vue de l'animal hybride. La maison n'était pas grande, il en avait parcouru toutes les pièces. Où Tranchet avait-il « préparé » ce masque morbide ? Ce genre de manipulations demandaient du matériel et laissaient des traces – sang, graisse. Avait-il apporté la tête de cochon au CDC pour la vider là-bas et y fabriquer son sinistre couvre-chef ? Faisait-il sa tambouille dehors, dans un coin du jardin ? Où se trouvaient les autres têtes ?

Sharko refit un tour de l'habitation. Pas de cave. Mais peut-être que… Inspiré, il remonta et s'intéressa au plafond. Là-bas, au bout du couloir, il distingua une trappe munie d'un anneau en acier. Inaccessible. Il devait y avoir une tige avec un crochet planquée quelque part. Histoire de gagner du temps, il alla chercher une chaise en bas et la plaça sous le mécanisme, puis il glissa son index dans la boucle et tira. D'un coup, une échelle se déplia, le faisant sursauter et manquant de lui fendre le crâne.

Avant de monter, il respira calmement, le temps que son cœur reprenne un rythme normal. L'ouverture avait déclenché l'allumage d'une ampoule, qu'il entrapercevait déjà sous le faîtage de la toiture. La légère odeur de cuir – pas vraiment du cuir, d'ailleurs, mais un mélange de tannin et de bois sec – mit aussitôt sa vigilance en alerte : il sut qu'il allait découvrir autre chose que de la vieille vaisselle et des décorations de Noël dans des caisses.

S'il avait fallu donner une définition de l'horreur, ç'aurait pu être la scène qui le frappa quand ses yeux arrivèrent au niveau du plancher. Des visages. Partout. Ils flottaient dans l'air comme des masques mortuaires. À des hauteurs et dans différentes positions. Une armée des ténèbres à l'assaut de la lumière, faite de bouches tordues, de nez rongés, de cavités oculaires béantes. Figé sur son échelle, Franck mit quelques secondes à comprendre. Il y avait là une dizaine de faciès d'hommes et de femmes que Tranchet avait tendus et accrochés à la charpente avec du fil de pêche. Un monstrueux mobile géant.

Sharko termina son ascension, fébrile. Sur le côté, le long de la sous-pente, une table, une chaise, un lampadaire et du matériel de thanatopraxie : loupe, grattoir, scalpels, acide tannique, pigments… Dans une grande caisse en bois, à droite de la table, un empilement de formes molles, rosées et flasques. Un coffre au trésor plein de têtes de porc évidées…

Le commandant imagina le colosse enfermé dans le CDC, la nuit, en train de prélever les faces des morts à l'aide d'un bistouri. Tailler au niveau du cuir chevelu, descendre en suivant les tempes, introduire ses doigts sous le menton, décoller doucement la couche de peau et de graisse. Puis il devait revenir ici avec son macabre chargement et s'installer là pour racler plus précisément les chairs, les imbiber de conservateurs, les rendre imputrescibles, jusqu'à ce qu'elles prennent la texture brune du cuir. Ces gens étaient-ils des défunts qui avaient donné leur corps à la science ou les malheureuses victimes de la Faille sur lesquelles la réanimation avait échoué ? Sharko penchait plutôt pour cette seconde hypothèse.

Bon sang, il n'en pouvait plus, de tout ça ! La cruauté, la perversité humaine n'auraient jamais de limites… Dans un flash délirant, il pensa aux visages étranges, grotesques, qui égayaient les Jardins d'Étretat, au bord des falaises. Au détour d'un petit chemin, entre les fleurs, on pouvait tomber là-bas sur des bouilles expressives, tantôt en colère, tantôt grimaçantes. C'était exactement le même concept dans ce grenier, en version trash.

Il prit une profonde inspiration et s'aventura dans le dédale de fils tendus, s'enfonçant toujours plus dans ce cimetière suspendu. Il dénombra cinq hommes et trois femmes, dont l'âge était difficile à déterminer. Le tannage avait gommé toutes les rides. L'absence d'yeux de verre, quant à elle, n'arrangeait rien. Ces trous ouverts sur le néant étaient aussi perturbants que terrifiants.

Franck espérait juste que l'enfer existe réellement, rien que pour y accueillir Stéphane Tranchet.

Intuition ou conscience professionnelle, Sharko entreprit, en dépit du froid glacial qui l'enveloppait désormais, de scruter avec soin chaque monstruosité. Il le savait, ce spectacle viendrait épaissir le catalogue de sa souffrance, s'imprimerait pour longtemps dans les circonvolutions de son cerveau – des images qui ne manqueraient pas de ressurgir dans ses cauchemars –, mais l'expérience lui avait enseigné qu'il fallait toujours aller au fond des choses. Y compris dans l'horreur.

En un instant, toute la douleur, la tortuosité, l'incompréhension et la violence que brassait cette enquête se résumèrent aux deux trous béants de cet ultime visage qu'il découvrit. Sharko se recula d'un coup et ne put s'empêcher d'émettre un étrange hurlement : il avait à la fois voulu le pousser et le retenir. Son talon buta contre une latte de plancher, ce qui le fit basculer vers l'arrière. Au moment où il chutait, ses bras s'empêtrèrent dans les filins, activant un mouvement général des masques, comme le vent glissant dans le feuillage d'un arbre. La foule muette et en colère s'agita, les bouches difformes criant des reproches. Le policier peina soudain à respirer. Il se redressa, au bord de l'asphyxie, et s'élança sur l'échelle qu'il dévala en quatrième vitesse.

Il cherchait Emma Dotty depuis le début. Il l'avait enfin trouvée. Tout au moins, ce qu'il restait d'elle…

65

— Ma belle…

Lucie était enfin seule avec Audra. Une équipe de soignants venait de faire sa toilette, vérifier les sondes, remplir les poches d'hydratation. Un relais permanent de personnel qualifié pour assurer la continuité des soins, le jour, la nuit, les week-ends et les jours fériés. Chacun connaissait par cœur les gestes à effectuer. Les visages étaient tantôt avenants, tantôt frappés du sceau de la fatigue, de la lassitude, voire de l'impuissance. Lucie se dit que, finalement, ils faisaient exactement le même métier. Aussi difficile. Aussi épuisant. Avec beaucoup d'injustices et, au bout, pas toujours la victoire.

Elle avait tiré une chaise pour s'asseoir à proximité du lit. De discrets straps transparents maintenaient les paupières d'Audra baissées. D'après le médecin, il était arrivé une fois ou deux ces derniers temps que celles-ci se relèvent subitement. Un simple dysfonctionnement du tronc cérébral, indépendant de tout processus conscient. Il voulait donc juste éviter que cela ne se produise quand un visiteur était là.

Face à ce visage figé, Lucie repensa à ceux qu'elle avait vus plus tôt dans la journée, quand elle était retournée chez Tranchet avec les autres pour la perquisition. Sharko l'avait prévenue de la monstruosité de la scène, mais elle avait voulu le constater elle-même.

La souffrance d'Emma Dotty exposée entre les poutres. Les masques anonymes qui étaient maintenant dans le labo de la Scientifique. Dans ce grenier, elle avait exploré l'insondable noirceur de l'âme humaine.

Retour dans le présent. Auprès d'Audra. La pulpe de ses lèvres s'asséchait un peu, le teint de ses joues paraissait plus livide, mais elle était toujours là. À voir sa poitrine se gonfler avec régularité, on s'attendait presque à ce qu'elle bouge, se redresse ou remue au moins quelques phalanges. Mon Dieu, ce qu'elle lui manquait…

Lucie hésita, souleva avec délicatesse le haut du pyjama, et avança sa main vers le ventre bombé. Y posa d'abord l'index, puis le majeur, puis la paume tout entière… Cette chaleur était miraculeuse. Elle ferma les yeux et ressentit des vibrations, telles d'infimes vaguelettes venues du dedans. Le fœtus réagissait aux caresses. Elle l'imaginait percevoir les nuances de clarté et d'ombre sur la surface translucide du placenta. Des figures mouvantes qui lui indiquaient une présence. Un immense élan de joie lui embrasa subitement le cœur : une vie se déployait là, devant elle, et véhiculait la magie de la création. Elle releva un regard humide vers Audra.

— Tu sais, ça fait aujourd'hui dix ans que Clara et Juliette sont parties… Mes grandes filles… On n'en a jamais vraiment parlé, toutes les deux. À vrai dire, je n'en parle à personne, pas même à Franck. C'est trop dur.

Ses doigts dessinaient de minuscules cercles sur le ventre.

— En ce moment, je pense à elles tous les jours. J'ai l'impression que le trou dans ma poitrine, que j'ai mis des années à combler, s'est rouvert. Une douleur inexplicable, là, pas loin du sternum. C'est cette enquête, Audra, qui ramène toute cette crasse. On essaie de tout rationaliser, on croit avoir tout compris, mais il y a encore tellement de choses qui nous échappent sur cette Terre…

Elle resta silencieuse de longues secondes.

— Des choses auxquelles toi, tu as peut-être les réponses, à présent.

Lucie se tourna vers la porte fermée avant de prendre la main gauche d'Audra dans la sienne et de se pencher vers son visage, comme lorsqu'on cherche à révéler un secret.

— Malgré tout ce que les médecins disent, je suis convaincue que tu m'entends, que… que tu es là, quelque part dans cette pièce. Je ne sais pas comment, je ne sais pas sous quelle forme, mais je le sens au fond de moi. Et ton bébé aussi. J'ai besoin que tu me fasses un signe. Que tu me dises que… que la lumière existe. Que tout n'est pas qu'obscurité. Fais-le, Audra. S'il te plaît, juste un signe.

Lucie ne prononça plus un mot. Elle était aux aguets. Elle chercha une rupture dans le mouvement de l'accordéon du respirateur, une variation dans le rythme cardiaque. Un battement de plus, de moins, un souffle… Quelque chose, n'importe quoi qui lui apporterait de l'espoir et du réconfort.

Elle demeura là un quart d'heure, à supplier intérieurement, mais il n'y eut rien. Rien d'autre que cette mécanique implacable des machines, cette froide immobilité que Nicolas interrompit lorsqu'il entra, suivi d'une infirmière.

— Tu ne m'avais pas dit que tu viendrais, fit-il en s'approchant.

Lucie retira vite ses mains et remit le pyjama en place. Elle se leva de sa chaise, pataude.

— Je… J'allais partir. Il ne reste plus beaucoup de temps avant la fin des visites. Je vais te laisser seul avec eux deux.

Sans sembler s'apercevoir du malaise de sa collègue, Nicolas embrassa Audra sur le front, lui caressa tendrement la joue.

— Je passais juste en coup de vent. Dis-moi, qu'est-ce que tu penses d'Angel ?

— Qui ça ?

Nicolas sourit. Un rai de lumière qui faisait tellement de bien au milieu de toutes ces ténèbres.

— Le bébé. Il lui faut un prénom, et on n'avait pas encore commencé à en discuter avec Audra. Mais je sais qu'elle souhaitait qu'on en trouve un qui soit à la fois masculin et féminin.

— Angel, c'est très beau, répondit-elle avec sobriété.

— Il puise ses sources dans la langue grecque. Ça signifie : « le messager ». Il sera, pour toujours, le lien entre sa mère et moi.

Un messager. Un pont entre les morts et les vivants, songea Lucie.

— Tu as bien choisi. Je suis sûre que ce prénom lui aurait plu. Et qu'il ira parfaitement à votre fils.

— Merci. Au fait, j'ai eu des infos toutes fraîches de mon avocat, annonça-t-il d'un air enjoué. Les sages du Conseil d'État n'ont jamais eu à traiter une affaire aussi délicate. Le juge des référés du Conseil va renvoyer d'ici à quelques jours le jugement à l'Assemblée du contentieux, c'est une sorte de formation qui comprend entre quinze et vingt juges… Il va ensuite falloir au moins dix jours pour qu'ils rassemblent une batterie de spécialistes, tous domaines confondus : neurosciences, ordre des médecins, des mecs du comité national d'éthique aussi… Alors seulement, ils commenceront à refaire des examens, et à discuter pour ensuite prendre une décision. Ça va s'éterniser.

L'absurdité de tout un système. Des experts sous pression qui en convoquaient d'autres, de peur de prendre leurs responsabilités. Derrière ce micmac, Lucie devinait les coups de téléphone discrets, les réseaux d'influence qui s'activaient. Il n'était plus question d'une vie, mais d'enjeux politiques, de sondages, de débats houleux entre des partis. Ces considérations la dégoûtaient, mais l'essentiel, à leur échelle, était le résultat : que le bébé naisse.

— Ce sont de bonnes nouvelles, se réjouit-elle en enfilant son blouson. Chaque jour qui passe est un jour de gagné. Bon, je vais y…

Elle ne termina pas sa phrase. Car brutalement, les bips de l'électrocardiogramme s'étaient emballés. Des pulsations semblables à des ondes sismiques envahissaient l'écran. Serrées, amples, chaotiques. Un autre crissement d'appareil. Une sonnerie douloureuse dans la chambre. Puis un tracé plat, accompagné de la note ultime, stridente, ignoble, qui déchire l'âme.

Arrêt cardiaque.

66

Lucie était saisie d'effroi. Nicolas comprenait à peine ce qui était en train de se passer quand Martin Corneille débarqua en courant. Derrière lui, un chariot, des blouses blanches, des ordres qui fusaient déjà. Le médecin réanimateur écarta les visiteurs d'un geste sec et se fraya un passage.

— Qu'ils sortent !

Une infirmière les guida hors de la chambre et claqua la porte.

— La laissez pas partir ! hurla Nicolas, les larmes aux yeux. La laissez pas partir…

Il s'écrasa contre le mur le plus proche et glissa jusqu'au sol. Lucie plaquait ses deux poings contre sa bouche, tétanisée. L'histoire ne pouvait pas se terminer ainsi. Impossible. Elle se mit à faire des pas minuscules. Bien sûr, elle pensait au signe qu'elle avait réclamé. *Non, pas de cette manière, Audra.*

— Elle va se battre. Elle ne lâchera pas.

La flic s'agenouilla soudain et agrippa Nicolas par le col.

— Elle ne lâchera pas, tu m'entends ?

Elle le secouait, mais il demeurait inerte. Des visages se tournaient vers eux dans le couloir. D'autres passaient comme si de rien n'était. On évoluait, à cet étage, sur le territoire de la mort. Nicolas finit par s'accrocher à sa collègue tel un naufragé à une bouée. Il perdit toute notion du temps et de l'espace. Des petites étoiles lui brouillaient la vue, des sifflements tyrannisaient ses oreilles. Il reprenait à peine ses esprits quand la porte s'ouvrit.

Corneille se campa devant eux. Le front luisant, les traits détendus. Un athlète venant de terminer une course.

— Le cœur est reparti, annonça-t-il d'une voix calme. On a vite réagi, l'arrêt a été de très courte durée.

Nicolas s'était redressé. Une vague de chaleur le submergea.

— Le bébé…

— L'obstétricien va contrôler, par précaution, mais il semble aller bien.

Le flic passa des larmes de tristesse à celles de joie. Il attrapa la main du réanimateur et la serra chaleureusement.

— Merci. Merci, docteur.

Martin Corneille parut dérangé par cette effusion. Il raidit son bras et se contenta d'acquiescer, réinstaurant une certaine distance. Déjà le personnel s'éloignait avec le matériel : d'autres urgences les attendaient sans doute.

— Qu'est-ce qui s'est passé ? demanda Lucie.

— Défaillance cardiaque.

— Comment ça, défaillance cardiaque ? Elle a un cœur de bœuf !

— Cela peut être dû aux substances qu'on lui injecte pour maintenir une pression artérielle satisfaisante, ou être lié à un dysfonctionnement de son tronc cérébral. Malgré toutes nos précautions, ce genre d'alerte est imprévisible. Il ne faut pas oublier toute la complexité de la chimie qu'on introduit dans l'organisme de Mme Spick pour que la machine continue à tourner, si je puis m'exprimer ainsi.

Le médecin prit une légère posture de repli. Mains dans les poches, petit pas en arrière.

— Ce qui s'est produit est regrettable, mais cela vous prouve que la décision initiale du comité d'éthique n'a pas été prise à la légère. C'était, typiquement, le genre de situation que nous voulions à tout prix éviter… Réanimer, encore et encore, quelles qu'en soient les conséquences. Vous vous rappelez, on a parlé d'obstination déraisonnable. Vous avez là un exemple concret de ce que ces termes signifient.

Nicolas encaissait les propos du spécialiste. Celui qui s'adressait à lui n'avait plus rien à voir avec celui qui lui avait tapoté dans le dos l'autre fois. Sur les réseaux, les menaces pleuvaient inlassablement à son encontre. Ses supérieurs ne devaient pas le ménager. Il était sans doute à bout de forces, lui aussi.

— Alors, ne me remerciez pas, poursuivit-il. Surtout pas. Je l'ai fait parce que le vaste imbroglio dans lequel on est tous empêtrés me demandait de le faire, je n'avais pas le choix. Mais gardez plutôt votre énergie pour les semaines à venir, en espérant que cette alerte sera la seule et que votre enfant pourra naître en bonne santé.

Sur ces mots, il se retourna et s'éloigna, ajoutant simplement :

— Le plus sincèrement du monde, c'est tout ce que je vous souhaite…

Quand il fut parti, Lucie rassura Nicolas. Audra n'était pas passée loin, mais elle était toujours là. Le lieutenant de police s'avança vers la porte de la chambre et se posta devant la petite fenêtre : deux infirmières s'activaient encore autour du lit.

— Tu peux y aller, maintenant, je vais rester encore un peu… lâcha-t-il à l'intention de Lucie.

Celle-ci hocha la tête et partit sans insister. De toute façon, les mots lui manquaient pour apaiser le tourment de son ami. Elle n'avait plus rien à faire ici.

Une fois seul, Nicolas se laissa de nouveau couler le long de la cloison : toute cette agitation lui avait coupé les jambes et il tenait à peine debout. Il se sentit aspiré dans l'abîme, au bord de l'évanouissement. Une aide-soignante remarqua alors qu'il n'allait pas bien et l'emmena sur une chaise plus loin. Puis elle lui fit boire de l'eau sucrée. Avec l'apport de glucose, il reprit des couleurs.

Plus tard, les infirmières finirent par ressortir de la chambre. Au fil des minutes, le couloir retrouvait son calme, le rythme plus lent de la nuit était en train de prendre le pas sur l'effervescence qui animait l'étage pendant la journée. Un peu gêné, un médecin s'approcha de lui : les visites étaient terminées.

Nicolas n'en revenait toujours pas de la vitesse à laquelle les événements s'étaient enchaînés. La minute d'avant, tout allait bien. Celle d'après, ç'avait été le drame absolu… Comme ça, sans raison. *Défaillance cardiaque*. Corneille en avait profité pour leur rappeler la cruelle réalité : Audra n'était plus vivante, le chef d'orchestre avait pris congé, seuls les produits et les machines tentaient de jouer la partition. Elles offraient l'oxygène, les minéraux, essayaient de réguler les taux d'hormones à la place des glandes. Mais il suffisait d'une fausse note, et…

Une pensée lui traversa soudain l'esprit. Une idée si horrible qu'il aurait aimé la rejeter sur-le-champ. Mais il n'y arrivait pas. En plein doute, il quitta sa chaise et se précipita dans la chambre d'Audra. Il releva son pyjama, scruta chaque partie du corps, le nez collé à la peau, bougea doucement les bras, observa les paumes, les palmes des doigts, les aisselles droite et gauche…

— Qu'est-ce que vous faites ?

À l'entrée, le visage de bois d'une infirmière que le flic avait déjà croisée à plusieurs reprises. Sans répondre, il s'orienta vers les poches de perfusion suspendues, étudia le plastique, en quête d'une marque qu'aurait pu laisser une seringue.

— Vous avez changé ces poches, aujourd'hui ? demanda-t-il.

— Ne touchez pas à ça. Les visites ne sont plus autorisées et je vous…

Ni une ni deux, Nicolas brandit sa carte de police.

— Est-ce que vous avez changé ces poches ?

Nicolas venait d'inverser les rôles.

— Non, pas aujourd'hui…

Nicolas retourna auprès d'Audra. Cette fois, il se concentra sur ses cuisses, son entrejambe, ses orteils… Les légistes, dès qu'ils prenaient en charge un cadavre, traquaient toujours les traces éventuelles d'injection aux endroits les plus improbables. Et lui était en train d'imiter ces gestes qu'il connaissait par cœur. L'infirmière, pendant ce temps, le fixait avec de grands yeux ébahis.

— Mais qu'est-ce que vous cherchez, à la fin ?

— Est-ce que les parents d'Audra sont venus aujourd'hui ? Est-ce qu'elle a eu de la visite, en dehors de ma collègue et de moi-même ?

— Je n'ai vu personne, mais il faudrait demander au personnel qui s'est occupé d'elle.

Nicolas termina son inspection sans rien découvrir. Il entraîna l'infirmière dans le couloir.

— Faites-le. Je vous attends.

Visiblement excédée, elle disparut derrière une porte battante. Nicolas se mit à aller et venir sur le linoléum. Les derniers mots de Christian Spick, sur sa péniche, avaient subitement semé le doute dans son esprit.

« Vous serez le seul et unique responsable de tout ce qui pourrait se passer à l'avenir. » D'une certaine façon, cet homme avait voulu acheter la mort d'Audra et du bébé. Il était prêt à tout pour arriver à ses fins. Alors, pourquoi ne pas envisager qu'il ait pu injecter un produit, type chlorure de potassium, qui aurait provoqué l'arrêt du cœur ? Peut-être l'avait-il dilué dans une poche afin qu'il n'agisse pas dans l'immédiat. L'échec de la réanimation aurait finalement arrangé pas mal de monde. On aurait classé le dossier comme une défaillance liée au maintien de la vie. Jamais il n'y aurait eu d'autopsie. Ni vu ni connu.

L'infirmière réapparut.

— Vous et la collègue qui vous a précédé êtes les seuls à être venus ce jour.

— Vous en êtes sûre ?

— Absolument. Vous l'avez bien vu, nous circulons en permanence dans les couloirs et dans les chambres. Et maintenant, je peux travailler ?

Nicolas hocha la tête, un peu honteux.

— Merci…

Il regagna la sortie et prit une ample inspiration qui lui remit les idées en place. Christian Spick était une ordure, pas un assassin. Ses instincts de flic le poussaient toujours à imaginer le pire, mais peut-être que, pour une fois, il ne fallait pas chercher ailleurs : il s'agissait d'une défaillance cardiaque, point barre.

En reprenant la route, il sut néanmoins qu'il ne parviendrait jamais à s'ôter le doute de la tête. Un ver sournois qui risquait de le ronger jusqu'à la naissance d'Angel.

67

18:41:16 > E. Dotty : Bizarre. Zzzz. Zèbre. Zéraphin. Zéphir.

18:43:32 > E. Dotty : Danse la mer. L'écume blanche. Vian. Viande. Fraîche.

18:44:57 > E. Dotty : Suis aveugle. Vois quand même. Au fond de mes souvenirs. Tout ce qu'il reste. Mon refuge…

Tels avaient été les ultimes mots de « E. Dotty », deux jours plus tôt. Sharko les découvrit sur la fenêtre qui était restée affichée à l'écran, dans le bureau de Julien Sidroux. L'informaticien planchait sur le matériel trouvé dans le sous-sol de Marc Viktor. Cheveux en pétard, fringues chiffonnées, il ressemblait à un papier froissé sorti d'une vieille sacoche en cuir.

— Excusez le bordel, j'ai eu plusieurs trucs sur le feu en même temps… En ce qui concerne votre affaire, ça vous va si je vous passe les détails techniques ? Je sais que vous n'en êtes pas friand.

— Allez droit au but, ce sera parfait.

— Très bien. Cette fenêtre que vous voyez là est simplement la réplique de ce qui est tapé sur un ordinateur distant. Comme un accès direct à l'écran de l'autre, vous voyez ?

Sharko acquiesça.

— Donc, avant que le contact ne s'interrompe, quelqu'un était bien en train d'écrire ces lignes à l'heure exacte qui était indiquée ? demanda-t-il.

— Tout à fait. Bien sûr, rien ne garantit en revanche que ce soit réellement Emma Dotty qui était derrière le clavier. On met le pseudo qu'on veut.

— Ce n'était pas elle. On a eu la confirmation, cette fois, qu'elle est morte.

En début de matinée, Franck avait obtenu des premiers retours du labo, à qui il avait précisé de passer en priorité l'analyse du visage découvert au fond du grenier de Tranchet. À cause des produits et du tannage, les prélèvements d'ADN non dégradé n'avaient pas été simples à réaliser, mais les résultats ne mentaient pas : le profil était identique à celui du col du fémur. Il était donc évident que la céroplasticienne n'avait pas pu pianoter ces messages.

— Ce charabia, vous avez une idée de ce que ça signifie ? s'enquit Sharko.

— Pas vraiment, non. Certains propos sont à peu près cohérents. La plupart, en revanche, ne veulent pas dire grand-chose. Ça donne l'impression d'un truc qui tourne en boucle, qui rumine sans cesse… Franchement, si c'est vraiment une personne qui tape ça, elle doit avoir un sérieux problème dans le ciboulot.

— Ce serait quoi, à votre avis ?

— À vue de nez, ça pourrait ressembler à du vocabulaire issu d'une intelligence artificielle qui essaierait de faire des phrases. Mais à partir de quel matériau ? Et dans quel but ?

Sharko fixa l'écran, hésita de longues secondes avant d'ouvrir la bouche. Ça paraissait fou, mais il avait besoin de s'ôter cette idée farfelue de la tête.

— Si je vous dis « téléchargement de l'esprit dans un ordinateur », vous me répondez…

Julien Sidroux se tourna vers lui, un sourire en coin sur le visage.

— Vous ne croyez quand même pas à ce genre de délire ?

— Je vous pose juste une question.

— Alors je vous réponds juste : impossible. Un pur fantasme d'Elon Musk ou d'un de ces illuminés de transhumanistes multimillionnaires.

— Pourquoi ce serait impossible ?

— Mais, parce que ! En plus de nécessiter une puissance de calcul que nous sommes aujourd'hui encore très loin d'atteindre, il s'agirait aussi de résoudre un tas de problèmes insurmontables, par exemple la numérisation totale d'un cerveau sain ou la reproduction de la conscience. Comment on fait, dites-moi ? Comment faire penser un ordinateur ? Générer des émotions ? Convoquer des souvenirs ? Tant que des mystères entoureront notre cerveau, ça restera une vague utopie. Et, à titre personnel, je considère que c'est tant mieux… Car le jour où les machines seront en mesure de réfléchir comme nous, on n'aura pas de mec genre Schwarzenegger pour sauver l'humanité du règne des robots !

L'homme et sa soif de conquête. Sharko trouvait qu'il existait, dans ce que racontait Sidroux, une sorte d'étrange paradoxe qui, si on y songeait, avait de quoi rendre fou : on était incapable de comprendre et de modéliser l'outil qui nous permettait de comprendre le monde.

Franck se raccrocha aux propos de l'expert, qui continuait son laïus :

— Malgré tout, certains spécialistes des neurosciences estiment que, lorsque nous aurons la technologie et les connaissances nécessaires, le téléchargement des structures neuronales dans un système numérique permettra de simuler le fonctionnement cognitif d'un individu puisque, selon eux, tout ne serait, à la base, qu'électricité. Or, c'est bien la même électricité qui fait tourner un cerveau ou un ordinateur.

Sidroux piocha une barre chocolatée dans une boîte et l'attaqua à pleines dents. Le commandant enviait ce type qui n'arrêtait pas de manger et était maigre comme un clou.

— Moi, je crois qu'entre la théorie et la réalité il y a un fossé… Tout ce qu'on sait à peu près faire, aujourd'hui, c'est créer des interfaces entre les hommes et les machines, et retranscrire les signaux électriques du cerveau de manière à donner des ordres à des ordinateurs. C'est ainsi que, par exemple, un tétraplégique peut se remettre à marcher. On lui introduit des implants dans le crâne qui établissent un lien avec une prothèse de jambe, en chuintant la moelle. Il lui suffit ensuite de penser à un mouvement, le signal émis par le cerveau est alors codé et envoyé au système intelligent de la jambe artificielle qui s'active… Mais, je vous le répète, on est à des années-lumière de ces histoires de conscience dans les machines.

Au fond, il tenait le même genre de discours que Carine Millaud, la cheffe de Viktor. Sharko se résolut donc à chasser pour de bon l'idée de son esprit et revint sur du concret.

— Vous avez pu localiser l'appareil émetteur de ces messages ?

Instantanément, la frustration s'invita sur le visage de Sidroux.

— Malheureusement, non. Enfin, pas précisément. Un VPN protégeait la connexion, ce qui ne permet pas de remonter à l'adresse IP. J'ai eu beau fouiller dans le cache de la bécane de votre suspect, tenter de retracer les chemins empruntés, je n'ai rien découvert de probant. Tout ce que j'ai pu obtenir vient du fournisseur Internet de Marc Viktor. Il s'agit de la position de l'antenne-relais par laquelle l'ordinateur distant a communiqué. Je vais vous montrer.

Il afficha une carte sur un autre écran. Encore une fois, les environs de Creil. L'informaticien zooma et désigna une zone, à une dizaine de kilomètres de la ville.

— Voilà, c'est ici que se situe le relais en question. J'ai examiné le maillage des points d'accès Internet dans cette région-là, j'ai fait quelques calculs, et j'en ai déduit que l'ordinateur émetteur peut se trouver n'importe où, dans un rayon d'environ cinq kilomètres autour de cet endroit. Au-delà, une autre antenne aurait été sollicitée.

Sharko se pencha vers l'avant.

— Cinq kilomètres… Il n'y a pas de solution pour restreindre le champ de recherche ?

— Non, désolé.

— C'est toujours mieux que rien. Vous pouvez me tracer le cercle ?

— Pas de souci. Je vous imprime ça.

En deux temps, trois mouvements, c'était fait. Le flic observa la feuille qu'il tenait entre les mains. La figure géométrique couvrait une belle surface, mais un nombre restreint de villages étaient piégés à l'intérieur. En outre, la densité de population ne devait pas être exceptionnelle dans les environs. Enfin, ça concernait tout de même des milliers de foyers…

Il remercia Sidroux, qui s'apprêtait à s'attaquer à l'ordinateur portable de Stéphane Tranchet, puis remonta à la Brigade criminelle. En chemin, il songea à ce troisième homme qui lui échappait encore. Était-il le propriétaire de l'ordinateur qui avait émis les messages ? Malheureusement, les perquisitions aux domiciles de ses deux complices n'avaient rien livré sur son identité : pas de carnet d'adresses, pas de photos… Possible que les analyses des téléphones soient plus bavardes, mais rien n'était moins sûr. En bons criminels, ils avaient dû surveiller leurs arrières.

Le commandant regagna l'open space de son équipe. Pascal était à l'autre bout du couloir, en train d'auditionner des employés du Centre de don des corps. Lucie et Nicolas, installés à leurs bureaux, vinrent aux nouvelles. Sharko fit circuler la carte en leur résumant son échange avec Sidroux.

— Autrement dit, ce périmètre, c'est tout ce qu'on a pour le moment, conclut-il.

— C'est à la fois peu et beaucoup, répliqua Nicolas. En tout cas, on est toujours à proximité de la fac. Il y a fort à parier que le type qu'on cherche y travaille également et, à mon avis, ce n'est pas un étudiant. Pour moi, ces gars étaient liés par quelque chose de plus profond.

Nicolas se leva et lui rendit son papier.

— Sinon, de mon côté, j'ai aussi du concret : je me suis rencardé sur les deux anciens patients de Viktor, ceux qui ont subi, comme Calvar et Dubois, un arrêt cardiaque et y ont survécu. Tu voulais savoir ce qu'ils devenaient…

— C'est vrai, j'avais zappé… Ça dit quoi ?

— Le premier, Léonard Maltusiak, s'est ouvert les veines dans sa baignoire l'année dernière. Le second, Henri Destombes, est suivi par un psy pour troubles psychiques. Blanchiment des cheveux, visions terrifiantes, tout ça… la totale.

Sharko hocha la tête.

— Il faudrait convoquer les proches et leur expliquer ce qui s'est réellement passé, continua Nicolas. Les familles ont le droit d'être informées. Et puis, peut-être que ça pourra aider à trouver un traitement pour Destombes avant que ça se termine mal pour lui…

— Tu t'en occupes ?

— D'accord. Mais t'es pas obligé de me ménager, tu sais, je peux me rendre plus utile.

Sans répondre, Franck lui tapota dans le dos d'un geste amical. L'alerte avec le cœur d'Audra avait mis un coup supplémentaire à son lieutenant. Pourtant, il était toujours là, debout contre vents et marées. Il forçait l'admiration. Le commandant adressa un sourire à sa femme et retourna dans son bureau. Enfoncé dans son fauteuil, il lâcha un long soupir. Ces semaines d'enquête et d'épreuves étaient en train de l'épuiser. Il fallait identifier le troisième homme, et vite.

À la fin de la matinée, Jecko vint faire son tour d'inspection, histoire de montrer son intérêt. Il raconta que les esprits s'agitaient sérieusement à la faculté de médecine. La présence de la police dans les murs du CDC créait l'événement, et l'information s'était propagée comme une traînée de poudre. Les flics n'avaient pas encore communiqué, mais les réseaux, notamment étudiants, s'enflammaient.

Après cette visite, Franck se pencha sur les tonnes de paperasse en retard. Pour une fois, il apprécia de se poser, de parapher des comptes rendus et de les empiler dans des classeurs. Mais le calme se révéla de courte durée. Pascal, après avoir toqué à sa porte, passa sa tête dans l'embrasure.

— T'es en plein rangement, à ce que je vois. Je peux te déranger ?

— Ça dépend, ça vaut le coup ?

Le lieutenant fit un pas en avant et referma derrière lui.

— Un peu, que ça vaut le coup !

68

Pascal s'approcha et appuya ses deux mains de bûcheron sur le dossier de la chaise posée devant lui. Les manches de sa chemise remontées jusqu'aux coudes dévoilaient des avant-bras de la taille de jambons. Sharko savait qu'il aimait en jouer durant les interrogatoires. Un moyen de montrer aux suspects que leur présence entre ces murs n'allait pas être une partie de plaisir.

— Je viens d'auditionner l'un des préparateurs. Il s'appelle Camille Jordanet, 37 ans. Il a été employé dans une boucherie de Creil et bosse au CDC depuis un an et demi, ce qui fait de lui le plus ancien de l'équipe de Tranchet.

— On ne peut pas dire que les types fassent une carrière longue, là-bas…

— Ça te surprend, toi ? À l'instar de ses collègues, il décrit son chef comme un homme dur, directif, capable de grandes colères. Ça confirme les propos du responsable du CDC : Tranchet faisait peur à tout le monde.

La dernière image que Sharko avait de ce malade en vie lui revint en mémoire : un forcené avec un tablier couvert de sang et un masque de mort, fonçant droit sur eux en hurlant, un flingue dans chaque main.

— Jordanet savait, comme ses collègues, que leur chef malmenait les cadavres et n'avait aucun respect pour eux. Ce taré leur faisait de façon répétée des farces morbides.

Un bras qui te tombe dessus quand tu ouvres une porte, un doigt planqué dans ton casier… Ce genre de trucs dégueu.

Un quotidien de pur délire. Vu le feu de brousse qui embrasait les réseaux, le scandale sur les conditions d'insalubrité et de conservation des dépouilles du centre de Vésale ne tarderait pas à éclater. La réputation de la faculté en prendrait un coup, et les gens ne seraient plus près de donner leur corps à la science. Tous les responsables qui avaient fermé les yeux pendant des années allaient maintenant payer l'addition.

— En revanche, de la même manière que tous ceux que j'ai interrogés, il nie fermement être au courant de quoi que ce soit sur les activités nocturnes de Tranchet. Jamais entendu parler d'Emma Dotty. Pas eu vent d'un éventuel trafic de corps.

— C'est ça, ton scoop ?

Le procédurier lui adressa un sourire que Franck décrypta instantanément. L'art de faire monter le suspense et la tension, indispensables lors des auditions. Le chef savait que les vraies cartouches arrivaient.

— Tranchet n'évoquait jamais sa vie privée et, quand on connaît le fin mot de l'histoire, on comprend mieux. Tout le monde ignorait qui il était réellement, ce qu'il faisait en dehors du boulot. Un jour, pourtant, alors qu'ils travaillaient à deux sur un corps, il a confié à Jordanet être un ancien de Vésale.

Sharko rabattit d'un geste lent la couverture du classeur où il venait d'insérer des feuillets. Les engrenages s'étaient remis en marche sous son crâne.

— Attends, t'es en train de me dire que Tranchet a étudié à la fac ?

— Oui… Mais il a échoué en deuxième ou troisième année de médecine et, dans la foulée, ce malade a débarqué au CDC qui, à l'époque, cherchait des préparateurs. C'est un métier qui ne nécessite aucun diplôme, il faut juste avoir quelques bases en anatomie. Évidemment, Tranchet a aussitôt regretté ses confidences et a conseillé à Jordanet de la fermer s'il ne voulait pas avoir d'ennuis…

Sharko n'en revenait pas. Viktor aussi était un ancien étudiant de Vésale. Ça ne pouvait pas être une coïncidence. Pascal sembla lire dans ses pensées et anticipa ses questions :

— Tranchet et Viktor avaient tous les deux 52 ans. Le premier est arrivé au CDC en 1990. J'ai vérifié sur le CV que nous a transmis le chef de service de la Salpêtrière : le cycle de docteur en médecine que Viktor a suivi à Vésale, avant sa spécialisation en anesthésie-réanimation, s'étale de 1987 à 1991. Ces hommes se sont connus il y a plus de trente ans, Franck, au sein même de l'université, et il y a fort à parier qu'ils étaient dans la même promotion.

Malgré l'excitation, Sharko essaya de réfléchir. Une relation vieille de plusieurs décennies. À l'époque, ces types n'avaient qu'une vingtaine d'années. De jeunes esprits fougueux, des têtes bien faites. L'un avait été au bout du cursus et avait réussi sa vie professionnelle. L'autre avait été confronté à l'échec et s'était, en quelque sorte, retrouvé dans les bas-fonds de la médecine. Sharko imaginait sa frustration. Pourtant, malgré ça, les deux hommes avaient gardé le contact et, bien plus tard, avaient imaginé la Faille, chacun dans son rôle. Viktor était le cerveau, et Tranchet l'exécutant, se chargeant du sale boulot – exploration du Darknet, création du site, élimination des cadavres…

— Le troisième est un ancien étudiant, lui aussi, affirma le chef de groupe. Et si, en dépit de leurs parcours très différents, ils ne se sont jamais perdus de vue, c'est qu'un lien extrêmement fort devait les unir à la fac.

— Le sigle, rebondit Pascal. Tous ceux que j'ai interrogés n'en ont jamais entendu parler, mais il est de toute évidence ce fameux lien entre nos trois hommes. Un marqueur d'identité qui doit remonter à leurs années universitaires. Et regarde ce que j'ai découvert…

Il s'empara d'une feuille sur le bureau, d'un stylo, et dessina.

Il tourna ensuite le papier vers Franck.

— Tu ne distingues rien, maintenant que tu sais tout ça ? Cherche bien…

Sharko observa le symbole, tentant de relever le défi.

— On dirait une sorte de compas. Ou un bonhomme. Honnêtement, je sèche.

— Moi, j'y vois surtout un A et un V imbriqués. Comme pour André Vésale.

Subitement, ça sauta en effet aux yeux du commandant. Et il en eut la confirmation : ce n'était pas du présent, mais des vieux tiroirs de la fac que surgirait l'identité du troisième individu.

— T'as quand même vérifié qu'il n'y avait pas d'autres anciens de leur promo parmi le personnel du CDC ?

— Les préparateurs sont tous beaucoup plus jeunes. Quant aux autres employés, ce sont principalement des administratifs, des gestionnaires. Je vais regarder les âges, par acquit de conscience, mais je ne crois pas que Tranchet ait eu un complice parmi eux. Sinon, il n'aurait pas agi seul la nuit où Lucie et toi lui êtes tombés dessus.

Le raisonnement de Pascal se tenait. Viktor, le chercheur et brillant médecin. Tranchet, le boucher de service. Et le troisième ? Quel rôle jouait-il dans ce triangle infernal ? Franck consulta l'heure : il n'était pas encore 14 heures. Il allait se rendre à l'université avant que les couloirs ne se vident. Silencieux, il regarda encore un instant le sigle. *André Vésale*… Trente ans, ça faisait loin, et plus grand monde ne devait se souvenir de cette époque. Mais la faculté possédait une mémoire indélébile, un lieu poussiéreux, dans l'ombre, chargé de trajectoires, d'identités, de visages, protégé de l'usure du temps.

Les archives.

69

Une fois garé sur un des parkings visiteurs, Sharko s'engagea à pied sur l'impressionnant campus qui s'étendait sur des hectares. Il distingua le gymnase, l'internat et, plus loin, un réfectoire à proximité de jardins, le tout pris en étau par la forêt. Une ville autonome, coupée du monde, alimentée par son seul et unique combustible : des cerveaux.

Sous un ciel qui n'arrivait pas à se dégager, des étudiants déambulaient, seuls, par deux, en groupe, tablettes sous le bras ou casques sur les oreilles. Ils occupaient les marches, les murets, les pelouses. Fringues colorées, chevelures folles, loin de l'image qu'on pourrait avoir de la rigueur toute médicale, celle d'énormes livres d'anatomie dans des sacs trop lourds. Des gamins 2.0 qui préparaient ici leur avenir.

Franck voulait éviter le circuit administratif et taper au bon endroit au plus vite, alors il demanda aux jeunes gens qu'il croisait où se situaient les archives de la faculté. Après quelques essais infructueux, il tomba sur un garçon qui put le renseigner et qui désigna la partie gauche du pavillon central : dernier étage, celui de la bibliothèque universitaire.

Quelques minutes plus tard, le policier en franchit les portes. Hall démesuré, forêt de poteaux monumentaux, jeux d'ombres dansantes créés par des puits de lumière.

De part et d'autre d'une galerie de portraits, deux larges escaliers en pierre blanche partaient en torsade, comme des cornes de buffle. Il suivit les instructions de l'étudiant et les emprunta. Amphithéâtres, salles multimédias, blocs opératoires virtuels : les indications se multipliaient à chaque palier où trônaient des bustes de grands anatomistes de la Renaissance – Michel Servet, Leonardo Bottalo et, évidemment, André Vésale. Des personnalités qui devaient faire rêver les futurs médecins.

Le policier tenta de se transposer trente ans plus tôt. Il imagina Viktor et Tranchet, la vingtaine, en train de grimper ces mêmes marches, leurs cahiers sous le bras. Des jeunes qui s'étaient certainement battus pour arriver entre ces murs prestigieux. Qu'est-ce qui avait fait d'eux des meurtriers ? Quel avait été le déclic pour qu'ils basculent du côté le plus obscur de l'humanité ? Question d'éducation ? De gènes ? Voilà plus d'un demi-siècle que Franck essayait de comprendre, et il ne détenait toujours pas la réponse.

Cinquième et dernier étage. Derrière une double porte en bois sculpté, les livres surgirent, bouchant les perspectives, comblant la moindre étagère sur plus de quatre mètres de haut. La salle était immense – elle occupait une bonne partie de la surface du bâtiment –, toute parquetée, occupée en son centre par des tables, des chaises, des silhouettes muettes et studieuses qui faisaient chanter le papier en tournant des pages. Au-dessus encore, une coursive desservait d'autres murailles de bouquins, d'autres grimoires, jusqu'à, sans doute, ce qui représentait la pointe de la faculté qu'on apercevait de l'extérieur.

Franck se présenta à l'employée de l'accueil, une jeune fille qui devait être elle-même étudiante. À la vue de la carte tricolore, elle blêmit.

— Ça a un rapport avec ce qui s'est passé au Centre de don ? demanda-t-elle.

Confirmation : toute la fac était au courant. Sharko se contenta de hocher la tête et reprit :

— Listes d'anciens élèves, photos, dossiers administratifs d'il y a environ trente ans, vous avez ce genre d'infos quelque part ?

— Il faudrait voir avec M. Tribot. C'est l'archiviste.

— Où est-il ?

Elle se leva, approcha son badge du tourniquet qui permettait l'accès à la bibliothèque, et pointa l'index vers la gauche.

— Son bureau se trouve là-bas, tout au fond. Allez-y, je lui passe un coup de fil pour le prévenir.

Le commandant la remercia et disparut dans les rayonnages. Couvertures précieuses, cuir relié, ornements d'or… Il se sentait toujours humble quand il marchait au milieu des livres, de cette masse incroyable de connaissance produite par le cerveau humain. C'était fascinant… et vertigineux.

Un homme patientait devant une porte ouverte. Longs cheveux gris en queue-de-cheval, lunettes façon Harry Potter, foulard de soie autour du cou très bobo, un type sans âge au teint de lait qui semblait faire partie des meubles. Salut, brèves explications. Pierre Tribot l'entraîna dans son antre et referma la porte.

— Les années 1990, vous me dites. Aucun problème. Hormis quelques trous au moment de la Seconde Guerre mondiale, on peut remonter jusqu'à 1936. Je suis le gardien de toutes les archives relatives à l'administration générale, à l'enseignement et, bien sûr, nous conservons également des milliers de registres d'immatriculations, d'inscriptions aux examens, de résultats ou encore de soutenances de thèses. Autant de traces de tous les étudiants ayant fréquenté l'université.

Ils s'enfoncèrent dans les allées. À la clarté et aux vastes espaces de la bibliothèque succédait à présent un labyrinthe sombre aux rangées serrées où la lumière des ampoules peinait à se frayer un chemin. Sharko s'attendait à des effluves de papier ancien, d'humidité, mais l'air était sec et sans odeur.

— Ça fait combien de temps que vous travaillez ici ? demanda-t-il.

— Vingt-deux ans dans deux mois.

Une des mémoires de l'établissement. Franck devait lui poser la question. Il fouilla dans sa poche et lui tendit une feuille.

— Ce sigle vous dit-il quelque chose ?

Coup d'œil en coin. Son interlocuteur hocha la tête.

— Où est-ce que vous avez trouvé ça ?

— On l'a croisé à plusieurs reprises au cours de notre enquête.

Franck restait évasif. Tribot n'insista pas.

— Ce sigle est le symbole d'une tradition vraiment malsaine, mais qui n'existe plus depuis au moins quinze ans.

— Quel genre de tradition ?

— C'est lié à l'histoire même d'André Vésale, l'un des plus célèbres anatomistes de la Renaissance, voire de l'histoire tout court. Lorsqu'il était étudiant à Paris et à Louvain, Vésale n'hésitait pas à décrocher les morts des gibets ou à voler les dépouilles dans les cimetières afin de pouvoir pratiquer des dissections. Sans cette audace, il n'aurait jamais pu écrire le fameux *De humani corporis fabrica*, un véritable chef-d'œuvre d'anatomie. Enfin bref, le message qu'il y a derrière ce sigle, c'est que, pour réussir en médecine, il faut parfois oser outrepasser les limites éthiques et s'affranchir des règles…

Ils avançaient à présent dans une allée où s'amassaient d'épais classeurs colorés à dos carré. Des années étaient inscrites sur les traverses des étagères. L'archiviste, lui, poursuivait ses explications :

— La fac Vésale est l'une des plus sélectives de France, et c'était d'autant plus vrai avant les années 2000. Pas de canards boiteux entre ces murs, seuls les plus acharnés s'en sortent. Le bizutage, avant qu'il ne soit interdit, était à l'image de l'enseignement : dur, jusqu'au-boutiste, sans pitié. Il durait plusieurs mois. Pas en continu, bien sûr, mais par épisodes…

Tribot s'arrêta et s'accroupit. À la demande de Sharko, il se saisit des classeurs concernant les années 1987 à 1989.

— Humiliations, corvées, bain de boyaux ou de sang, alcoolisation forcée… C'était intense, et gare à ceux qui ne jouaient pas le jeu. L'idée, malgré tous les débordements que je vous laisse deviner, c'était de créer des liens forts entre les nouveaux venus. Un « esprit Vésale » qui prône l'entraide. Ils étaient en moyenne moins de dix par promotion à aller au terme du processus, les épreuves finales étant quasiment insupportables.

— À ce point ?

— Oui. Il s'agissait, par exemple, de rester une nuit complète dans un cercueil, enfermé avec un bras, une jambe, une tête qu'il fallait au préalable dérober dans une salle de dissection. Tout le corps enseignant était au courant, mais personne ne disait rien. Le poids de la tradition… Sans compter que les plus anciens étaient eux aussi passés par là, vous voyez ?

Sharko pensait aux heures d'angoisse qu'il avait lui-même vécues, emmuré dans les sous-sols du Territoire du Néant. Il imaginait très bien le traumatisme de ces gamins qui venaient à peine de quitter le lycée. Une telle confrontation avec la mort était si violente… Pourtant, la peur d'être exclu de la communauté muselait les jeunes recrues.

— Les rares qui atteignaient le bout se voyaient remettre un écusson spécial, qu'ils cousaient sur leur faluche, le couvre-chef traditionnel des étudiants en médecine. Le motif de cet écusson était toujours différent, d'une année sur l'autre, mais devait être au moins composé du A et du V d'André Vésale. C'était un honneur de le porter et, en général, les membres de ce groupe sortaient ensemble, révisaient ensemble, se soutenaient en cas de difficulté… Des espèces d'intouchables, si vous voulez.

Sharko avait l'impression de marcher au bord d'un cratère en ébullition. Viktor, Tranchet et le troisième homme avaient donc obtenu cet écusson et n'avaient jamais rompu le lien établi lors de l'épreuve du bizutage. Une amitié à la vie, à la mort.

— Il y a un moyen d'identifier ces étudiants ?

— On doit avoir au moins une photo où tous les jeunes gens admis en année supérieure posent avec leur faluche. Il faut juste espérer que l'écusson sera visible. D'ordinaire, ils le cousaient sur le côté droit avant. L'emplacement des écussons et des pin's sur la faluche était très règlementé dans le code des vésaliens. Ces couvre-chefs devenaient de plus en plus chargés au fil du temps. D'un simple coup d'œil, on savait à quel genre d'étudiant on avait affaire.

De mieux en mieux. Franck n'en attendait pas tant. Avec les trois classeurs sous le bras, ils se rendirent dans une pièce meublée d'une table, de chaises, et équipée de petit matériel : ciseaux, adhésif, loupe…

— Un certain Marc Viktor a fait sa première année en 1987-1988, annonça le commandant. J'ai besoin de vérifier si un dénommé Stéphane Tranchet faisait partie de ses camarades. Si ce n'est pas 1987-1988, essayez les années suivantes.

L'archiviste s'exécuta sans discuter. Il dénicha rapidement la liste des noms classés par ordre alphabétique et hocha la tête avant même que Sharko n'ait le temps de poser un œil dessus.

— Tranchet... Viktor... Ils y sont. Et, comme indiqué ici, admis tous deux en deuxième année.

Franck éprouva une profonde satisfaction en constatant que toutes ses hypothèses se confirmaient. Question après question, réponse après réponse, l'étau se resserrait.

— Combien ont été admis en deuxième année ? demanda-t-il.

— À Vésale, avec le *numerus clausus*, on en était à cent cinq.

Cent cinq... Le troisième individu était dans le lot.

— OK. On épluche la photo de groupe, maintenant. On recherche le sigle...

Pierre Tribot mit la feuille de côté et continua à fouiller dans la paperasse. Rapidement, il en extirpa un cliché. Une centaine d'élèves posaient sur les marches de la faculté, détendus – sourires et franche camaraderie. Heureux d'avoir survécu à la guillotine de la première année de médecine.

— La qualité est assez bonne, commenta l'homme en s'emparant de sa loupe.

Le Sherlock Holmes du dimanche se pencha sur la surface de papier glacé, sa lentille grossissante balayant les visages. Sharko était collé à lui et regardait par-dessus son épaule, retenant presque son souffle.

— Là, j'en ai déjà un...

Il tendit la loupe au flic. Désigna une des rangées intermédiaires. Aucun doute : le symbole sur lequel ils étaient tombés à plusieurs reprises durant leur enquête et celui qui figurait sur l'écusson du côté droit de la faluche étaient identiques.

— Et quand vous en tenez un, vous tenez normalement les autres, précisa l'archiviste. Regardez bien parmi les élèves autour, vous devriez trouver ce que vous cherchez.

Il avait raison. Les symboles lui apparaissaient désormais de manière flagrante. Un petit groupe compact de trois filles et huit garçons en plein milieu, unis par l'épreuve du bizutage extrême. Sharko reconnut sans mal Marc Viktor et Stéphane Tranchet, séparés de deux « faluchards ». Il vérifia qu'il n'en existait pas d'autres, ailleurs, et tourna la tête vers Tribot.

— Ils sont onze. Et ça serait trop beau si je pouvais obtenir leurs identités.

— C'est malheureusement impossible, car cette photo n'est pas indexée…

L'homme aux longs cheveux d'argent réfléchit quelques secondes, visiblement embêté de ne pas pouvoir aider davantage. Soudain, derrière les carreaux de ses lunettes, une fulgurance.

— Mais on devrait pouvoir se débrouiller par comparaison. Attendez un instant.

Nouvelle fouille. Pendant ce temps, Franck scruta les onze inconnus. Leur troisième homme était l'un de ceux-là. Tribot tira du classeur une autre photo, ainsi qu'un feuillet. Cette fois, les jeunes gens paraissaient plus sérieux.

— Celle-là, c'est l'officielle, et elle est associée à un listing. À une position correspond une identité. On commence en haut à gauche, et on finit en bas à droite.

Il suffit donc de retrouver les étudiants qui vous intéressent sur mon cliché, et le tour est joué.

Ce type était un génie. Sharko rapprocha les deux documents et pointa les visages un à un. Il fallut moins de cinq minutes à l'archiviste pour lui fournir noms, prénoms, dates et lieux de naissance des onze porteurs du symbole. Mieux que n'importe quel fichier de la police. Après avoir demandé une copie de la photo de promo, le commandant remercia chaleureusement son sauveur et regagna la sortie, pas mécontent de sa visite.

Une fois installé dans sa voiture, il envoya un SMS à Pascal avec la liste des suspects. Il fallait, au plus vite, solliciter une réquisition judiciaire auprès du juge, avant de réclamer une recherche de dernière adresse connue au centre des impôts. Dans le meilleur des cas, ils pouvaient espérer une réponse le lendemain. En attendant, il entoura les têtes des six garçons qu'il avait dans le collimateur et les scruta méticuleusement, une à une.

L'homme qui avait tenté de le tuer dans la cabane était à portée de main. Ce salopard et ses acolytes avaient voulu jouer les malins en abandonnant, dans leur sillage, le signe d'une union vieille de trente ans. Ils s'étaient sans doute sentis intouchables, comme ils l'étaient à l'époque. Une marque d'invulnérabilité qui, aujourd'hui, était précisément leur talon d'Achille.

70

Une nuit agitée avait passé. Sharko avait peiné à trouver le sommeil, parce qu'il sentait que la fin de leur enquête approchait, que tous les efforts qu'ils avaient fournis, les dangers qu'ils avaient bravés, allaient enfin payer. Audra ne serait pas physiquement là pour trinquer à leur victoire, mais elle serait dans leur cœur. C'était pour elle que Franck s'était battu. En coffrant le dernier des trois salopards, il espérait apaiser la plaie brûlante laissée par sa disparition.

Quand il avait embrassé ses enfants, ce matin-là, il leur avait promis qu'ils partiraient bientôt en vacances tous les quatre. Il avait évoqué le village du père Noël, là-bas, dans le Grand Nord, afin d'y fêter le réveillon le mois suivant. L'idée lui avait brusquement traversé l'esprit. La Laponie, les chiens de traîneau, les aurores boréales… Les jumeaux avaient sauté de joie.

Toutes ces belles projections dépendaient d'une liste. Une succession de six noms qui était en théorie, depuis 8 h 30, entre les mains d'un employé quelconque des Finances publiques. Pascal avait ajouté à la requête judiciaire envoyée par fax et par mail toutes les mentions qui pourraient accélérer la procédure de recherche : caractère urgent et sensible de l'enquête, coordonnées de leur service, numéros de téléphone…

Il restait à attendre et à espérer que l'une des adresses de ces personnes se trouve dans les environs de l'université. La photo de promo était accrochée sur le tableau blanc, au milieu de l'open space, et chacun pianotait derrière son écran, explorant les moteurs de recherche, les réseaux, pour tenter d'anticiper la réponse des impôts.

Lucie, la première, se leva et alla barrer une des identités qui avaient été inscrites sur le tableau, à côté de la photo sur laquelle les têtes étaient entourées.

— On peut déjà exclure Alain Desmarais. Un article de presse indique qu'il est mort d'un cancer du poumon il y a deux ans, à Lyon. C'était un cardiologue réputé. J'ai un visage et une date de naissance. C'est sûr que c'est lui.

— Raye aussi Jacques Slowaski, enchaîna Nicolas. Il est médecin humanitaire à Madagascar. Il poste régulièrement des vidéos de là-bas, dont la dernière remonte à hier.

— Mets-le plutôt entre parenthèses, temporisa Franck. Tant qu'il n'est pas mort, il reste un suspect potentiel.

Sharko sentait l'excitation crépiter dans la pièce. Tous avaient beaucoup de travail en retard – des procédures à taper, des informations à vérifier, des témoins à convoquer –, mais il les laissa tergiverser, faire leurs paris sur l'identité du troisième homme et rejoignit son bureau. Histoire de se détendre un peu, il nourrit ses poissons et les regarda venir prendre leur pitance, avant de se réfugier dans la dentelle ondulante des plantes. Même en sécurité, ces petites bêtes demeuraient en alerte permanente. La peur instinctive d'être chassé, dévoré par plus fort que soi. D'une certaine manière, qu'on fût poisson ou humain, policier ou criminel, on avait tous un seul objectif : survivre.

Au fil de la matinée, l'euphorie qui animait le groupe céda la place à l'énervement et, en début d'après-midi, les noms d'oiseaux se mirent à fuser à l'encontre de l'administration fiscale. Nicolas avait eu, à de multiples reprises, envie de décrocher son téléphone pour dire ses quatre vérités au crétin anonyme qui s'occupait de leur requête, mais Pascal avait modéré ses ardeurs : s'énerver ne ferait qu'empirer la situation. Il n'avait pas tort, même si cette impuissance était insupportable. Un lourd silence tomba sur leur bureau jusqu'à ce que, à 15 h 42 précisément, la voix du procédurier claque comme un pétard dans l'open space.

— J'ai !

Sharko surgit instantanément, tandis que l'imprimante laser crachait le fameux trésor. Son lieutenant s'empara de la feuille, s'avança au centre de la pièce et lut à voix haute :

— Corentin Leblois. Sa dernière adresse connue est rue Foch, à Montpellier. Il dispose d'une résidence secondaire à Argelès.

Au tableau, Franck mit l'identité entre parenthèses : trop loin.

— Jacques Slowaski, on l'a déjà évoqué, domicilié à l'étranger, confirmé par les impôts. Tout comme Alain Desmarais, domicilié au cimetière. Ensuite… Matthieu Pagan vit à Roquefort-la-Bédoule, code postal 13830. Pas de résidence secondaire.

Lucie pianota sur son clavier.

— Tu parles d'un nom ! C'est un bled collé à Marseille, commenta-t-elle. C'est donc bien le Pagan dont j'avais trouvé la trace sur Internet. Il est entrepreneur dans le bâtiment. Je crois qu'on peut laisser tomber.

À cet instant, Robillard scruta les derniers noms. À la façon dont les traits de son visage s'affaissèrent, ses coéquipiers comprirent qu'ils avaient peut-être fait fausse route.

— Emmanuel Willem est brestois et propriétaire d'un appartement à La Baule. Quant à Daniel Lemoine, il est angiologue à Strasbourg, où il habite. Il a deux autres logements à son nom, en location sans doute. Un à Sélestat et l'autre à Nancy.

Sharko lui arracha le papier des mains et étudia la liste à son tour.

— Putain, c'est pas possible. Six noms, et pas un qui crèche à moins de trois cents bornes d'ici…

Il s'approcha du tableau et posa son index sur le cercle délimitant le périmètre établi par l'informaticien.

— Viktor était en relation directe avec un ordinateur qui émettait dans cette zone, à proximité de Creil. Mince, ce n'est quand même pas insensé de penser que l'appareil se trouve chez le dernier homme, si ?

— Peut-être qu'il y a un quatrième individu, se hasarda Pascal.

Nicolas se posta à côté de son chef, l'œil rivé sur la photo de promo.

— Ou peut-être que le troisième type ne fait pas partie du groupe d'élèves que tu as identifié ? Après tout, ça peut être n'importe lequel de ces étudiants. Et même n'importe qui en dehors, d'ailleurs.

Franck secoua la tête.

— Non. Il y a le symbole. Ils le portaient tous les trois sur leurs habits. Je suis persuadé qu'on ne s'est pas plantés.

— Alors tu en as manqué un, tenta Lucie en les rejoignant.

— Je n'ai manqué personne. On a vérifié avec l'archiviste.

Malgré son ton péremptoire, elle décrocha le cliché et scruta avec attention chaque visage, chaque faluche. Franck, lui, se mit à aller et venir, essayant de chercher des explications cohérentes.

— Et les femmes ? lança Lucie.

— Quoi, les femmes ?

— J'ai l'impression que je distingue aussi le sigle sur trois d'entre elles, je me trompe ? Pourquoi tu ne les as pas entourées ?

— À ton avis ? Parce que j'ai eu affaire à des hommes, aucun doute là-dessus.

— J'aimerais quand même creuser. T'as des infos sur ces femmes ?

Dans un soupir, il sortit de sa poche la liste des onze personnes qu'avait établie l'archiviste. Lucie la lui prit des mains, le fixant avec un air de reproche.

— Franchement, qu'est-ce que ça te coûtait d'inclure ces trois-là dans la requête ? Elles étaient sur ta liste, bon sang !

Il haussa les épaules. Agacée, elle consulta sa montre.

— Pascal, on a le numéro du gus des impôts qui a envoyé le mail ?

Le lieutenant regagna son bureau et le lui dicta.

— T'auras du bol s'il te répond, ajouta-t-il. Dans dix minutes, ça ferme. Et on est vendredi, en plus…

Sans répondre, Lucie s'isola à l'autre bout de la pièce, papier et stylo en main. Franck ignora sa mauvaise humeur et s'adressa à ses deux lieutenants :

— J'ai une hypothèse. Imaginons que l'ordinateur soit à l'un de ces types, notre troisième homme. Il débarque dans la région chaque fois que nécessaire avec son ordinateur portable sous le bras, par exemple quand ils tiennent un pigeon pour la Faille et sont prêts à passer à l'acte. Il loue alors un B&B ou une chambre d'hôtel dans notre périmètre tout le temps qu'il faut…

Pascal et Nicolas ne se prononcèrent pas. Ses propos n'avaient pas l'air de les convaincre. En arrière-plan, Lucie s'énervait au téléphone. D'une voix forte, elle expliquait que non, elle n'allait pas attendre le lundi. Qu'une réquisition d'un juge d'instruction signalait l'urgence de la demande. Nicolas la regarda dans un soupir, puis revint vers son chef.

— Un itinérant, donc…

Franck hocha la tête, comme pour se rassurer sur le fait que sa théorie tenait la route.

— Willem, Lemoine, Leblois, Pagan, et même Slowaski, de Madagascar. On ne les lâche pas. Récupérez-moi quelque chose, n'importe quoi, mais f…

— Angicourt ! Vérifiez où se trouve Angicourt ! Code postal 60940. C'est pas dans l'Oise, ça ?

Lucie venait de raccrocher et se précipitait vers son ordinateur. Sharko mit plusieurs secondes à réagir, puis scruta la carte sans vraiment y croire. Le nom de la ville que sa femme citait lui apparut, dans la partie basse du cercle. Il se retourna vers elle, l'œil brillant.

— Ça concorde.

71

Alors que Pascal et Nicolas étaient de nouveau à leur poste, Sharko se tenait derrière Lucie, la photo de groupe qu'il avait décrochée à la main.

— Elle s'appelle Clarisse Landsalle, expliqua-t-elle. L'adresse que m'a fournie le gars des impôts est improbable, c'est celle d'un sanatorium. « Clarisse Landsalle, sanatorium Nestor Pirotte, 60940 Angicourt ». Allez voir sur Internet. Ce truc est hallucinant.

À l'écran, un mastodonte de briques s'affichait. Il avait l'air désaffecté, son jardin central envahi par une végétation luxuriante. Façades noircies, galeries branlantes, fenêtres pour la plupart brisées. Il devait y avoir, au bas mot, une centaine de pièces réparties sur trois étages, rien que pour le bâtiment principal.

— Ouvert en 1900, commenta Pascal. Un site qui s'étend sur plus de trente hectares, dans lequel on a accueilli les malades atteints de la tuberculose. Il comprend deux gigantesques hôpitaux en forme de U, des blocs administratifs, le pavillon du médecin-chef, un château d'eau, des écuries, une chapelle, et j'en passe. L'université Vésale, à côté, c'est de la gnognotte. Le lieu a été fermé en 1999 et a commencé à être dégradé par les pilleurs et les squatteurs. Tags, urbex… De nombreuses constructions annexes ont été ravagées par des incendies.

Alors qu'il parlait, Franck voyait les différentes photos que Lucie faisait défiler. Un sanctuaire d'une terrifiante désolation. Il y avait même un parc de jeux : tourniquets rouillés, toboggans renversés, tape-culs en lambeaux… Une image s'imposa à lui : Pripyat, la ville fantôme d'Ukraine, collée à Tchernobyl. Même abandon, même ambiance lugubre.

— L'AP-HP a cédé le site dans son intégralité et en l'état à une fondation, la fondation Landsalle, en 2014, poursuivit le procédurier. D'après ce que je lis, celle-ci avait pour projet de créer un centre de vie pour les personnes cérébrolésées et handicapées. Des sommes colossales ont été investies rien que pour sécuriser les lieux, mais vu la gueule des bâtiments, il n'a pas dû se passer grand-chose depuis.

Trente hectares… Franck arrivait à peine à imaginer que quelqu'un puisse vivre dans cet endroit délabré et démesuré aux allures de phalanstère horrifique.

— Faites des recherches sur elle. Clarisse Landsalle.

Lucie s'exécuta et obtint des pages et des pages de résultats. Elle cliqua sur un lien menant au profil LinkedIn de l'intéressée. Le portrait, en médaillon, était celui d'une femme au visage fermé, carré de cheveux noirs impeccable, bouche d'un rose presque sanguin. Il vibrait dans son regard une force qui imposait le respect. En examinant de nouveau la photo de promo, Franck nota qu'elle se situait juste à la droite de Marc Viktor.

— Une vraie grosse tête, constata Lucie. Écoutez-moi ça : elle a repris les rênes de la fondation Landsalle en 2005, à la mort de Philippe Landsalle, son père. Professeure d'université en neurosciences cognitives à Paris-Descartes, elle a également travaillé, de 2005 à 2016, à l'Inserm sur, je cite : « l'élaboration d'une machine capable de rétablir et maintenir la circulation sanguine dans le cerveau d'une souris en cas d'arrêt cardiaque ou respiratoire ». Elle a été récompensée par tout un tas de distinctions : Grand Prix Lamonica de neurologie, prix de l'Académie nationale de médecine...

— Et comme elle avait l'air de s'ennuyer, elle a aussi écrit des bouquins, enchérit Pascal. *La Mort du cerveau* en 2010, *Les Codes de la conscience* en 2012, *Le Corps, la Conscience et le Cerveau* en 2014.

Lucie se tourna vers son mari avec un petit air satisfait.

— Alors ? Tu doutes encore ?

Franck ne releva pas et désigna l'écran du menton.

— Pas d'informations après 2016 ?

— Recluse dans son sanatorium, on dirait... Qu'est-ce qu'elle est allée s'enfermer dans ce machin ?

Le chef de groupe se redressa, interrogatif. Clarisse Landsalle correspondait à cent pour cent au profil de l'individu qu'ils recherchaient, elle complétait à la perfection le trio diabolique. Ses livres, ses compétences, ses études... Et pourtant, il en avait la certitude : ce n'était pas à elle qu'il avait eu affaire dans les catacombes, ni dans la cabane.

— Jette un coup d'œil sur les autres liens. Cherche des trucs plus personnels... Est-ce qu'elle est mariée ? Est-ce qu'elle a des enfants ?

— Bien, commandant.

Pas de compte Facebook, Instagram ni Twitter. Lucie fit jouer la roulette de la souris, déploya des onglets, surfa sur une multitude de sites. Les journalistes restaient centrés sur les actions de la fondation et la brillante carrière de Clarisse Landsalle. Interviews au sujet de ses publications, entretiens scientifiques, accès à des travaux pointus auxquels elle avait participé. Certaines vidéos la montraient dans des amphithéâtres, devant des centaines de personnes ou des écrans projetant des coupes du cerveau. Los Angeles, Shanghai, Séoul… Enfin, au détour de l'article d'un blogueur qui remontait à 2014, ils la virent au bras d'un homme. Cheveux courts et noirs, mâchoire carrée, front marqué par trois rides profondes. « Landsalle et Karloff : bilan de leur cycle de conférences sur la préservation de la viabilité d'un cerveau de souris isolé à l'aide d'une circulation extracorporelle mécanique. »

Sharko fixa longuement le couple qui, à la façon dont ils se regardaient, avait l'air d'être plus que des collègues. 2014… C'était sept ans plus tôt. Il alla noter « Karloff » au tableau et l'entoura le nom.

— On creuse sur ce type, s'il vous plaît.

— Bien, chef.

— J'ai un autre truc intéressant, lança Nicolas en levant la main.

Franck aimait quand les nouvelles s'enchaînaient. C'était comme un bouchon qu'on enlevait d'une canalisation et qui libérait subitement toute l'eau retenue jusque-là.

— On t'écoute.

— Je suis sur une des pages d'archives du site de l'Inserm qui date de septembre 2016 et qui parle de l'impact qu'ont eu les travaux de Landsalle sur la connaissance du cerveau. Ils lui rendent hommage, mais pas seulement. Je vous lis le passage : « Elle nous a révélé être malheureusement atteinte, à un stade précoce, d'une fibrodysplasie ossifiante progressive. À cette grande femme que nos équipes ont eu la chance de côtoyer, nous ne pouvons que souhaiter beaucoup de force et de courage dans l'épreuve qu'elle traverse. »

— C'est quoi, cette maladie ?

— Attends…

La magie d'Internet. Une poignée de secondes plus tard, la réponse à sa question fusait :

— Elle est plus souvent appelée « maladie de l'homme de pierre ». Une maladie orpheline rare qui concerne une personne sur deux millions dans le monde. Origine génétique. Il s'agit d'une ossification des muscles et de leurs tendons qui rend, au fil des ans, les individus qui en souffrent incapables de se déplacer. Ils se fossilisent littéralement, jusqu'à ce qu'ils ne puissent plus respirer et qu'ils meurent, pleinement conscients, car cette saloperie ne touche pas leurs fonctions cérébrales.

Il tourna son écran vers Sharko, dévoilant des images effroyables. Des squelettes de patients qui étaient décédés des suites de cette pathologie. C'était comme si de la cire de bougie avait coulé sur les os, les soudant entre eux, empêchant toute flexion ou rotation.

— Et évidemment, c'est incurable... précisa Nicolas.

Ainsi, depuis cinq ans, Clarisse Landsalle était condamnée à mourir lentement et douloureusement. Franck imaginait la torture morale et physique. Il la voyait recluse au fond d'une des centaines de pièces noires de son immense propriété délabrée, prisonnière de son corps qui, petit à petit, se repliait sur lui-même. Et des ténèbres qui l'ensevelissaient.

— Ça explique peut-être cette histoire de sanatorium, conclut-il. À cause de sa maladie, le projet de réhabilitation tombe à l'eau. Et puisqu'elle ne peut plus non plus exercer la médecine, elle part se réfugier là-bas.

— Et elle se rapproche physiquement de Viktor et Tranchet, ajouta Pascal. Qu'est-ce qui passe par la tête d'une femme si active, si brillante, qui se sait en sursis ?

Franck se rappelait les ultimes mots de Tranchet : « Tu crois avoir pigé. La Faille, Viktor... En fait, t'as rien compris du tout. Tu ne sais pas pourquoi tout ça existe. » Il repensa également à l'ordinateur découvert au sous-sol chez l'anesthésiste-réanimateur. À ces messages dépourvus de sens qui provenaient certainement de ce monstrueux sanatorium. Malgré sa pathologie, Clarisse Landsalle était peut-être le cerveau qui chapeautait tout. Et ce Karloff ne devait pas être loin. Après tout, si elle était malade, il fallait bien que quelqu'un s'occupe d'elle. Le troisième homme…

Le commandant en avait désormais la conviction : c'était là-bas, dans ce sanatorium à l'abandon, que se trouvait la clé de l'énigme, le point d'orgue de cette enquête infernale. Le commandant observa les visages de ses coéquipiers, tous braqués vers lui. Les mêmes flammes brûlaient dans leurs yeux. Le message était clair : les chiens étaient aux abois. Il hocha la tête et se dirigea vers la sortie.

— Continuez les recherches. Dans tous les cas, on décolle bientôt.

72

À la fin du jour, Angicourt était un village mort. Les habitants semblaient s'être parqués dans leurs demeures comme après une alerte à la bombe. Rues désertes, volets clos, macadam luisant sous l'éclairage morne des lampadaires qui venaient de s'embraser. Dans le moindre interstice non bétonné, les arbres s'incrustaient, leurs longues silhouettes noires se dressant tels les gardiens d'un sanctuaire.

Les quatre policiers, serrés dans le même véhicule, ne disaient pas un mot. Ils contemplaient le paysage qui défilait, concentrés, chacun dans ses pensées. Dans le rétroviseur, Franck voyait la crispation sur leurs traits, ce subtil mélange de peur et d'excitation qui ombrageait le regard et pinçait les lèvres. Il ne comptait plus le nombre de fois où, ensemble, ils s'étaient retrouvés ainsi, à traquer le Mal, à aller le déloger de son antre.

Ils n'avaient pas eu de difficulté à glaner des informations sur l'homme qui apparaissait aux côtés de Clarisse Landsalle. Boris Karloff, 54 ans, un ancien de l'université de médecine de Montpellier, était un grand spécialiste du système vasculaire du cerveau et avait également exercé la neurochirurgie au bâtiment Babinski de la Salpêtrière jusqu'en 2016. Il avait donc passé ses journées à ouvrir des crânes dans le même hôpital que

Marc Viktor. Ensuite, il disparaissait des écrans radar, ce qui appuyait l'hypothèse de Sharko : Karloff avait tout plaqué lorsqu'il avait appris pour la maladie incurable de Landsalle.

À la sortie du bourg, la voiture bifurqua sur une petite route vraiment étrange. D'un côté, il y avait des pavillons plutôt avenants – volets aux couleurs vives, balançoires et salons de jardin encore en place. De l'autre, la vue était obstruée par de vieilles clôtures en béton hérissées de barbelés, contre lesquelles s'écrasait une végétation extrêmement dense. Des arbres touffus montaient ainsi à plus de dix mètres, créant une muraille infranchissable. Les flics comprirent qu'il s'agissait là des frontières extérieures de la propriété de Clarisse Landsalle. Parfois, sur quelques mètres, la nature se retirait, laissant apparaître la silhouette d'un pavillon fatigué ou un ersatz de bâtiment administratif.

La voie se termina en cul-de-sac sur une barrière antivoiture. Derrière, un sentier de promenade se perdait dans la forêt. Le GPS avait indiqué cet endroit pour l'adresse du sanatorium, mais l'entrée à proprement parler était de toute évidence ailleurs. Franck fit demi-tour et tourna sur la droite, à un kilomètre de là, misant sur le fait que, en suivant les murs d'enceinte, il finirait bien par découvrir un moyen de pénétrer dans le sanctuaire.

Cinq minutes plus tard, à la croisée de deux chemins, ils arrivèrent devant un porche en brique, fermé par un grand portail. Au-delà, une allée s'enfonçait dans la végétation. Les policiers se garèrent plus loin, s'équipèrent et revinrent à pied. Pas d'Interphone, pas de caméra. Le portail semblait s'ouvrir à l'aide d'une grosse clé. Franck enserra les barreaux, essayant de forcer. Du solide, et beaucoup trop haut pour espérer l'escalader.

Sur sa gauche, son groupe s'éloignait déjà en longeant la clôture. Sharko savait que rien ne les découragerait. C'était ce soir-là qu'ils en finiraient.

Après trois ou quatre cents mètres de marche, ils débusquèrent un endroit, derrière des buissons, où des planches avaient été empilées et le barbelé découpé. Sans doute des amateurs de sensations fortes qui avaient cherché le frisson. Franck s'y faufila le premier, suivi par les autres. Ils atterrirent au milieu des arbustes, des ronces et des feuilles mortes, dans une espèce de sous-bois dense. Peinèrent à progresser là, jusqu'à ce qu'ils dénichent un minuscule chemin qui les mena vers une allée bitumée, crevée de part en part par les racines et les touffes de mauvaises herbes. Les vieux panneaux renversés indiquaient des directions alors que surgissaient, comme d'un cauchemar, les vestiges du passé. À effleurer les décombres, les édifices en lambeaux, on pouvait encore sentir la maladie, percevoir le souffle éraillé des tuberculeux qu'on regroupait jadis par milliers dans cette immense enceinte.

— Il y a des bâtiments partout, fit Lucie. Par où on commence ?

— Je n'en sais rien. Pour l'instant, ce qu'on voit est trop abîmé pour qu'elle vive dedans. Avançons…

La luminosité déclinait à grande vitesse et, un quart d'heure plus tard, la nuit serait là. Ils doublèrent un parking, un château d'eau, deux pavillons de plain-pied qui ressemblaient à des salles de classe oubliées, et traversèrent l'aire de jeux. Une balançoire oscillait, rappelant cruellement que des enfants aussi avaient vécu là, sans doute emportés trop tôt. Plus loin, par-delà les frondaisons, les policiers devinaient les longues toitures des hôpitaux jumeaux.

— Ce n'est pas quatre qu'il aurait fallu être, grogna Robillard, mais une armée entière…

— Raison de plus pour être méthodiques, répliqua Sharko. Lucie et Pascal, allez regarder du côté droit. Avec Nicolas, on s'occupe de la gauche. Au moindre signe de vie, on se contacte.

Franck et Nicolas mirent cinq minutes, à bon rythme, pour s'approcher de leur objectif. Celui-ci paraissait intégré à la végétation. Néanmoins, une infime portion de l'aile l'ouest avait été ravalée : les ardoises et quelques fenêtres du rez-de-chaussée et du premier étage avaient l'air intactes.

Le cœur battant, les policiers longèrent les façades et grimpèrent les marches qui conduisaient directement dans la gueule du monstre. Un couloir immense leur cracha en pleine figure son haleine glacée. Sans hésiter, ils s'y engagèrent. Ici résonnait encore l'écho d'un lourd passé. Des cellules aveugles avec des casiers ouverts, des bureaux et des lits en pagaille, des salles d'eau avec des baignoires fendues. Tout était détruit, pillé. Quand ils bifurquèrent dans une aile perpendiculaire, le portable de Sharko vibra.

Venez vite derrière autre hôpital. Maison qui semble habitée.

— Ils ont trouvé, lança Franck.

Ils ressortirent aussitôt et s'élancèrent vers le bâtiment jumeau. Après qu'ils l'eurent contourné, ils purent apercevoir, plus loin, une lueur dans les bois vers laquelle ils s'orientèrent. Leurs collègues patientaient entre les arbres, près de l'allée qui menait à une grosse bâtisse. Celle-ci avait été rénovée. Elle était cernée d'un grillage neuf et d'un portail dont un des vantaux était entrebâillé. Une lampe était allumée au deuxième et dernier étage.

La maison était reliée à une dépendance, aux allures de hangar sans fenêtres, par une verrière semi-circulaire recouverte de lierre et de liseron. Une lumière bleutée filtrait sous la porte arrière de cette partie du logement. Intrigué, Franck s'en approcha avec prudence et plaqua son oreille dessus : il avait l'impression d'entendre le bruit angoissant d'un respirateur, comme dans la chambre d'Audra. Après un regard vers son équipe, il baissa la poignée en douceur. Étrangement, il ne fut pas surpris lorsqu'il constata que l'issue n'était pas verrouillée. Depuis leur incursion sur la propriété, il avait cette curieuse et désagréable sensation que Clarisse Landsalle les attendait.

Arme braquée, couvert par ses coéquipiers, il poussa le battant du bout du pied. Leur présence déclencha l'allumage de spots aux tons bleu lagon. Ils s'engagèrent dans une sorte de sas étroit. Partout, contre les murs, des étagères, des éprouvettes, des bouteilles d'oxygène, des tuyaux, des compresses et des dizaines d'appareils électroniques complexes. Le chef de groupe plissa le nez en apercevant, dans des bocaux éclairés par les jeux de lumière, des cerveaux en suspension dans un liquide translucide d'un jaune pâle. Des étiquettes indiquaient : « essai porc#1 », « essai porc#2 »… Il revit alors les cadavres des animaux gisant au sol dans l'abattoir, le chien courir vers eux avec son masque flasque de cochon. Ainsi, les organes étaient ici, préservés dans une morbide collection… Il se tourna une fraction de seconde vers ses collègues, qui se trouvaient dans le même état de tension que lui, et poursuivit sa progression.

Le bruit de respiration artificielle – cet abominable froissement de l'accordéon se tendant et se détendant – s'amplifiait à mesure qu'ils avançaient vers le fond, là où l'espace s'agrandissait. Quand Sharko franchit enfin le seuil de la pièce, il se figea d'effroi.

73

Comment décrire l'indescriptible ? Les flics s'étaient avancés au milieu d'un laboratoire, ou d'une salle d'opération, ils ne savaient pas, avec la même fébrilité que des explorateurs débarquant sur une terre inconnue et hostile. Sur une table en acier reposait un haut cylindre en verre hermétiquement clos, à l'intérieur duquel un assemblage de tiges métalliques et de courroies maintenait un cerveau en suspension. L'organe n'était pas blanc laiteux, ainsi qu'ils avaient l'habitude de l'observer en autopsie, mais d'un rouge palpitant, nervuré de minuscules vaisseaux sanguins, comme si on venait de l'extraire de sa boîte crânienne. Au-dessous, vers l'arrière, là où, sans doute, l'encéphale se rattachait d'ordinaire au reste du corps, deux tuyaux où circulait du sang – dans un sens, puis dans l'autre – étaient raccordés. Le système repartait ensuite vers un nombre incalculable de pompes, de filtres, de bouteilles, de récipients où le précieux liquide s'écoulait en goutte-à-goutte, avant de disparaître dans d'autres mécanismes de purge.

Les yeux ahuris de Franck revinrent vers le cerveau, piqueté sur le dessus d'une multitude d'électrodes. La masse luisante ressemblait à une bête monstrueuse, prête à vous sauter à la figure, à s'y accrocher pour aspirer toute votre énergie vitale. Le policier étudia le parcours des câbles, dont certains menaient à des moniteurs où pulsaient des ondes et où dansaient des couleurs – du vert, du bleu, du jaune. Dans son champ de vision entra alors, plus en retrait, un écran d'ordinateur que ses lieutenants scrutaient déjà. À cet instant, il croisa leurs regards pleins d'incompréhension et de détresse. Sharko s'approcha, complètement dépassé par la situation.

18:35:14 > E. Dotty : Roule. Le canard. Je veux envoler. Voir et pleurer.

18:36:43 > E. Dotty : J'aimais bien les barbes à papa. Les manèges. L'air frais. Air, terre, mer. Où c'est ?

18:37:11 > E. Dotty : Ceci n'est pas une phrase. Ceci n'est pas une pipe.

Presque par réflexe, le commandant consulta sa montre. 18 h 37, c'était maintenant.

D'un coup, il recula d'un pas, une main sur la bouche, refusant de croire ce que sa conscience, sa propre conscience repliée au fond de son crâne, lui imposait. Il chercha un appui dans les prunelles de ses collègues, il aurait aimé y lire un soupçon de doute qui lui aurait permis d'imaginer qu'il faisait erreur, que tout ceci ne pouvait pas être réel, que le cauchemar allait se terminer. Mais non.

Après quasiment trois semaines d'une enquête qui les avait tous poussés dans leurs retranchements, la vérité se révélait à eux, d'une violence et d'une cruauté infernales. Cette machine, ce système de savant fou maintenait bien un cerveau humain en vie. Emma Dotty avait été coupée en morceaux au centre du don des corps, ses os avaient été répartis dans toute la France, Stéphane Tranchet lui avait prélevé le visage. Mais son cerveau, lui, se trouvait là, suspendu face à eux. Intact. Vivant. Et, probablement le pire, pensant.

Soudain, il y eut un grincement, là-bas, sous la verrière qui conduisait à la maison. Et une voix claqua dans cet abominable silence :

— On dirait bien que notre histoire s'arrête là…

74

Quatre armes se braquèrent sur Boris Karloff qui, tranquillement, poussait un fauteuil roulant dans leur direction. Un siège dans lequel se tenait une créature recroquevillée, au visage en biais – comme s'il avait reçu un choc avec un haltère. Clarisse Landsalle, diminuée, fossilisée, à l'image de sa propriété…

Karloff portait le pull noir avec le sigle. Sa manche droite était relevée, dévoilant une aiguille de perfusion plantée dans son avant-bras. Idem pour Landsalle. Tous deux étaient ainsi reliés à la même poche de liquide qui pendait à l'un des montants du fauteuil, ce qui donnait l'impression d'un être hybride. Les lèvres de la femme-pierre s'écartèrent avec peine et elle souffla d'une voix métallique :

— On se doutait bien que vous finiriez par débarquer ici. Ça ne pouvait pas durer éternellement. On a donc pris nos dispositions. Vous comprendrez aisément qu'il est hors de question qu'on soit séparés l'un de l'autre.

L'homme leva le poing, dans lequel il serrait une sorte de bouton poussoir.

— Chlorure de potassium, continua Landsalle. Vous connaissez, je crois. Les résultats sont instantanés. Et vu la quantité qui va être injectée, il n'y aura pas de retour possible.

Un craquement résonna dans sa poitrine. Son visage se tordit plus encore de douleur. Franck plaqua une main sur le torse de Nicolas lorsqu'il fit mine de s'approcher.

— Putain, mais qu'est-ce que vous avez fait ? s'écria malgré tout Bellanger. C'est quoi, tout ça ?

— L'espoir, répliqua Karloff d'une voix posée. Quoi d'autre ?

Son regard plongea dans celui de Sharko. Luisait, dans l'obscure teinte de ses iris, une étincelle de folie.

— D'ici à dix ans, la greffe de tête ne sera plus une chimère. On offrira à des patients qui souffrent de maladies génétiques incurables comme celle de Clarisse les corps intacts d'individus en mort cérébrale.

Sharko n'arrivait pas à intégrer ce que ce timbré lui racontait. Comment imaginer le corps d'Audra avec la tête de Landsalle ? Comment quelqu'un pouvait-il penser une seule seconde à cette fusion de deux mémoires différentes, celle du cœur et celle de l'esprit ? Le mythe de Frankenstein, de l'homme reconstruit, rapiécé, lui revint en pleine figure. Toute cette folie n'était donc pas l'apanage de la littérature.

— Seulement, Clarisse, elle n'a plus dix ans devant elle, continua Karloff. Chaque jour qui passe est une souffrance abominable. Il existait une version pour souris de cette machine, que Clarisse avait fabriquée à l'Inserm. Une mécanique qui était capable de maintenir en vie non pas une tête entière, mais un petit cerveau animal, avec ce système de pompes, de radiateurs et de poches de sang. Une décennie de travail, tant de difficultés à surmonter… Pour adapter ça à l'homme, il restait deux questions essentielles à résoudre. La première, est-ce que le procédé fonctionnerait avec un organe plus important, et surtout plus complexe ? Et la seconde, non moins essentielle, qu'adviendrait-il de la conscience humaine ?

C'était un territoire totalement inconnu que nous avions à explorer. Et nous aurions bien été en peine de prédire de quelle manière réagirait le cerveau, une fois privé de ses cinq sens.

Franck observa ses coéquipiers, sidérés comme lui. Juste derrière eux flottait le cerveau désincarné d'Emma Dotty. La femme qu'elle avait été se trouvait à la fois là et ailleurs. Présente et absente. Morte et vivante. Piégée dans une sorte de chambre noire, sans oreilles, sans yeux, incapable de bouger, sans possibilité de hurler. Une souffrance infinie dont une infime partie filtrait par le biais de l'écran. Un cerveau qui n'avait rien d'autre à faire que de penser, penser, penser…

— Grâce aux électrodes que nous avons implantées, on sait aujourd'hui mesurer avec une grande précision les signaux électriques issus de chaque région et, avec l'aide de l'intelligence artificielle, les retranscrire sur un ordinateur en langage clair, intervint Landsalle. Lire dans les pensées n'est plus ni une expression ni de la science-fiction. Cette technologie était le meilleur moyen d'accéder à l'état d'une conscience. Bien plus performante, finalement, que tous les scanners du monde…

La scientifique s'interrompit. Ses mains, deux serres d'aigle, se crispèrent un peu plus encore. Parler lui demandait un effort éprouvant.

— Le cerveau que vous voyez là est viable. Et il pense. Il n'arrête pas de penser. Le jour, la nuit. Les phases de sommeil n'existent plus. Vous ne pouvez pas vous rendre compte de la portée de cette découverte, et de tout l'espoir qu'elle aurait suscité pour les années à venir. C'est comme si nous avions inventé une nouvelle forme de vie. En continuant à développer cette machine, on aurait pu sauver les personnes malades comme moi, mais aussi lutter contre la vieillesse en offrant, d'une certaine façon, l'immortalité à cet organe.

Franck imaginait des légions de cerveaux alignés dans des cuves, branchés de partout, attendant une nouvelle enveloppe, jeune, hâlée, aux muscles fuselés. De la pure démence.

— Vous comptiez vous appliquer ce procédé à vous-même… lâcha-t-il d'une voix dont il ne put cacher la fébrilité.

— Évidemment. Si nous avions eu plus de temps, si les résultats avaient été plus concluants, Boris se serait chargé de l'opération, avec l'aide de Viktor et Tranchet. Mais vous l'avez compris, je crois, il semblerait que la souffrance d'une conscience sans son enveloppe charnelle, quelle que soit la forme qu'elle prend, soit la pire des tortures.

Le commandant sentait le souffle de ses collègues dans son dos. La tension était palpable. Dès que l'un d'entre eux faisait un geste, le pouce de Karloff se contractait sur le bouton. Le chef de groupe tenta de jouer la montre.

— C'est quoi, le rapport avec la Faille ?

La gorge de Landsalle sifflait, comme si elle manquait d'oxygène. Karloff répondit avec un calme déstabilisant. Un feu monstrueux, maudit, brûlait dans les yeux de ce couple de timbrés.

— Je connaissais Marc depuis plus de quinze ans. C'est grâce à lui que Clarisse et moi sommes tombés amoureux. Quand il a appris, pour sa maladie, ça lui a mis un sacré coup. Ils avaient gardé un lien indéfectible depuis leurs études… Un jour, il y a environ deux ans, il nous a rendu visite et nous a révélé qu'il y aurait peut-être une piste à explorer. Que, pour ce faire, il allait falloir reconstruire la machine élaborée à l'Inserm, mais dans un modèle plus gros. J'ai tout de suite parfaitement vu où il voulait en venir, c'était de la folie. Et j'étais sûr que ça ne fonctionnerait jamais…

Landsalle essaya de rire, mais s'étrangla. Son compagnon marqua une hésitation, prêt à lui apporter son aide, sans relâcher sa vigilance pour autant. La femme retrouva finalement son souffle et prit le relais.

— Sa véritable idée était en réalité beaucoup plus dingue que ce qu'on imaginait. Il nous a annoncé qu'il était hors de question que je serve de cobaye, qu'il disposerait de la matière première nécessaire pour tester le procédé. C'est là qu'il nous a parlé de ses découvertes et de son projet délirant de Faille. Marc a toujours cherché à établir la preuve que la conscience ne dépendait pas à cent pour cent du cerveau. Qu'il y avait des événements au-delà de la rigueur scientifique des neurosciences qui ne pouvaient pas s'expliquer. Il s'était donc donné comme mission de contacter des gens clandestinement dans le but de les « tuer », puis de les ramener à la vie pour les interroger sur leur voyage…

Elle inclina la tête vers Sharko.

— Vous êtes au courant de cette partie-là, il me semble.

Karloff passa, d'un geste délicat, sa main libre dans les cheveux de la femme-pierre et poursuivit :

— C'était complètement fou. Cet homme était fou. Mais d'une intelligence rare. Quant à moi, je ne supportais plus de voir l'état de la femme avec laquelle j'avais décidé de vieillir se dégrader, de l'entendre hurler de douleur en pleine nuit… J'ai recontacté Marc, j'ai accepté de participer à l'expérience aux côtés de Tranchet. Le *deal* était simple : je mettais son plan en place, et il allait m'aider à sauver Clarisse. Ensemble, on est descendus dans les catacombes, on a envoyé des gens vers la mort.

La plupart du temps, on réussissait à les faire revenir et on récoltait leurs témoignages, mais d'autres fois...

Il poussa un soupir.

— Tranchet se chargeait de les faire disparaître quand ça capotait. En parallèle, on reconstruisait la machine de l'Inserm ici, en plus grand, plus ambitieux. Les obstacles techniques étaient immenses : pour perfuser un cerveau *post mortem*, il faut faire circuler du liquide dans un labyrinthe de minuscules capillaires qui commencent à coaguler quelques minutes après la mort. Il était donc essentiel de tout connaître au sujet de ce système vasculaire et de la manière dont le sang se déplace dans le cortex, ce qu'on appelle les rythmes pulsatiles cérébraux. C'est ma spécialité. Tout devait être parfaitement contrôlé, calibré...

Ses yeux se portèrent vers la machine. Il la regarda comme une mère regarde son enfant.

— Quand elle a enfin été prête, on l'a testée avec des cerveaux de porc, qui sont physiologiquement très proches des nôtres. Une vraie course contre la montre entre l'abattoir et le sanatorium, à coups de bacs remplis de glaçons, pour éviter que les organes ne soient trop abîmés durant le transport... Et ça a marché. Deux des six organes qu'on avait pu récupérer ont continué à vivre. Grâce au procédé qu'avait inventé Clarisse, il n'y avait pas de dégradation des tissus, aucune croissance bactérienne. C'était incroyable...

— Et puis les porcs ont fini par ne plus suffire. Vous êtes passés au niveau supérieur.

— On était allés trop loin. On ne pouvait plus reculer.

D'un mouvement de tête, il désigna le cylindre de verre.

— C'est tombé sur Emma Dotty comme ça aurait pu tomber sur n'importe qui d'autre. C'était elle, et c'était le bon moment. On l'a amenée directement ici après la rencontre dans les catacombes. Je crois que, quand elle a vu ce… laboratoire, elle a compris qu'elle n'en sortirait pas. On l'a endormie, elle n'a pas souffert. Je me suis occupé de l'ablation du cerveau sur cette table, là-bas. Et Tranchet s'est ensuite débarrassé du corps grâce au CDC.

Sharko osait à peine imaginer le « réveil » d'Emma. Ce cerveau conscient, suspendu dans son cylindre, mais incapable de le savoir… C'était une abomination.

— Vous êtes des ordures de la pire espèce ! cracha Nicolas en pointant son arme dans leur direction. Vas-y, envoie ta sauce, espèce de fumier, ou c'est moi qui te loge une balle dans le crâne !

Sharko abaissa le bras de son coéquipier et tempéra de la main. Malgré sa rage, il les voulait vivants. Il voulait qu'ils paient pour leurs crimes. Pas comme Fermont.

— Ne faites pas ça.

Boris Karloff demeura d'abord immobile, puis s'agenouilla à côté du fauteuil. Aussitôt, le chef de groupe se jeta en avant, mais l'homme fut beaucoup plus rapide. En une fraction de seconde, le liquide courut dans les tuyaux jusqu'à leurs veines et Karloff enlaça Landsalle, comme pour la protéger. Celle-ci poussa un long hurlement de douleur, un cri insupportable qui heurta chaque mur de la pièce. Le fauteuil se renversa et les amants restèrent figés, l'un contre l'autre, pareils à deux êtres pétrifiés de Pompéi. Franck arracha la poche, mais il était trop tard. Les corps se relâchèrent, inertes. C'était fini.

Dans un flottement qui semblait en dehors du temps et de l'espace, Franck se redressa. Il se sentait fébrile, un vertige le saisit. Son équipe était là, autour de lui, solidaire. À cet instant, elle lui donna l'impression que, malgré toutes les horreurs du monde qu'ils côtoyaient, leurs liens ne pourraient jamais être ébranlés…

Pendant plusieurs minutes, un silence absolu régna sur le sanatorium. Aucun d'entre eux ne sortit son téléphone pour prévenir qui que ce soit. Parce que tous savaient que, auparavant, il leur restait un dernier geste à accomplir.

— Qui est pour ? demanda Franck.

Nicolas leva la main le premier. Puis ce fut Pascal. Le commandant de police se tourna vers sa femme, qui acquiesça. Franck la regarda longuement. Encore une fois, ils allaient franchir les limites. Mais quelles limites, finalement ? Celles imposées par des fous ? Lentement, il se dirigea vers le cylindre en verre. Il avait été scellé à la table par un cerclage avec des boulons et était hermétiquement fermé par le dessus.

— Je peux m'en charger si tu veux, proposa Nicolas.

— Je suis votre supérieur, c'est à moi de le faire… Par contre, rien de ce qui va suivre n'a existé, on est bien d'accord ? C'était déjà comme ça quand on est arrivés.

Ils hochèrent tous la tête. Sharko demeura un moment face à la paroi, puis la frappa à plusieurs reprises avec la crosse de son arme. Elle vola en éclats, provoquant un léger chuintement d'air.

— Je suis désolé, Emma… Tellement désolé…

À qui s'adressait-il, en réalité ? Est-ce qu'il s'apprêtait à tuer un être humain ? Il l'ignorait. Ce qui se passait là, c'était trop pour lui, pour sa simple condition de flic. Mais il était persuadé d'une chose : il ne pouvait pas laisser Emma, ou ce qui en restait, dans cette zone grise, ce monde abominable entre morts et vivants. Il prit son inspiration et, le cœur lourd, tira sur les deux tuyaux qui assuraient la circulation du sang. Le liquide pourpre, chaud, symbole de vie, se déversa doucement à ses pieds.

Leurs regards à tous les quatre se tournèrent alors vers l'écran de l'ordinateur.

18:49:14 > E. Dotty : Soleil vert manque au temps. C'est quoi vert ? Et bleu ? Et jaune ?

18:49:53 > E. Dotty : Tourner en rond, et danser. Si léger avec les fleurs. Et la mer. La si belle mer. Et se pr…

18:50:22 > E. Dotty :

Épilogue

Quand il neigeait, le port Van Gogh prenait des allures de petit village féerique. Les guirlandes de lampions des péniches jouaient avec le blanc moelleux en y projetant des teintes chaudes, les flocons atterrissaient dans un silence apaisant sur les balançoires du jardin ou venaient tourbillonner à la surface de l'eau. De temps en temps, une boule roulait sur le pont des bateaux, frappait les vitres des cabines. Dès qu'il entendait des rires d'enfants, Nicolas pensait à Angel. Lui aussi, un jour, ferait partie de la bande, il courrait avec des mômes de son âge et il serait heureux.

Il ferma la barrière du ponton, ajusta son bonnet, ses gants, et s'engagea le long du quai d'un pas lent. Il voulait apprécier chaque seconde de sa marche, emplir ses poumons de l'air glacé de cette fin janvier. Savourer, tout simplement. Car c'était pour ce soir.

Bellanger se trouvait dans un état qu'il n'avait jamais ressenti, traversé d'un tas d'émotions contradictoires. À la fois terrorisé et rassuré. Et très fatigué, aussi – trois nuits qu'il ne dormait quasiment pas, depuis qu'il avait appris la nouvelle.

Dans quelques heures, il serait papa. Ce bébé pour lequel ils s'étaient tant battus, Audra et lui, allait enfin naître, avec un peu d'avance certes, mais suffisamment armé pour affronter le monde. À trente-six semaines d'aménorrhée, les médecins ne voulaient plus prendre de risque. Après presque trois mois à être maintenu artificiellement en vie, à nourrir et protéger le fœtus, le corps d'Audra était à bout de souffle et multipliait les alertes.

Nicolas s'engouffra dans le métro, station Gabriel Péri. Forêt de masques enfouis derrière des écharpes colorées et des manteaux épais. Un paquet d'arrêts et trois changements jusqu'à l'hôpital l'attendaient, mais la césarienne était planifiée à 19 heures, et il était à peine 15 heures. Le futur papa tenait néanmoins à passer quelques heures avec Audra. Les toutes dernières...

Aquefac et lui avaient gagné, sans même avoir eu besoin de faire appel auprès de la Cour européenne des droits de l'homme. Au moment où le Conseil d'État avait rendu son verdict, le fœtus était entré dans sa trentième semaine, ce qui faisait de lui un être parfaitement viable. Avec la pression populaire, la médiatisation, la mobilisation qui ne s'était jamais relâchée, les juges avaient sans doute préféré choisir la solution la moins polémique et dramatique. Dans l'océan de noirceur que cette année avait été, alors que les tourments n'avaient épargné personne, une telle naissance serait une magnifique touche d'espoir. Et l'espoir guérissait parfois mieux que la médecine.

Sans surprise, les parents d'Audra avaient réagi. Ils s'étaient même adressés, par voie de presse, au ministre de la Santé, l'invitant à se prononcer de façon urgente auprès du directeur de l'hôpital pour inciter celui-ci à déposer un recours devant le Conseil européen, recours qui aurait visé à contester la décision de maintien en vie de leur fille et, selon eux, à faire respecter les lois de ce pays. Le ministre s'était alors contenté d'exprimer sa compassion et son malaise « face à cette affaire familiale extrêmement douloureuse et difficile dont la société s'emparait sans pudeur en la politisant ». Mais, comme à son habitude, il n'avait pas clairement répondu, jouant lui aussi avec le temps qui s'égrenait.

Derrière chacun des mots des Spick et de leur avocat, derrière chaque attaque, Nicolas se rappelait le but ultime de la manœuvre. Il revoyait ce face-à-face dans la cuisine de sa péniche, et ces images lui glaçaient toujours autant le sang. Le mal n'existait pas qu'à travers les actes sanglants des criminels, il se diluait dans les veines de chaque être humain, attendant son heure pour se manifester, blesser, contaminer. Le mal était partout.

Ligne 14, puis changement pour rejoindre la ligne 7, à Pyramides. Le flic offrit sa place à une vieille femme et s'adossa à la porte, posant son sac à ses pieds. Il avait prévu de rester la nuit à l'hôpital, auprès de son fils. Angel serait sous surveillance accrue, mais normalement en dehors d'une couveuse. Nicolas pourrait ainsi profiter de chacun des premiers instants de sa vie. Bientôt, si tout se passait bien, il allait ramener son enfant dans le cocon qu'il leur avait préparé à tous les deux. Bien sûr qu'il avait peur, que rien ne serait plus comme avant, mais il était prêt. Et rassuré à l'idée de pouvoir compter sur ses collègues et amis. Il n'était pas seul, il ne l'avait jamais été.

Il s'était déjà écoulé neuf semaines depuis le terrible épilogue dans le sanatorium. Pourtant, il avait pleinement conscience que le temps n'aurait aucune emprise sur ce que son équipe et lui avaient vu là-bas. Nicolas savait qu'il emporterait jusqu'au bout l'image de ces Prométhée maudits, figés l'un contre l'autre dans ce décor sinistre, et celle de Sharko arrachant les tuyaux du cerveau d'Emma Dotty. Un geste qui avait heurté son commandant au plus profond de son âme, incapable de savoir s'il avait mis fin à une forme de vie qui, malgré tout, méritait d'être vécue, ou s'il avait détruit l'abominable fruit engendré par la science et la folie des hommes.

Au bureau, désormais, on remplissait des papiers, on actait chaque procédure, on rapatriait et décortiquait les dossiers d'autres services, notamment ceux qui concernaient les crimes que Calvar avait maquillés en accidents. On tentait, aussi, de rendre une identité aux visages découverts dans le grenier de Stéphane Tranchet et de définir le nombre de victimes potentielles de la Faille. Un travail sans fin qui avait l'avantage d'occuper les esprits, de les empêcher de ruminer et d'avoir à parler de ce qui les avait tant éprouvés.

Nicolas sortit de la bouche de métro et prit la direction du Kremlin-Bicêtre. Il aurait pu s'y rendre les yeux fermés, tant il avait emprunté ce trajet ces derniers mois. Quand il aurait récupéré son fils, plus jamais il ne viendrait dans ce coin-là. Avec son masque et chaudement couvert, il circula incognito au milieu des journalistes qui prenaient déjà place aux abords de l'hôpital. Les gens avaient suivi cette affaire comme une série à rebondissements, il leur fallait désormais la conclusion heureuse.

Du hall, il regagna la chambre d'Audra, ainsi qu'il le faisait depuis des semaines. Toujours les mêmes gestes. La porte qu'on rabat, la chaise qu'on tire, le baiser sur la joue, le ventre qu'on caresse… Et ces mots qu'il lui murmurait, des pensées qu'il lui adressait à elle, et elle seule, qu'elle emporterait. Quand il lui prit la main, il se dit que c'était peut-être la dernière fois qu'il la touchait aussi chaude. Bientôt, ce feu l'aurait quittée. À jamais. Mais il en resterait les braises ardentes dans le cœur d'Angel.

Alors qu'il était plongé dans ses réflexions, perdu dans ses émotions, on frappa et, dans la foulée, Martin Corneille entra. D'ordinaire, Nicolas se demandait si sa présence était synonyme de bonne ou de mauvaise nouvelle, tant ce médecin l'avait fait passer par tous les états possibles et imaginables, mais, là, le lieutenant comprit dans la seconde que quelque chose clochait. Et ça paraissait grave.

— Pitié, ne me dites pas que l'accouchement est repoussé, attaqua-t-il d'emblée.

Corneille se massa le front, visiblement embarrassé et contrarié.

— C'est bien pire que ça… Je suis désolé, je pensais que votre avocat vous avait prévenu…

Il se rendit à la fenêtre dans un soupir. Nicolas avait l'impression de revivre la même scène à l'infini. Le médecin finit par se retourner et se posta dans l'angle de la pièce.

— Ce matin, les Spick ont déposé un référé en urgence qui interdit l'extraction du fœtus.

Brusquement, le décor sembla se diluer autour de Nicolas, comme lorsqu'on se retrouve dans un état entre sommeil et éveil. Audra, la chambre, les murs… Plus rien n'existait, hormis le visage flottant du médecin sur lequel il se concentra.

— Qu'est-ce que vous racontez ? Sous quel prétexte ?

— Le motif est complètement inattendu et joue sur le fait que votre compagne est toujours vivante d'un point de vue légal. Il s'appuie sur le principe d'inviolabilité du corps humain. En cas de tentative de césarienne, les parents porteraient plainte pour atteinte à l'intégrité physique de leur fille sans son consentement, voire pour acte de barbarie et mutilation sur la personne de Mme Spick.

Mutilation… barbarie… Nicolas se sentit vaciller. Alors c'était ça, ce qu'avait voulu dire le père d'Audra, le soir où il était venu lui rendre visite. Une ultime paire d'as que ce salopard avait gardé dans sa manche tout ce temps.

— C'est imparable, reprit Corneille. Et je ne vois pas comment l'ordonnance délivrée par le juge ne leur donnerait pas raison. À partir de maintenant, toute personne participant à l'acte chirurgical pourrait être lourdement condamnée, jusqu'à quinze ans de réclusion criminelle. Aucun obstétricien, aussi compatissant soit-il, ne prendra le risque de faire naître votre enfant…

Cette scène ne pouvait pas être réelle. Quand donc tout cela cesserait-il ? C'était de l'acharnement à l'état pur. Le téléphone du flic sonnait. C'était Aquefac. Il ne décrocha pas. Tout lui paraissait trouble. Il regarda Audra, son ventre, et son estomac se retourna quand il comprit ce que cette décision impliquait. Les mots peinèrent à franchir le seuil de ses lèvres :

— Si… Si on empêche Angel de naître, ça signifie que…

Corneille n'était plus le médecin solide, inébranlable que Nicolas avait l'habitude de voir. Ainsi prostré dans son coin d'où il n'avait pas bougé, il ressemblait à un animal piégé.

— Ça signifie qu'il finira par mourir dans le ventre de sa mère, confirma-t-il. Il n'y a malheureusement aucune solution. Nous sommes cette fois au bout. Au bout du système. Au bout de la connerie humaine. Tout cela me révolte, croyez-le. J'en ai moi aussi plus qu'assez de…

Nicolas eut soudain l'impression que quelqu'un débranchait une prise dans son dos. D'un coup, il tomba, et il n'y eut plus que l'obscurité…

*

* *

Les sons parvinrent à ses oreilles, diffus, lointains, comme sur une plage lorsqu'on somnole langoureusement. Un sentiment de chaleur intérieure et de plénitude l'étreignait. Nicolas ouvrit lentement les yeux. La première chose qu'il aperçut fut le néon éteint au-dessus de sa tête. Il se redressa avec la sensation d'avoir avalé un sac de plâtre. Courant sur son avant-bras droit, une perfusion reliée à une poche. La lumière crue du couloir filtrait par la porte légèrement entrebâillée et striait le mur face à lui.

On l'avait couché sur un brancard et enfermé dans cette petite pièce où il avait déjà passé de nombreuses nuits, non loin de la salle des infirmières. Qu'est-ce qu'il fichait ici ? Il se souvenait de sa rencontre avec Corneille, des révélations du médecin, puis… le trou noir. Pourtant, il n'avait pas rêvé. Le cauchemar se poursuivait. Après s'être acharnés pendant des mois pour obtenir l'autorisation de débrancher Audra, ses parents refusaient qu'on dispose de son corps. Autrement dit, ils s'assuraient que son fils ne puisse pas naître. Comment tant de noirceur pouvait-elle habiter des êtres humains ? Ils étaient le mal incarné. Nicolas ne les laisserait pas faire.

Décidé à quitter ce cagibi pour retourner au front, il arrachait l'adhésif qui maintenait l'aiguille sous sa peau quand une voix le fit sursauter.

— Touche pas à ça. J'appelle une infirmière.

Sharko venait d'apparaître et de disparaître aussi sec dans l'embrasure. Le lieutenant n'y comprenait plus rien. Dans la minute, une soignante se présenta, le débarrassa de la perfusion et lui demanda de tenir un morceau de coton stérile dans le pli du coude, avant de repartir.

— T'es tombé dans les vapes, expliqua Franck en lui donnant une bouteille d'eau. Corneille était là, alors il t'a mis sur un brancard et t'a amené ici. Il a fini par avouer t'avoir administré un sédatif capable d'assommer un bœuf. On a mieux compris pourquoi t'étais impossible à réveiller. T'as dormi quasiment huit heures.

Assis sur son fin matelas, Bellanger se sentait encore à moitié dans le brouillard. Il but une gorgée.

— Un sédatif ?

— Habille-toi, je vais te raconter.

Nicolas s'exécuta. Son chef avait le regard grave.

— Dis-moi ce qui se passe, Franck.

Ce dernier se baissa pour ramasser ses chaussures, qu'il lui tendit. Puis il se racla la gorge et se lança :

— Martin Corneille est en état d'arrestation… À 23 h 50, les appareils reliés à Audra ont bipé. L'alarme s'est déclenchée. Quand les infirmières ont débarqué, le médecin venait de sortir le bébé par césarienne…

Le lieutenant essaya de prononcer un mot, en vain. Sharko lui posa une main sur l'épaule avec, cette fois, un pâle sourire aux lèvres.

— Angel est vivant. Il a immédiatement été transféré au service d'obstétrique, à l'autre bout de l'hôpital. Aux dernières nouvelles, transmises par Lucie, il se porte bien, et je crois qu'il attend son père.

C'était trop d'un coup. Nicolas ne put empêcher les larmes de monter. Il y avait de la joie, une joie entière dans cette mer salée qui embua ses yeux. Il se jeta contre Sharko et le serra contre lui.

— C'est pas possible... Putain, j'y suis arrivé !

— Oui, tu y es arrivé. Toutes mes félicitations, tu es papa !

Franck était ému, lui aussi. Son ami s'était battu, il y avait mis toutes ses tripes, et il avait vaincu. Cet enfant était le fruit de son obstination.

— Audra est encore là, reprit le commandant. Ils voulaient l'emmener, mais je leur ai demandé de patienter. Tu peux lui dire un dernier au revoir avant d'aller rencontrer ton fils... Je reste ici.

Le calme était céleste quand Nicolas entra dans la chambre d'Audra. Les appareils étaient éteints, écartés du lit où son amour se reposait enfin, les draps immaculés recouvrant sa poitrine qui, désormais, ne bougeait plus. Son visage était blanc, mais il en émanait une sérénité incroyable. Avec ses paupières délicatement baissées, ses traits détendus, ses cheveux étalés sur la taie d'oreiller, elle donnait l'impression de prendre un bain de soleil.

Pour la première fois depuis longtemps, Nicolas ne se sentait pas triste. Audra était devenue maman avant de partir en paix. Elle avait offert à Angel la possibilité de participer à la grande aventure de l'humanité et, il en était certain, elle se pencherait au-dessus de son berceau pour le protéger. Elle viendrait lui rendre visite dans ses rêves. Elle serait leur ange gardien. Bouleversé par ce cadeau qu'elle lui avait fait, il l'embrassa avec une profonde tendresse, lui caressa la joue du dos de la main, et sortit en douceur, comme un croyant quittant son église. Une autre rencontre l'attendait.

Avec Sharko, ils s'éloignèrent, silencieux, en direction de la maternité. Le lieutenant eut une pensée émue pour

Martin Corneille lorsqu'il passa devant son bureau fermé. Le soignant s'était sacrifié pour qu'Angel naisse. Il avait à présent une dette envers lui et ne l'abandonnerait pas. Il se promit de remuer ciel et terre pour qu'il n'aille pas en prison. Le feuilleton avec les médias était loin d'être terminé.

Lucie se tenait près de la nurserie. Elle serra Bellanger dans ses bras, triste et sereine en même temps, puis fit signe à une sage-femme pour qu'elle le conduise jusqu'à son fils. Ça devait être son moment à lui, rien qu'à lui. Dans la nurserie, les cris des nouveau-nés remplirent le cœur du jeune papa – rien au monde n'était plus joyeux que cet endroit. Elle lui présenta le berceau. Nicolas était si fébrile qu'elle lui demanda s'il ne souhaitait pas s'asseoir. Il déclina d'un geste, refusant de quitter son fils des yeux. Devant lui, Angel se recroquevillait, sa tête légèrement tournée sur le côté, sa bouche pincée. Des pastilles reliées à des capteurs étaient collées sur sa poitrine. Ses mains et ses pieds étaient tout fripés.

— Vous voulez le tenir ? Installez-vous dans le fauteuil. Je vous l'amène.

Nicolas n'en menait pas large. Il avait davantage peur ici que dans une salle d'interrogatoire face à un criminel. La sage-femme posa avec délicatesse son bébé dans le nid qu'il avait formé avec ses bras. Au premier contact, il sentit toute la chaleur d'Angel se déverser dans son cœur. Elle lui rappela celle d'Audra. Un instant de grâce et d'amour. L'avenir, l'espoir étaient là, tout contre lui, apaisants. Un immense sourire apparut sur son visage quand la minuscule main se resserra avec une force surprenante autour de son index. Un jour, il faudrait lui expliquer cette période, lui dire à quel point sa mère avait été courageuse, à quel point elle s'était battue pour qu'il vive.

Audra avait réussi à arracher un peu de lumière aux ténèbres.

De la mort, elle avait fait jaillir la vie.

Jamais Nicolas ne l'oublierait.

Note au lecteur

Ainsi se termine cette nouvelle aventure, éprouvante, il faut le dire, pour ces personnages qui m'accompagnent depuis de nombreuses années. J'espère que vous me pardonnerez de les avoir malmenés à ce point, encore une fois. Je ne suis pas un maître des destinées docile, mais j'ai le sentiment que Franck, Lucie, Nicolas et Pascal ressortent grandis, plus forts, et finalement en paix avec eux-mêmes.

« La mort » faisait partie des grands thèmes que je voulais traiter depuis longtemps, au même titre que la violence, l'évolution ou encore la mémoire, déjà abordés dans des tomes précédents. Mais plusieurs points m'avaient auparavant empêché de me lancer dans ce vaste chantier. D'une part, la noirceur du sujet. Un roman policier intégralement consacré à la mort, ce n'est pas ce qu'il y a de plus gai – c'est le moins que l'on puisse dire. Je devais me sentir prêt à prendre un pari fou : pouvoir procurer le plaisir de la lecture malgré l'omniprésence de la grande Faucheuse qui, forcément, allait sans cesse nous ramener à notre condition de mortels.

Le second obstacle était que, pour rendre le sujet le plus percutant possible, il devait toucher mes personnages au plus profond de leur âme. La mort devait les heurter, les engloutir, atteindre les fondations mêmes de leur groupe si solide. J'en suis rapidement venu à la conclusion qu'il fallait que l'un d'entre eux meure. Choix terrible pour un auteur, vous l'imaginez, qui doit interrompre la destinée d'un être de papier auquel il a apporté un grand soin à insuffler la vie, comme le docteur Frankenstein avec sa créature. Ne pensez pas que nous, romanciers, sommes des êtres sans cœur. Arracher une vie, aussi fictive soit-elle, est toujours une épreuve, et nous mesurons l'impact qu'elle aura sur le lecteur. Mais si cette décision est finalement prise, c'est parce qu'elle va permettre de mettre en place une force émotionnelle qui intensifiera l'incroyable voyage proposé par le livre. Un roman qui ne provoque ni colère, ni tristesse, ni angoisse, ni rires serait horriblement fade.

La mort et l'auteur de romans policiers entretiennent un rapport particulier et privilégié, ils ne peuvent s'ignorer l'un l'autre, ils avancent ensemble dans le récit. Après vingt ans à côtoyer la Faucheuse, il était enfin temps de lui accorder la vedette, la laisser prendre l'ascendant sur le romancier, accaparer chacune de ces pages, et nous entraîner dans sa danse macabre, avec son grand sourire trompeur, comme elle sait si bien le faire. Ce qui m'a décidé à sauter le pas est la découverte, un jour, au gré de mes recherches, de ces cas de femmes enceintes déclarées en mort cérébrale, mais qu'on pouvait néanmoins faire accoucher. Je ne comprenais pas : comment un bébé pouvait-il continuer à grandir dans le ventre d'une femme décédée ? Comment pouvait-il naître d'une mère qui n'était plus là pour l'accueillir ? Cela défiait à la fois mon imaginaire de romancier et l'image même que je me faisais de la mort. J'ai alors lu les histoires de ces tragiques destins avec sidération, et me suis mis à évoluer sur l'incroyable frontière entre le monde des défunts et celui des vivants, avec ces questions centrales qui sont au cœur du livre : où se situe le point de non-retour ?

La mort du cerveau signifie-t-elle la disparition totale de l'être ? Je tenais là l'angle d'attaque de ma nouvelle enquête.

Cette histoire est une fiction, évidemment (et heureusement), mais nombre d'éléments qui y sont abordés sont vrais, aussi ahurissants puissent-ils paraître. La description que je fais du CDC de l'université Vésale peut sembler directement sortie d'un film d'horreur, mais je vous laisse vous faire une idée par vous-même en tapant quelques mots clés sur Google, par exemple « scandale CDC », vous devriez trouver facilement les références adéquates (et à mon sens, la réalité va encore plus loin que la fiction). Si vous voulez vous rendre compte de la possibilité du système découvert par Sharko et son équipe à la fin du roman, tapez les mots clés « Brainex », « Sergei Brukhonenko », « Sergio Canavero »... Allez jeter un œil, c'est passionnant et stupéfiant.

L'onde de la mort et l'onde de réanimation, que je me suis permis de rebaptiser « onde Shelley », ne sont pas sorties des brumes obscures de mon esprit. Elles existent et je vous recommande à ce propos la lecture du très instructif *La Science de la résurrection* du professeur Stéphane Charpier, qui a découvert avec son équipe la fameuse onde de réanimation. Son livre m'a accompagné tout au long de l'écriture.

J'ai essayé d'être rigoureux lorsqu'il s'agissait de sciences, d'éthique, de lois ou de procédures policières, et ai pu bénéficier de l'œil bienveillant d'experts qui m'ont aidé à m'immerger dans cette nouvelle enquête. Comme il peut être délicat de les citer, en raison du caractère parfois sensible de leur métier, je préfère qu'ils conservent leur anonymat, mais je les remercie ici chaleureusement. Sans ces personnes, écrire une histoire réaliste, crédible, serait beaucoup plus compliqué.

Je me suis permis, de temps à autre, de dévier de la pure réalité, dans un souci d'efficacité et de rythme. Aussi les imprécisions ou erreurs qui auraient pu se glisser çà et là dans le roman sont-elles de mon propre fait. Je vous donne également une liste non exhaustive d'ouvrages qui ont servi de sources à ce récit : *Les Vivants et la Mort* de Jean Ziegler, *L'Affaire Vincent Lambert* d'Ixchel Delaporte, *Macabre : traité illustré de la mort* de Joanna Ebenstein, *La Société postmortelle* de Céline Lafontaine, *Art à mort* de Virginie Luc, *L'Homme et la Mort* d'Edgar Morin, *La Mort* de Vladimir Jankélévitch, *Un si brillant cerveau* de Steven Laureys, *La Vie du cadavre dans les arts visuels contemporains* de Sylvia Girel et Izima Kaoru, *Technologies of the Human Corpse* de John Troyer, *Le Livre de la mort* d'Édouard Ganche (un recueil de contes macabres absolument effroyable)… Et évidemment, l'indétrônable *Frankenstein* de Mary Shelley, que j'avais déjà lu il y a longtemps, mais que j'ai redécouvert avec beaucoup de plaisir.

Ce roman n'existerait pas sans l'accompagnement indéfectible des équipes de Fleuve Éditions, en premier lieu Florian Lafani, mon éditeur, et Amandine Legoff qui, chaque fin d'année, se heurte au texte brut et me propose des pistes qui rendent le récit meilleur. Merci à Estelle Revelant pour l'énergie qu'elle déploie à chaque sortie, et ce depuis les premiers jours, à Maryannick Le Du et ses préparatrices de choc, notamment Lorène, qui traquent la moindre coquille et m'apprennent encore les infinies nuances de la langue française, à Thomas Girault, Julie Buffaud, Anne-Sophie Millet, Manon Tassy, et toutes celles et tous ceux qui, de près comme de loin, œuvrent avec passion dans la maison d'édition.

J'en profite également pour remercier les équipes des éditions Pocket, qui apportent un second souffle à mes livres et permettent à de nouveaux lecteurs de découvrir mon univers, et celles des éditions Lizzie qui donnent une voix aux mots et font de mes histoires une expérience auditive intense.

Mes derniers mots seront pour ma femme et mes deux enfants, les piliers de ma vie. Sans eux, rien n'aurait été possible.

Composition et mise en pages
Nord Compo à Villeneuve-d'Ascq

**Imprimé en France par CPI
en avril 2023
N° d'impression : 3052179**

R15556/01